ELLA GRIFFIN

Der kleine Laden der unerfüllten Wünsche

GOLDMANN
Lesen erleben

Buch

Es ist ein Ort voller Schätze und Erinnerungen. Ein Leben lang hat Noras Großmutter die wundervollen Geschenke gesammelt, die ihr Mann von seinen Reisen mitbrachte. Jetzt, wo Granny gestorben ist, soll das Haus in Dublin mitsamt den Kostbarkeiten verkauft werden. Doch Nora, die gerade eine schwierige Trennung durchlebt, ist noch nicht bereit für den Abschied. Beim Sichten und Stöbern kommt ihr der Gedanke, wie wundervoll es wäre, für jedes Ding einen passenden neuen Besitzer zu finden. Keine leichte Aufgabe, doch endlich beginnt Nora damit, die Vergangenheit loszulassen und dem Glück eine neue Chance zu geben.

Autorin

Die irische Autorin Ella Griffin träumte bereits als Kind vom Bücherschreiben. Ihr beruflicher Weg führte sie jedoch zunächst in die Werbebranche. 2012 legte sie ihr literarisches Debüt vor. Ella Griffin lebt gemeinsam mit ihrem Ehemann im County Wicklow.

Ella Griffin

Der kleine Laden der unerfüllten Wünsche

Roman

Aus dem Englischen
von Marion Hertle

GOLDMANN

Die Originalausgabe erschien 2017 unter dem Titel
»The Memory Shop« bei Orion Books,
an imprint of The Orion Publishing Group Ltd, London.

Dieses Buch ist auch als E-Book erhältlich.

MIX
Papier aus verantwortungsvollen Quellen
FSC® C014496
FSC www.fsc.org

Verlagsgruppe Random House FSC® N001967

2. Auflage
Taschenbuchausgabe April 2020

Umschlaggestaltung: UNO Werbeagentur, München
Umschlagmotiv: FinePic®, München
Redaktion: Friederike Arnold
mb · Herstellung: kw
Satz: KompetenzCenter, Mönchengladbach
Druck und Bindung: GGP Media GmbH, Pößneck
Printed in Germany
ISBN: 978-3-442-49008-0
www.goldmann-verlag.de

Besuchen Sie den Goldmann Verlag im Netz

Für Jimmy, in Erinnerung an Silas.
Und für Neil. Immer.

»Die wichtigsten Dinge der Welt
sind gar keine Dinge.«

Anonymer Autor

I

Klassische Puderdose von Chanel

Nora

Der Fotograf hatte sich bereits abgewandt und über seinen Laptop gebeugt. Die Maskenbildnerinnen und Friseurinnen packten ihre Sachen, das Model hatte sich einen Morgenmantel übergeworfen und ging mit ihrem Telefon am Ohr und einer Zigarette im Mundwinkel zum Hinterausgang des Studios.

Das war genau der Augenblick, der Nora jedes Mal ein klein wenig das Herz brach: Die letzte Aufnahme war gemacht, und es war an der Zeit, die Illusionen, die sie erschaffen hatte, zu zerstören.

Sie hatte zwei Tage und Dutzende von Requisiten für diese Kulisse gebraucht: ein luxuriöses Schlafzimmer mit vergoldetem Bett, Sofa und einem bodentiefen Fenster, das auf eine funkelnde nächtliche Stadtlandschaft hinausblickte, die sie mithilfe von schwarzem Samt und etlichen LED-Lichtern improvisiert hatte.

Sie band ihre Haare zu einem Knoten, stieg auf eine Leiter und begann mit der mühevollen Arbeit, alles wieder abzubauen, heute etwas schneller als sonst, weil sie einen Flug erwischen musste.

Nachdem sie den Hintergrund abgenommen hatte, verpackte sie die Champagnerflöten in Luftpolsterfolie, faltete die ägyptische Bettwäsche, ging mit einem Dampfglätter über die Kaschmirdecke und den Satinslip, der über das Sofa drapiert gewesen war, und verstaute alles wieder in die Taschen.

Sorgfältig untersuchte sie die Möbel nach Kratzern und versah sie dann mit den Namen der Läden, von denen sie sie geliehen hatte. Livs Hilfe hätte sie bei alldem gut gebrauchen können, aber sie hatte sich am Morgen mit Migräne krankgemeldet, vermutlich weil sie nächste Woche alles allein würde abwickeln müssen.

Nora flog nach Dublin zur Verlesung des Testaments ihrer Großmutter und um ein paar Dinge aus deren Haus an der Temple Terrace zu holen, bevor es ausgeräumt und verkauft wurde. Die Schlüssel zum Haus! Nora schob die Hand in die linke Tasche ihrer Jeans, dann in die rechte. Sie stand auf und durchsuchte ihre Handtasche. Der silberne Miesmuschelanhänger war nicht da. Er musste noch in der Schale auf dem Tischchen im Flur sein, wo sie ihn am Vorabend hingelegt hatte.

Obwohl es nach 18 Uhr war, rief sie beim Nachlassverwalter ihrer Großmutter in Irland an, um sich einen Ersatzschlüssel zu organisieren. Er ging nicht dran. Wäre Adam zu Hause gewesen, hätte sie ihn bitten können, ihr den Schlüssel zu schicken, aber er war heute früh nach Birmingham gefahren. Sie musste selbst heimfahren und den Schlüssel holen, sonst konnte sie erst Montag ins Haus.

Sie steckte dem Assistenten des Fotografen zwanzig Pfund zu, damit er für sie den Rest zusammenpackte, und schickte Liv eine Entschuldigungsmail. Dann schnappte sie sich ihren Koffer, die Tasche und ihre Jacke und rannte auf die Blundell Street, gerade rechtzeitig, um ein schwarzes Taxi heranzuwinken.

»Fountain Road, beim Haverstock Hill«, keuchte sie und stellte ihren Koffer auf den Rücksitz. »Dann weiter zur U-Bahn-Station Belsize Park.« Dort konnte sie in die Piccadilly-Line umsteigen und kam noch rechtzeitig in Heathrow an.

Alle Ampeln waren grün, und fünfzehn Minuten später hielt das Taxi vor dem zweistöckigen viktorianischen Stadthaus. Sie bat den Fahrer zu warten und rannte die Stufen zur Eingangstür hinauf.

Selbst in ihrer Eile empfand sie beim Anblick des Flurs Freude. Die Wände hatte sie in French Grey gestrichen, den kleinen Beistelltisch abgebeizt und vergoldet. Den Treppenläufer hatte sie selbst aus in Ramschläden und Flohmärkten gesammelten Resten von türkischen Vorlegern gemacht, und der wunderschöne schwedische Kronleuchter hatte sie einen halben Monatslohn gekostet.

Sie nahm den Schlüssel aus der Schale und betrachtete das Ganze noch einen Augenblick, da hörte sie es … Das leise Klicken einer Tür, die sich oben schloss. Ihre Nackenhaare stellten sich auf. Adam hatte in der Küche immer Doppelverglasung in die Fenster einsetzen lassen wollen. Sie hätte auf ihn hören sollen. Jemand war ins Haus eingebrochen. Da oben war ein Dieb. Sie hielt den Atem an und lauschte, aber außer dem wilden Pochen ihres Herzens und dem leise rauschenden Verkehr auf der Straße vernahm sie nichts.

Hatte sie sich das Geräusch nur eingebildet? Sie zögerte, wagte nicht, allein hochzugehen und nachzusehen, sie nahm ihr Telefon aus der Tasche und rief

Adam an. Hoffentlich hatte er Zeit, am Apparat zu bleiben, während sie oben nachsah. Beim Wählen hielt sie den Atem an und stieß dann einen erleichterten Seufzer aus, als sie im oberen Stock ein Handy klingeln hörte.

Er war die ganze Zeit hier gewesen. Wahrscheinlich hatte er das Meeting in Birmingham abgesagt und war wieder ins Bett gegangen, um seinen Jetlag auszuschlafen. Zwei Stufen auf einmal nehmend eilte sie in ihren extraleisen Arbeitsschuhen die Treppe hoch und öffnete die Tür zum Schlafzimmer.

Adam saß im Bett und hatte sich die Decke bis an die Schultern hochgezogen. Die Vorhänge hatte er zugezogen, aber es war hell genug, um zu erkennen, dass sein Gesicht leichenblass war.

»Hi«, sagte er. »Du hast mich aufgeweckt.«

»Ich wusste nicht, dass du hier bist.« Nora ging an dem Kleiderhäufchen vorbei, das auf dem Läufer lag, und setzte sich zu ihm auf die Bettkante. »Bist du krank?«

»Ja«, er fuhr sich zittrig durch den dunklen Haarschopf. »Muss irgendwas vom Bordmenü gewesen sein. Ich musste das Meeting absagen. Warum bist du hier? Solltest du nicht auf dem Weg zum Flughafen sein?«

»Ich hab den Schlüssel für Temple Terrace vergessen. Draußen wartet ein Taxi.« Nora fühlte sich hin und her gerissen. Sie musste nach Dublin, aber so konnte sie ihn doch nicht allein lassen. »Soll ich den Arzt rufen? Oder zur Apotheke gehen?«

»Nein, das wird schon. Ich muss es nur wegschlafen.«

Er legte seine Hand auf ihre und drückte sie kurz. »Du musst los, sonst verpasst du deinen Flug.«

Er hatte recht. Sie beugte sich vor und küsste seine Stirn.

»Hab dich lieb.«

»Hab dich lieb«, murmelte er.

Sie war schon fast wieder bei der Tür, als sie auf etwas Hartes trat. Es gab ein lautes Knacken, als würde etwas zersplittern. Sie geriet ins Taumeln und streckte die Hand nach dem Lichtschalter aus.

»Nein!«, Adams Stimme klang fast wie ein Stöhnen.

Aber das Zimmer war schon von Licht erfüllt, und Nora sah plötzlich, was ihr im Dunkeln entgangen war. Ganz oben auf dem Kleiderhäufchen am Boden lag ein Spitzen-BH. Und ein einzelner Schuh mit hohem Absatz am Fußende des Bettes. Lippenstift war an dem Weinglas, das auf Noras geschnitztem Nachttischchen stand.

Die Tür zum Bad war zu, aber plötzlich wusste sie mit absoluter Sicherheit, dass jemand dort drin sein musste.

Nora machte den Mund auf, aber es kam kein Geräusch heraus. Ihre Stimme rutschte mit ihrem Herzen in einen tiefen Abgrund. Rückwärts wich sie aus dem Zimmer.

»Nora«, Adam sprang aus dem Bett, schnappte sich seine Kleider und rief »Warte!«, während sie schon die Treppe hinunterstürzte.

Das schwarze Taxi wartete noch mit Warnblinkanlage am Bordstein, eine Abgaswolke stieg in die ruhige Juniluft. Der Fahrer war eingenickt; er fuhr hoch, als Nora die Tür aufriss. »Heathrow«, brachte sie heraus. »So schnell Sie können.«

Seine dunklen Augen fanden ihre im Rückspiegel. »Soll ich auf ihn warten?«

Sie sah, wie Adam barfuß in Jeans und mit offenem Hemd die Treppe hinabrannte.

»Nein«, sagte Nora. Sie hörte das dumpfe Geräusch der Zentralverriegelung, gerade als Adam das Taxi erreichte.

Adam versuchte, die Tür aufzureißen, und schlug mit der Hand gegen die Scheibe. »Warte! Nur eine Sekunde!«

Aber das Taxi fuhr an und fädelte sich in eine Lücke zwischen den Autos ein. Adam rannte den Gehsteig entlang, rief etwas und gestikulierte wild, stieß beinah mit einer Frau mit Kinderwagen zusammen und trieb eine Gruppe von Schülern auseinander. Bis zum Friseur und zur Reinigung hielt er mit ihnen Schritt, aber bei der NW3-Bar an der Ecke ging ihm die Puste aus, und er beugte sich vor und stützte die Hände auf die Knie.

»Er hat's auf jeden Fall versucht«, sagte der Taxifahrer leise. »Das muss man ihm lassen.« Wieder fing er ihren Blick im Spiegel auf. »Sind Sie sicher, dass Sie nicht umkehren und ihm noch eine Chance geben wollen?«

Nora schüttelte den Kopf. Tränen liefen über ihre Wangen, während sie ihre Handtasche auf dem Rücksitz ausleerte und nach ihrem Telefon tastete.

Liv ging sofort dran. »Hallo!« Sie klang angespannt.

»Ich bin's. Tut mir leid, dass ich anrufe, wenn du Migräne hast, aber …« Nora unterdrückte ein Schluchzen. »Aber Adam hat eine Affäre.«

»Oh mein Gott!«, keuchte Liv.

»Er hätte auf Geschäftsreise sein müssen, aber ich hab ihn gerade zu Hause im Bett erwischt«, schluchzte sie, »mit einer Frau.«

»Wer war es?«

»Ich weiß es nicht.« Nora legte die Hand über die Augen, als könnte sie so die Erinnerung ausblenden. »Sie hat sich im Bad versteckt. Ich musste da weg, konnte nicht bleiben.«

»Bist du sicher?«, fragte Liv. »Bist du ganz sicher, dass jemand im Bad war?«

»Liv, ich hab ihr ganzes Zeug gesehen! Ihre Unterwäsche. Ihren Schuh. Ihr Weinglas. Und Adams Blick!« Nora presste den Muschelanhänger in ihrer Hand zusammen. »Ich kann es einfach nicht glauben. Wahrscheinlich drehe ich gerade durch.«

»Tief durchatmen, Nora«, sagte Liv beruhigend. »Wo bist du jetzt?«

»Im Taxi auf dem Weg zum Flughafen.«

»Du fliegst doch nicht etwa trotzdem nach Dublin, oder? Du hörst dich nicht so an, als wärst du in der Verfassung, in ein Flugzeug zu steigen.«

»Ich muss hin.« Nora wischte sich mit der Hand über die Augen. »Ich habe es Mum versprochen. Ich habe am Montag einen Termin mit dem Nachlassverwalter.«

»Okay«, seufzte Liv. »Gut. Aber du solltest nicht allein sein. Ich fliege rüber und bleibe bei dir.«

»Wirklich?«, fragte Nora mit zittriger Stimme. »Bist du dir sicher? Was ist mit deiner Migräne?«

»Scheiß auf meine Migräne«, sagte Liv entschieden.

Nora spürte eine Welle der Erleichterung. Liv war auf ihrer Seite. Liv, die immer für alles eine Lösung hatte. »Echt jetzt? Ich danke dir.«

»Also, jetzt hör zu! Keine Tränen!«, befahl Liv. »Versuch, dich zusammenzureißen, bis ich bei dir bin. Vielleicht ist es nicht so schlimm, wie es aussieht, Nora. Wir kriegen das hin. Alles wird wieder gut, okay?«

Wenn Liv das sagt, dachte Nora verzweifelt, stimmt es vielleicht. Liv war für Nora fast so etwas wie die ältere Schwester, die sie nie hatte; vom ersten Tag ihrer Freundschaft an hatte sie zu ihr aufgeblickt. Als Kind war Nora so oft umgezogen, dass nie richtige Freundschaften entstanden waren, aber in London hatte Liv sie dann unter ihre Fittiche genommen. Acht Jahre lang hatten sie zusammengewohnt und arbeiteten nun schließlich auch zusammen.

Liv war der coolste Mensch, den Nora kannte. Sie konnte knarzig und launisch sein, aber so war es eben unter Schwestern. Ihre eigenen Defizite gab sie offen zu und war fürchterlich sarkastisch angesichts von Fehlern anderer. Sie glaubte so felsenfest an sich selbst, dass es auch alle anderen taten. Und sie hatte immer an Nora geglaubt. Hatte ihr jahrelang gesagt, dass sie ihr Talent als Illustratorin nur verschwendete. Schließlich hatte Liv sie überredet, bei ihrer Firma für Bühnenausstattung mit einzusteigen. Sie waren ein super Team. Nora konnte das machen, was sie am liebsten tat, und wilde, großartige Entwürfe verwirklichen, während Liv sich mühelos um das kümmerte, was Nora in einer Million Jahre nicht auf die Reihe gekriegt hätte.

Keine Tränen. Nora wiederholte Livs Worte wie ein Mantra auf dem Flug nach Dublin, an der Schlange vor dem Taxistand, auf der Fahrt durch die Stadt zu dem Küstenstädtchen, in dem ihre Großeltern gelebt hatten. Aber sie spürte, wie ihre Augen zu prickeln begannen, als das Taxi scharf links nach Blackrock abbog und sie den vertrauten Umriss der weißen Stuckgebäude an der Temple Terrace entdeckte.

Die hohen Schiebefenster von Nummer achtzehn waren fest verschlossen. Das Schaufenster des leeren Ladens im Erdgeschoss war mit Flyern und Postern zugeklebt und mit Graffiti besprüht. Das Haus sah dunkel und abweisend aus, aber Nora konnte es kaum erwarten reinzugehen. Sie hatte hier als Kind nur ein paar Monate lang gelebt, aber das war der Ort, der sich am meisten wie ein Zuhause anfühlte.

Sie schloss die Tür hinter sich und ließ ihren Koffer fallen. Die Handtasche glitt ihr von der Schulter und landete auf dem Boden. Die Tränen, die sie die ganze Zeit zurückgehalten hatte, brachen sich Bahn. Ihr Schluchzen hallte in dem leeren Haus wider.

Durch die Tränen erkannte sie am Fuß der Treppe eine große, dunkle Gestalt, deren leuchtend gelbe Augen sie unverwandt anstarrten. »Houdini«, entfuhr es ihr. Sie stieg über einen Stapel Werbepost und vergrub ihr Gesicht in seiner schwarzgoldenen Mähne, wie sie es als Kind immer getan hatte.

Er war riesig, eher ein Bär als ein Neufundländer, mit seinem dicken honigfarbenen Fell. Houdini hatte ihrem Großvater gehört, als der noch ein kleiner Junge war. Bei Houdinis Tod war der kleine Hugh so herzzerreißend traurig gewesen, dass seine Eltern ihn hatten ausstopfen lassen.

Seine Beine befanden sich in einer seltsamen Position, als surfte er auf einem Bodyboard, und sein Mund war zu einer Art schrägem Grinsen verzogen. Mit seinen freundlichen, leicht schielenden gelben Glasaugen blickte er bewundernd zu Nora auf.

Ihr Telefon vibrierte in ihrer Jacke. Die ganze Zeit über hatte sie die Anrufe von Adam abgewiesen, aber jetzt stand Livs Name auf dem Display.

»Bist du gelandet?«

»Ich bin im Haus.«

»Da kannst du nicht bleiben, Nora. Es ist düster und steht seit Monaten leer.«

»Schon okay.« Nora sah sich im Flur um. In Wahrheit hatte sie das Haus noch nie in so desolatem Zustand gesehen. Ihre Großmutter hatte das Haus jeden zweiten Tag von oben bis unten geputzt, aber nach Hughs Tod musste sie damit aufgehört haben. Der vertraute Duft von Bienenwachspolitur und Zitronenseife war von einem modrigen, unbelebten Geruch überlagert. Große Stapel Post und Zeitungen türmten sich auf dem marmornen Konsolentisch. Die antiken marokkanischen Vorleger auf den polierten Dielen lagen zusammengeschoben und schief da. Zwei Birnen des venezianischen Kristallleuchters waren geplatzt. Die geschnitzten Blumen auf den balinesischen Tempeltüren erblühten unter einer dicken Staubschicht.

»Du brauchst einen weichen Morgenmantel, ein warmes Bad und einen Zimmerservice. Gib mir fünf Minuten, dann such ich dir ein Hotel in der Nähe«, sagte Liv.

»Nein.« Nora war noch nicht bereit, sich wieder der Welt da draußen zu stellen. »Ich komme hier gut klar, wirklich. Aber ob es dir auch gefällt, weiß ich wirklich nicht …«

»Ich mache keinen Städtetrip nach Dublin, Nora. Ich komme, um mich um dich zu kümmern. Mein Flug landet morgen früh um zehn. Also musst du nur die Nacht irgendwie rumkriegen. Schau mal im Badezimmerschränkchen nach, alte Leute haben immer irgendwo Schlaftabletten rumliegen. Nimm welche und schlaf ein paar Stunden. Und ehe du dich zweimal umdrehst, bin ich schon bei dir.«

Als sie aufgelegt hatte, ging Nora mit wackligen Knien nach oben ins Bad ihrer Großmutter. Es hatte immer nach Zitrone und Rosenholz geduftet, doch jetzt roch die Luft säuerlich nach alten Leitungen. Ein Staubfell bedeckte die marokkanischen Fliesen am Waschbecken und die gelbe Chaiselongue vor dem kleinen Kamin. Aber Liv hatte recht. In einem der Schubfächer war ein Röhrchen mit Zolpidem. Nora schluckte zwei, fand saubere Laken im Schrank und trug sie ins vordere Schlafzimmer, das sie immer als ihres betrachtet hatte.

Alles war immer noch genau am selben Ort wie in ihrer Kindheit: die Menagerie von Glastieren auf dem marmornen Kaminsims; das Teleskop vor dem verriegelten Schiebefenster, der Vogelkäfig aus Draht, der aussah wie der Tadsch Mahal; der uralte Kristallglobus, auf dem Iran immer noch Persien und Istanbul Konstantinopel hieß. Sie hatte vorgehabt, ihn mit nach London zu nehmen, für die Nische im Esszimmer im Haus in der Fountain Road, aber im Augenblick konnte sie sich nicht vorstellen, jemals dorthin zurückzukehren.

Sie machte das Bett zurecht, zog sich aus und schlüpfte unter die kühlen Laken. Bei einem Blick auf ihr Telefon sah sie fünf weitere verpasste Anrufe von Adam. Ihr Bildschirmhintergrund war eine Nahaufnahme seines Gesichts. Ihr Magen zog sich zusammen, als sie jetzt daraufstarrte. Wie hatte er ihr das nur antun können? Er sollte doch ihr Mr Perfect sein! Er blickte sie von dem Foto an, mit leicht geneigtem Kopf sahen sie seine schimmernden braunen Augen mit den langen Wimpern unter seinen wirren dunklen Locken an. Sein schöner Mund mit den vollen Lippen war zu einem halben Lächeln verzogen. Sie ließ ihr Telefon auf den Boden fallen und drückte ihr Gesicht in die Kissen. Seinen Anblick ertrug sie nicht mehr.

Kennengelernt hatten sie sich, als Nora gerade letzte Hand an eine Bürokulisse legte für eine Serie im *Business Plus Magazine*, mit dem Titel »30 Unternehmer unter 30«. Sie hatte den Großteil der Nacht damit verbracht, für das viktorianische Arbeitszimmer eines

Gentlemans eine aufwendige Kulisse mit Wandverkleidung zu malen. Gerade saß sie auf der Rückenlehne eines Ledersofas und hängte ein goldgerahmtes Ölgemälde auf, als Liv vorbeiging. »Hat hier jemand Aidan Turner mit ein paar Extras bestellt?«, fragte sie.

Nora blickte auf, und da war er. Eins fünfundachtzig groß und gertenschlank, mit wirren dunklen Locken und einer Kleiderhülle über dem Arm.

»Mann, ich wünschte, ich wäre Single«, murmelte Liv, als der Foto-Assistent ihn zur Umkleide führte.

»Nein, tust du nicht.« Liv war gerade mit einem Fotografen namens Paul King zusammengezogen. Sie sprachen über ein gemeinsames Kind, und Nora hatte sie noch nie so glücklich gesehen.

»Du hast recht. Aber trotzdem. Hast du diese Augen gesehen?«

»Pantone 175641.« Nora rückte das Gemälde gerade. »Smaragdgrün.« Aber Liv hörte nicht zu, sie blätterte im Foto-Briefing auf der Suche nach seinem Lebenslauf.

»Adam Mason. Neunundzwanzig. Gründer und CEO von StealDealz. Bla bla bla. ›Mithilfe von mobilen Technologien eine florierende Online-Einzelhandelsgemeinschaft erschaffen.‹ Mit anderen Worten billige Memory-Schaum-Matratzen und Zirkonia-Schmuck verscherbeln. Mal schauen, ob er auf Facebook ist. Die Fotos sind privat, aber … Beziehungsstatus: keinen.«

»Das ist Stalking.« Nora stieg vom Sofa und rückte ein paar ledergebundene Bücher zurecht, Requisiten für den dunklen Holzschreibtisch.

»Ich weiß«, sagte Liv. »Ich stehe voll drauf!«

Später bauten Nora und Liv das Set wieder ab und verpackten es, ehe sie sich mit den anderen im Pub trafen.

Adam war immer noch da, umringt von bewundernden Maskenbildnerinnen und Friseurinnen, der Journalistin, die ihn interviewt hatte, und dem Assistenten des Fotografen, der sich noch nicht entschieden hatte, ob er homo oder hetero war.

An der Bar bemerkte Nora, dass Liv zu ihm rüberschaute, während sie auf ihre Drinks warteten. »Du solltest rübergehen und ihn ansprechen.«

»Ich glaube nicht«, sagte Nora. Beide wussten, dass sie einen Teufel tun und sich niemals hinten anstellen würde. »Der ist nicht mein Typ.«

Aber nachdem zwei Gläser kühlen Weißweins ihre Wirkung entfaltet hatten, fragte sie sich, ob das wirklich so eine schlechte Idee war. Wer war denn schon ihr Typ? Sie dachte an die drei Beziehungen, die sie gehabt hatte, seit sie mit zwanzig nach London gezogen war. Alle waren lieb, idealistisch und kreativ gewesen, genau wie sie selbst, und außerdem entschlossen, sich nicht von der Welt des Kommerzes vereinnahmen zu lassen. Sie wollten mit ihrem Talent etwas Sinnvolles bewirken. Die letzte und beste Beziehung hatte sie mit dem walisischen Grafikdesigner und Graffitikünstler Denis geführt. Sie hatten einen herrlichen, glücklichen Sommer verlebt, Ausstellungen und Galerien besucht, waren durch London spaziert und hatten in den Gassen Graffiti fotografiert; waren bis spätnachts auf der winzigen, schmuddeligen Dachterrasse ihrer Wohnung gesessen, hatten Rotwein getrunken und sich über Kunst und Filme unterhalten.

Auch eine gemeinsame Wohnung war im Gespräch, aber Denis war in seiner letzten Beziehung das Herz gebrochen worden, und er wollte es langsam angehen. Als er schließlich so weit war, hatte Nora ihren Traum, als Illustratorin leben zu können, aufgegeben und in Livs Firma angefangen, wo sie Kulissen für Werbung und Magazine konzipierte und ausarbeitete; viel kommerzieller konnte es nicht mehr werden, und sie trennten sich in Freundschaft.

Nora war erleichtert gewesen, aber auch ein wenig panisch. In zwei Monaten wurde sie dreißig. Sie wollte nicht ewig von einer Beziehung in die nächste schlittern, sondern wünschte sich jemanden an ihrer Seite, der mit ihr das Leben teilte. Ein Zuhause, Sicherheit, eine Familie.

Liv ging kurz aus dem Pub, weil ihr Telefon klingelte, und Nora betrachtete Adam im Spiegel hinter der Bar. Warum sollte nicht einer der »30 Unternehmer unter 30« vom *Business Plus Magazine* ihr Typ sein? Man konnte seinen Geschmack ja auch ändern, oder nicht?

Sie würde es tun, beschloss sie. Sie würde rübergehen und … und was? Und sich durch seinen Fanclub nach vorne drängen? Sie wollte gerade den Kopf abwenden, als er aufsah und ihren Blick auffing. Er lächelte, und sie lächelte zurück. Dann sah sie weg. Schließlich musste ihm ja nicht noch eine bewundernde Blicke zuwerfen.

Ein paar Minuten später tauchte er neben ihr an der Bar auf.

»Du warst die Designerin, oder? Kann ich dir was zu trinken holen?«

Sie wollte lachen. So einfach war es also. Aber sie zwang sich, cool zu bleiben. Er konnte sie ruhig ein bisschen anbaggern.

»Nein danke, alles gut.«

Er drehte sich weg, und sie sah, wie er die Stirn leicht runzelte. »Die Kulisse war großartig. Vor allem die gemalte Wandverkleidung fand ich toll.«

»Danke!«, sagte Nora.

Sie dachte schon, er hätte aufgegeben, aber nein. Er blieb an der Bar, und sie unterhielten sich, und als der Laden zumachte, fragte er nach ihrer Nummer.

Am nächsten Tag rief er zweimal an, aber Liv erlaubte Nora nicht zurückzurufen. Weitere zwei Tage vergingen, und er schickte ihr eine SMS und fragte, ob sie am Abend mit ihm essen gehen wollte. An diesem Abend küsste sie ihn nicht, und auch nicht beim nächsten Date. Erst nach sechs Wochen landeten sie im Bett.

Adam war anders als jeder Mann, den Nora bisher kennengelernt hatte – entschlossen und selbstsicher, aber auch entwaffnend hilfsbedürftig. Er wurde wütend, wenn sie nicht ans Telefon ging oder sich mit dem Antworten Zeit ließ, und insgeheim gefiel ihr das. Es verlieh ihr eine gewisse Sicherheit.

Er reiste zwischen den USA und England hin und her, und auch Nora arbeitete sehr viel. Wenn er nach

Hause kam, ließ sie alles stehen und liegen, um mit ihm zusammen zu sein, und sie tauchten ganz in ihre romantische Blase ein. Die ersten sechs Monate waren erfüllt von langen Begrüßungsküssen und tränenreichen Abschieden am Flughafen, unerwarteten Blumengrüßen in die Arbeit, Wochenenden in teuren Hotels und hübscher Unterwäsche mit Schleifchen verpackt. In der wenigen gemeinsamen Zeit war jeder Augenblick aufregend, voller Bedeutung und Verlangen.

Sie sprachen darüber, sich eine Mietwohnung zu suchen, aber nach einem leidenschaftlichen Wochenende beschlossen sie, lieber etwas zu kaufen. Adam hatte Geld für eine Anzahlung gespart, und Nora übernahm die Renovierung. In dem Häuschen in der Fountain Road stürzte sie sich in die Arbeit, entfernte Tapeten, Farbe und Verputz, tummelte sich auf Möbel-Schrottplätzen und Inneneinrichtungswebsites und suchte in Trödelläden nach hübschen Stücken für ein perfektes Zuhause. Weil Adam so viel auf Reisen war, hatte sie den Großteil der letzten zwei Jahre dort allein verbracht. Aber bis Weihnachten sollte mit seinen Geschäftspartnern in den USA alles so weit geklärt sein, dann wollte er wieder dauerhaft in England sein, und sie konnten endlich ihr Leben miteinander teilen. Zumindest ist das der Plan gewesen, dachte Nora, und ein Stich traf sie mitten ins Herz, bevor ich ihn gestern im Schlafzimmer erwischt habe.

Ein Streifen Sonnenlicht drang durch die geschlossenen Jalousien und wärmte Noras Nacken. Sie wurde davon wach und drehte sich um. Ihre Augen waren vom Schlaf verklebt. Als sie sie aufschlug, überkam sie in einem kurzen Augenblick der geistigen Leere Freude beim Anblick des geliebten Zimmers.

Und dann brach alles wieder über sie herein. Gestern war sie um diese Zeit zum Fotoshooting geeilt, Adam war im Flur auf und ab gegangen, hatte telefoniert und dabei versucht, Manschettenknöpfe an seinem Hemd zu befestigen.

Er hatte ihr im Vorbeigehen zugewinkt und die Worte »Hab dich lieb« geformt. Das hatte sie zumindest gedacht. Und sie hatte gesagt: »Ich dich auch.« Am liebsten würde sie die Zeit zurückdrehen, diese Worte zurücknehmen, sich sein Telefon schnappen, nachsehen, mit wem er gesprochen hatte, und es ihm an den Kopf werfen. Sie presste die Faust auf ihren Bauch, damit es nicht mehr so wehtat. Wie lange hatte er gewartet, nachdem sie weg war, und dann einer anderen Frau die Tür geöffnet?

Das Donnern des Türklopfers durchbrach ihre Gedanken. Sie nahm den Seidenkimono ihrer Großmutter von der Tür, zog ihn über und rannte die Treppe hinab. Liv stand in einem winzigen weißen Etuikleid mit hochhackigen Sandalen und einer riesigen Sonnenbrille vor der Tür.

»Komm her!« Liv war kein bisschen »gefühlsduselig«, sie schüttelte sich immer, wenn sie das sagte. Aber jetzt nahm sie Nora in den Arm, trat dann einen Schritt zurück und hielt eine blaue Tüte von Caffè Nero in die Höhe. »Ich weiß, es ist eine große, dunkle Wolke, aber es gibt einen Silberstreif am Horizont – Schokocroissants!«

Beim Anblick der Küche verzog Liv das Gesicht. »Vielleicht sollten wir in ein Café gehen?«

»Ist schon in Ordnung.« Nora fand ein Geschirrtuch, wischte den Staub und die getrockneten Krümel von zwei Stühlen und räumte auf dem mit Büchern und Zeitungen übersäten Tisch ein wenig Platz frei.

In dem verglasten wandbreiten Küchenbuffet stand wunderschönes altes Porzellan, aber sie hatte keine Lust, Teller und Tassen abzuspülen.

Beim Anblick von Liv, die eigentlich zu ihrem Leben in London gehörte, gaukelte ihr schlaftablettenbenebelter Kopf Nora vor, sie sei in der aufwendig inszenierten Traumsequenz eines Films gelandet. Liv packte zwei Pappbecher aus und legte drei Croissants auf Pappteller. »Ich weiß nicht, ob ich schon was essen kann.«

»Hinsetzen! Essen!«, befahl Liv. »Dann geht's dir besser.«

Nora aß mechanisch erst ein und dann ein zweites Croissant. Der Zucker, das Koffein und die Anwesenheit ihrer Freundin lösten einen Wortschwall bei ihr aus, und Liv hörte zu und zupfte mit ihren manikürten Fingernägeln das letzte Croissant zu einem Berg winziger Krümel auseinander, ohne etwas davon zu essen.

»Es waren grauenhafte sechs Monate«, sagte Nora. »Meine Großeltern sind gestorben, meine Mutter ist abgehauen – und mit Adam lief es auch nicht so richtig. Aber ich wäre nie auf den Gedanken gekommen, dass er mich betrügt …«

»Vielleicht hat er das ja gar nicht.« Liv nahm einen winzigen Schluck Kaffee. »Vielleicht war das gestern ein Ausrutscher. Ein einmaliger Fehler.«

Nora blinzelte sie an und fragte sich, ob sie gerade richtig gehört hatte. Damit hatte sie nicht gerechnet. Liv hatte Adam nie wirklich gemocht. Sie hielt ihn für einen eitlen Wichtigtuer. Und Fehltritte waren für sie normalerweise das Allerletzte.

»Ein Ausrutscher? Eine Frau einfach in unser Haus mitzunehmen? In unser Bett? Wie zur Hölle kann das ein Ausrutscher sein?« Sie stellte ihren Becher ab, und Kaffee spritzte aus dem kleinen Loch im Plastikdeckel.

»Komm schon, Nora, das hier ist kein Märchen. Es ist das echte Leben.« Liv wischte mit einer Serviette den Kaffee weg, der sonst auf ihr Kleid geflossen wäre. »Er hat etwas Grauenhaftes getan. Niemand ist perfekt. Wenn ich du wäre, also ich an deiner Stelle würde nichts überstürzen, ehe ich nicht alle Fakten kenne. Bei Untreue gibt es Abstufungen, oder? Eine ausgewachsene Affäre ist das eine. Aber wenn es ein Ausrutscher oder ein flüchtiges Techtelmechtel war, dann ist das was anderes. Und …«, sie wischte sich sorgfältig die Finger ab, »… wenn du meinen Rat willst …«

»Ja, bitte. Den will ich.«

»Du hast selbst gesagt, dass du ein grauenhaftes Jahr hattest. Adam hat versucht, sein Geschäft in den USA aufzubauen. Das bringt ganz schön viel Druck mit sich und fordert selbst bei dem hingebungsvollsten Paar seinen Tribut.«

Nora starrte auf ihren Teller. Das einzige wirklich

hingebungsvolle Paar, das sie je gekannt hatte, waren ihre Großeltern gewesen. Hugh hatte jeden Morgen eine Blume auf den Unterteller neben die Teetasse gelegt, die er Lainey ans Bett brachte. Er hatte eine anderthalbstündige Tour durch die Stadt auf sich genommen, nur um ihr das Olivenöl und die Rosenholzseife zu besorgen, die sie so mochte. Hatte ihr in vielen Nächten stundenlang vorgelesen, wenn sie nicht schlafen konnte.

Lainey hatte jeden Morgen ihre Haare frisiert und sich gekleidet, als ginge sie zu einer Dinnerparty, obwohl sie kaum je das Haus verließ. Alles nur für ihn. Sie waren sechzig Jahre lang zusammen, und dann war Lainey am Tag vor Silvester die Treppe heruntergekommen, und Hugh lag im Flur. Der Inhalt der Einkaufstüte war um ihn verstreut wie ein letzter Liebesbrief an sie: zwei Päckchen ihrer Lieblingsingwerplätzchen, zwanzig Silk Cut, ein halbes Dutzend roter Tulpen. Lammkoteletts, die der überzeugte Vegetarier ihr zum Mittag hatte braten wollen.

Wenn es sich nach zwei Jahren so anfühlte, seinen Partner zu verlieren, wie war es dann nur Lainey ergangen?

Liv beobachtete sie und wartete darauf, dass sie etwas sagte. »Ich weiß nicht«, brachte sie unglücklich hervor. »Ich kann nicht geradeaus denken.«

»Okay.« Liv stand auf. »Lass uns spazieren gehen. Das lenkt dich ein Weilchen ab.«

Nora schüttelte den Kopf. Das Haus war wie eine tröstende Decke, sie wollte nicht weg.

»Okay«, sagte Liv. »Aber lass uns mal Pause machen.

Seit ich dich kenne, erzählst du mir von diesem Haus. Na komm, führ mich mal rum.«

Nora führte Liv in den stuckverzierten Flur mit dem ausgeblichenen marokkanischen Vorleger auf den polierten honigfarbenen Dielen, und ihre Freundin ging weiter und warf an der Wand mit den Spiegeln einen Blick auf sich. Mindestens zwanzig kleine Spiegel waren um eine große goldene Sonne wie um einen glitzernden Planeten arrangiert.

Im Haus und im Garten waren überall Spiegel – Gotik, Barock, Rokoko, Jugendstil, Regency und venezianisch. Sie schimmerten an der Rückwand von Vitrinen, glitzerten über Kaminsimsen, reflektierten die Obstbäume an den Gartenmauern wie in *Alice im Wunderland*.

»Warum sind es so viele, Großvater?«, hatte Nora Hugh einst gefragt.

»Damit Großmutter sehen kann, wie wunderbar sie ist«, hatte er geantwortet.

Auch schon mit sechs Jahren hatte Nora das wenig überzeugend gefunden. Lainey schien sich nie an ihrem Äußeren zu erfreuen. Ihren Schmuck, ihre bunten Kleider und den Lippenstift trug sie für Hugh, nicht für sich, als wäre es eine Art Pflicht.

»Ist die echt?« Liv berührte mit dem Finger die vergoldeten geschnitzten Blumen einer indischen Tempeltür. Sie trat einen Schritt zurück, um sie besser betrachten zu können, und stieß dabei gegen Houdini. »Was ist das denn?«

»Das«, sagte Nora, »ist der älteste Hund der Welt.«

»Und der kitschigste!«, kicherte Liv. »Nicht unbedingt eine Sternstunde der Taxidermie, oder? Aber einiges von dem Zeug hier ist echt unglaublich.«

Liv inspizierte die große, polierte kupferne Meeresschnecke und die Bodenvase mit der rissigen Türkisglasur, in der Laineys Schirme steckten. Den Leuchter aus Rentiergeweih. Den auf dem Kopf stehenden Affen, der eine kleine Schale hielt, das als Tintenfass diente. Das Boot, das ihr Großvater aus einem Stück Treibholz für Lainey geschnitzt hatte.

Ihre Freundin hatte recht, es war eine angenehme Ablenkung, ihr die in allen Räumen verteilten Schätze des Hauses zu zeigen.

»Hatten deine Großeltern mit Antiquitäten zu tun?«, fragte Liv, als sie Nora nach oben folgte.

»Meine Großmutter war Hausfrau. Mein Großvater arbeitete für das Handelsministerium und ist in der ganzen Welt herumgereist. Viele dieser Dinge hat er ihr mitgebracht und den Rest hier gekauft.«

»Also er hatte wirklich ein gutes Auge!«

Sein Auge ist nicht das Entscheidende, dachte Nora, sondern sein Herz. »Ich hatte immer das Gefühl, dass alles in diesem Haus Teil eines langen, wortreichen Liebesgedichts von ihm an Lainey ist.«

»Die Frau konnte sich glücklich schätzen«, sagte Liv.

»Nicht wirklich. Lainey war irgendwie einsam, glaube ich. Sie hat schon sehr jung den Kontakt zu ihrer Familie verloren. Sie hat nie von ihnen gesprochen. Und dann gab es dieses schreckliche Zerwürfnis mit meiner Mutter.«

»Weswegen?«

»Ich weiß es nicht. Ich konnte sie nie danach fragen, und auch Mum spricht nicht darüber.«

»Wow«, hauchte Liv, als Nora die Tür zum Schlafzimmer ihrer Großeltern öffnete und sie das elfenbeinfarbene, große französische Bett sah, den Kronleuchter aus Murano-Glas und die blauen Vorhänge aus Seide, die Hugh aus China mitgebracht hatte.

Noras Blick jedoch fiel auf die Dinge, die ihre Großeltern tagtäglich benutzten. Hughs Lesebrille und seine Pantoffeln, an denen das Schaffell hinten abgewetzt war. Laineys Tablettendöschen, Lockenwickler und der Stapel Liebesromane auf dem kleinen geschwungenen Tischchen an ihrer Seite des Bettes.

Im Haus lagen Hunderte dieser Bücher herum. Hugh hatte sie gekauft und sie Lainey in schlaflosen Nächten vorgelesen. Nora fand es immer bezeichnend, dass ihre distanzierte Großmutter, die es nicht schaffte, ihrer Liebe Ausdruck zu verleihen, so versessen auf Liebesgeschichten mit Happy End war.

Liv hatte bereits einen der Kleiderschränke geöffnet. Er war voller wunderschöner Abendkleider aus den Sechzigerjahren. Großartige Kreationen der Damenschneiderei neben Boutique-Ware in Edelsteinfarben. Nora erinnerte sich, dass sie als Kind in diese Höhle aus raschelndem Satin, Seide, Samt und Federn geschlüpft war. Liv hielt ein schweres Cape mit einem Saum aus Gagat-Perlen hoch und sah auf das Etikett. »Das ist ein Vintage-Teil von Oleg Cassini!«

»Als ich meine Großmutter kennenlernte, verließ sie

das Haus bereits kaum mehr«, sagte Nora. »Aber in jüngeren Jahren besuchte sie Handelsempfänge und Dinnerpartys mit Hugh. Er hat es geliebt, sich mit ihr zu schmücken.«

Sie nahm das silbergerahmte Hochzeitsfoto in die Hand, um es Liv zu zeigen. Ihr Großvater strahlte in seinem Zweireiher in die Kamera; ihre Großmutter trug ein spitzenbesetztes Hochzeitskleid im Grace-Kelly-Stil, ihre dunklen Haare waren halb von einem weichen Tüllschleier verdeckt. Auch sie lächelte, aber ihre dunklen Augen wirkten traurig, und sie klammerte sich an Hughs Arm, als wäre er eine Rettungsleine.

»Lieber Himmel!«, sagte Liv. »Das ist ja fast unheimlich. Das könntest auch du sein auf dem Bild da.«

»Was geschieht mit den ganzen Sachen?«, fragte sie, nachdem sie hinauf in den verwinkelten vollgestopften Raum unter dem Dach gestiegen waren.

»Es gehört jetzt meiner Mutter, aber sie wird nichts davon haben wollen, deshalb verkauft der Nachlassverwalter es für sie.«

»Also, ich würde liebend gern einiges davon kaufen. Das sind genau die Dinge, nach denen meine Kunden lechzen. Ich meine *unsere* Kunden«, korrigierte sie sich. Bis vor neun Monaten war Nora Livs Angestellte gewesen, aber mittlerweile war sie Partnerin.

»Ich hatte eigentlich vor, eine ganze Menge mit zurück nach London zu nehmen«, sagte Nora. Die Chaiselongue zum Beispiel, den viktorianischen Vogelkäfig, den türkischen Gebetsteppich, den lebensgroßen Messingengel mit Leuchter, Laineys Belleek-Porzellan aus dem neunzehnten Jahrhundert … Die Liste war auf ihrem Laptop. »Aber ich weiß noch nicht mal, ob ich je wieder zurück in dieses Haus kann.«

»Natürlich kannst du das!«, sagte Liv entschieden. »Du liebst dieses Haus. Du hast dein Herz und deine Seele da reingesteckt.«

Das stimmte. Adam hatte zwar die Anzahlung geleistet, aber Nora hatte sich um sämtliche Renovierungsarbeiten und die Gestaltung gekümmert und jedes Möbelstück bezahlt. Es war viel Arbeit, aber die Mühe wert gewesen. Es war das Haus, aus dem sie am Tag ihrer Hochzeit treten und in das sie ihr Baby hineintragen wollte.

»Komm schon, Nora. Jetzt schütt mal das Kind nicht mit dem Bade aus«, sagte Liv, als hätte sie Noras Gedanken gelesen. »Es war nur Sex. Es hat gar nichts bedeutet.«

Nora schüttelte den Kopf. »Das kannst du doch nicht wissen.«

»Doch«, sagte Liv nur. »Ich habe letzte Nacht mit ihm gesprochen.«

»Warum?«

»Weil du nicht wolltest und ich so wütend auf ihn war, aber er war sogar noch wütender auf sich selbst. Er sagte mir, dass es ein dummer One-Night-Stand war und er das gar nicht wollte. Er konnte kaum glauben, dass er es hat geschehen lassen und …«

»Wer war es?«, unterbrach Nora sie.

»Ich weiß es nicht, aber das ist auch nicht wichtig.

Wichtig ist nur, dass er dich liebt, Nora. Er will dich nicht verlieren!«

»Was willst du mir damit sagen? Dass ich ihm verzeihen soll?«

»Nein! Ich finde, jeder Mann, der meiner besten Freundin so etwas antut, muss leiden«, knurrte Liv. »Aber ich finde auch, dass es wert ist, um das zu kämpfen, was ihr beiden habt.«

Nora war nie eine Kämpferin gewesen. Sie hasste Konflikte. Ihr war Rückzug immer wie die weisere Entscheidung erschienen.

»Bist du es nicht auch dir selbst schuldig, ihm eine Chance zu geben?«, fragte Liv. »Dir zumindest anzuhören, was er zu sagen hat?«

»Ich weiß nicht.« Nora zuckte mit den Schultern und gab sich geschlagen. »Wahrscheinlich schon.«

»Gut.« Liv tätschelte ihre Schulter. »Kann ich ihn anrufen und ihm sagen, dass du mit ihm sprechen wirst?«

Nora atmete einmal tief durch. »Okay.«

Nora duschte in Laineys Badezimmer und zog sich nach dem Abtrocknen ein sauberes Hemdkleid über. Sie betrachtete sich im Spiegel über dem Waschbecken und verzog das Gesicht. Ihre Augen waren geschwollen, die blutunterlaufenen Augenringe so dunkel wie blaue Flecken. Heute war ihr ihr Äußeres zwar völlig egal, aber Adam sollte ihr nicht ansehen, wie sehr er ihr wehgetan hatte, also öffnete sie ihr Necessaire und begann, den Schaden zu beheben.

»Schon besser!« Liv nickte aufmunternd, als sie in die Küche kam. »Ich hab Kaffee gemacht. Schwarz, fürchte ich. Es gibt keine Milch, und nur zu deiner Info, in diesem Kühlschrank ist Ebola ausgebrochen.« Sie schüttelte sich. »Ich hab auf meinem Laptop Facetime geöffnet. Adam erwartet dich.« Sie nahm ihre Sonnenbrille und ihr Telefon. »Ich gehe mal ein bisschen spazieren.«

Nora streckte die Hand aus und berührte im Vorbeigehen Livs Arm. »Danke Liv, dass du gekommen bist, du bist so eine wunderbare Freundin.«

»Nicht der Rede wert«, sagte Liv leichthin. »Dafür bin ich doch da.«

Nora wartete, bis sie die Vordertür hörte, dann atmete sie tief durch und klickte auf Adams Namen.

Das Wohnzimmer in der Fountain Road. Nora ergriff beim Anblick all der schönen Dinge, die sie so liebevoll zusammengetragen hatte, schreckliches Heimweh.

»Hi«, sagte er. Seine Stimme klang ruhig, aber er zupfte nervös an einer schwarzen Locke. »Wie geht es dir, Nora?«

»Es steht dir nicht zu, mich das zu fragen«, sagte sie kühl.

»Ich weiß«, sagte er. »Ich habe Mist gebaut. Es tut mir so leid! Es war nur dieses eine Mal, und es wird nie wieder passieren. Und ich werde den Rest meines Lebens versuchen, es wiedergutzumachen, wenn ich darf.«

»Das wird nicht nötig sein.«

»Hör zu! Warte! Bitte hör mich an.« Er strich sich

mit beiden Händen die Haare aus dem Gesicht. »In den letzten sechs Monaten hatte ich das Gefühl, dass du gar nicht wirklich da warst. Es war echt schwierig für mich.«

»Schwierig – für dich?« Nora starrte auf den Bildschirm. »Ich habe meine Großeltern verloren. Was denkst du denn, wie es mir gegangen ist? Was meinst du, wie es sich für mich angefühlt hat, dass du keine Zeit hattest, zu den beiden Beerdigungen zu kommen? Und als du wieder da warst, wolltest du mich in Restaurants schleppen oder zu Wochenendausflügen, und ich sollte ein glückliches Gesicht machen, um dich nicht zu enttäuschen.«

»Das habe ich nie von dir verlangt!«

»Doch, Adam. Vielleicht hast du es nicht ausgesprochen. Aber genau das hast du von mir erwartet. Denn wenn ich dich nicht zum Mittelpunkt meiner Welt mache, ziehst du dich von mir zurück!«

Wie wahr, dachte sie. Sie erinnerte sich an den Valentinstag nach dem Tod ihres Großvaters. Adam war zwei Wochen lang unterwegs gewesen, und bei seiner Rückkehr von Boston hatte sie sich nichts mehr gewünscht, als sich in seine Arme zu schmiegen und festgehalten zu werden. Aber er hatte ein Überraschungswochenende in Chewton Glen gebucht. Sie hatte sich brav ein hübsches Kleid angezogen, ihn am Flughafen abgeholt und sich alle Mühe gegeben, genau das Richtige über ihre Baumhaussuite und die frei stehende Badewanne mit den Löwenfüßen zu sagen, aber sie war nicht glücklich gewesen. Er hatte es gemerkt und am nächsten Tag die meiste Zeit geschmollt. Sie hatte sich eingeredet, es sei ja nicht seine Schuld, dass er noch nie einen geliebten Menschen verloren hatte und deshalb nicht verstehen konnte, wie die Trauer in Wellen über sie hereinbrach. Aber im Grunde genommen waren es nur Ausflüchte gewesen.

»Vielleicht steckt ein Fünkchen Wahrheit in dem, was du sagst«, antwortete Adam und durchbrach ihre Gedanken. »Und wenn es so ist, dann kann ich das ändern.«

»Wer war es?«, fragte Nora. »Wie heißt sie?«

Er wurde rot. »Du kennst sie nicht, Nora. Es würde dir sowieso nichts sagen.«

»Wie oft hast du sie getroffen?«

»Ich weiß nicht«, sein Blick wanderte nach links, dann nach rechts. »Fünf oder sechs Mal vielleicht. Aber wir waren nur einmal im Bett, gestern war das erste Mal. Glaub mir. Hör zu, das ist doch bescheuert. Wir können das nicht über Facetime besprechen. Ich steige in ein Flugzeug und komme rüber.«

»Nein!«, rief Nora. »Das tust du nicht.«

»Dann komm bitte zurück. Das ist dein Zuhause, Nora. Hier lebst du. Ich ziehe auch für eine Weile aus, wenn dir das lieber ist.«

»Ausziehen?« Ihre Stimme brach. »Ich weiß nicht, ob mir das auffallen würde, Adam, du wohnst ja eh kaum dort.«

»Ich weiß«, sagte er. »Ich weiß. So kann es nicht weitergehen. Hör mal, ich habe nachgedacht und einen Plan gemacht.«

Nora hob die Hand. »Nein! Du hast gerade in der Weltgeschichte herumgevögelt, Adam. Ich will nichts davon wissen.«

»Ich könnte meinen Reiseplan umstellen, und wir könnten vielleicht zu einer Paartherapie gehen. Wir könnten …«

Das Bild erstarrte, und die Verbindung war weg. Noras Gesicht erschien auf dem Bildschirm. Sie erschrak bei ihrem eigenen Anblick. Ihre Haut war fleckig und ihr Lippenstift blass und zerkaut. Nora verachtete sich, weil sie für Adam gut aussehen wollte, konnte aber gleichzeitig auch nicht aus ihrer Haut.

Livs Tasche lag auf dem Boden neben dem Stuhl, und Nora beugte sich hinab und nahm ihr rotes Make-up-Lederetui heraus. Sie wollte gerade einen Lippenstift nehmen, als sie eine alte Puderdose von Chanel entdeckte. Im selben Augenblick wusste sie, dass es die war, die sie von ihrer Großmutter bekommen hatte.

Hin und wieder hatte Lainey einen kleinen Schatz in Noras Schultasche geschmuggelt. Eine winzige Kristall-Maus von Lalique, so groß wie ihr Daumennagel, einen scharlachroten Spitzenfächer, eine Hutnadel in Form eines Flamingos. Nora musste all diese Dinge vor ihrer Mutter verstecken, denn die hätte unweigerlich verlangt, sie müsse sie sofort wieder zurückgeben. Das Puderdöschen hatte sie am meisten geliebt. Der Deckel aus schimmernder roter Emaille hatte eine Schließe aus zwei verschlungenen C, die sich mit einem leisen, exklusiven Klick öffnete. Sie war vor Jahren verschwunden, als Nora noch mit Liv zusammengewohnt hatte.

Nora hatte immer geglaubt, sie habe sie verloren, aber jetzt wurde ihr klar, dass Liv sie genommen hatte.

Der Deckel war in der Mitte gebrochen. Als Nora ihn öffnete, fielen die beiden Hälften auseinander, und Nora erstarrte. Sie erinnerte sich daran, wie sie gestern aus dem Schlafzimmer in der Fountain Road gestolpert war. Das scharfe Knacken, als sie mit ihrem Absatz auf etwas Kleines, Rundes, Rotes auf dem Teppich getreten war.

Adam rief wieder an, und sie tippte wütend auf den Bildschirm.

»Plötzlich warst du weg«, sagte er. »Ich wollte gerade sagen …«

»Es war Liv, oder?«

Er starrte sie ein paar Sekunden lang an, sein Adamsapfel hüpfte auf und ab. »Was hat sie dir gesagt? Wenn sie behauptet, dass ich damit angefangen habe, ist das eine Lüge …«

Nora schleuderte die Puderdose gegen den Bildschirm. Adam war fünfhundert Meilen weit entfernt, aber er duckte sich trotzdem, als sie den Computer vom Tisch fegte.

Wie hatte sie nur so dämlich sein können? Nora leerte Livs Tasche auf dem Laptop aus. Wie konnte man nur so naiv sein?! Wieso hatte sie nicht geahnt, dass die zwei Menschen, die ihr am nächsten standen, ihr das angetan hatten?

Sie griff nach der zierliche Wedgwood-Tasse mit dem kalten Kaffee und wollte sie an die Wand schleudern, hielt sich dann aber zurück. Die hatte ihrer Großmutter gehört. Sie hatte mit Adam und Liv nichts zu tun. Sie leerte den Kaffee über das Häufchen mit Livs Sachen, erhob sich und ging zum Waschbecken. Ihre Hände zitterten, als sie die Tasse unter heißem Wasser ausspülte. Sie trocknete sie sorgfältig ab und räumte sie weg.

Als sie das Porzellanschränkchen schloss, hörte sie, wie die Haustür sich öffnete, und Livs langsame, schwere Schritte. Adam musste sie angerufen haben. Sie wusste Bescheid.

»Nimm dein Zeug und verschwinde!«, sagte Nora.

»Ich weiß nicht, was ich sagen soll!«, seufzte Liv. »Es hätte nicht passieren dürfen. Ich hätte es nicht zulassen dürfen.« Sie hob ihren tropfenden Laptop auf und steckte ihn in ihre Tasche. »Ich wollte das nicht, Nora. Glaub mir, das Letzte, was ich jemals wollte, war, dir wehzutun.«

»Warum hast du es dann getan?«, fuhr Nora sie an. »Niemand hat dich gezwungen.«

»Ich weiß. Aber ich hab irgendwie den Kopf verloren, nachdem ich mit Paul Schluss gemacht habe. Ich habe immer gedacht, bis Januar bin ich schwanger, aber dann sagte er mir, dass er noch nicht bereit ist. Und ich hab einfach weitergemacht. Das erwarten doch alle von mir. Dass ich leide und traurig bin, ist nicht vorgesehen. Alle gehen davon aus, dass ich weitermache, als wäre alles bestens. Aber innerlich habe ich mich gefühlt, als würde ich sterben, Nora. Und Adam tat sich selber leid, weil du wegen deines Großvaters zu sehr getrauert und dich nicht um ihn gekümmert hast.«

»Wann?«, fragte Nora. »Wann hat es angefangen? Und sag mir nicht, gestern.«

Liv starrte auf den Boden. »Im März, als deine Großmutter krank wurde. Du bist nach Dublin geflogen, und er ist aus den USA zurückgekommen und hat mich angerufen. Er sagte, er mache sich Sorgen um dich. Wir haben uns auf einen Drink getroffen. Das war schon alles, Nora, ich gebe dir mein Wort. Aber irgendwie lief es dann aus dem Ruder. Ich entwickelte Gefühle für ihn. Es gab diese sexuelle Spannung, und die wurde immer schlimmer, und wir dachten, wenn wir es einfach machen, wenn wir *einmal* Sex haben, dann ist es vorbei, und wir könnten uns wieder normal benehmen. Aber wir wollten dir nie wehtun, Nora. Keiner von uns. Du bist uns beiden viel zu wichtig. Deswegen will er so dringend mit dir reden. Deswegen bin ich nach Dublin gekommen, um mich um dich zu kümmern.«

Nora legte die Hände vor ihr Gesicht. »Du bist nicht gekommen, um dich um mich zu kümmern. Du wolltest mich nur dazu bringen, ihn wieder zurückzunehmen. Jetzt geh endlich.«

Liv schlang ihre Tasche über die Schulter. »Ich bin gekommen, weil ich den Schaden in Grenzen halten wollte«, sagte sie. »Um es wieder in Ordnung zu bringen, damit du nicht alles verlierst, Nora. Deinen perfekten Mann, dein perfektes Haus, deine perfekte Zukunft.«

»Ah, danke, Liv«, brüllte Nora quer durch den Flur. »Danke, dass du mit meinem Freund geschlafen hast und es so hinstellst, als hättest du mir einen Gefallen getan. Und übrigens, vielen Dank, dass du vor all den Jahren die Puderdose meiner Großmutter geklaut hast.« Die Tür fiel zu, und nur noch das leere Haus hörte Noras Worte. »Wenn du es nicht getan hättest, dann wäre ich wahrscheinlich noch eine viel größere Idiotin, als du und Adam aus mir machen wolltet.«

2

Schneekugel von New York City

Will

In seiner letzten Nacht in der Wohnung an der Worth Street fand Will ganz unten in einer Ablagebox mit alten Werbebriefings, die er gerade wegwerfen wollte, die Schneekugel. Er schüttelte sie und sah zu, wie die weißen Flocken im Glas herumwirbelten und ein Schneesturm über ein Mini-New-York fegte. Vor langer Zeit hatte er sie für einen Glücksbringer gehalten. Aber an das Glück glaubte er schon lange nicht mehr.

Er packte zu Ende und zog seine Joggingklamotten an. In letzter Minute steckte er die Schneekugel in die Tasche seiner Shorts und trat hinaus in die schwüle New Yorker Sommernacht. Seine übliche Strecke führte ihn um den Columbus Park, aber heute bog er links in die Lafayette Street Richtung Fluss ab.

Er war außer Atem, als er mitten auf der Brooklyn Bridge kurz haltmachte und einen Blick zurück auf Manhattan warf. Die glitzernde Skyline war nicht dieselbe wie in der Schneekugel. Sie stammte aus einer Zeit, als die Twin Towers noch die Stadt überragten.

Will hatte das Gefühl, er müsse diesem Augenblick irgendwie Bedeutung verleihen. Vielleicht seine Faust in die Luft recken oder ein Träne verdrücken, aber er hatte seit Jahren nicht mehr geweint, und abgesehen davon waren hier zu viele Menschen unterwegs. Also zog er die Schneekugel aus seiner Tasche, beugte sich über das Geländer und hielt sie über das dunkle Wasser, in dem sich die Lichter spiegelten.

Am nächsten Morgen schaltete Will auf Autopilot, als wäre es eine ganz gewöhnliche Reise. Er prüfte, ob der Kühlschrank ausgeschaltet und die Fenster abgesperrt waren. Die Bedienungsanleitungen für die Klimaanlage, den Alarm und die Heizung lagen auf dem Tisch. Alles ging gut, bis er ins Foyer kam. Dort saß Carlos, der Portier, hinter dem Schreibtisch, und Will erinnerte sich daran, wie er Julias Namen immer ausgesprochen hatte, als begänne er mit einem H.

»Ist Alice schon auf dem Weg?« Carlos warf einen Blick zum Lift.

»Nein«, Will räusperte sich, »sie war für ein paar Wochen im Urlaub mit ihrer Großmutter. Ich hole sie am JFK ab.«

»Sagen Sie ihr *hasta luego* von mir. Dann sehe ich euch also wieder, oder? Sie sind nur für ein Jahr weg, nicht wahr?«

»Erst mal für ein Jahr.« Will steckte den Wohnungsschlüssel in einen Umschlag und klebte ihn zu. »Länger, wenn alles gut geht.«

»Sie sehen ein bisschen blass aus, Will. Brauchen Sie ein Glas Wasser?« Carlos legte besorgt die Stirn in Falten.

»Danke, es geht mir gut.« Will schüttelte ihm die Hand, sah sich ein letztes Mal um und trat hinaus.

Seine Tochter und seine Schwiegermutter warteten in der Halle für Inlandsflüge von Delta in Terminal 4.

Maggie hatte Farbe bekommen, aber Alice' Gesicht war unter ihrem ohnehin schon totenbleichen Make-up noch blasser. Sie sah ihn zur Begrüßung nur düster an, drehte sich weg und nahm ihre Großmutter fest in den Arm.

»Hab dich lieb, Großmutter!« Ihre Stimme klang leise, wurde aber härter, als sie sich löste und zu Will sagte: »Ich hol mir einen Kaffee. Ich brauche fünf Dollar.«

»Ich begleite dich«, sagte Will.

Sie warf ihre blonden Haare mit den blassrosa Dip-Dye-Spitzen zurück und funkelte ihn an. »Ich bin kein Kind mehr.«

»Aber wir haben wirklich kaum Zeit. Wir müssen ins andere Terminal«, erklärte er, »und durch den Zoll. Ich hole dir einen Kaffee, wenn wir eingecheckt haben.«

»Ich hol ihn mir selber. Großmutter hat mir Geld gegeben.«

Sie sahen ihr hinterher. Sie hatte die Fäuste in die Taschen ihrer sehr kurzen Jeans-Shorts geschoben, und in ihrer Strumpfhose war eine Laufmasche.

»Ist das ein Modestatement oder ein Versehen?« Maggie runzelte die Stirn.

»Frag mich nicht«, seufzte Will.

»Es ist doch ganz logisch, dass sie durcheinander ist«, sagte Maggie forsch. »Sie ist nur gereizt, Will, ihr geht's bald wieder gut«, sie strich über sein Revers, »und dir auch. Dublin wird euch beiden guttun.« Sie legte ihre Hände auf seine Schultern und drückte sie, dann wandte sie leicht den Kopf, um eine Durchsage besser verstehen zu können. »Ich glaube, das ist mein Flug. Ich gehe besser mal rüber.«

Will zählte vier Cafés in der Abflughalle, fand aber Alice nirgendwo. Er rief sie an, doch sie ging nicht dran. Er spürte dieselbe Panik, die ihn immer ergriffen hatte, als sie noch klein gewesen war und sich in einem Laden davongestohlen hatte. Aber jetzt war sie fünfzehn, aber – und in diesem Punkt hatte sie unrecht – immer noch ein Kind.

Er zwang sich zurückzugehen und noch mal nach ihr zu suchen, und fand sie im letzten Café. Sie saß im Schneidersitz auf dem Boden neben einer Sitzbankreihe, hatte den Kopf gesenkt und blätterte in einer Graphic Novel.

»Alice! Ich hab dich überall gesucht! Wir sind spät dran!«

Sie zuckte mit den Schultern und nahm einen winzigen Schluck aus ihrem Pappbecher. »Ich muss noch meinen Kaffee austrinken.«

Nicht eskalieren lassen, sagte er sich. Cool bleiben. Er nahm ihre Hand, und sie ließ sich widerwillig hochziehen. Er versuchte, sie in Bewegung zu setzen, aber sie blieb beharrlich stehen.

»Dad«, sagte sie eindringlich, »wir müssen das nicht machen. Wir müssen hier nicht weg.« Mit großen Augen und flehendem Blick sah sie zu ihm auf. »Ich mache keinen Ärger mehr. Ich werde ganz brav sein. Versprochen. Können wir einfach wieder zurück in die Wohnung?« Tränen hingen wie winzige Diamanten an ihren langen schwarzen Wimpern. »Bitte.«

»Jetzt ist alles organisiert, Alice«, sagte Will sanft. »Das weißt du.«

Eigentlich war er der Meinung, dass er es ganz gut hinkriegte. Als alleinerziehender Vater hatte er alles gegeben. Alice war immer seine erste Priorität, und sie hatte es ihm leicht gemacht. Sie war so ein liebes kleines Mädchen gewesen, bis sie letztes Jahr in die Mittelstufe gekommen war. Plötzlich hatte sie sich völlig verändert. Fast über Nacht. Der Punkt war, dass Will genau dasselbe schon einmal erlebt hatte, und zwar mit seiner kleinen Schwester.

Vielleicht war es schrittweise geschehen, aber Will hatte es nicht so empfunden. Im einen Augenblick schlief Alice noch mit ihren Stofftieren im Bett und las Harry Potter, im nächsten färbte sie sich die Haare, ließ sich ein Zungenpiercing stechen und strich die Wände ihres Zimmers schwarz.

Okay, hatte er gedacht, sie sucht nach Ausdrucksmöglichkeiten, das muss ja schließlich erlaubt sein. Nichts, weshalb man sich Sorgen machen muss. Dann hatte er einen Anruf von ihrer Lehrerin bekommen, weil in der Schule eine teure Uhr gestohlen und im Schrank seiner Tochter gefunden worden war.

Alice sagte, sie habe keine Ahnung, wie sie dort hingekommen sei, und er glaubte ihr. Doch dann wurde sie an Weihnachten festgenommen, weil sie in einer Drogerie Parfum geklaut hatte. Glücklicherweise hatte der Besitzer Mitleid und erhob keine Anklage. Aber als Will ihr Zimmer durchsuchte, fand er Klamotten, Videospiele und Make-up im Wert von mehreren Hundert Dollar. Fast alles war noch verpackt und unbenutzt. Was ging da vor sich?

Alice knickte ein, gab zu, dass sie alles gestohlen hatte, versprach, damit aufzuhören, und sie bekam Hausarrest. Dann war sie im darauffolgenden April mit einer Flasche Wodka im Rucksack erwischt worden, und die Schule teilte ihm schriftlich mit, dass sie bei einem weiteren Vorfall im Herbst nicht mehr zugelassen würde.

Will wusste, dass eine drastische Maßnahme nötig war. Er hatte mit Maggie darüber gesprochen, nach Florida zu ziehen, um näher bei ihr zu sein. Aber als die Stelle im Dubliner Büro seiner Werbeagentur frei wurde, überredete sie ihn, sie anzunehmen.

»Ich glaube, Irland ist besser für sie. Du solltest deine Wohnung untervermieten; versuch es doch mal für ein Jahr. Du hast da drüben deine Schwester und deren Kinder. Einen Cousin in ihrem Alter. Teil einer großen Familie zu sein, könnte genau das sein, was sie braucht.« Seine Tochter jedoch hatte sich heftig gewehrt.

Auf dem sechsstündigen Flug von New York nach Dublin sprach Alice kein einziges Wort mit ihm. Aber zehntausend Meter über Neufundland schlief sie mit einem Magazin auf dem Schoß und ihrem Kopf an seiner Schulter ein. Er saß völlig reglos da, als wäre ein kleiner Wildvogel auf seiner Hand gelandet, spürte das Auf und Ab ihres Atems, ihre kleine Ohrmuschel an seinem Schlüsselbein, und er schöpfte Hoffnung, dass Maggie recht behalten und Dublin ihr guttun würde.

In der Ankunftshalle am Dubliner Flughafen brauchte Will ein paar Sekunden, bevor er seine Schwester erkannte. Er hatte damit gerechnet, dass Gemma sich noch so kleidete wie in ihrer Jugend: als wäre sie gerade auf dem Weg zu einem Maskenball – ein Bleistiftrock mit gestreiftem T-Shirt und Barett, ein Reiterjackett und Reiterstiefeletten oder im ausgefransten Pocahontas-Kleid und mit geflochtenen Haaren.

Aber die kleine Frau, die auf der Stelle tanzte und ein handgemaltes Schild schwenkte, trug einen weiten Pulli und Jeans, ihre kurzen Haare steckten unter einer Baseballcap. Auf dem Schild verkündeten krakelige grüne Buchstaben: »Willkommen zu Hause Alice und Onkel W«. Onkel W? Gemma schwenkte es über ihrem Kopf und drehte es dann um, sodass die Rückseite zu sehen war, auf der stand: »–ill«. Sie schlüpfte unter dem Metallgeländer hindurch und warf sich in seine Arme. Wie fast jedes Mal staunte er, wie zierlich und leicht seine kleine Schwester war.

»Lass dich anschauen.« Sie trat einen Schritt zurück, die Hände immer noch auf seinen Schultern. »Deine Haare sind kürzer.« Sie runzelte die Stirn. »Aber mir gefallen die grauen Schläfen. Sehr Patrick-Dempsey-mäßig.«

Ein kleiner blonder Junge, in dessen Pullikragen seltsamerweise ein Geschirrtuch steckte, erschien neben ihr und blickte erwartungsvoll zu Will auf.

»Hast du das gesehen, Froggy?«, fragte Gemma. »Dein Onkel wollte schon an mir vorbeigehen, aber zum Glück hat er dein tolles Schild entdeckt.«

»Ja, du warst die Rettung.« Will wuschelte durch seine Haare. »Super gemacht, Batman.«

Froggy freute sich.

»Und, wo ist Alice?« Gemma sah sich erwartungsvoll um.

»Vollauf damit beschäftigt, so zu tun, als gehöre sie nicht zu mir«, seufzte Will.

In diesem Augenblick gingen die automatischen Türen auf, und Alice erschien, mit hocherhobenem Kopf, den Mund zu einem schmalen Strich verzogen, als wollte sie sagen: »Ich hasse es jetzt schon.«

»Alice! Alice!« Gemma schob sich durch die Menge, umarmte ihre Nichte stürmisch und schleppte sie zu Will und Froggy. »Gruppenumarmung!«

Alice erschrak, war aber noch zu verschlafen, um Gemmas aufrichtigen Enthusiasmus abzuwehren, und legte gehorsam ihren Arm um Froggy. Als Will ebenfalls versuchte, seinen Arm um sie zu legen, schüttelte sie ihn ab, und er musste sich damit trösten, dass sie über dem Atlantik glücklich an seiner Schulter geschlummert hatte.

Gemma schnappte sich Alice' Handgepäck und marschierte plaudernd los. Sie hat diese hektische Art von Fußballmüttern an sich, schoss es Will durch den Kopf. *Sachen erledigen. Wege hinter sich bringen. Unangenehmes Schweigen mit Worten füllen.*

Am Parkplatz klemmte die Fahrertür ihres VW Polo, und sie musste auf der Beifahrerseite über die Schaltung steigen. Alice und Froggy stiegen hinten ein. Will schob ein paar schmutzige Fußballschuhe und einen

Hurlingschläger vom Beifahrersitz und setzte sich neben seine Schwester. Sie drückte sein Knie. »Sehr gut, dass du wieder zu Hause bist.«

Zu Hause, dachte Will, während Dublin an ihm vorbeizog. Gemma nahm extra den hübscheren Weg, damit Alice etwas von der Stadt sah. Seine Schwester plapperte die gesamte vierzigminütige Fahrt nach Blackrock über, zeigte auf Wahrzeichen, fragte Alice, ob sie *Black Books* und *Father Ted* gesehen, W.B. Yeats gelesen oder Snow Patrol gehört habe.

»Das ist die hässlichste Kirche in ganz Irland, Alice«, sie fuchtelte in Richtung eines Monstrums aus Beton, »und dabei ist die Konkurrenz wirklich groß, das kannst du mir glauben. Und Will, schau mal! Da ist die Ecke, wo mir die Handtasche geklaut wurde, als ich dich nach Mums Beerdigung zum Flughafen gebracht habe. Aber sie haben nur ein halb aufgegessenes Snickers, eine Adrenalinspritze und eine Schachtel Tampons gekriegt. Verbrechen zahlt sich nicht aus, Kinder.« Will zuckte zusammen und warf ihr einen warnenden Blick zu, und sie formte mit den Lippen »Sorry!«

Will versuchte, die Stadt mit Alice' Augen zu sehen, als wäre er selbst noch nie hier gewesen. Sie wirkte klein, flach und bleich unter dem ausgewaschenen irischen Sommerhimmel. Sie war ihm fast ein wenig peinlich, als wäre er persönlich verantwortlich für das chaotische Durcheinander von Drumcondra und die schmuddeligen gregorianischen Herrenhäuser am Mountjoy Square.

»Da ist das Meer«, verkündete Froggy, als sie in

Sandymount ankamen, aber selbst der Ozean schien sich alle Mühe zu geben, seine Cousine zu enttäuschen. Es herrschte Ebbe, das Wasser war in weiter Ferne und der Strand eine einzige Ödnis aus grauem Sand. Das Meer war nur ein winziger blauer Faden, ein schäbiger Strich am Horizont.

Gemma bog links ab, und sie fuhren durch das Vorstadtlabyrinth. Dann parkte sie, alle stiegen aus und gingen in das Mietshaus. Magnolienfarbene Wände, beigefarbene Teppiche und der Geruch von frischer Wäsche. »Eure ganzen Sachen sind am Freitag angekommen. Ich hab sie in das größte Schlafzimmer im ersten Stock bringen lassen.«

»Ist mit meinen Sachen alles in Ordnung?« Alice schob sich an Gemma vorbei und rannte die Treppe hinauf. Die anderen folgten ihr.

Alice hatte Will nicht erlaubt, ihr Zimmer in ihrer New Yorker Wohnung zu packen, sondern hatte es selbst fein säuberlich zwischen Tränen und Ausrastern auseinandergenommen. Mit ihrem Telefon hatte sie es von allen Seiten fotografiert, den Inhalt jeder Schublade einzeln verpackt, jede Kleiderkiste beschriftet, ihre Bücher alphabetisch sortiert eingeräumt, jedes Poster und jeden Aufkleber von der Wand geschält und verstaut, damit alles wieder haargenau gleich auf einer neuen Wand fünftausend Meilen entfernt angeordnet werden konnte.

Alice stand im großen Schlafzimmer und starrte auf ein Dutzend verbeulte Kisten, die an einer Wand aufgestapelt waren. »Das sind nicht meine!« Sie drehte sich zu Will um und sagte vorwurfsvoll: »Du hast mir versprochen, dass meine Sachen hier sind, wenn wir ankommen.«

Froggy kniete sich hin und zog einen schmutzigen Karton etwas nach vorne: »Auf dem hier steht J«, sagte er, »und auf dem auch.«

Will blieb wie erstarrt an der Schwelle stehen. »Das ist unmöglich.«

Aber er wusste, was er in den Kartons finden würde.

Alice zog an seinem Ärmel und betonte jedes einzelne Wort: »Wo. Sind. Meine. Sachen?«

»Ich weiß es nicht«, antwortete Will und versuchte, ruhig zu bleiben. »Ich nehme an, die sind versehentlich zu deiner Großmutter gebracht worden.«

Alice gab einem Karton einen Schubs. »Und wem gehören dann die hier?«

Will schluckte schwer. »Die? Die gehörten deiner Mutter.«

Er sah Gemmas überraschten Blick.

»Du hast ihre Sachen hergebracht?« Unter Alice' kreidebleichem Make-up verfärbte sich ihr Gesicht vor Wut rot. »Und meine dort gelassen? So, das war's. Ohne meine Sachen bleibe ich auf keinen Fall hier. Ich fahre zurück zum Flughafen. Jetzt sofort.« Sie stürmte die Treppe hinab, raus zum Auto, riss die Hintertür auf und setzte sich auf die Rückbank.

Will und Gemma probierten alles, aber Alice weigerte sich, zurück in das Haus zu kommen, das Will für sie gemietet hatte.

Gemma machte Tee und schickte Froggy mit einem

Teller mit Schokokeksen zu ihr raus. Will setzte sich an den Tisch, legte den Kopf in die Hände, kramte in seinem müden Gehirn und versuchte, sich den Tag ins Gedächtnis zu rufen, an dem Alice und Maggie in den Urlaub gefahren waren. Der Umzugswagen war spät dran gewesen, und er hatte sich beeilen müssen, um zur Arbeit zu kommen. Er hatte den Männern gesagt, die Kisten im Schlafzimmer sollten nach Florida und die im Flur nach Dublin – oder?

»Das ist kein guter Start«, sagte er mit zittriger Stimme.

»Aber auch nicht das Ende der Welt, sondern nur eine Verwechslung.« Gemma stand hinter ihm und massierte ihm den Nacken. »Du kannst alles immer noch verschiffen lassen.«

»Und was ist mit den Kisten oben?«

Gemma hörte auf, seinen Nacken zu kneten. »Was ist da drin?«

»Nur altes Zeug aus der Wohnung. Ich will es nicht hierbehalten. Kann ich es bei dir irgendwo lagern?«

»Klar. Ich kann es morgen zu uns rüberbringen lassen.«

Will bettelte, diskutierte und verhandelte mit Alice, aber sie bewegte sich keinen Millimeter vom Rücksitz des Autos, also stieg Gemma neben ihr ein und legte ihr den Arm um die Schultern.

»Ich sag dir was. Warum kommst du heute Abend nicht mit zu uns nach Hause? Du kannst auf dem Aufblasbett schlafen.«

»Du musst es nicht selbst aufblasen, wir haben ein Gerät dafür«, erklärte Froggy sehr ernst.

»Und es verliert Luft, während du darauf schläfst. Aber du kannst es haben, wenn du willst.«

Alice nickte. »Okay.«

»Keine Sorge«, flüsterte Gemma Will beim Aussteigen zu. »Sie wird nicht lange bleiben. Eine Nacht in meinem Irrenhaus, und sie fleht dich an, sie zurückzuholen.«

Will winkte, aber Alice schaute nicht mal in seine Richtung. Er zwang sich, wieder in die Küche zu gehen und die Tassen und Teller zu spülen. Dann duschte er und rief bei der neuen Art-Direktorin von Panoply New York an, um zu fragen, ob bei der Übergabe alles gut gelaufen sei. Doch während sie ihm den Plan zu der Kampagne erklärte, die sie von ihm übernahm, erklang Julias Stimme in seinem Kopf.

»Du hast es nicht ertragen, mich zurückzulassen, oder?«, meinte er Julias Worte zu hören.

Nur war es nicht ihre Stimme. Nach fünfzehn Jahren konnte er sich nicht mehr daran erinnern, wie seine Frau geklungen hatte. Wenn er jetzt an sie dachte, dann sah er Fotos vor seinem inneren Auge.

Er aß einen Salat, den er im Kühlschrank fand, und rief seine Schwester an, um sich nach Alice zu erkundigen. Sie sitze auf dem Sofa, berichtete Gemma, und sehe mit den Jungs fern. Als er aufgelegt hatte, überfiel Will die Einsamkeit, und auch er schaltete den Fernseher ein, damit er ein wenig Gesellschaft hatte.

Er musste eingeschlafen sein, denn als er aufwachte, hatte der Himmel noch immer das ausgeblichene Blau des irischen Hochsommers, aber es war fast Mitternacht.

Er ging die Treppe hoch und blickte ein paar Sekunden lang auf den Kistenberg im großen Schlafzimmer. Er versuchte, sich zu erinnern, hatte aber keine Ahnung mehr, was darin war.

Nachdem sie nicht mehr da war, hatte er Julias Sachen in der Wohnung nicht mehr ertragen. Er hatte ihre Mutter gebeten, alles zu nehmen, was sie haben wollte. Und dann, als sie eines Nachmittags mit dem Baby im Park spazieren ging, war er einfach durchgedreht. Hatte jedes Zimmer durchwühlt, alle Schränke, Fächer und Regale ausgeleert. Er verpackte alles, was Julia gehört hatte, in Kisten und klebte sie zu.

Er schob sie ganz hinten in den Schrank in seinem Arbeitszimmer und sagte sich, er würde sie irgendwann öffnen, wenn er dazu bereit war. Aber das war nie geschehen. Julias Asche hatte er im East River verstreut, aber hier war sie wirklich begraben – in diesen mittlerweile durchhängenden Kartons.

Er knipste das Licht an und ging hinein. Als er die Hand auf eine Kiste legte, spürte er Staub unter seinen Fingern. Ohne zu zögern riss er mit einer schnellen Bewegung die Papplasche auf und kippte den Karton um.

Ein Wirrwarr von Dingen entleerte sich auf den Boden. Kleidung und Schuhe, CD-Hüllen, eine Plastiktüte mit Toilettenartikeln, Julias Flanellnachthemd, ihre Turnschuhe … Will schob sie zur Seite und griff sich eine CD heraus: *All That You Can't Leave Behind* von U2. Er überflog die Tracklist und suchte ihr Lieblingslied *Beautiful Day*.

Nein, dachte er und war sich plötzlich vollkommen sicher. Ihr Lieblingslied war *Stuck in a Moment* gewesen. Es war nur das Video von *Beautiful Day*, das Julia so gemocht hatte. Will hatte ihr versprochen, dass er ihr eines Tages Dublin zeigen würde.

Tja, dachte er mit einem schiefen Lächeln, endlich löse ich mein Versprechen ein, Julia, jetzt bist du hier.

Er kniete sich hin und öffnete eine Plastiktüte voller Taschenbücher mit Eselsohren. Penny Vincenzi, Harold Robbins, Dan Brown. Er lachte leise. Julia war eine sehr anspruchsvolle Leserin gewesen, aber als sie schwanger wurde, behauptete sie, das Baby würde ihr ganzes Hirnschmalz aufbrauchen, und las nur noch Bestseller aus der Bahnhofsbuchhandlung.

In der Tüte war auch noch ein Stapel Belege, und zwischen Subway-Tickets und Starbucks-Vouchers fand er einen gefalteten Flyer mit Werbung für die Happy Hour bei Saint Dympna's im East Village, die Bar, in der Julia gearbeitet hatte, als sie sich kennenlernten.

Die heilige Dymphna war Patronin der hoffnungslosen Fälle, und im Sommer 2001, mit gerade mal zweiundzwanzig, hatte Will sich gefühlt wie der hoffnungsloseste von allen. Er hatte es geschafft, ein Sommerpraktikum in der Kreativabteilung einer Werbeagentur an der Madison Avenue zu ergattern, aber das war schon bei seiner Ankunft geplatzt. Also musste er zwei doofe Jobs annehmen, damit er den Kredit bezahlen konnte, den er für den Flug nach New York aufgenommen hatte, und die astronomische Miete für die winzige Wohnung in Brooklyn, die er sich mit drei anderen Jungs aus seiner Klasse teilte.

Fünf Tage die Woche arbeitete er in der Poststelle einer Versicherung und sieben Nächte bei einer Cateringfirma, die Bordmenüs für Fluglinien zubereitete. Er hätte genauso gut in Dublin sein können, so wenig, wie er von New York mitkriegte. Er war permanent erschöpft und zu müde, um mit seinen Freunden feiern zu gehen oder die Stadt zu erkunden.

Im Saint Dympna's gab es ordentliches Guinness, doch das weibliche Personal stammte größtenteils aus Südamerika, konnte das Wort »Guinness« nicht richtig aussprechen, und die Mädchen waren allesamt unglaublich hübsch. Die Jungs, die dort ihr Bier tranken, gaben ihnen Spitznamen: Miss Brasilien, Miss Argentinien, Miss Kolumbien, Miss Mexiko City. Julia war Miss Taken, weil sie einen festen Freund hatte, aber das hielt Will trotzdem nicht davon ab, sich in sie zu verlieben.

Nach seiner Schicht ging er dort immer auf ein schnelles Bier vorbei, um sie aus der Ferne zu bewundern. Ihr schmales Handgelenk, wenn sie Limonen für einen Pitcher Margarita schnitt, wie sie ihre blonden Haare zurückwarf, wenn sie nach der Tequila-Flasche griff und dabei ihr T-Shirt von der Schulter rutschte, wie sie immer Zeit fand, mit den einsamen alten Iren zu quatschen, die die laute Musik in Kauf nahmen, um etwas zu trinken, das sie an zu Hause erinnerte.

Manchmal schäkerte sie auch mit Will, und er hatte immer eine Anekdote über seine beiden erbärmlichen Jobs parat und brachte sie damit zum Lachen. Am Sonntagabend vor seiner Rückreise nach Dublin war er zu einer Party in New Jersey eingeladen, aber auf dem Weg zur Subway überlegte er es sich anders und ging noch ein letztes Mal in die Bar, um Julia zu sehen.

»Hey, Kopf hoch, Will«, neckte sie ihn, als sie ihm sein viertes Guinness zapfte. »Vielleicht kommt es ja nie so weit.«

»Ich habe ein Flugticket, auf dem was anderes steht«, sagte er. »Ich fliege Dienstag zurück.«

»Aber das ist doch gut, oder?«, fragte sie. »Du willst doch nicht für den Rest deines Lebens Fässer mit Eiersalat und Marie-Rose-Soße machen, oder?«

»Es fühlt sich an, als hätte ich den ganzen Sommer hier verschwendet. Es gab so viele Sachen, die ich machen wollte, und jetzt ist es zu spät.«

Sie steckte sich eine blonde Haarsträhne hinter das Ohr. »Was zum Beispiel?«

Dich küssen, dachte er. »Ach, du weißt schon, den ganzen Touristenkram. Freiheitsstatue. Coney Island. Das World Trade Center.«

»Echt? Du hast nicht gelebt, wenn du diesen Ausblick nicht gesehen hast. Pass auf. Ich fahre morgen früh mit dir hoch auf die Twin Towers. Aber wir müssen wirklich früh da sein, ich muss noch lernen.«

»Hat dein Freund nichts dagegen?«, zwang sich Will zu fragen.

»Das hätte er wahrscheinlich, wenn wir noch zusammen wären.« Sie wischte den Schaum von seinem Glas und stellte es auf die Theke. »Also, morgen um neun am Eingang vom South Tower?«

Er nickte. Sie zeigte auf das Guinness. »Dann solltest du nach dem hier Schluss machen. Die Fahrt zur Aussichtsplattform hat es in sich.«

Das, dachte Will, ist wahrscheinlich nicht der richtige Augenblick, um ihr zu sagen, dass er Höhenangst hatte.

Im Aufzug zum hundertdreizehnten Stock des South Tower wurden sie von einer lärmigen französischen Reisegruppe getrennt, die sich wegen einer Straßenkarte stritt. Will starrte zu Boden und versuchte, nicht daran zu denken, dass er in einem Stahlkäfig gefangen war, der fast einen halben Kilometer weit in den Himmel fuhr.

Julia hatte recht. Der Ausblick war unglaublich. Die ganze Stadt lag vor ihnen ausgebreitet. Die Freiheitsstatue sah wie ein Spielzeug aus. Will hatte das Gefühl, als könne er sich nach vorne beugen und die winzigen gelben Taxis vom Boden pflücken, die über die Kreuzung an der West Street düsten. Aber gleichzeitig dachte er, dass er ohnmächtig würde, wenn er nach unten schaute, also sah er die meiste Zeit über Julia an.

»So!«, sagte sie, als sie wieder festen Boden unter den Füßen hatten. »Jetzt warst du auf dem Dach der Welt. Du hast deinen Sommer nicht total vergeudet.« Sie warf sich ihren Rucksack über die Schulter. »Und ich habe immer noch vier Stunden, um meinen Essay zu schreiben.«

»Warte mal!« Will rannte schnell zu einem Souvenirhändler – Flaschenöffner, Schlüsselanhänger, Feuerzeuge. Er bezahlte fünf Dollar für eine Schneekugel mit der Skyline von Manhattan und schenkte sie Julia.

»Aaah!« Sie grinste, schüttelte sie und sah zu, wie die Flocken um die langen Finger der Twin Towers wirbelten. »Das ist herrlich kitschig! Danke!«

»Nimm dir den Nachmittag frei«, bat er leise.

»Geht nicht. Ich muss morgen um 15 Uhr meinem Tutor zwei Kapitel meiner Doktorarbeit vorstellen. Aber ich könnte dich danach treffen.«

»Mein Flug geht um 14.30 Uhr.« Was für ein schlechtes Timing, dachte Will. »Wenn das ein Film wäre«, er schirmte seine Augen mit der Hand ab und sah zum South Tower hoch, »würden wir uns versprechen, dass wir uns genau in einem Jahr wieder hier treffen.«

»Dann lass uns das machen.« Sie grinste. »Will, ich treffe dich da oben um 9.30 Uhr am 10. September 2002.« Sie drehte sich um.

»Vielleicht könnten wir uns auch im Foyer treffen?«, rief er ihr hinterher. »Ich glaube, ich schaffe diese Auffahrt nicht alleine. Ich habe Höhenangst.«

»Du bist gerade hinauf zur Aussichtsplattform vom World Trade Center gefahren und hast Höhenangst?«, rief sie zurück. »Bist du verrückt?«

»Das bin ich!« Er sah zu, wie sie in der Menge verschwand. Verrückt nach dir …

An diesem Abend saß Will mit seinen Freunden in der Wohnung, und sie betranken sich. Als sie irgendwann nicht mehr konnten, war es zu spät, um ins Bett zu gehen, also blieb er auf, hörte dem Sturm zu, der über die Stadt fegte, und fragte sich, ob Julia wach war und ihn auch hörte.

Der nächste Morgen war klar und sonnig, eher wie im Juli als im September, als wollte New York ihn daran erinnern, was für einen Sommer er mit Julia verpasste. Will packte deprimiert seine Sachen. Als er sich seine Tasche über die Schulter warf, klingelte sein Telefon.

Es war Julia. »Gerade eben ist ein Flugzeug ins World Trade Center geflogen.« Sie weinte. »Schalt den Fernseher ein.«

Das kann nicht wahr sein, dachte Will, während er den brennenden Turm auf NBC sah. Aber draußen konnte er Sirenen hören – und deren Echo im Fernseher. Während er immer noch auf die Live-Übertragung starrte, erlebte er mit, wie das zweite Flugzeug einschlug.

Will konnte sich nicht erinnern, worüber sie sprachen, während sie sich etwa drei Meilen voneinander entfernt das ansahen, was wie das Ende der Welt wirkte.

Aber er wusste noch, dass das lauteste Geräusch in seinem Kopf ihr Atem auf der anderen Seite der Leitung war. Und wie heiß das Telefon sich an seiner Wange anfühlte. Und wie sie beide »Nein!« geflüstert hatten, als eine riesige Rauch- und Feuerwolke die Seite des South Tower zerriss. Vor vierundzwanzig Stunden waren sie dort gewesen; jetzt sahen sie zu, wie die Türme ins Wanken gerieten, zusammensackten und schließlich einstürzten.

Will ließ alles stehen und liegen und rannte die dreißig Blocks zu Julias Wohnung, vorbei an Massen von Menschen, die staub- und blutverschmiert in die andere Richtung rannten, aus der Stadt flohen.

Die ganze Nacht blieben sie wach und sahen sich Nachrichten an, telefonierten mit allen, die sie in New York kannten, und hielten sich mit Tränen der Erleichterung in den Armen, wenn sie wieder jemanden in Sicherheit wussten.

Schließlich schalteten sie den Fernseher aus und wandten sich einander zu. Sie waren die Überlebenden. Der Beweis, dass in einer Welt, die gerade in einem Regen von Feuer, brennendem Metall und Schmerz unterging, immer auch etwas Fragiles, zutiefst Menschliches seinen Anfang nehmen konnte.

Am Morgen gingen sie zum Brooklyn Hospital, um für die Überlebenden Blut zu spenden. Aber im Verlauf des Tages wurde ihnen klar, dass es nicht gebraucht würde. Sie selbst waren die Überlebenden, sie und all die anderen, die durch eine Fügung des Schicksals oder Timing verschont geblieben waren. Und als das Flugverbot wieder aufgehoben wurde, wusste Will, dass er nicht nach Hause zurückkehren würde. Er würde genau hier in New York bleiben und Julia fragen, ob sie seine Frau werden wollte.

Will konnte sich an kein einziges Wort der Rede erinnern, die er an seiner Hochzeit gehalten hatte, aber er wusste noch, wie euphorisch er im August 2002 gewesen war, weil ein ganzes Leben voller Glück vor ihm lag.

Sie musste irgendwo hier sein, wurde Will jetzt klar, als er sich im Schlafzimmer mit den Kistenstapeln umsah, diese Rede. Julia hatte sie sicher aufbewahrt. Er stand auf, strich sich über seine steifen Knie und öffnete weitere Kisten.

Aber fast augenblicklich vergaß er, wonach er suchte, weil er immer wieder auf Dinge stieß, die ihm entfallen waren: zwei Tickets für den Film *Lola rennt*, den sie beide so gemocht hatten, in der Tasche einer ihrer Jacken; ein altes Blondie-T-Shirt, das sie immer auf der Arbeit in der Bar getragen hatte. In einer kleinen, vergilbten Plastiktüte befand sich alles, was an dem Tag von Julias Tod am Kühlschrank gehangen hatte: Magneten in Form von Chilis, die Visitenkarte eines Taxiunternehmens, ein Post-it-Zettel mit einer Einkaufsliste in Julias verschlungener Handschrift »Basilikum, Parmesan, Pasta, Blaubeer-Eis, Stilleinlagen (doppelt unterstrichen)«, die Speisekarte ihres Lieblingsvietnamesen in der Greenwich Street, eine Postkarte mit einem blauen See in Belize von Julias Jugendliebe, einem Jungen namens Silas Kelly.

Er musste grinsen, als ihm einfiel, wie er den Eifersüchtigen gemimt und sie sie dann extra genau in der Mitte gepinnt hatte.

Fünfzehn Jahre waren eine lange Zeit, und irgendwann hatte Will Julia zu einer Heiligen gemacht. Aber die echte Julia existierte immer noch hier zwischen all dem Krimskrams aus ihrem Leben. Vielleicht bestand sie jetzt nur noch aus diesen vielen Kleinteilen.

Julia, die ein übrig gebliebenes Croissant in ihrer

Jackentasche versteckte und damit am Strand von Puerto Angel die streunenden Hunde fütterte. Die ihr gemeinsames Sparkonto leer räumte, um seiner Schwester zu helfen, obwohl sie sie kaum kannte. Deren voreingestelltes Passwort »falsch« war, damit, sollte sie es je vergessen, auf dem Bildschirm stand »Ihr Passwort ist falsch«. Die ihm eine wirklich abscheuliche blau-gelbe Kaffeetasse zu seinem vierundzwanzigsten Geburtstag geschenkt hatte. Er erinnerte sich noch, wie er sie auspackte und den Aufdruck las: »Bester Vater der Welt«.

»Aber ich bin gar kein Vater«, hatte er gesagt.

»Ich weiß. Aber nächstes Jahr um diese Zeit wirst du einer sein.«

Die aufblasbare Matratze hatte ein Loch, also machte Gemma das Bett in Froggys Zimmer zurecht, und Alice warf sich mit dramatischer Geste darauf.

»Ich hole dir ein Handtuch«, sagte Gemma, »dann kannst du duschen.« Als sie aus der Waschküche kam, begegnete sie ihrem ältesten Sohn Jake.

»Froggy schläft heute Nacht bei dir«, sagte sie zu ihm, während sie in der Küche Handtücher sortierte.

Jake ging zum Kühlschrank, wobei seine Fußballschuhe eine Spur aus Schlamm und Gras hinterließen. »Na toll. Großartig. Spitze!«, knurrte er.

»Find ich auch!« Froggy war begeistert von der Idee, sich bei seinem großen Bruder einzuquartieren. »Wir können eine Mitternachtsparty machen.«

»Oh prima«, sagte Jake. »Ich bin außer mir vor Freude.«

Lieber Gott, dachte Gemma. Ihr Mann war in letzter Zeit so launisch, dass sie schon fast das Gefühl hatte, als würden nicht nur ein, sondern zwei Teenager in ihrem Haus wohnen. Ob sie mit noch einem klarkam …?

Jake trank mit großen Schlucken eine Tüte Milch leer. »Und wie lange bleibt sie hier, ›die arme Alice‹?«, fragte er, der offenbar ihre Gedanken las, und wischte sich den Mund ab.

»Nenn sie nicht so!«, fuhr Gemma ihn an.

»So nennst *du* sie«, merkte Jake sachlich an.

»Wenn sie so arm ist«, fragte Froggy, »warum hat sie dann ein iPhone 7?«

»Ob du es glaubst oder nicht, es gibt wertvollere Dinge im Leben als ein iPhone 7!«, gab Gemma zurück.

»Was zum Beispiel?«, fragte Froggy verwirrt.

»Viele Dinge!« Gemma nahm den Stapel Handtücher. Eine Mutter zum Beispiel, dachte sie.

Alice kam zum Abendessen nicht herunter und aß auch nichts von dem Teller, den Jake ihr nach oben brachte. Aber am Morgen fand Gemma sie in Froggys Thomas-die-kleine-Lokomotive-Morgenmantel auf dem Sofa, wo sie fernsah und dabei Stephens Bio-Knuspermüsli aus der Schachtel mampfte. Zum Glück war er noch nicht wach, und Gemma blieb Zeit, noch mal loszugehen und ihm neues zu besorgen.

»Wie hast du geschlafen?«, fragte sie Alice.

»Gut«, sagte Alice leise. Dann noch leiser: »Danke«.

»Ich kann dich auf dem Weg zur Arbeit beim Haus deines Vaters absetzen.«

Alice schob ihren Unterkiefer vor und schüttelte den Kopf.

Zwischen zwei Patienten rief Gemma von der Arbeit aus bei Will an, weil sie mit ihm das weitere Vorgehen besprechen wollte, aber er ging nicht dran. Vermutlich schlief er seinen Jetlag aus. Bis Feierabend hatte er immer noch nicht zurückgerufen, also fuhr sie zu ihm, um ihn zum Abendessen abzuholen.

Sie öffnete die Tür mit dem Ersatzschlüssel und rief im Flur seinen Namen. Dann ging sie die Treppe hoch zum Schlafzimmer, bei dessen Anblick ihr vor Schreck der Atem stockte.

Es sah aus, als wäre in einem Trödelladen eine Bombe eingeschlagen. Die Hälfte der Kisten war aufgerissen. Überall lag Zeug: CDs und Bücher, Schmuck, Kleidung und Schuhe, Stapel mit uralten, vergilbten College-Heften. Dazwischen entdeckte Gemma verknäulte Strumpfhosen, ein zerknittertes Abendkleid, eine Tube Handcreme. Hatte Will alles behalten, was Julia je besessen hatte?

Auf dem Bett türmten sich Kleidersäcke. Einer war doppelt so groß wie alle anderen.

Gemma starrte den Sack an. »Das kann doch nicht sein, oder?«

Sie bahnte sich einen Weg zum Bett und öffnete den Sack. Eine elfenbeinfarbene Wolke quoll heraus: Julias Hochzeitskleid. Die neun Meter Spitze und Tüll waren nach all den Jahren ein wenig vergilbt. Sie hörte Schritte und machte den Kleidersack schnell wieder zu.

»Ich hab dich gar nicht reinkommen hören.« Will war unrasiert und hatte dunkle Schatten unter den Augen.

»Was hast du gemacht?«, fragte sie mit einer Geste in den Raum.

»Hab mir Julias Sachen angesehen.«

»Die ganze Nacht?« Er nickte. »Na, dann dusch dich mal und zieh dir was Frisches an. Das ist Alice' erster Tag in Dublin, du kannst sie nicht einfach alleine lassen.«

Will sah verwirrt aus. »Geht's ihr gut? Ich hab irgendwie die Zeit aus dem Blick verloren.«

»Ihr geht's gut«, sagte Gemma. »Sie hängt mit den Jungs rum. Aber du musst dich zusammenreißen. Ich räume hier auf und packe das Zeug weg.«

»Nein«, sagte er schnell. »Ist schon okay.«

»Aber du hast gesagt, du willst es bei uns einlagern.«

»Ich hab's mir anders überlegt.«

»Will«, Gemma fühlte sich unbehaglich und kaute auf ihrer Unterlippe, »warum hast du nach so langer Zeit dieses ganze Zeug immer noch?«

»Was hätte ich denn damit machen sollen, Gems?« Er verschränkte die Arme. »Alles wegschmeißen?«

»So haben wir es mit den Sachen von Mum und Dad gemacht.«

»Das ist was anderes.«

»Wirklich? Wieso? Ich will dir ja nicht das Leben schwer machen, aber wenn ich das alles hier sehe, kapiere ich langsam, warum du immer noch alleine bist. Wie kannst du eine Frau kennenlernen, wenn du so sehr der Vergangenheit nachhängst?«

»Ich habe jede Menge Frauen kennengelernt«, warf Will ein. »Ich hatte ein paar Beziehungen. Aber …« Aber keine hielt länger als achtzehn Monate, denn sobald Will das Gefühl hatte, jemanden zu brauchen, zog er sich instinktiv zurück.

»Aber was?«, hakte Gemma nach.

Mit vierundzwanzig, dachte Will, hielt ich mich für den glücklichsten Mann der Welt, und dann habe ich rausgefunden, dass es so was wie Glück nicht gibt. Man ist der Meinung, man sei etwas Besonderes oder auserwählt und gesegnet, man denkt, dass man immer zusammenbleiben wird. Und dann verliert man all das in einem einzigen, dummen, sinnlosen Augenblick. Wozu also das Ganze?

Doch das konnte er seiner Schwester nicht sagen. Andere Menschen mussten nicht wissen, dass das Leben, das so stabil wirkte, einfach wegbrechen konnte. Also entschied er sich für die andere Ausrede.

»Wenn man ein Kind hat, ist es nicht so einfach, jemanden kennenzulernen. Es geht ja nicht nur um mich. Ich muss auch daran denken, ob die Frau eine gute Mutter für Alice wäre.«

»Alice wird in drei Jahren achtzehn«, sagte Gemma. »Sie braucht keine Mutter mehr. Sie muss vielmehr mitkriegen, dass ihr Dad nicht alleine zu Hause in einer Ecke sitzt und sich selbst bemitleidet. Das Beste, was du für sie tun kannst, ist, dein Leben zu leben.«

Das Essen bei Gemma war laut und chaotisch. Will hatte Würstchen und Pommes gekauft, und die Jungs stritten sich darum, wer welche Limo bekam. Gemma kapitulierte, hörte auf zu schimpfen und brüllte einfach lauter, damit Will sie verstehen konnte. Alice setzte sich zwar mit an den Tisch, weigerte sich aber zu sprechen. Ihren Teller ignorierte sie und spielte stattdessen *Candy Crush* auf ihrem Telefon, während alle anderen aßen. Aber als sie aufblickte und merkte, dass Froggy sein Würstchen nicht klein kriegte, beugte sie sich rüber und schnitt es ihm in mundgerechte Stücke. Stephen kam spät von der Arbeit, und Will und er absolvierten für Gemma eine Art Rückenklopfer-Pantomime brüderlicher Zuneigung, obwohl sie sich nie besonders gemocht hatten.

»Alice, hilf doch bitte deinem Dad beim Abräumen, ja?«, bat Gemma und scheuchte die anderen ins Wohnzimmer.

Alice sammelte die Teller ein und stellte sie in die Spüle.

»Es gibt eine Spülmaschine«, sagte Will.

Sie wandte ihm den Rücken zu und steckte zwei Scheiben Brot in den Toaster, löffelte dann Kakao in eine Tasse, kippte Milch drüber und stellte sie in die Mikrowelle.

»Komm schon, Alice«, seufzte Will. »Du kannst doch nicht ewig so weitermachen. Irgendwann musst du wieder mit mir reden.«

Nichts.

»Ich weiß, dass du auf mich sauer bist, weil ich dich nach Dublin geholt habe. Es wirkt wie eine Strafe, aber so ist es nicht gemeint. Ich habe das gemacht, weil ich glaube, dass es dir guttut. Du bist für mich das Allerwichtigste auf der Welt.«

»Nein«, sagte sie düster. »Mum ist das Allerwichtigste für dich. Deswegen hast du ihre Sachen hergebracht und meine vergessen.«

»Das war ein Fehler …«, begann Will.

»Sie kommt immer an erster Stelle. Wir mussten in der winzigen Wohnung bleiben, weil sie dort gewohnt hat. Und mein ganzes Leben lang redest du dauernd davon, was für ein wunderbarer Mensch sie war. Wie freundlich, lustig, schlau und hübsch. Dass ich so sein soll wie sie.« Ihre Stimme brach. »Aber ich habe sie noch nicht mal gekannt, und ich bin es leid, dauernd mit ihr verglichen zu werden!«

Sie schob sich an ihm vorbei, und er hörte, wie sie nach oben stürmte und wie eine Tür ins Schloss geworfen wurde.

»Entschuldige, Will«, Froggy steckte den Kopf zur Tür herein, »schläft Alice heute Nacht noch mal in meinem Zimmer?«

Will warf hilflos die Hände in die Luft. »Ich wünschte, ich wüsste es, Kumpel.«

Eigentlich sollte er Alice hinterhergehen und sie überreden, mit ihm nach Hause zu fahren. Aber er schaffte es nicht. Er hatte achtundvierzig Stunden nicht geschlafen und seit Monaten dieses Teenager-Theater an der Backe.

»Ich geb's auf«, flüsterte er. »Ich geb einfach auf.«

»Was aufgeben?«, fragte Froggy.

»Nichts.« Er musste hier raus. Er schnappte sich seine

Jacke und ging zur Hintertür. Im Vorbeigehen wuschelte er durch Froggys Haare.

»Sagst du deiner Mum Gute Nacht von mir?«

Du hast ganz schön falschgelegen, Julia, dachte er, als er durch die ruhigen Straßen zu dem seltsamen Haus ging, das im Augenblick sein Zuhause war. Das Einzige, was ich über die Erziehung eines Teenagers weiß, ist, dass ich eine absolute Niete darin bin.

Eigentlich hatte er vorgehabt, sich direkt hinzulegen, aber dann ging er doch noch einmal ins Schlafzimmer. Er würde fünf Minuten lang nach der Hochzeitsrede suchen und es dann gut sein lassen. Aber als er einen weiteren Karton öffnete, entdeckte er die cremefarbene Papiertüte mit den verblichenen rosa Schleifchen und dem Logo der Magnolia Boutique.

Drei Monate nach Alice' Geburt erhielt Will seinen ersten richtigen Gehaltsscheck von Panoply. Er hatte einen Babysitter und ein Abendessen bei einem Italiener in der West Broadway gebucht, um das zu feiern, und als Julia jammerte, dass sie fürchterlich aussehe und ihre Klamotten nach der Schwangerschaft noch nicht wieder passen würden, hatte er ihr zweihundert Dollar gegeben, damit sie sich etwas kaufte.

Diese Einkaufstasche war in der Plastiktüte mit ihren Sachen gewesen, die er vom Krankenhaus bekommen hatte, als ihre Leiche freigegeben wurde. Will hatte es nie geschafft nachzusehen, was drin war.

Aber jetzt schob er einen Kleiderstapel beiseite, setzte sich hin, zog vorsichtig den Blumenaufkleber ab und öffnete die Tüte. In knisterndes Seidenpapier war ein ärmelloses grünes Jersey-Kleid verpackt. Ein einzelnes blondes Haar hing an dem Perlenknopf, den man hinten im Nacken befestigte.

Beim Anblick ihres Körpers auf der Bahre in der Leichenhalle hatte sich alles in ihm dagegen gewehrt, dass sie tot sein sollte. Es konnte nicht sein. Es war unmöglich. Er sagte sich, sie würde schlafen. Er meinte eine winzige kleine blaue Vene an ihrer Schläfe pulsieren zu sehen und dass sich ihr Brustkorb unter dem Laken hob und senkte, und er empfand Erleichterung. Sie hatten einen Fehler gemacht. Aber als er ihre Hand berührte, war sie kalt, sodass er sich nichts mehr vormachen konnte. Er wollte sie von der Bahre heben, sie in seinen Armen halten, aber er schaffte es nicht. Also vergrub er sein Gesicht in ihren Haaren, dem einzigen Teil von ihr, der sich nicht verändert hatte.

Will löste vorsichtig das Haar von dem Knopf und legte es auf das Kleid. Viele Jahre lang hatte er nicht mehr geweint, aber jetzt schnürte sich seine Kehle zusammen. Er weinte um sie beide, um diesen Verlust. Sie waren so jung gewesen, nur ein paar Jahre älter als Alice jetzt. Und dann fielen ihm die Worte seiner Hochzeitsrede wieder ein, wie ein Lied, das er einst auswendig kannte:

»Vor zwei Jahren habe ich nicht an Schicksal, Wandel oder Vorsehung geglaubt. Aber wir wären nicht hier, wenn ich es mir auf dem Weg zu einer Party nicht anders überlegt hätte und ins Saint Dympna's gegangen wäre, um Julia noch ein letztes Mal zu sehen. Oder wenn wir auch nur einen Tag länger gewartet hätten, um hinauf auf das World Trade Center zu fahren.

Ich weiß wie jeder andere, der den 11. September miterlebt hat, dass sich die Zukunft im Handumdrehen ändern kann. Zum Besseren und zum Schlechteren. Für immer.

Und falls das Ende jetzt gekommen ist, falls die Welt in diesem Augenblick endet, noch bevor wir die Torte anschneiden, vor unserem ersten Tanz oder bevor wir nach oben in die Flitterwochensuite gehen, dann bereue ich nichts.

Ich denke noch immer, dass mir das Schicksal ein ziemlich gutes Blatt zugespielt hat. Ich bin ein glücklicher Mensch, schon allein, weil ich einen Tag mit Julia verbringen durfte.«

Will blickte auf ihre im Zimmer verstreut liegenden Habseligkeiten, ihren ganzen Krimskrams – die schönen, ganz normalen Tage, die sie miteinander verbracht hatten.

Er hatte Glück gehabt. Auch jetzt hatte das Glück ihn nicht im Stich gelassen. Er war gesund, stand in der Mitte seines Lebens. Er hatte Alice.

Was hatte er sich nur dabei gedacht, einfach so zu gehen und sie bei Gemma zu lassen? Er musste zurück und sie nach Hause holen. Auch wenn er nicht genau wusste, wie man mit einem Teenager fertigwurde. Er hatte auch keine Ahnung gehabt, wie man mit einem Baby umging, einem drei Monate alten Kind; aber er hatte es gelernt – weil er musste. Er konnte wieder lernen.

Vielleicht würde es mit Dublin funktionieren, vielleicht auch nicht. Aber es war ein Neuanfang, nicht nur für Alice, sondern auch für ihn.

Er packte das Kleid sorgfältig wieder in das Seidenpapier und legte es zurück in die Tasche. Um all diese Dinge würde er sich später kümmern. Das meiste davon konnte weg, aber ein paar Sachen wollte er behalten, nicht für sich, sondern für Alice. Denn eines Tages würde sie vielleicht wissen wollen, wer ihre Mutter gewesen war.

Will stand auf, schaltete das Licht aus, schloss die Tür und ging nach unten. Er würde Gemma anrufen und ihr sagen, dass er sich auf den Weg machte, um seine Tochter abzuholen.

3

Zweireihige Kette mit Mondsteintropfen

Nora

Nora träumte, sie hätte den Schlüssel zum Haus in der Fountain Road verloren. Sie klopfte und klopfte, aber niemand öffnete, und dann wurde ihr klar, dass sie dort nicht mehr wohnte.

Das stimmt, dachte sie, als sie durch die Wogen von Sommerfrischlern spazierte, die vom Bahnhof zum Meer schwappten. Vor zwei Tagen hatte sie noch gewollt, dass Adam auszieht, aber jetzt war es ihr egal, was er tat – sie würde nicht dorthin zurückkehren.

Sie machte Platz für zwei Jungs mit einem aufblasbaren Krokodil und trat dann in einen Eingang zwischen einem Brautmodengeschäft und einem indischen Imbiss. Sie passierte die offene Tür einer Küche, in der zwei Männer in Kochuniform mit Töpfen klapperten, und stieg begleitet von einer Wolke Curryduft drei Treppen hinauf, bis sie zu einer Tür gelangte mit der Aufschrift: »Loughlin O'Leary. Rechtsanwalt.«

Augenblicklich wurde sie von einem glatzköpfigen Mann Ende sechzig geöffnet, der eine winzige Brille mit Drahtgestell trug. Sie hatte erwartet, dass er einen Anzug trug, aber er war wie ein Pfadfinder gekleidet, mit einem Blazer, verknitterter beigefarbener kurzer Hose, Sandalen und grauen Kniestrümpfen.

»Ich bin Nora, Laineys Enkelin.«

»Natürlich.« Er nickte. »Sie sind ihr wie aus dem Gesicht geschnitten! ›Ein Mädchen wie auf einer

Amphore‹ – so hat Hugh sie meinem Vater beschrieben, als er sie kennenlernte. Ich war Blumenkind bei ihrer Hochzeit, wissen Sie? Vor sechzig Jahren.« Er tat so, als würde er etwas in die Luft werfen – Rosenblüten oder Konfetti –, und lächelte sie traurig an. »Als wäre es gestern gewesen.«

Er führte sie durch den unordentlichen Raum, bahnte sich den Weg an Aktenkisten und einer Golftasche vorbei zum vollbeladenen Schreibtisch. Er nahm ein zusammengerolltes Strandtuch von einem der beiden Ledersessel und setzte sich ihr gegenüber, dann öffnete er einen braunen Umschlag. Er zog eine einzelne maschinenbeschriebene Seite heraus, und Nora erhaschte einen Blick auf die Unterschriften ihrer Großeltern: Hughs nahm groß und schräg den meisten Platz ein; die ihrer Großmutter dagegen war winzig und eng in die rechte untere Ecke gequetscht, und plötzlich vermisste sie beide so sehr, dass sie sich an der abgewetzten Sessellehne festklammern musste, um nicht loszuweinen.

»Kann ich Ihnen ein Glas Wasser bringen?« Loughlin sah sie freundlich über seine Brille hinweg an. Sie schüttelte den Kopf.

»Dann fangen wir an. Es wird nicht lange dauern.« Loughlin klopfte mit zwei Fingern auf das Testament. »Es ist sehr schnörkellos. Das Haus an der Temple Terrace soll verkauft werden, und der Erlös geht, abzüglich von Hypotheken oder Grundstückslast, an Ihre Mutter, Alanna Malone, zusammen mit sämtlichen Möbeln, dem Schmuck und den persönlichen Gegenständen, die Sie, Nora Malone, nicht selbst behalten wollen. Ihre Großmutter hat eine eindeutige Anweisung gegeben – alles, was Sie möchten.«

Nora dachte daran, wie sie stundenlang versucht hatte, eine Liste zu erstellen und sich zwischen der Tempeltür, dem Vogelkäfig und dem antiken Globus zu entscheiden. Die Mühe hätte sie sich sparen können. »Ich bin gewissermaßen gerade am Umziehen, also werde ich wohl nicht allzu viel mitnehmen. Wie Sie wissen, vertrete ich ja im Grunde nur meine Mutter Alanna. Sie ist momentan verreist, und ich habe ihr angeboten, mich um den Verkauf des Hauses zu kümmern. Was denken Sie, wie lange es dauern wird, es auf den Markt zu bringen?«

»Nun«, sagte Loughlin, »ich muss Ihnen mitteilen, dass das Haus im Lauf der Jahre mehrere Male beliehen wurde, sodass Ihren Großeltern nur noch sehr wenig davon gehörte. Wenn der Anteil der Bank und die Steuern bezahlt sind, wird sich das Erbe Ihrer Mutter aus dem Verkauf des Hauses nur noch auf etwa vierzigtausend Euro belaufen.«

Vierzigtausend? Nora starrte ihn an. »Das verstehe ich nicht«, sagte sie. »Warum mussten sie Hypotheken auf das Haus aufnehmen?«

»Hugh ist schon mit achtundvierzig in Rente gegangen, um sich um Ihre Großmutter zu kümmern. Außer der Miete für den Laden hatten sie kein Einkommen, und der blieb leider nach der Rezession leer. Das Haus war ihr einziges Vermögen, also haben sie im Grunde davon gelebt. Es tut mir leid, wenn das ein Schock für Sie ist.«

»Ich war davon ausgegangen, dass meine Mutter sich mit dem Erbe in Dublin etwas kaufen kann, um wieder hier zu leben.«

»Ein paar Tausend sind in Sparbriefen angelegt. Und das Mobiliar des Hauses muss auch etwas wert sein.«

Loughlin blätterte durch die Akte. »Ich kann den Antrag zur Testamentsvollstreckung verzögern und damit den Verkauf des Hauses auf Ende des Jahres schieben. Dann kann Ihre Mutter so lange dort wohnen.«

Er versteht mich nicht, dachte Nora. Alanna war seit siebenunddreißig Jahren nicht mehr in dem Haus an der Temple Terrace gewesen. Sie würde lieber auf der Schwelle des Cafés schlafen, als noch einmal einen Fuß in das Haus zu setzen.

»Das müssen Sie erst mal verdauen«, sagte Loughlin leise. »Ich lasse Sie kurz alleine.«

Er nahm einen staubigen Wasserkrug und eilte hinaus.

Vierzigtausend Euro. Hatte ihre Großmutter das gemeint, als Nora kurz vor ihrem Tod bei ihr am Krankenbett saß? Sie war aufgewühlt gewesen, nach wachen Momenten immer wieder in die Bewusstlosigkeit abgedriftet. »Es tut mir leid«, hatte sie immer wieder gesagt. »Ich habe etwas Schreckliches getan.«

Nora hatte ihre Mutter und ihre Großmutter nur ein einziges Mal im selben Raum gesehen, und das war am Neujahrstag bei der Beerdigung ihres Großvaters gewesen. Sie hatte gehofft, die beiden würden vielleicht an diesem Tag Frieden schließen, aber sie hatten sich nur gegenseitig ignoriert.

Danach war Mum mit ein paar von Hughs Freunden zum Essen ins Pub gegangen. Lainey weigerte sich, weshalb Nora sie zurück in die Temple Terrace brachte und sich später mit ihrer Mum und deren Freund Pete in ihrem Hotel traf.

Eigentlich war die Bleibe in der Parnell Street eher ein Hostel für Rucksackreisende, das Zimmer hatte drei Einzelbetten, und auf dem Boden lag ein fadenscheiniger Teppich. Überall klebten »Rauchen verboten«-Schilder. Pete saß auf dem Fenstersims und drehte sich eine Zigarette. Nora hatte ihn gerade erst kennengelernt, und er wirkte ganz nett, aber es wäre ihr lieber gewesen, er wäre gegangen, damit sie sich in Ruhe mit ihrer Mutter unterhalten konnte. Alanna litt sehr unter Hughs Tod, auch wenn sie versuchte, es zu verbergen. Nora hegte die Hoffnung, sie überreden zu können, nach dem Verkauf des Hauses wieder nach Dublin zu ziehen.

»Wenn Hugh hier wäre, würde er jetzt Kafka zitieren«, sagte Alanna zu Nora, »dass man Liebe nie wirklich verliert. Dass sie in einer anderen Form zurückkommt.«

»Ich will sie nicht in einer anderen Form«, sagte Nora unter Tränen. »Hugh war die bestmögliche Form.«

»Den Kopf voller Poesie. Das Herz voller Güte«, sagte Alanna. »Was für ein Glück, dass wir ihn hatten.«

Später, nach einem weiteren Glas Rotwein, sang Alanna *On Raglan Road.*

»Dad hat dieses Lied geliebt«, sagte sie, als sie fertig war. »Aber ich habe es immer gehasst. Es erinnert mich immer an sie. Der Teil mit ›that her dark hair would weave a snare, that I may one day rue‹. Sicher hat er einiges bereut wegen meiner Mutter. Sie hat sein Leben ruiniert.«

Nora sagte nichts dazu. »Ich weiß nicht, was sie ohne ihn tun wird.«

»Ich schon.« Alanna zündete sich ihre Zigarette wieder an. »Sie wird ihm folgen. Sie schafft es nicht, ohne ihn zu leben.«

»Sag doch nicht so was!« Nora erschrak fürchterlich.

»Es ist die Wahrheit.« Ihre Mutter blinzelte ihre Tränen weg. »Wo er auch ist, ich hoffe, er ruht sich aus, bevor sie kommt und er sich auch noch für den Rest der Ewigkeit um sie kümmern muss.«

Eine Woche später machte Alanna mit Pete Schluss und kaufte sich ein One-Way-Ticket nach Indien; seither hatte Nora kaum etwas von ihr gehört.

Und ihre Großmutter war ebenso schwer zu erreichen gewesen. Nora hatte immer wieder versucht, sie in Dublin zu besuchen, aber jedes Mal hatte Lainey es verschoben. Dann bekam sie eines Morgens Anfang März einen Anruf von einer Fremden, einer Schwester im Krankenhaus ein paar Meilen von Blackrock entfernt, die ihr mitteilte, ihre Großmutter sei auf der Intensivstation. Nora hatte alle Termine abgesagt und war noch am selben Abend nach Dublin geflogen.

Sie hatte ihre Großmutter noch nie ohne ihren roten Lippenstift und ihren Schmuck gesehen und erkannte sie kaum. Sie hielt im Schlaf eine Kette mit Bernsteinperlen in einer Hand, ihr Kopf ruhte seitlich auf dem

Kissen, aber sie erwachte für einen Augenblick, als Nora ihren Namen sagte.

»Es tut mir leid«, murmelte sie. »Es tut mir leid. Ich wollte das nicht.«

»Ist schon gut«, sagte Nora leise.

»Nora!« Der Blick ihrer Großmutter wurde klarer. »Du bist gekommen.«

»Natürlich.« Nora beugte sich zu ihr und küsste sie.

»Was ist mit deiner Mutter, wo ist Alanna?« Die Augen ihrer Großmutter irrten im Zimmer herum. »Kommt sie auch? Ich muss ihr etwas sagen. Erklären …«

Nora hatte im Aschram eine Nachricht hinterlassen, aber ihre Mutter hatte sie entweder nicht bekommen oder sie ignoriert. »Ja«, log sie. »Sie ist auf dem Weg.«

Aber ihre Großmutter hatte die Augen schon wieder geschlossen und murmelte etwas im Schlaf.

Nora strich ihr die Haare aus dem Gesicht, bis sie sich wieder beruhigte. Dann glättete sie vorsichtig die Decke und hob die Kette auf, die ihr aus der Hand geglitten war. Die Bernsteinperlen leuchteten, aber die Schnur war alt und fransig. Sie hatte geglaubt, jedes Schmuckstück ihrer Großmutter zu kennen, aber dieses hatte sie noch nie gesehen.

Lainey hielt noch zwei Tage durch, in denen sie auf die Ankunft ihrer Tochter wartete. Jedes Mal, wenn sie erwachte, sagte sie ihren Namen und tastete panisch auf der Decke nach den Bernsteinperlen. Eine Stunde, bevor sie starb, öffnete sie die Augen. Ihre Stimme war so schwach, dass Nora das Ohr an ihren Mund legen musste.

»Versprich mir«, sagte sie, »dass du dich um Alanna kümmerst.«

»Ich verspreche es«, sagte Nora und drückte die Hand ihrer Großmutter so fest, dass die Bernsteinperlen kleine Abdrücke auf ihrer Haut hinterließen.

Loughlin kam mit dem Wasserkrug wieder ins Zimmer und sagte zu ihr: »Wenn Sie möchten, kann ich Ihnen einen befreundeten Auktionator vorbeischicken, damit er sich die Möbel ansieht und eine ungefähre Einschätzung abgibt.«

»Das würde mir sehr helfen, vielen Dank«, antwortete Nora.

Alles hängt davon ab, was der Auktionator sagt, dachte Nora, während sie im Supermarkt ihren Korb volllud. Für vierzigtausend kriegte man kaum einen Parkplatz. Der Inhalt des Hauses musste mindestens sechzigtausend bringen, damit man überhaupt eine Immobilie kaufen konnte.

Nora stand in der Schlange hinter einem kleinen Mädchen, das die Schwimmflügel schon anhatte, die ihr Vater ihr kaufen wollte. Sie musste an die Sommer zurückdenken, als sie hinten auf dem Rad ihrer Mutter gesessen hatte, während diese furchtlos den schmalen Küstenweg nach Killiney entlangstrampelte. Sie nahmen den engen Pfad zum Strand hinab und suchten sich einen Platz auf den bevölkerten Felsen. Es dauerte nicht lang, und Alanna plauderte mit den Leuten links und rechts, verteilte Kekse und Sonnencreme an Kinder oder drehte eine Zigarette für jemanden, der eine Minute zuvor noch ein Fremder gewesen war. Nora war immer so stolz gewesen, wenn ihre Mutter zu dem hohen Sprungbrett stürmte und mit einem kleinen Schrei ins Meer sprang. So stolz und so ängstlich. Alanna sprang immer, ohne vorher runterzuschauen, überzeugt davon, dass sie sicher landen würde. Aber jetzt war sie einundfünfzig, keine junge Frau mehr; das funktionierte nicht für alle Zeiten. Zurück im Haus legte Nora ihre Einkäufe auf den Küchentisch, holte ihr Telefon raus und schickte ihr eine Nachricht.

Adam hatte zweimal angerufen, während sie beim Nachlassverwalter war. Wann kapierte er endlich, dass sie ihm nichts mehr zu sagen hatte? Sie klickte sich durch die Einstellungen und löschte sein Hintergrundbild. Dann blockte sie ihn und Liv, und zum ersten Mal seit zwei Tagen fühlte sie sich ein klein wenig besser. Sie machte den Kühlschrank auf, um die Lebensmittel aufzuräumen, und der Geruch von fauligem Essen schlug ihr entgegen.

Verdorbener Salat. Saure Milch. Ein Schälchen Hummus mit grünem Pelz. Nora warf alles in den Müll und ging zum Schrank mit dem ganzen Arsenal an Putzmitteln ihrer Großmutter. Mehrere Schürzen hingen ordentlich gebügelt an der Rückseite der Tür. Nora streifte eine über und zog Gummihandschuhe an. Sie schaltete das Radio ein und drehte es laut auf, füllte einen Eimer mit heißem Wasser und nahm den Kühlschrank in Angriff. Nach zwei Tagen, die sie mehr oder weniger ausschließlich in ihrem Kopf verbracht hatte, war die körperliche Betätigung eine Erleichterung, und nach ein paar Minuten Schrubben und Scheuern war ihr Geist angenehm leer.

Als sie fertig war, machte sie sich ein Sandwich und aß es im Stehen. Dann packte sie Staubtücher, Reinigungssprays und Schwämme in einen Korb und ging durchs ganze Haus, von Zimmer zu Zimmer, machte die Fenster auf und ließ die abgestandene Luft hinaus, polierte die Spiegel, hängte die Teppiche auf die Wäscheleine und klopfte sie aus. Sie bohnerte die Dielen mit Bienenwachs und stieg auf eine Trittleiter, um die Kristalle jedes Leuchters in eine Schüssel mit Seifenwasser zu tauchen.

So hatte ihre Großmutter es gemacht. Sie hatte nichts anderes getan. Sie hatte oben im Haus begonnen und sich bis ganz unten durchgearbeitet. Und dann wieder von vorne angefangen. Immer wieder.

Zum ersten Mal hatte Nora das Haus mit sechs Jahren betreten, als ihre Mutter eine Lungenentzündung gehabt hatte. Sie war ganz verzaubert gewesen, dass es dort so viele Schätze gab und sie eine echte, lebendige Großmutter hatte.

Jeden Morgen zog Lainey eine Schürze über ihre hübschen Kleider und streifte die Gummihandschuhe über. Nora folgte ihr auf Schritt und Tritt. Zu Beginn wollte Lainey sie wieder nach unten zu ihrem Großvater schicken. Dann versuchte sie, sie zu ignorieren, aber Nora spürte tief in ihrem Inneren, dass Lainey ihre Gesellschaft im Grunde genoss, und ließ nicht locker. Nach einer Weile hatte Lainey sich an sie gewöhnt. Sie redete sehr wenig, an manchen Tagen sagte sie kaum mehr als ein paar Worte, aber irgendwann gab sie Nora eine Schmuckschatulle, damit sie den Schmuck darin neu ordnete, oder ein Tuch, um das Silber zu polieren, und so arbeiteten sie miteinander in geselligem Schweigen.

Nora hatte nie verstanden, warum ihre Großmutter so viel Zeit mit Putzen verbrachte und das Haus nie verließ. Doch jetzt, als sie den Staub zwischen den geschnitzten Blumen der Tempeltüren wegwischte, fragte sie sich, ob Lainey auch einfach nur ihren Geist hatte leeren wollen.

Das Haus war vernachlässigt und staubig gewesen, als Nora Liv herumgeführt hatte, aber als Loughlins befreundeter Auktionator Ed kam, um seine Schätzung abzugeben, sah es aus wie zu Lebzeiten ihrer Großeltern.

Nora war stolz auf sie, als sie ihn herumführte. Er war ein kleiner Mann Mitte dreißig mit einem roten Haarschopf. Er erzählte ihr, sein Vater habe das Auktionshaus in Blackrock geführt, und Hugh sei sein bester Kunde gewesen. Er ging sehr langsam und gründlich vor, aber sie spürte, dass er beeindruckt war, während er Echtheitsstempel und Herstellersiegel begutachtete und sich auf seinem iPad Notizen machte. Während er kalkulierte und etliche Preise online prüfte, machte sie Kaffee.

Ihr Großvater war der Meinung gewesen, schöne Dinge sollten jeden Tag benutzt werden. Als Nora in der Temple Terrace gewohnt hatte, hatte sie ihren Saft immer aus einem Whiskeyglas von Waterford getrunken, das so aufwendig geschliffen war wie ein Diamantsolitär, und ihr Müsli aus einer Porzellanschale gegessen, so fein, dass sie fast durchsichtig wirkte.

Die Teller bei ihrer Mutter waren zerkratzt und angeschlagen. Schubladen klemmten, in den dunklen Ecken der Schränke wuselten Silberfische herum. Die Möbel waren uralt und klapprig. Einmal hatte ihre Mutter einen von Holzwürmern zerfressenen Küchentisch aus dem Fenster in den Hof geworfen und Kissen hingelegt, damit sie ihre Mahlzeiten im Schneidersitz auf dem Boden einnehmen konnten.

»Wir können spielen, dass wir Beduinen sind«, hatte Alanna mutig gesagt, um die Risse in ihrem Leben zu verbergen, wie sie auch die Flecken auf dem Sofa überdeckte und die zugigen Fenster mit paillettenverzierten Saris und Secondhand-Plaids verhüllte. Nora spielte mit, auch wenn sie sich insgeheim nach der Ordnung und Schönheit im Haus ihrer Großeltern sehnte.

Jetzt öffnete sie den Schrank und nahm ein Paar zartgrüne Royal-Doulton-Tassen aus dem Jahr 1890 heraus. Dazu zwei weiße Wedgwood-Teller mit grünem Farnmuster. Den frischen Kaffee goss sie in eine grüne Art-déco-Kanne, auf deren Deckel ein blauer Kolibri saß. Ed hob sie hoch und pfiff anerkennend durch die Zähne, als er die Unterseite betrachtete, ehe er sich einschenkte.

»Also«, sagte Nora. »Was denken Sie, wie viel ist das alles hier wert?«

»Sie haben sich also für die Haushaltsauflösung entschieden?« Ed verrührte die Milch in seinem Kaffee.

Nora nickte. »In diesem Fall schätze ich, dass wir von fünfzehn- bis zwanzigtausend reden.«

»Zwanzigtausend Pfund!« Nora wäre beinah die Tasse aus der Hand gefallen.

»Euro. Es ist schockierend, ich weiß«, sagte Ed zerknirscht. »Das ist noch nicht mal ein Drittel des eigentlichen Wertes. Aber als die Immobilienpreise hier in den Keller gingen, hatte das einen Dominoeffekt. Die Leute kaufen einfach keine schönen Dinge mehr für ihre Häuser. Haben Sie den Teppich im Wohnzimmer gesehen?«

Nora kannte jeden Zentimeter. Sie hatte immer ihre Wange an die flauschige, weiche, rote Seide gedrückt, während Hugh ihr Geschichten von Wüsten, Kamelkarawanen und Oasen erzählte.

»Es ist ein Gebetsteppich aus dem neunzehnten Jahrhundert«, sagte Ed. »Handgewebte Seide. Ziemlich selten. Mindestens zweitausend Euro wert, aber bei einer Auktion bekommen Sie höchstens fünf- oder sechshundert. Die Tempeltüren im Flur sind außergewöhnlich, aber Sie kriegen wahrscheinlich nicht viel mehr als dreihundert. Der ausgestopfte Hund im Flur? Mit Glück reden wir von fünfzig Euro.«

Armer Houdini, dachte Nora traurig und erinnerte sich, wie ihr Großvater ihm immer über den Kopf gestrichen hatte, wenn er die Treppe hochgegangen war, und wie sie Houdini ihre Geheimnisse ins Ohr geflüstert hatte.

Ed blickte taktvoll in seine Tasse und gab ihr ein wenig Zeit. Dann schaute er schüchtern wieder auf.

»Darf ich fragen, ob Sie gezwungen sind, all das hier

schnell zu verkaufen? Denn falls nicht, falls Sie etwas Zeit haben, würde ich Ihnen raten, die Haushaltsauflösung zu vergessen und diese unglaublichen Dinge auf eBay zu stellen. Das erfordert natürlich einige Zeit, aber Sie würden dreimal mehr dafür kriegen.«

Nora hatte keine Zeit. Heute war Dienstag, und sie musste am Samstag wieder in London sein.

»Süße, bist du da?« Die Stimme klang verzerrt und undeutlich. »Verdammtes Skype! Mich selbst kann ich sehen, aber dich nicht!« Nora erschrak, als das Gesicht ihrer Mutter auf dem Bildschirm klarer wurde. Sie war zu dünn und hatte dunkle Ringe unter ihren hellen blauen Augen und noch mehr graue Strähnen in ihren weichen, dünnen, blonden Haaren. Aber nach einem Monat Funkstille war Nora so erleichtert, sie überhaupt zu sehen und mit ihr sprechen zu können, dass sie beinah geweint hätte. Sie trug den Laptop in den Flur, wo der Empfang besser war.

»Ah, da bist du ja.« Alanna strahlte. »Es ist wunderbar, dich zu sehen.«

Noras Erleichterung wich schnell der Wut. »Warum hast du nicht auf meine E-Mails geantwortet? Ich habe mir wirklich Sorgen um dich gemacht. Bist du noch in Indien?«

»Nein. Im Aschram wurde es zu voll, und ich musste ein bisschen Geld verdienen, deswegen bin ich nach Bangkok geflogen und mit dem Zug nach Norden gefahren. Ich bin auf einer Bio-Farm etwa hundert Kilometer von Chang Mai entfernt. Ich wwoofe.«

»Du machst was?«

»World Wide Opportunities on Organic Farms. Du meldest dich da an, und dann kannst du weltweit arbeiten und bekommst dafür Unterbringung und Essen. Ich habe zusammen mit ein paar Studenten aus Deutschland, Australien und Schweden geholfen, ein Bewässerungssystem zu bauen. Es ist großartig!«

Für Nora klang das mehr nach ziemlich harter Arbeit.

»Ist das Houdini?« Alanna starrte auf den Bildschirm, ihr Gesicht entspannte sich. »Streichel ihn mal für mich.«

»Wechsel nicht das Thema!«, sagte Nora.

»Erwischt!« Alanna gähnte. »Ich wollte dich anrufen und dir sagen, dass ich weitergezogen bin, aber dann hat der Generator schlappgemacht, und es gab Starkregen, und sie konnten ihn nicht reparieren lassen, und dann versagte mein Telefon. Erica, das nette deutsche Mädchen, mit dem ich mir das Zimmer teile, hat eins von diesen schicken Solarladedingern und hat mir ihren iPad geliehen, damit ich meine Mails checken und mit dir skypen kann. Sag mal hallo!«

Alanna drehte den iPad, und Nora konnte verschwommen die Wände einer kleinen Holzhütte erkennen, zwei schmale Betten, die mit Sarongs bedeckt waren, und einen Stapel Packkisten, der als Kleiderregal diente.

Ein etwa zwanzigjähriges Mädchen mit blonden Dreadlocks stand in der offenen Tür und zog sich gerade einen Rucksack über. Sie hob die Hand zum Gruß, drehte sich um und ging zur Tür hinaus, während Nora ihr noch zuwinkte.

Alanna tauchte wieder auf. »Sorry, Schatz, wir müssen schnell sein«, flüsterte sie. »Ich hab gesagt, es dauert nur fünf Minuten, und sie zählt jede Sekunde. Wie kommst du mit dem Haus voran? Ich weiß, dass es schwer für dich ist, dich von allem zu trennen. Ich hoffe, du hast Adam mitgenommen?«

Nora wollte ihrer Mutter erzählen, was passiert war, aber fünf Minuten reichten dafür nicht aus. Sie hatte irgendwo gelesen, die beste Art zu lügen bestand darin, sich so weit wie möglich an die Wahrheit zu halten. »Nein, Liv ist für ein paar Tage da gewesen, aber jetzt ist sie wieder weg.«

»Das war lieb von ihr!«

Die Worte dafür, was Liv war, überschlugen sich auf Noras Zungenspitze, aber sie schluckte sie herunter. »Mmmmm«, machte sie und fügte hinzu: »Ich war am Montag beim Nachlassverwalter zur Verlesung von Laineys Testament.«

»Das klingt recht endgültig«, seufzte Alanna. Sie stellte den iPad hin und begann, sich einhändig eine Zigarette zu drehen, rupfte Tabak aus einem Beutel und verteilte ihn auf dem Papierchen. Sie rieb sich über das Auge. »Hör mal, ich hab über das nachgedacht, was du nach Vaters Beerdigung gesagt hast, dass ich mir was in Dublin kaufen soll. Und ich denke, dass du recht hast. Vielleicht ist es eine gute Idee, eine Weile wieder dort zu leben.« Sie zündete sich die Zigarette an, nahm einen Zug und blies mit einem langen Seufzer den Rauch aus. »Ehrlich gesagt ist dieses ganze Rumgereise ziemlich anstrengend.« Sie lächelte, als sie aufblickte, aber sie musste Noras Gesicht gesehen haben, und das Lächeln verblasste, ehe es ihre Augen erreichte. »Ich dachte, du würdest dich freuen.«

»Das tue ich, aber …« Nora schluckte, »… ich muss dir noch etwas sagen.«

Ein ungläubiger Ausdruck huschte über Alannas Gesicht, als Nora ihr berichtete, was Loughlin gesagt hatte.

»Dad hat eine Hypothek auf das Haus aufgenommen«, wiederholte Alanna leise. »Natürlich. Er musste ihr den Lebensstil bieten, den sie gewohnt war.«

»Ich habe das Mobiliar schätzen lassen. Es ist zwanzigtausend wert.«

»Nein. Als sie gestorben ist, habe ich dir gesagt, dass ich kein Geld vom Verkauf ihres ganzen Schnickschnacks nehme.« Alanna zog an ihrer Zigarette, aber sie war ausgegangen. »Wenn ich an das Zeug nur denke, steigen schon wieder lauter schlechte Erinnerungen in mir auf. Verkauf alles und behalt das Geld.«

»Ich will es nicht«, entgegnete Nora.

»Eines Tages aber vielleicht doch. Ich weiß, dass du deine Arbeit liebst, aber vielleicht willst du dir doch mal eine Auszeit nehmen und wieder Kunst machen.«

Seit sie für Liv arbeitete, hatte Nora ihren Skizzenblock kein einziges Mal zur Hand genommen. Die Gestaltung saugte ihre ganze Kreativität auf. Nach einem langen Tag war nichts mehr davon übrig.

»Darüber können wir später sprechen.«

»Vierzigtausend sind für mich mehr als genug. Davon kann ich hier ein paar Jahre lang leben. Ich muss eine Zeit lang nicht arbeiten und kann rumreisen. Ich war immer noch nicht in Vietnam oder Kambodscha. Ich habe einen Typen getroffen, der mir erzählt hat, dass man in Pokhara in Nepal für siebzehn Dollar am Tag leben kann.«

Nora wurde schwer ums Herz. Genau das hatte sie befürchtet.

»Tut mir leid, Süße«, flüsterte Alanna. »Ich muss los. Unsere deutsche Freundin wird allmählich ungeduldig.«

»Warte!«, rief Nora. »Ich werde mir vor der Haushaltsauflösung ein paar kleine Dinge nehmen. Gibt es irgendetwas, das du haben möchtest?«

Alanna schüttelte den Kopf. »Nichts«, sagte sie entschlossen.

Was war nur passiert?, wollte Nora sie fragen. Warum bist du weggerannt? Warum bist du nie zurückgekommen? Was hat Lainey Schlimmes verbrochen, dass du nie wieder mit ihr gesprochen hast? Aber diese Fragen noch einmal zu stellen, wäre völlig sinnlos. Alanna würde alles Mögliche erzählen, aber nichts darüber, was zwischen ihrer Mutter und ihr vorgefallen war.

»Was ist mit Houdini?«, fragte Nora.

Alanna lachte. »Einen ausgestopften Hund kann ich nicht im Rucksack in Asien herumtragen.«

»Dann irgendwas Kleines wie die Mondsteine oder einen Schal oder …«

»Liebes«, sagte ihre Mutter, »Ich habe hier alles, was ich brauche.« Sie berührte mit der Hand ihr Herz. Ihre Fingerknöchel waren geschwollen, wie Nora jetzt sah, die Fingernägel dreckig. »Und bei dir ist das genauso,

Nora. Mach dir nicht die Mühe, diesen alten Krempel zu sortieren oder irgendwas davon mit nach Haverstock Hill zu nehmen. Gib einfach dem Nachlassverwalter den Schlüssel und geh. Denk dran, die wichtigsten Dinge der Welt …«

Die Verbindung brach ab, bevor sie ihren Satz zu Ende bringen konnte, aber Nora hatte ihn sowieso schon unzählige Male gehört. Die wichtigsten Dinge der Welt sind gar keine Dinge.

Wenn ich doch nicht jeden einzelnen hart verdienten Penny in das Haus in der Fountain Road gesteckt hätte, dachte Nora, während sie auf den schwarzen Bildschirm starrte, auf dem gerade noch das Gesicht ihrer Mutter zu sehen war, dann hätte ich heimlich etwas beisteuern können. Damit ihre Mutter sich hier etwas kaufen konnte, und Nora hätte so getan, als ob das Geld vom Verkauf stammte. Aber im Augenblick hatte sie nur noch achthundert Euro auf dem Konto, keinen Job und keine Wohnung.

Am Vorabend war sie alle ihre Kontakte durchgegangen und hatte eine Liste mit Job- und Wohnmöglichkeiten erstellt. Es gab ein paar Leute, die sie fragen konnte, aber die meisten kannte sie über Adam oder durch die Zusammenarbeit mit Liv. Nora konnte sich nicht vorstellen, auch nur einen von ihnen anzurufen. Sie würden sie nur bemitleiden und ihr neugierige Fragen stellen.

Ihre Gedanken überschlugen sich. Was sollte sie jetzt tun? Wo sollte sie hin? Sie stand auf, ehe die Panik die Oberhand bekam, und ging zu dem Korb mit den

Gummihandschuhen, bis sie merkte, dass sie schon fertig war – alles war sauber.

Ed hatte ihr geraten, vor der Haushaltsauflösung alle persönlichen Dinge ihrer Großeltern wegzupacken. Das hatte sie bis jetzt vor sich hergeschoben, aber irgendwann musste es ein. Sie kramte ein paar Kartons hervor, ging ins Wohnzimmer und begann, ein Regal mit Laineys Büchern leer zu räumen. Ihre Großmutter hatte nur Liebesromane gelesen. Im Grunde war es immer wieder dasselbe. Frau trifft Mann. Die Frau kriegt den Mann. Happy End. Aber nicht in der realen Welt, dachte Nora frustriert, als sie den Karton durch die Küche trug, um ihn in den Flur an die Tür zu stellen, die zum Laden führte. Der Laden! Den hatte sie noch nicht geputzt. Sie stellte die Kiste ab und suchte nach dem Schlüssel.

Der Laden war Teil des Hauses gewesen, ehe Hugh es gekauft hat. Es war an einen Hochzeitstortenbäcker und einen Rahmenbauer vermietet gewesen, stand aber seit der Rezession vor sechs Jahren leer. Der Laden hatte zwei Türen. Eine zur Straße und eine zum Haus. Nora fand beide Schlüssel an einem rostigen Ring in der Speisekammer.

Als sie in den Laden trat, knirschten Glassplitter unter ihren Sohlen. Er war größer, als sie ihn in Erinnerung hatte – ein langer, schmaler Raum mit hoher Decke und einem Fenster am Ende. Die Wände waren dunkelgrau gestrichen, und der Laden war leer, abgesehen von einem kaputten Drehstuhl und ein paar Bilderrahmen.

Trübes Licht drang durch die mit Flyern zugeklebten

Fenster. Staubpartikel glommen wie Glühwürmchen in der Luft. Die Luft hätte abgestanden sein müssen, aber es roch immer noch süß nach den lange verloren gegangenen Düften von Holzleim und Zuckerguss.

Als sie sich umsah, kam ihre eine verrückte Idee. Nein, dachte sie, das ist lächerlich. Aber trotzdem schloss sie die andere Tür auf und trat hinaus, um sich die Ladenfront von der Straße aus anzusehen.

Ein verblichenes »Zu vermieten«-Schild im Schaufenster war umgekippt. Das Schild darüber war mit Graffiti zugeschmiert, aber nichts konnte die perfekten Proportionen des Fensters zerstören. Ein tiefes, dreiteiliges Erkerfenster.

Ihr Herz schlug ein wenig schneller, während sie es sich genauer ansah. Es würde einige Arbeit kosten, den Laden halbwegs ordentlich herzurichten. Aber er war leer, frei und ganz nah an der Hauptstraße. Unzählige Leute kamen täglich an diesem Fenster vorbei. Ein Pop-up-Laden wäre besser als eBay. Sie sollte zumindest versuchen, den Inhalt des Hauses zu einem angemessenen Preis zu verkaufen, und wenn es klappte, konnte ihre Mutter nach Hause kommen.

Außerdem musste sie dann nicht nach London zurück, wo sie weder einen Job noch ein Zuhause hatte. Sie musste weder Adam noch Liv sehen. Sie könnte bis Weihnachten hierbleiben. Sechs Monate, in denen sie ihre Wunden lecken und sich wappnen würde, damit sie mit hocherhobenem Kopf zurückkehren konnte.

Ob sechs Monate genügten, um die zwei Stockwerke und den Dachboden auszuräumen, wusste sie nicht; sie hatte auch noch nie im Leben irgendwas verkauft, aber sie hatte das Gefühl, Alanna zumindest den Versuch schuldig zu sein – und auch Lainey. Ein gutes neues Zuhause für ihre geliebten Kostbarkeiten zu finden und das Versprechen zu halten, sich um ihre Mutter zu kümmern.

Am Samstagmorgen, als Nora in ihren Flieger nach Heathrow hätte steigen sollen, stand sie früh auf. Der Motor von Hughs 1985er Mercedes hustete ein paar Mal, überdrehte und ging aus. Sie versuchte es noch ein paar Mal, und als er ansprang, fuhr sie euphorisiert auf die Straße, als breche sie zu einer abenteuerlichen Reise auf, anstatt zu einer fünfminütigen Fahrt zum örtlichen Eisenwarenladen.

Ein Verkäufer wollte ihr seine Hilfe anbieten, aber sie rauschte an ihm vorbei. Nach zwei Jahren als Kulissenbauerin verfügte sie über ein enzyklopädisches Heimwerkerwissen und hatte ganz genaue Vorstellungen, wonach sie suchte.

Sie kaufte Eimer mit weißer und eierschalenfarbener Dispersionsfarbe, Lack und Grundierung, Schmirgelpapier in drei verschiedenen Stärken, Spachtelmasse, eine Schutzmaske, Klebeband, Walzen, eine Fugenpistole, ein Klammergerät, eine Bohrmaschine, lange, breite Holzbretter für Regale, ein günstiges Dreierset vielseitig einsetzbarer Beistelltische, neue Strahler und eine Lampenleiste für die Decke.

Auf dem Nachhauseweg fuhr sie bei Loughlins Büro vorbei. Als sie ihn angerufen und von ihrem Plan erzählt hatte, bot er ihr an, ihr seinen Fußbodenschleifer auszuleihen. Er kramte ihn aus einem vollgestellten Schrank in seinem Büro heraus und trug ihn unglaublich langsam wie eine Braut die schmale Stiege hinunter.

Nora riss den staubigen, fleckigen Ladenteppich heraus und schleppte ihn in den Garten. Dann schliff sie den Boden ab und strich anschließend die Wände. Sie verbrauchte zwei Eimer Farbe, bis das Grau nicht mehr durch die weiße Farbe schimmerte. Nachdem die Decke einen neuen Anstrich bekommen hatte, zog sie die Leiter ins Freie und machte sich am Fenster zu schaffen, von dem sie jahrealten Schmutz aus den Fugen und zerfledderte Poster abkratzte.

»Du hast was vergessen!«

Nora drehte sich um und erblickte eine sehr kleine, sehr dünne Frau Anfang dreißig mit kinnlangen feinen Haaren und riesigen grünen Augen. Sie trug ein rotes Kleid mit weitem Rock, darüber eine weiße Spitzenschürze, und hielt ein Tablett mit Schokokeksen und einer Plastiktasse mit Eiskaffee in den Händen. Sie hob ihren kleinen Finger, dessen Nagel exakt in der Farbe des Kleides lackiert war, und zeigte auf einen Klebestreifen, der immer noch am Glas pappte. Nora drehte sich wieder um und kratzte ihn ab.

»Ich bin Fiona vom Café LoCal an der Ecke. Und das …« Sie hielt das Tablett etwas höher. »… geht aufs Haus. Ich sehe dich hier schon den ganzen Tag werkeln. Du kannst das gebrauchen.«

Nora nahm ihre Staubmaske ab und stieg die Leiter hinunter. »Das ist sehr nett von dir.«

»Oh nein, ich bin gar nicht nett.« Fiona lachte. »Ich bin nur neugierig. Alle brennen darauf zu erfahren, was du mit dem Haus vorhast. Ich habe auf Spielhölle oder Bordell getippt.«

Nora nahm einen Schluck von dem Eiskaffee. »Ich eröffne einen Pop-up-Shop, um die Sachen meiner Großeltern zu verkaufen.«

»Pop-up! Sehr zeitgeistig. Warte …« Fiona starrte sie an, und Nora wurde plötzlich klar, wie verschwitzt und derangiert sie auf diese makellos gepflegte Frau wirken musste. »Ich hab's gewusst!« Sie nickte langsam. »Du bist Nora Malone. Ich habe in der sechsten Klasse in Westbrook hinter dir gesessen.«

»Sorry.« Nora schüttelte den Kopf. Sie war nur ein paar Monate lang an der Wes gewesen. Mit siebzehn hatte sie drei Mal die Schule gewechselt.

»Ich bin Fiona Cleary«, sagte die Frau. »Die fette Fiona?« Ihre Stimme klang dünn. »So haben mich alle genannt. Außer dir.«

Und plötzlich sah Nora das Mädchen vor sich: ein herzförmiges Gesicht mit einer braunen Mähne. Die fieseren Kinder in der Klasse hatten sie gehänselt, aber sie hatte immer so selbstbewusst gewirkt, dass es sie gar nicht zu kümmern schien.

»Ja!«, sagte Fiona, als könnte sie Noras Gedanken lesen. »Das war wirklich ich. Mit siebzehn hab ich Größe sechsundvierzig getragen. Jetzt bin ich nur noch die Hälfte. Wortwörtlich. Aber du hast dich kein bisschen verändert. Du bist immer noch so wunderschön. Darf ich nur kurz …« Sie beugte sich vor und zupfte einen Farbspritzer aus Noras Locke. »Du bist auf die Kunsthochschule gegangen, stimmt's? Ich hab immer gedacht, dass du vielleicht die nächste Tracey Emin bist.«

Nora nahm noch einen Schluck Eiskaffee. »Eine scheint wohl zu genügen.«

»Dann bist du also Hughs Enkelin. Die Verbindung hab ich nie kapiert. Es tut mir so leid, dass ich es nicht zu seiner Beerdigung geschafft habe. Ich hatte Grippe und hätte nur alle angesteckt. Ich war ganz verrückt nach ihm. Wir alle. Er hat jeden Samstag mit einem Gedichtband unterm Arm bei uns hereingeschaut. Wir haben ihm immer einen Tisch am Fenster freigehalten und einen Teller mit Vollkornflorentinern bereitgestellt.«

Nora blickte auf die kleinen Schokoladenkekse mit getrockneten Kirschstücken, Kokosnuss, Kürbiskernen und karamellisierten Rosenblüten. Es war ein schöner Gedanke, dass sich auch jemand um Hugh gekümmert hatte.

Sie nahm einen Keks und biss hinein. Ihre Geschmacksknospen explodierten wie bei einem Feuerwerk. »Die sind gut!«

Fiona lächelte selbstgefällig. »Kein Zucker. Kein Fett. Fünfzig Kalorien das Stück. Geheimrezept meines Kochs. Demnächst kitzel ich es aus ihm raus. So!« Sie klopfte leicht mit ihrem Diamantring so groß wie eine Haselnuss an das Fenster. »Wie heißt denn der Pop-up-Laden?«

Nora schluckte ein Stück Keks hinunter. »Der Pop-up-Entrümpel-Shop?«

»Oh!« Fiona hob eine ihrer hübschen Augenbrauen. »Wenn das nicht ins Ohr geht.«

»Na ja, es hält, was es verspricht.«

»Pah, Versprechen.«, sagte Fiona. »Der Name des Ladens ist das Aushängeschild, also muss er Appetit machen. Wie Café LoCal. Local Café. Low Calorie!«

»Es ist ja nur temporär«, begann Nora. »Maximal sechs Monate …«

»Aber du hast Konkurrenz!« Fiona wedelte mit der Hand. »Zwei Secondhandläden. Und den Trödelladen gegenüber vom Friseur.«

»Ich verkaufe keinen Trödel«, rief Nora.

»Deshalb musst du dich auch davon abheben. Du brauchst einen guten Namen und ein Alleinstellungsmerkmal. Vertrau mir.«

Ich habe Liv vertraut, dachte Nora. Und Adam. Und wohin hatte sie das gebracht? Sie stellte ihren Fuß auf die unterste Sprosse der Leiter. »Ich werde drüber nachdenken. Jedenfalls vielen Dank für den Eiskaffee und diese unglaublichen Kekse.«

»Da, wo die herkommen, gibt es noch viel mehr davon. Wir Ladenbesitzer müssen zusammenhalten. Jeden Mittwochabend treffen wir uns im Wolf and Goose. Wir sollten eigentlich über Fremdkapitalmöglichkeiten im Einzelhandel diskutieren, aber normalerweise lassen wir uns volllaufen, lästern über die Verkehrspolizisten und fallen dann die Treppe zum Karaoke runter.«

»Hört sich gut an«, sagte Nora höflich.

»Nein, klingt wie die Hölle auf Erden.« Fiona grinste. »Aber irgendwie macht es Spaß.« Sie wandte sich um.

»Oh! Wenn du das Haus ausräumst, brauchst du sicher mal ein paar starke Arme für die schweren Möbel. Du kannst dir meinen Koch ausleihen, Adonis. Und er hält ziemlich genau, was er verspricht. Sieht aus wie ein griechischer Gott. Kocht wie ein veganer Anthony Bourdain. Komm rüber und leih ihn dir aus, wann immer du willst.«

Die Sonne verschwand hinter den Dächern der Häuser auf der anderen Straßenseite, und ein kühles Lüftchen wehte vom Meer herauf, als Nora mit dem Streichen der Ladenfassade begann. Passanten auf dem Nachhauseweg vom Strand, Jogger, Schwimmer und Hundehalter warfen ihr neugierige Blicke zu. Als sie fertig war und die Leiter einpackte, wurde es schon langsam dunkel. Sie ging über die Straße und betrachtete ihr Werk.

Der Sommerhimmel verblasste von Blau zu einem hellen Lila, und der Vollmond ging über der Temple Terrace auf. Die Ladenfassade war nicht mehr wiederzuerkennen. Die Graffiti waren verschwunden und das Holz geschliffen, sodass die Bögen der Fenster erstrahlten.

Am Sonntag stand Nora um sieben Uhr auf, um die Fenster zu streichen. Dann montierte sie ein Hängeregal, das über die gesamte Länge einer Seitenwand verlief, und mehrere Regale an die hintere Wand. Sie ersetzte die rostigen alten Strahler durch neue weiße Lampen und schraubte die Glühbirnen hinein. Sie bohrte Löcher in die Decke des Schaufensters und brachte eine Leiste für die Beleuchtung an. Dann blätterte sie durch Eds Liste und versuchte, sich zu entscheiden, was sie als Erstes verkaufen würde. Aber irgendwie kam sie damit nicht weiter. Deshalb ging sie nach zehn Minuten hoch in Hughs Arbeitszimmer und suchte sich Stift und Papier.

Für gewöhnlich entstanden die meisten ihrer Entwürfe am Computer; eine Handskizze hatte sie seit mindestens zwei Jahren nicht mehr gemacht, aber alles war plötzlich wieder da. Sie zeichnete den Grundriss des Ladens auf und schrieb auf, was sie brauchen würde. Eine Theke oder einen Tisch? Der Esstisch aus Walnussholz mit den Klauenfüßen wäre dafür perfekt. Eine Art Umkleidekabine, damit die Leute – die Kunden, dachte sie schaudernd – Kleider anprobieren konnten. Der chinesische Gitterparavent aus dem Wohnzimmer könnte passen. Eine der drei hohen Vitrinen aus dem Salon konnte sie für die Auslage verwenden.

Und jetzt zu den Waren: Am besten war es, alles sehr reduziert zu halten, immer nur ein paar Dinge zu präsentieren wie in einer exklusiven Galerie. Schnell füllte sich ihre Skizze.

Ein Dutzend von Laineys Vasen auf dem Hängeregal – vielleicht die blauen. Und die hellblaue Chaiselongue darunter. An die gegenüberliegende Wand könnte sie die Spiegel hängen.

Nora fand den Ballen mit der chinesischen Seide im Wäschetrockenschrank. Sie konnte sie zuschneiden und an die Tischchen tackern, auf denen sie die kleinen Dinge auslegen würde: die kleine blaue Goldbronze-Uhr, ein paar Teile von Laineys Modeschmuck …

Am besten fing sie mit den kleineren Dingen an. Aber das Sofa, den Tisch oder den Spiegel über dem Kaminsims konnte sie nicht allein in den Laden transportieren.

Eine frische Brise aus der Klimaanlage wehte Nora entgegen, als sie die Tür zum Café öffnete. Sie hatte sich etwas Verspieltes, Mädchenhaftes vorgestellt, aber das LoCal war kühl und elegant: Sichtmauerwerk, alte Dielen, weiße Fliesen. Fiona war am Telefon, aber sie stellte auf stumm und rief nach Adonis. Bei seinem Erscheinen war ein anerkennendes Seufzen vonseiten der weiblichen Gäste nicht zu überhören. Er war groß und gebräunt, mit einem Profil wie auf einer alten Münze.

»Ja, ich komme«, sagte er mit Akzent. »Wir sehen uns um drei.«

Und Punkt 15 Uhr stand er mit Ed und Loughlin im Schlepptau vor der Ladentür. Nora hatte ganz vergessen, dass in Dublin jeder jeden kannte.

Sie trugen den Tisch, die Vitrine, den Paravent, den Kaminspiegel und das Sofa in den Laden und bestanden darauf, auch die Kisten, die Nora selbst runterbringen wollte, zu übernehmen.

Das angebotene Geld hatte Adonis ausgeschlagen, also hatte Nora ihm eine Kiste Bier gekauft. Als sie sie ihm geben wollte, hob er überrascht die dunklen Augenbrauen. »Vielen Dank. Nein!«

»Sorry, ist es nicht deine Marke?«, fragte Nora.

»Er mag alle Sorten«, sagte Ed, und Loughlin funkelte ihn an.

»Ich danke vielmals«, sagte Adonis etwas steif. »Das ist sehr freundlich.«

Hatte Ed gerade gelacht, fragte sich Nora, während sie die Treppe hinabgingen, oder hatte sie sich das eingebildet?

Jetzt musste sie nur noch entscheiden, was sie ins Fenster stellen würde. Vernünftig wäre natürlich, so viel wie möglich reinzuquetschen, aber das fühlte sich nicht richtig an. Sie schnappte sich ihren Notizblock und ging wieder nach oben, um sich noch mal umzusehen, stolperte dabei über eine Kiste, in die sie Laineys alte Liebesromane gepackt hatte.

Ein Buch fiel heraus, und sie bemerkte, dass etwas drinstand. Das Vorsatzblatt war vorne und hinten mit der winzigen, gedrängten Handschrift ihrer Großmutter bedeckt. Die Füllerspitze war so fest auf das Papier gedrückt worden, dass die Schrift sich wie Blindenschrift anfühlte:

Mondsteinkette. 1958.

An einem glühend heißen Nachmittag mietete Hugh ein Boot, und wir ruderten nach Dalkey Island hinaus, wo wir picknicken wollten. Auf halber Strecke ließ er die Ruder sinken. Er sagte, er würde ins Wasser springen und mich hier zurücklassen, wenn ich nicht einwillige, ihn zu heiraten. Er wusste, dass ich nicht schwimmen kann.
Ich habe Hugh nie etwas vorgemacht. Ich sagte ihm, dass er mit mir seine Zeit vergeudete.

Ich hatte, lange bevor ich ihn kennenlernte, beschlossen, dass ich niemals heiraten, niemals eine Familie gründen würde.
Ich befahl ihm, mich auf der Stelle wieder zurück an Land zu rudern, aber er ließ ein Nein als Antwort nie gelten. Er zog sein Hemd aus, legte seine Uhr ab, stieg aus seiner Hose. Er trug eine Badehose – er war vorbereitet.
Das Boot leckte, und das Wasser reichte mir bis an die Schienbeine, ehe ich ihm antwortete. Er reichte mir einen Eimer und sagte, ich solle schon mal anfangen zu schöpfen, aber am Boden des Eimers lag etwas: eine zweireihige Mondsteinkette, die wie Wassertropfen glitzerten.
Ich trug sie zu meiner Hochzeit elf Monate später.

Nora leerte die Kiste wieder aus und begann, sorgfältig alle Bücher durchzublättern. Sie fand noch weitere acht Aufzeichnungen auf den Vorsatzblättern.

Es ging immer um etwas, das Hugh ihr geschenkt hatte. Manche Aufzeichnungen waren kurz – eine hingekritzelte Zeile mit einem Datum.

Leuchter aus Murano-Glas. Von einer Reise aus Venedig mitgebracht. August 1980.

Affen-Tintenfass aus Messing. Am dreißigsten. Von H zu meinem vierundfünfzigsten Geburtstag 1989.

Andere waren länger:

Engelslampe.

Von H. zu unserem zweiten Hochzeitstag. Ein lebensgroßer Messingengel, der mit den Armen über dem Kopf einen riesigen Kandelaber trägt. An dem polierten Sockel ist ein Stecker. Sie war mein Schutzengel, sagte er; sie würde über mich wachen. Mich vor dem Dunkel schützen, wenn er nicht da war.

Blaue chinesische Vase mit Eisblumenlackierung. 1976.

Ich musste gegenüber H. vorsichtig sein, was ich sagte. Wenn ich erwähnte, dass mir etwas gefiel – der Geruch einer Seife, der Geschmack eines bestimmten Honigs – war es am nächsten Tag da. Einmal bekam er mit, wie ich in einer Zeitschrift fasziniert ein Bild von einem Belladonna-Rittersporn betrachtete. Und schon saßen wir im Bus zur Thomas Street, wo wir in den Antiquitätenläden herumstöberten, bis wir eine riesige Vase mit Eisblumenlackierung fanden, mit genau der gleichen kobaltblauen Farbe. »Blue to chase the blues away«, sagte er, Hugh, der ewige Optimist. Ich dachte, damit wäre die Sache erledigt, aber im nächsten Sommer erblickte ich, als ich eines Morgens nach unten in die Küche kam und aus dem

Fenster schaute, eine Reihe von Belladonna-Rittersporn, der am anderen Ende des Gartens blühte. Ich glaube, er hätte den Mond an das Dach unseres Hauses festgebunden, wenn er der Meinung gewesen wäre, es würde mich glücklich machen.

Satsuma-Schale. 1960.

Ich habe H. einst erzählt, dass mein älterer Bruder, als ich noch ein Kind war, immer mit dem Hut voller Orangen heimgekommen ist. Als H. zum ersten Mal nach Japan fuhr, brachte er diese dickbauchige Orangenschale mit aufgemalten goldenen Chrysanthemen mit. Jede Woche kaufte er Orangen für mich, und ich legte sie hinein. Ich habe ihm nie gesagt, wie traurig es mich machte, ihre Haut unter meinen Fingern zu spüren, weil es mich an zu Hause erinnerte.

Ein Bruder, dachte Nora. Ein älterer Bruder? Hatte Lainey einen Bruder gehabt? Ihr Leben in London war voller Geheimnisse. Sie hatte nie darüber gesprochen, nie etwas Privates erzählt, solange sie lebte. Von all den Dingen in diesem schönen Haus versetzten Nora die Notizen am meisten in Erstaunen. Sie gaben einen winzigen Einblick in das Leben ihrer Großeltern.

Sie las alles noch einmal genau durch, kostete jedes Wort aus, und nachdem sie die Notiz über den Mondstein gelesen hatte, kam ihr plötzlich eine Idee. Sie könnte Laineys Erinnerungen mit in das erste Schaufenster für den Laden einbauen. Oder noch besser – sie grinste, stand schnell auf und holte ihren Skizzenblock – sie würde sie zum Herzstück machen.

Das Pärchen blieb auf dem Heimweg vom Wolf and Goose stehen und küsste sich an der Ecke der Temple Terrace im Regen und dann noch mal vor der Bibliothek.

»Das ist neu«, sagte die junge Frau, als sie Luft holen musste, und zeigte auf den Laden auf der anderen Straßenseite.

»Wie kannst du in so einem Augenblick nur an Shopping denken?«

»Ich bin eine Frau, wir können Multitasking.« Sie nahm seine Hand, und sie gingen über die Straße und blieben vor dem Schaufenster stehen. Jemand hatte eine kleine Kulisse in dem Fenster aufgebaut, wie ein Gemälde, jedoch aus echten Dingen, und das war irgendwie anrührend.

»Das ist ziemlich cool«, sagte er anerkennend.

Sie nickte. »Unglaublich.«

Im Hintergrund hing ein Stück blauer Seide, die aussah wie der Himmel. Ein zweites Stück war unten gespannt, das das Meer darstellte.

Nora hatte einen Ventilator darunter platziert, damit es sich kräuselte und um ein Boot aus Treibholz Wellen schlug. Das Boot zog eine Kette aus weißen Steinen wie Luftblasen hinter sich her.

Der Mann beugte sich vor, um die Notiz zu lesen, die Nora am Fenster angebracht hatte.

An einem glühend heißen Nachmittag mietete Hugh ein Boot, und wir ruderten nach Dalkey Island hinaus, wo wir picknicken wollten. Auf halber Strecke ließ er die Ruder sinken. Er sagte, er würde ins Wasser springen und mich hier zurücklassen, wenn ich nicht einwillige, ihn zu heiraten. Er wusste, dass ich nicht schwimmen kann.

Er drehte sich zu der jungen Frau um. »Es ist eine Liebesgeschichte.«

»Nein.« Sie schüttelte den Kopf und zeigte auf das Schild über dem Fenster, auf dem »Memory Shop« stand. »Es ist eine Erinnerung.«

4

Flussmuschel-Ohrringe

Lia

Wahrscheinlich drückte nur irgendein Besoffener auf die falsche Klingel, aber Lia war schon auf den Beinen, noch ehe sie richtig wach war, und griff nach dem übergroßen Morgenmantel aus Velours, den sie den ganzen Abend getragen hatte, ehe sie ihn doch schnell unter das Bett stopfte. Sie nahm einen kurzen Seidenmantel vom Haken an der Tür, der ihr kaum bis zu den Oberschenkeln reichte. Er war kühl auf ihrer vom Bett noch warmen Haut, und sie zitterte, als sie den Flur entlang zur Sprechanlage rannte.

Es knisterte, dann tauchte ein Gesicht auf dem kleinen Bildschirm auf, verschwommen und unscharf, wie ein Ultraschallbild.

»Ich bin's.«

Zwei Worte, mehr waren nicht nötig, um einen tristen Freitagabend umzukrempeln.

Sie drückte auf den Summer, spurtete ins Bad, schnappte sich im Vorbeigehen zwei Kissenbezüge, die sie zum Trocknen auf den Heizkörper gehängt hatte, und stopfte sie in den Wäschetrockenschrank. Sie knipste die Neonröhre über dem Spiegel an. Fast eine ganze Flasche Wein hatte sie schon intus, und das sah man auch an ihren verquollenen Augen, aber für Mascara war keine Zeit. Sie spritzte sich Wasser ins Gesicht, drückte sich einen Klecks Zahnpasta auf einen Finger und verrieb ihn im Mund, hielt den Kopf nach unten und sprühte Parfum in die Haare. Als er klopfte, war sie schon wieder an der Tür.

Er war bei einer Preisverleihung gewesen. Unter dem langen, marineblauen Mantel sah sie ein weißes Anzughemd aufblitzen. Er trug eine Fliege. In seinen weichen, dunklen Haaren glitzerten Regentropfen. Bei seinem Anblick, wie er so in der Tür stand, bekam Lia das Gefühl, als hätte sie eine Lichterkette verschluckt, die ihre inneren Organe beleuchtete wie einen Festplatz.

»Ich kann nicht lange bleiben«, sagte er und schob sich an ihr vorbei.

Ein paar der Lichter gingen aus, aber der Rest blinkte und glitzerte immer noch. Eine Minute war besser als ein einsames Wochenende. Eine Minute bedeutete, dass er hierhergekommen war statt dorthin.

»Na ja, also deinen Mantel musst du schon ausziehen!« Sie verschränkte die Arme. »Ich hab dich nämlich noch nie im Smoking gesehen.«

»Du kannst mich nicht herumkommandieren, wenn du nur dieses winzige Mäntelchen trägst.« Er streckte die Arme nach ihr aus, aber sie wich zurück.

»Okay.« Er warf ihr einen schelmischen Blick zu, als bliebe ihm nichts übrig, als sich zu ergeben. Dann knöpfte er seinen Mantel auf und schüttelte ihn ab. Er sank mit einem teuer klingenden Seufzer zu Boden, und sie fragte sich kurz, ob er ihn selbst ausgewählt hatte oder ob das Gemma übernommen hatte. Stephen hob die Arme. »Und?«

Wieso ließ eine Fliege jeden wie James Bond aussehen? Sie hätte sich an die Wand lehnen und ihn stundenlang anstarren können. »Nicht schlecht.«

»Du bist dran.«

Sie entblößte eine Schulter. »Wie seh ich aus?«

»Wie neunhunderttausendneunhundertneunundneunzig Dollar. Wenn ich diesen Klecks Zahnpasta wegmache«, er leckte an seinem Finger und rieb sanft über ihre Lippe, »dann können wir getrost eine runde Million draus machen.« Er schlang seine Arme um sie und zog sie an sich. Lia spürte den rauen Stoff seines Jacketts, als sie ihr Gesicht an seine Brust drückte.

»Komm ins Bett«, sagte sie, während sein Herz direkt unter ihrer Wange schlug. »Nur für eine Minute.«

Sie merkte, wie er den Kopf schüttelte.

»Ich kann nicht.«

Noch ein Licht flackerte in der dunklen Höhle ihres Herzens und verlosch. Es war immer Stephen, der sie ins Bett lockte, nicht andersrum. Sie war die, die ihn abwehrte. Sie fummelte an einem Knopf seines Hemdes herum.

»Ich finde das so ätzend«, sagte sie, und da war er wieder – der vorwurfsvolle Unterton in ihrer Stimme.

Stephen löste sich, hielt ihre Handgelenke fest und trat zurück. »Ich auch.« Man sah ihm sein Alter an, wenn er so finster dreinschaute. Als sie sich vor sechzehn Monaten kennengelernt hatten, war ihr das noch nicht aufgefallen. Jetzt war er einundvierzig, und sie versuchten noch immer, ein Leben in gestohlene Augenblicke zu quetschen.

»Lia, ich würde alles geben, um bleiben zu können,

das weißt du. Aber das Wochenende in Brittas Bay steht vor der Tür. Und das Letzte, was wir brauchen, ist, dass sie eins und eins zusammenzählt.«

Und ich als Ergebnis dastehe, dachte Lia, wäre das denn so schlimm?

Sie hatte einen bitteren Geschmack im Mund, als würde ihr der Wein wieder die Kehle hochsteigen, und schluckte. Das löschte die letzten Lichter in ihrem Bauch. Sie wünschte, er wäre nicht gekommen. Wenn er jetzt ging, würde sie in der Luft hängen, bis er am Morgen eine Nachricht schickte, und wehe, wenn er sich erst am Nachmittag meldete.

Sie zwang sich zu lächeln. »Du hast recht.«

Der angespannte Ausdruck wich aus Stephens Gesicht. »Ich hätte Zeit für ein schnelles Bier.«

In der Küche schaltete Lia das Licht am Dunstabzug ein, sodass der Raum im Halbdunkel blieb.

Sie nahm ein Bier aus dem Kühlschrank und reichte ihm einen Flaschenöffner. Er schnippte den Deckel in die Spüle, wo er klappernd landete. Sie ließen die Flasche hin und hergehen. Lia spürte, wie die Zeit an ihnen vorbeirauschte wie ein Zug, während sie in der Wartehalle festsaßen.

Sie beugte sich vor und zog an der Fliege. »Ist das eine von diesen elastischen?«

»Nein! Eine echte McCoy.« Er leckte Schaum von seiner Oberlippe, wo sich bereits die ersten Stoppeln unter der Haut abzeichneten. »Ich musste mir zweimal ein YouTube-Video anschauen, bis ich sie endlich richtig binden konnte.«

Sie lehnte sich so verführerisch wie möglich an den Herd, wobei ihr der Knopf der Uhr in den Rücken drückte. »Du hättest mich anrufen sollen.«

Er lachte. »Du bist doch die Klettverschlussgeneration. Du kannst doch das eine Ende einer Fliege nicht vom anderen unterscheiden.«

»Ach ja?« Sie streckte den Arm aus, nahm ein Ende der Fliege zwischen ihre Fingerspitzen und zog so fest daran, dass sie sich langsam löste. Dann schlang sie sich die Fliege um ihren nackten Hals und hielt seinen Blick, während sie sie fachmännisch band.

Molly und sie hatten das als Teenies geübt. Es hatte auf der Liste in einer Illustrierten gestanden, »Zehn Dinge, um unwiderstehlich zu werden«, neben solchen Sachen wie guten Scotch trinken, passende Unterwäsche tragen und einen Kirschstiel mit der Zunge verknoten.

Stephen stellte die Flasche auf das Abtropfbrett. »Komm her.«

Sie schaltete das Licht am Dunstabzug aus und trat auf ihn zu, und die Lichterkette in ihrem Inneren ging Lämpchen für Lämpchen wieder an.

Es war immer dasselbe, wenn er wieder weg war – der Absturz, die Stagnation, aus Alleinsein wurde Einsamkeit. Sie konnte ihn ja nicht einfach anrufen, um seine Stimme zu hören – es konnten Tage vergehen, bis sie ihn wiedersah.

Lia stand auf, zog ihren Velours-Morgenmantel unter dem Bett hervor und schlang ihn um sich. Sie tappte in die Küche, machte noch eine Flasche Wein auf und fand eine Packung Pringles in der Backröhre, wo sie sie vor sich selbst versteckt hatte. Dann ließ sie sich aufs Sofa fallen und sah sich eine Wiederholung der Graham-Norton-Show an, die sie schon kannte. Es beruhigte sie, ganz genau zu wissen, was Meryl Streep zu Carey Mulligan sagen würde, noch bevor sie es aussprach.

Als sie die Augen nicht mehr aufhalten konnte, ging sie in die Küche und sah die Fliege auf dem Boden beim Herd liegen. Ein schwarzes samtenes Fragezeichen.

Wenn du es nicht mehr aushältst, was wirst du dann tun?

Einen Hinweis zu hinterlassen, wäre ein Risiko. Wenn, dann musste es wie ein Versehen wirken. Und es musste an diesem Wochenende passieren, wenn Stephen die Nacht mit ihr im Ferienhaus der Familie in Brittas Bay verbringen würde.

Lia zerbrach sich die ganze Woche darüber den Kopf. Unterwäsche war zu schäbig. Einen Schal oder einen Pulli übersah man vielleicht. Eine der Karten, die Stephen ihr geschrieben hatte, wäre zu persönlich, und er würde sich wundern, warum sie sie bei sich trug.

Es musste etwas sein, das *ihr*, seiner Frau, klarmachte, dass es gar keinen Sinn hatte, sich zur Wehr zu setzen.

Am Abend vor Eröffnung des Ladens, als sie mit dem Mondstein-Fenster fertig war, verließ Nora das Haus und lief auf dem weiten, breiten Strand vorbei an Gassigehern und Paddlern bis zur Flutlinie. Sie blickte über das Wasser. Wales war nur fünfundsiebzig Meilen entfernt, und dahinter lag London. Das Haus in der Fountain Road. Sie erlaubte sich ein paar Tränen, weinte, weil sie in das Leben, in dem sie sich so sicher gefühlt hatte, niemals zurückkehren würde. Dann ließ sie ihr Gesicht von der Meeresbrise trocknen, atmete tief ein, wandte dem Meer und allem dahinter den Rücken zu und ging nach Hause in die Temple Terrace.

Loughlin, Ed und Fiona hatten es rumerzählt, und am ersten Morgen waren ihre Freunde und andere Ladenbesitzer Noras einzige Kunden. Aber am Nachmittag hatte das Fenster die Aufmerksamkeit der vorbeispazierenden Urlauber geweckt.

Nora hatte eine weitere Aufzeichnung von Lainey in einem Stapel Bücher unter einem Regal im Salon gefunden. Und noch zwei andere in Romanen in einer von Hughs Bücherkisten aus seinem Büro. Sie kaufte ein Päckchen schlichter weißer Karten, schrieb die Notizen ab und verteilte sie im Laden. Dann beschriftete sie ein großes Schild, das sie über die Tür hängte:

Jeder einzelne Gegenstand hier ist Teil der sechzig
Jahre währenden Geschichte meiner Großeltern.
Fragmente aus der Vergangenheit. Sehen Sie sich
gerne um. Auch wenn Sie nichts kaufen,
nehmen Sie vielleicht eine Erinnerung mit.

Ein Mann und eine Frau mit Eistüten in der Hand lasen das Schild laut vor, dann gingen sie im Laden herum und betrachteten alles genau, als wären sie in einem

Museum. Sie erstanden Laineys kleine blaue Goldbronze-Uhr. Ein Holländer kaufte das zusammengehörige Paar aquamarinblauer Vasen, das, wie Nora bemerkte, die gleiche Farbe hatte wie seine Augen. Eltern mit einem schwitzenden Baby in einem Buggy stürmten herein und kauften einen hellrosa Schirm als Sonnenschutz. Bis zum Nachmittag wusste Nora schon nicht mehr genau, wie viele Kunden es gewesen waren.

Kurz vor sechs kam ein Mann um die siebzig herein und kaufte das Boot aus dem Fenster. Sein Vater war gerade mit neunundneunzig gestorben, erzählte er Nora. Er hatte seinen einhundertsten Geburtstag um Haaresbreite verpasst. Der Mann wollte die Asche mit seinen Brüdern auf dem Meer ausstreuen, aber das Boot war eine bessere Idee. Unter dem kleinen Segel war eine Ausbuchtung, in die die Asche passen würde. »Er hat uns als Kinder das Segeln in Dun Laoghaire Harbour beigebracht. Glückliche Zeiten waren das.«

Nora dachte, wie sehr es Hugh, dem freundlichsten Mann, den sie je gekannt hatte, gefallen hätte, dass sein selbst gemachtes Boot Teil dieser Familiengeschichte wurde. Nachdem der Mann sich verabschiedet hatte, schloss sie die Tür und zählte. Sie starrte auf das Geld in der Tischschublade. Dreihundert Euro. Nicht schlecht für den ersten Tag.

Nachdem sie abgesperrt hatte, ging sie wieder zum Strand. Sie dachte an die unzähligen Male, die sie hier mit ihrem Großvater spazieren gegangen war. Er hatte ihr die leeren Austernmuscheln mit der verborgenen samtigen Innenschicht aus Perlmutt gezeigt und ihr erklärt, dass die Perlen an Laineys Ohrringen einst Sandkörner gewesen waren.

Zurück in der Temple Terrace kam ihr eine Idee für das nächste Fenster. Sie suchte drei Plastiktüten, ging wieder an den Strand und füllte sie mit Muscheln und Sand.

Am Donnerstag, sie hatte weniger als einen Tag Zeit, eilte Lia in ihrer Mittagspause zum Waxing-Studio in Blackrock, als sie das Schaufenster entdeckte. Ein winziger Strand. Eine Bahn gekräuselte Seide als Meer. Ein Streifen aus echtem Sand mit Muscheln. Und auf Augenhöhe schien eine Austernmuschel zu schweben; halb geöffnet schimmerte darin ein Paar wunderschöner Perlenohrringe.

Sie öffnete die Tür, und eine Wolke von Zitronenduft schlug ihr entgegen. Eine dunkelhaarige Frau in Jeans und T-Shirt hockte ganz oben auf einer Trittleiter und arrangierte ledergebundene Bücher auf einem hohen Regal. Sie lächelte zu Lia herab.

»Wollte mich nur mal umsehen«, sagte Lia, um gleich irgendwelche Kaufverpflichtungen abzuwehren. Hätte sie doch nur Zeit zum Stöbern. Hier gab es nicht besonders viel zu sehen, aber alles wirkte verführerisch. Ein Tisch mit Glasschüsseln voll mit glitzerndem Schmuck. Uhren in unterschiedlicher Form und Größe tickten leise auf einem langen Regal, das eine ganze Wandlänge einnahm, und ein riesiger ausgestopfter Hund unter einem großen Holztisch sah sie mit sanften, leicht schielenden Augen an.

»Äh, ich wollte mal nachfragen«, sagte Lia, »was die Perlenohrringe aus dem Schaufenster kosten würden.«

»Vierhundert Euro.«

Lia merkte, dass ihr fast die Kinnlade herunterfiel.

»Ich weiß, das klingt erst mal nach viel Geld, aber eigentlich ist es ein Schnäppchen.« Die Frau stieg von der Leiter herab und wischte sich die Hände an der Jeans ab. »Es sind echte Naturperlen, keine Zuchtperlen.«

»Was ist der Unterschied?«

»Ich zeige es Ihnen.« Die Besitzerin schleppte die Leiter mit nach vorne und stieg wieder hinauf. »Könnten Sie die kurz für mich halten? Ich will nicht auf den Sand steigen, ich habe ewig dafür gebraucht.« Sie beugte sich gefährlich weit zur Seite, während sie die Muschel von der durchsichtigen Anglerschnur losband.

Dann stieg sie wieder von der Leiter und drehte die Muschel um. Die Perlen rollten auf Lias Hand. »Sie fühlen sich kühl an, stimmt's? Echte Perlen fühlen sich in den ersten paar Sekunden auf der Haut kühl an, dann erwärmen sie sich. Sie absorbieren die Wärme der Haut.« Lia konnte es spüren. »Und ...«, die Frau beugte sich vor und schob ihre schwarzen Locken hinter das Ohr, »... wenn Sie genau hinschauen, können Sie erkennen, dass sie sich leicht voneinander unterscheiden. Zuchtperlen sind alle vollkommen identisch, aber jede natürliche Perle ist ganz und gar einzigartig. So weiß man, dass es das einzig Wahre ist.«

Die wahre Liebe, dachte Lia. So hatte Stephen das genannt, was zwischen ihnen beiden entstanden war.

Als Lia bei Pentagon PR anfing, hatte ihr niemand gesagt, dass es zu ihrem Job gehörte, alles Korrektur zu lesen, bevor es in Druck ging. Aber wahrscheinlich machte sie sich keine Freunde, wenn sie das während der sechsmonatigen Probezeit nach zwei Monaten zu ihrer Verteidigung anführte. Und so nahm sie die Schuld auf sich für die Überschrift in der Broschüre für eine kleine, aber feine Bäckerei, in der stand:

Unser Boot wird in einem sehr heißen Ofen beidseitig gebacken, es bleibt im Inneren weich und außen besonders knusprig.

Sie hörte sich die Predigt ihrer Chefin an und fuhr dann auf eigene Kosten mit dem Zug nach Cork, um persönlich tausend neu gedruckte Broschüren abzuliefern und beim Kunden Abbitte zu leisten. Er ließ sie zwei Stunden warten. Sie saß im Eingang und atmete den köstlichen Geruch des warmen Brots ein, während ihr Magen knurrte und ihre Chancen schwanden, noch am Nachmittag nach Dublin zurückzufahren. Als er schließlich erschien, las er die Broschüre mit nervenaufreibender Langsamkeit durch und ließ sich jedes zweite Wort buchstabieren, bevor Lia gehen durfte. Sie kam am Bahnhof an, als der Nachmittagszug gerade abfuhr, und musste wieder warten.

Im Abendzug herrschte Partystimmung, was ihre Laune hob. Die Waggons waren voll mit jungen Leuten, die übers Wochenende nach Dublin fuhren. Sie musste sich durch drei Wagen drängeln, ehe sie einen

Sitzplatz fand. Als sie ihren Mantel auszog, streifte ihr Blick einen blond gelockten Typen, der in seinem Telefon herumsuchte, und dachte für den Bruchteil einer Sekunde, es sei Dara.

Sie schleppte ihren Koffer ganz bis ans Ende des Zuges, die automatischen Türen öffneten und schlossen sich zischend, und sie hatte das Gefühl, als wäre er es wirklich. Als wäre er wirklich hier und nicht in Sydney, so weit weg wie nur irgend möglich.

Im letzten Waggon saßen lauter ältere Menschen, die vor der chaotischen Meute geflüchtet waren. Sie stemmte ihren Koffer oben ins Gepäckfach und ließ sich dankbar auf einen Fensterplatz gegenüber einem Geschäftsmann im Anzug sinken. Sie stöpselte ihre Kopfhörer ein und hörte sich Lana Del Ray an, die sie seit der Trennung gemieden hatte. Schwebende Liebeslieder mit schillerndem Crescendo – der Soundtrack des letzten Sommers. Sie tat sich selber leid. Es war ein echter Scheißtag gewesen. Es war ein Scheißjahr.

Häuser flogen vorbei. An einem Bahnübergang eine Reihe von wartenden Autos, deren Scheinwerfer wie Cartoon-Augen aussahen. Dörfer kamen und verschwanden, verschluckt von der Nacht. Der Mann gegenüber sah auf, ihre Blicke trafen sich, und er musterte sie kurz. Dann drehte er sich wieder zu seinem Laptop.

Sie hatte sich so bemüht, ihre Verstimmung zu verbergen, aber jetzt hatte die Musik in einem ungeschützten Augenblick ihre Rüstung durchdrungen, und der Fremde hatte es gesehen. Ein paar Momente lang beobachtete sie sein Spiegelbild im Fensterglas. Er war älter, aber nicht alt. Ein schmales Gesicht mit einem Strahlenkranz aus Falten um die Augen. Weiche dunkle Haare, die sich über dem weißen Kragen seines Hemdes wellten. Mit seinen langen Fingern tippte er auf die Tastatur, er trug einen Ehering an der linken Hand.

Bis zur Hochzeit ihrer Schwester Molly letzten Monat hatte Lia mit ihr in einer Wohnung in der Mount Street gelebt, ein Dachgeschoss mit niedriger Decke, wo sie ein glückliches und chaotisches Leben geführt und Kleider, Make-up und Geheimnisse geteilt hatten. Spätnachts waren sie jeweils zu der anderen ins Bett gehuscht und hatten ihr Liebesleben auseinandergenommen und ihre Zukunft geplant.

Lia wohnte jetzt in einer Wohnung in Milltown. An die Leere in der Küche, wenn sie morgens an der Frühstückstheke ihr Müsli aß, hatte sie sich immer noch nicht gewöhnt. An die Stille, die ohrenbetäubend laut wurde, wenn sie den Fön oder die Dusche ausstellte. An die Angst, wenn sie mitten in der Nacht ein Geräusch hörte.

Als der Zug beim Einfahren in einen Bahnhof sein Tempo verlangsamte, sprang der Mann plötzlich ohne Vorwarnung auf sie zu und fasste mit einer Hand in ihre Haare. Lia wollte anfangen zu schreien, doch er ließ sie los, öffnete die Faust und zeigte ihr die Motte. Es war die größte, die sie je gesehen hatte. Ein sich windender haariger Körper, so dick wie ihr kleiner Finger, mit zwei braun gesprenkelten Flügeln.

Der Mann öffnete das Fenster einen Spalt, streckte seine Hand hinaus und warf die Motte in die Dunkelheit.

Dann wischte er sich die Hand an seiner Hose ab und setzte sich wieder.

»Alles in Ordnung?«

Lias Kopfhaut kribbelte vor Abscheu bei dem Gedanken, dass sich diese Kreatur in ihren Haaren verheddert hatte. Sie nickte.

Eine Frau in einer zerknitterten blauen, ein paar Nummern zu großen Uniform schob einen Trolley vorbei. Holpernd kam sie bei ihnen zum Stehen, sodass die Glasflaschen klirrten.

»Tee, Kaffee, ein Sandwich oder ein Getränk?«, spulte sie ab, ohne sie anzusehen.

»Weißwein«, sagte der Mann gegenüber. »Und ein Bier.«

Er stellte den Wein, eine kleine Flasche mit Drehverschluss, und einen Plastikbecher vor Lia hin.

»Sie sehen aus, als könnten Sie den gebrauchen.«

Sie öffnete die Flasche, schenkte sich ein und nahm einen Schluck. Langsam löste sich der Krampf in ihrem Bauch.

»Vielen Dank. Es ist dumm, so zu erschrecken.« Sie hielt sich am Plastikbecher fest. »War ja nur eine Motte.«

»Mir geht's mit Hunden so.« Er nahm einen Schluck aus seiner Bierdose.

Sie lächelte dankbar. »Mit Hunden komme ich gut klar. Wenn Ihnen also einer in die Haare fliegt …«

Er tat so, als würde er sich ducken und die Hände schützend an den Kopf legen. »Fliegen können die jetzt auch schon?«

Auch er arbeitete bei einer PR-Firma. Ein Online-

Wettunternehmen, das immer wieder wegen seiner unverschämten Fernsehwerbung Ärger kriegte.

»Hört sich nach viel Spaß an«, sagte Lia.

»Ja, das stimmt.« Seine braunen Augen schienen zu lächeln. »Wenn man es als Spaß empfindet, wütende Leute, die total ausrasten, zu besänftigen … Wir hatten Kampagnen, die wurden schon verboten, noch bevor der Plakatkleber trocken war.«

»Aber genau darum geht es doch, oder?« Lia grinste.

»Psssscht!« Er tat so, als würde er die Stirn runzeln. »Das darf doch niemand wissen. Ich bezahle Sie, wenn Sie schweigen.« Er nahm ihre leere Weinflasche, schüttelte sie und stand auf. »Noch eine?«

»Ich sollte Ihnen was ausgeben.« Aber sie hatte kaum noch das Busgeld, um zurück in ihre Wohnung zu fahren.

»Der geht auf mich. Ich brauche noch eins, nach dem ganzen Gerede über fliegende Hunde. Ich bin Stephen.«

»Lia.«

Während er zum Speisewagen ging, stellte sie ihr Telefon auf Selfie-Modus, zog sich die Augen nach und legte ein wenig Lipgloss auf. Eine Frau auf der anderen Seite des Waggons warf ihr einen wissenden Blick zu. So ist das gar nicht!, wollte Lia rufen. So war es nicht gewesen. Damals nicht. Nicht zu Beginn.

Stephen konnte sich das Lachen nicht verkneifen, als sie ihm von dem Tippfehler erzählte, aber er hörte auf zu lachen, als sie einräumte, dass sie die Schuld dafür auf sich genommen hatte.

»Warum denn?«

Sie tippte mit dem Finger auf einen Weintropfen, der auf dem Resopaltisch gelandet war, und zeichnete damit eine Acht.

»Es war der Fehler meiner Vorgesetzten.« Helen hätte Lia ein Stellenprofil geben müssen, war aber irgendwie nicht dazu gekommen. »Ich wollte nicht, dass sie Ärger kriegt.«

Stephen schüttelte den Kopf und seufzte. »Und jetzt zahlst du den Preis fürs Nettsein, stimmt's?«

»Ja, wahrscheinlich schon.«

»Dafür bist du aber doch eigentlich viel zu schlau.«

»Da bin ich mir nicht so sicher.«

»Ich schon. Deine Marketingstrategie kommt in genau fünf Sekunden. Also, von jetzt an hörst du auf, dich um andere zu kümmern, und kümmerst dich um dich selbst. Abgemacht?«

Sie lachte. »Abgemacht.«

Die Fahrt verging plötzlich wie im Nu, jedenfalls fuhr der Zug viel zu schnell in die Heuston Station ein.

Stephen klappte seinen Laptop mit einem finalen Klick zu und schob ihn mit ein paar Akten in seine Tasche.

Vor Lias innerem Auge blitzte das Bild auf, wie sie zusammen in der dunklen Bar in der Parkgate Street saßen – ein ganz anderes Ende des Abends, als jetzt allein in ihre leere Wohnung zurückzukehren.

Beide stiegen aus dem Zug, gingen nebeneinander, aber nicht zusammen den langen Weg am Gleis entlang und blieben vor der Tür zum Bahnhof stehen. Die Flut der Zugpassagiere teilte sich, floss um sie herum. Während die Menschen weiter zur Bus- oder Tramhaltestelle eilten und ihre Mäntel zum Schutz gegen den eisigen Wind schlossen, der vom Fluss heraufzog, rührten sie sich nicht von der Stelle.

»Das klingt jetzt wie ein Klischee, aber …« Stephen sah sie an und dann wieder weg. Der Wind hob das Ende seines Schals, als er ihn sich um den Hals wickelte. »Die Welt liegt dir zu Füßen.«

»Tja, das wäre mal eine Premiere.«

»Wirklich?« Er sah sie wieder mit seinen dunklen Augen an, den Mundwinkel leicht nach oben gezogen. »Ich wünschte …«

Was, dachte sie voller Sehnsucht, was wünschst du dir?

Er legte seine Hand auf ihren Arm und drückte ihn kurz. »Ich wünsche dir alles Gute, Lia.«

Er wandte sich um in Richtung des Taxistands und ging davon, während sie die Straße überquerte und am Quay entlanglief. Der blond gelockte Typ, den sie beim Einsteigen gesehen hatte, schob sich an ihr vorbei, und ihr fiel auf, dass sie seit Stunden nicht an Dara gedacht hatte.

Lia hielt sich die Perlen ans Ohr und sah sich in dem hohen, goldgerahmten Spiegel an. Die Perlen schimmerten sanft auf ihrer Haut. Sie sahen luxuriös und erwachsen aus. Aber vierhundert Euro?

»Ich weiß nicht …«, sagte sie. »Ich finde sie wunderschön, aber das ist viel Geld.«

»Ich weiß. Ich kann Sie Ihnen zurücklegen, wenn Sie

möchten«, sagte die Ladenbesitzerin. »Und Sie denken noch mal drüber nach.«

Viel Geld, dachte Lia, aber günstiger als ein Hotelzimmer für zwei Nächte, günstiger, als alles so weiterlaufen zu lassen und darauf zu warten, dass Stephen sein Wort hält und seine Ehe beendet.

»Nein. Ich nehme sie jetzt gleich«, sagte sie.

Am Tag nach ihrer Cork-Reise nahm Lia ihre Chefin beiseite und erinnerte sie mit klopfendem Herzen daran, dass sie kein Stellenprofil bekommen hatte. Helena schmollte ein paar Stunden lang, schickte ihr dann eine per Mail und schrieb dazu, dass Lias Taxikosten und das Zugticket erstattet wurden.

Lia war hocherfreut, als wäre sie in einen Geheimclub aufgenommen worden. Könnte sie Stephen doch nur erzählen, dass sie ihr Versprechen gehalten hatte. Aber sie wusste seinen Nachnamen nicht, also gab es keine Möglichkeit, ihn zu finden.

Aber sie dachte an ihn. Sie stellte sich vor, wie er an der Frühstücksbar in der Küche ihr gegenüber saß, wie er sie aus dem Wohnzimmer rief, wenn sie die leere Wohnung betrat. Es war nur ein harmloser Tagtraum. Selbst wenn sie ihn fand, würde nichts passieren. Sie würde sich niemals auf einen verheirateten Mann einlassen.

Als sie dann an einem Freitag im Pub neben dem Büro etwas trinken war, sah sie eine bekannte Gestalt an der Bar sitzen, den dunklen Kopf wieder über das Telefon gebeugt.

»Hi.« Er schien nicht auf ihren Namen zu kommen, als sie ihm auf die Schulter klopfte.

»Lia.«

»Li-ah«, wiederholte er, »natürlich.« Seine Stimme war tiefer, als sie sie in Erinnerung hatte.

Ein unbehagliches Schweigen folgte, während sie sich fragte, ob sie ihm einen Kuss auf die Wange geben oder seine Hand schütteln sollte. Dann wurde sie von der Menge in seine Richtung geschubst, und er klopfte auf den leeren Hocker neben sich. »Setz dich.«

Sie warf einen kurzen Blick zu ihren Arbeitskollegen hinüber, die sich um einen Tisch drängten und sich volllaufen ließen.

»Ich bin mit den Kollegen da.«

»Ah.« Er wirkte enttäuscht. »Ich wollte nur kurz für ein Bier reinschauen.« Er stellte sein leeres Glas ab. »Blöder Tag. Wollte noch nicht nach Hause, aber …« Er stand auf.

»Hör mal«, die Worte kamen schneller aus ihrem Mund, als sie denken konnte, »kann ich dich nicht zu einem Drink einladen? Als Dank für die Motte und den Wein und die Aufmunterung?«

»Auf leeren Magen ist das wohl keine so gute Idee.«

»Dann zum Abendessen.«

Sein Gesicht leuchtete auf. Er sah fünf Jahre jünger aus, wenn er lächelte. »Und du hast sicher nichts Besseres vor?«

Sie hatte überlegt, auf dem Heimweg bei ihrer Schwester vorbeizuschauen und am Freitagabend wieder mal den Anstandswauwau bei Molly und Colm zu spielen.

»Nein, eigentlich nicht.«

Sie ging mit ihm zu ihrem Lieblingsjapaner, ein winziger, schäbiger Laden in der Capel Street mit Holzbänken, Reissäcken hinter der Theke und asiatischen Kellnerinnen, die immer wieder nach hinten rannten, wo sich hinter einem Vorhang die Küche befand.

Sie quetschten sich an das Ende eines langen Tisches zu einer lauten Gruppe von Italienern, die irgendetwas feierten, mit ihren Telefonen Fotos machten und dabei gut gelaunt und unaufhörlich redeten.

»Du wirst für mich bestellen müssen«, sagte Stephen mit hilflosem Blick auf die Karte. »Ich kann Teriyaki nicht von Tempura unterscheiden.«

Er fand alles köstlich, was sie auswählte, und lobte das Essen, als hätte sie es selbst gekocht. Sie aßen gedämpfte, mit Schwein gefüllte Teigtaschen, frittierten Tofu, Edamame, Algensalat und dampfende Miso-Suppe. Dazu tranken sie heißen Sake.

Er war so gesprächig, wie sie es in Erinnerung hatte. Sie redeten über die Arbeit, komische Kollegen, betreuungsintensive Kunden, und als sich beide mehr entspannten, erzählte sie ihm von ihrer Familie, dass sie in Galway aufgewachsen und wegen der Uni nach Dublin gezogen war, und er schwelgte in Erinnerungen an seine Kindheit in der Brittas Bay mit seinen zwei Brüdern und seinen Eltern, die beide schon tot waren. Seine andere Familie erwähnte er nicht. Sie vermied den Blick auf den Ring an seiner linken Hand und auch den Gedanken an seine Frau, die sich jetzt vermutlich fragte, wo er steckte.

Die Italiener waren gegangen, und der Tisch war abgeräumt. Erst jetzt merkte Lia, dass die Kellnerin an der Tür abkassierte und der Abend fast vorüber war.

Stephen warf einen Blick auf seine Uhr. »Mitternacht. Gleich erklingt die Glocke, und du verschwindest in die Arme deines total verliebten Freundes.«

Sie schüttelte den Kopf.

»Verlobter?«

»Hatte ich mal«, sagte sie leichthin. »Aber wir haben uns einen Monat vor der Hochzeit getrennt.«

»Das war mutig.«

Sie schüttelte den Kopf. Dara hatte mit ihr Schluss gemacht, war dann nach Sydney abgehauen und hatte sie mit dem ganzen Schlamassel sitzen gelassen. Dann hatten sich an Weihnachten Molly und Colm verlobt, und alle schlichen um sie herum, als würde sie gleich zusammenbrechen. Als ob das nicht schon längst geschehen wäre.

Stephen klopfte mit seinem Finger an seinen Sake-Becher, die Lippen zu einer schmalen Linie zusammengekniffen. »Ich habe mit dreiundzwanzig geheiratet und dachte natürlich, ich tue das Richtige. Ich habe geglaubt, es sei Liebe, aber wahrscheinlich wollte ich nur den Helden spielen. Sie war alkoholabhängig, bevor ich sie kennenlernte, und erst seit ein paar Monaten trocken und so zerbrechlich. Ich habe mich gefühlt wie ein Mann«, er lächelte schief, »und mir gefiel der Gedanke, dass sie mich so brauchte. Aber die Leute verändern sich, weißt du. Sie braucht mich ganz sicher nicht mehr, sie braucht niemanden. Einen Großteil der Zeit über weiß ich gar nicht mehr, warum wir überhaupt noch zusammen sind.«

Wenn sie jetzt etwas sagte, würde man ihr womöglich die Erleichterung anhören, dass seine Ehe bröckelte, also nickte sie nur mitfühlend.

»Nun ja.« Stephen seufzte. »Wie man sich bettet, so liegt man. Man bekommt zwei wunderbare Söhne, und dann schläft man in getrennten Zimmern. So läuft es nun mal.« Er fuhr sich mit den Fingern durch die Haare.

»Ich wusste nicht …« Lia schluckte. »Ich wusste nicht, dass du Kinder hast.«

»Zwei. Jake ist zwölf. Fergus – wir nennen ihn Froggy – ist sechs. Du würdest sie mögen.«

»Auf jeden Fall«, sagte Lia und wünschte, es würde sie nicht geben, wünschte sich so sehr, dass der bestaussehende, interessanteste und offenherzigste Mann, den sie jemals kennengelernt hatte, Single und kinderlos wäre.

Als die Kellnerin mit der Rechnung auf dem Teller an ihren Tisch trat, legte Lia ihre Hand darauf.

»Nein!« Stephen nahm ihr den Teller weg.

»Ich bin dran.« Lia riss ihn ihm aus der Hand. »Du hast den Wein im Zug bezahlt.« Unter Freunden zahlt auch die Frau – und mehr würden sie nie sein. Sie zog ihre Kreditkarte aus der Tasche.

»Du bist so süß«, sagte Stephen und sah sie mit einem Blick an, der mehr als Freundschaft verhieß. »Weißt du das?«

Ihre Schritte passten sich einander an, als sie die Henry Street entlanggingen, und je länger sie schwiegen, umso schwieriger wurde es für Lia, etwas zu finden, um das Schweigen zu brechen. Vielleicht war es auch besser, einfach nur auf ihre Schritte auf dem Pflaster zu lauschen. Unter der blinkenden Weihnachtsbeleuchtung entlangzuspazieren und noch ein wenig länger so zu tun, als gingen sie gemeinsam irgendwo hin.

Sie überquerten die O'Connell Street und stellten sich in die Schlange am Taxistand. Als sie an der Reihe waren, wandte sich Stephen zu ihr um.

»Du kannst Nein sagen, bitte sag Nein, wenn du es nicht willst, aber ... darf ich etwas tun, damit ich nicht für den Rest meines Lebens daran denken muss, was ich verpasst habe?«

Sie ließ sich in den Kuss fallen wie ein Fallschirmspringer. Erfüllt von Leben und Glück und der Angst vor dem Ende. Sie hatte die Augen geschlossen, aber sie spürte, wie sich die Schlange an ihnen vorbeischob, wie sie zurückblieben.

Zwei Tage später schickte er ihr eine Nachricht über Facebook, weil er nicht mehr aufhören konnte, an sie zu denken. Er bat sie, ihn in einem Hotel in der Kildare Street zu treffen. Sie saß in ihrer leeren Wohnung und fragte die Wand, was sie tun sollte, aber sie griff nicht zum Hörer und rief Molly an. Sie wusste ohnehin, was ihre Schwester sagen würde.

Um ein Haar wäre sie nicht hingegangen.

Lia redete sich ein, sie sei keine Ehebrecherin. Man kann nicht etwas zerstören, das bereits kaputt ist, und Stephens Ehe bestand nur noch aus Heuchelei. Das hatte er ihr gesagt, und das hier war die wahre Liebe –

dieser Rausch, diese Leidenschaft und dieses Glühen, das sie in seiner Nähe spürte. Wie sehr sie sich nach ihm verzehrte, so sehr, dass sie nachts aufwachte und die Nachrichten auf ihrem Telefon checkte und das Telefon in der Hand behielt, falls er wach war und an sie dachte.

Sie telefonierten, wenn er zur Arbeit hin- und wenn er wieder zurückfuhr, und sie sahen sich so oft wie möglich: in einem kleinen Imbiss am Blumenmarkt, in einer Burgerbar im Ilac Centre, in den ersten paar Wochen in einem Hotel und dann in ihrer Wohnung. Sie wollte ihm Mollys Schlüssel geben, aber er wollte ihn nicht nehmen.

»Wir müssen vorsichtig sein«, sagte er, als er neben ihr im Bett lag. Der beleuchtete Brunnen im Garten warf ein glitzerndes Licht an die Decke. »Wir brauchen eine Ausstiegsstrategie.«

Gemma sei labil, erklärte er Lia. Sie hatte seit fünfzehn Jahren keinen Tropfen angerührt, aber Alkoholismus sei eine Krankheit. Es könne jederzeit wieder losgehen.

»Das könnte sie an den Rand treiben, weißt du? Und wenn sie was trinkt, kann alles passieren. Womöglich taucht sie in deinem Büro auf und brüllt alle zusammen.«

Vor Lias innerem Auge erschien ein grauenhaftes Bild vom Gesicht ihrer Chefin. Und wie sie in einer Toilettenkabine kauerte, während eine Verrückte, die sie noch nie gesehen hatte, eine Tür nach der anderen auftrat.

»Und ich will es für Jake und Froggy so einfach wie möglich machen.« Stephen drehte sich zu ihr, seine Nähe, sein Gesicht mit den braunen Augen erfüllte sie mit einem Glück, das ihre Angst vertrieb. »Ich will, dass sie dich so lieben, wie ich es tue.« Er strich mit seinem Finger an ihrem Gesicht entlang.

»Aber du wirst sie verlassen?«

Er nahm ihre Hand, verschränkte seine Finger mit ihren und drückte sie. »Bis zum Frühling bin ich da raus, das verspreche ich dir.«

Für jemanden mit einem wirklich schlechten Pokerface erwies sich Lia als erstaunlich gute Lügnerin. Wenn es eine Möglichkeit gab, Stephen zu sehen, musste sie nur den Mund aufmachen, und die perfekte Entschuldigung purzelte heraus. Sie konnte ihre Mutter nicht bei ihren Weihnachtseinkäufen in Kildare treffen, den Blumenkranz-Workshop mit Molly nicht mitmachen oder zur Büroparty kommen, weil sie krank geworden war, eine Bikram-Yoga-Stunde hatte oder länger arbeiten musste.

An einem Samstagnachmittag kam Molly bei ihr vorbei. Lia und sie wollten einen Spaziergang am Pier machen, und Molly war auf der Suche nach Wollhandschuhen. »Heilige Scheiße!«, rief sie, als sie eine Schublade öffnete. Sie war voller Spitzenhöschen und Balconette-BHs. »Für was ist das denn alles?«

»Ich hab es für die Flitterwochen gekauft«, sagte Lia mit leicht zitternder Stimme. Es klang so überzeugend, dass sie es fast selbst geglaubt hätte.

Molly biss sich auf die Lippe.

»Mich dir deswegen keine Sorgen.«

»Ich mach mir keine Sorgen.« Molly stieß die Schublade zu. »Weil er irgendwo da draußen ist. Die Liebe deines Lebens. Und wenn er wüsste, dass deine oberste Schublade wie ein Schaufenster von Agent Provocateur aussieht, würde er jetzt sofort an deine Tür klopfen.«

Lia traute sich kaum aufzublicken, damit ihr Lächeln sie nicht verriet. Die Liebe ihres Lebens war im Augenblick bei einer Arbeitsgruppe in Smithfield. Wenn er früher Schluss machen konnte, würde sie Molly sagen, dass sie nach dem Spaziergang zu müde fürs Kino war, und schon in ein paar Stündchen würde er an ihre Tür klopfen.

Ihr war mulmig zumute, weil es so einfach war, ihre Schwester hinters Licht zu führen. Sie hatten sich immer die Wahrheit gesagt. Molly hatte in der Nacht, als Dara mit ihr Schluss gemacht hatte, neben ihr geschlafen, die Arme um sie gelegt und sie davon abgehalten, wieder aufzustehen, zu seiner Wohnung zu fahren und ihn zu bitten, die Hochzeit durchzuziehen.

Und das Lügen würde kein Ende haben, wenn Stephen einzog. Sie würden so tun müssen, als hätten sie sich gerade kennengelernt, sonst würde Molly rückblickend nachzählen, wie oft sie an der Nase herumgeführt worden war.

Zu Weihnachten fuhr Lia nach Hause zum Hof ihrer Eltern in Galway. Stephen hatte ihr gesagt, er könne erst im neuen Jahr sich wieder von seiner Familie loseisen, aber an Heiligabend textete er ihr, dass er sie am zweiten Weihnachtsfeiertag treffen könne. »Ich muss dich sehen!«, schrieb er. »Ich vermisse dich. Ich liebe dich.«

Lia musste sich zwingen, beim Fernsehen, Plätzchen essen und Scharadespielen nicht wie eine völlig Durchgeknallte zu grinsen. Nichts hatte sie sich mehr zu Weihnachten gewünscht als das.

Sie wachte viel zu früh auf. In der Nacht hatte der Schnee die Felder ihres Vaters weiß überzuckert. Sie schickte Stephen eine leere Nachricht, und einen Augenblick später schickte er ihr eine zurück – ihr Code für »Ich denke an dich.« Sie duschte, packte ihre Sachen, zog sich an, setzte sich ans Küchenfenster und trank eine Tasse Kaffee nach der anderen, während sie ungeduldig darauf wartete, dass die anderen aufwachten und sie sich verabschieden konnte.

Es war fast elf, bis alle in der Küche versammelt waren und sich jeder sein Frühstück zubereitet hatte. Colm machte Rührei, ihr Vater kochte Christmas Pudding, Molly mixte sich einen Spinat-Smoothie, und ihre Mutter richtete Käse auf einem Teller an.

»Ich muss zurück nach Dublin.«

Der Mixer verstummte. In der Küche wurde es still. Vier Augenpaare sahen sie ungläubig an.

»Aber es ist der zweite Weihnachtsfeiertag!«, sagte Molly.

Lia versuchte, traurig auszusehen, aber ihr Glück war wie ein Wasserball, den sie kaum unter der Oberfläche halten konnte.

»Amelia«, ihre Mutter hielt einen Cracker in der einen und ein Käsemesser in der anderen Hand, »ein Schneesturm zieht auf. Sie erwarten ja wohl kaum, dass du dein Leben aufs Spiel setzt, um nach Dublin zu fahren?«

»Ich fahre sie.« Lias Vater schaltete den Gasherd ab und klatschte in die Hände.

»Ich übernehme das.« Colm stand auf. »Ich könnte heute Abend bei meinen Eltern bleiben und morgen früh wieder herfahren.«

Molly griff nach seinem Arm. »Du fährst nicht alleine. Ich komme mit.«

»Bitte!« Lia erhob ihre Stimme, um sich Gehör zu verschaffen. »Wegen mir muss niemand eine fünfstündige Rundfahrt machen. Ich kann ganz wunderbar selber fahren.«

»Was ist so verdammt wichtig, dass sie dich an Weihnachten von deiner Familie wegholen müssen?«, fragte Molly mit gerunzelter Stirn.

»Es geht um eine Kampagne. Für eine Online-Wettfirma«, sagte Lia.

»Und wenn es eine Rede vor den Vereinten Nationen wäre, könnte es mir nicht egaler sein«, knurrte ihre Mutter empört und hackte wild auf den Stilton ein, als wollte sie ihn umbringen und die Leiche zerhäckseln. »Jeder sollte an Weihnachten zu Hause sein.«

Lia ging nach oben, zog schnell Jeans und Pulli aus und ihr grünes Samtkleid mit dem Goldkragen an. Schminken konnte sie sich an der Tankstelle in der Longmile Road. Es schneite beständig, und sie musste endlich aufbrechen.

Es klopfte an der Tür, sie drehte sich um und zog ihren Mantel über, damit Molly ihr Kleid nicht sah.

»Können wir reden?« Ihre Schwester setzte sich aufs Bett.

Lia schob ihre Hände hinter sich und hielt sich an der Frisierkommode fest.

»Ich wollte eigentlich bis Silvester damit warten.« Molly lächelte, aber in ihren Augen standen Tränen. »Ich hab einen Braten in der Röhre.«

Lia starrte sie an. »Einen was?«

»Ich bin schwanger, Lia. Ich kriege ein Baby.« Molly kaute an ihrem Fingernagel. »Es tut mir leid. Es ist völlig okay, wenn dich das umhaut. Du bist diejenige, die jetzt schwanger sein sollte, nicht ich. Es fühlt sich an, als würde ich dir dein Leben klauen.«

Lia nahm Mollys kleine Hand. Ihre Fingerspitzen waren kalt, wie immer. Kalte Hände, warmes Herz.

»Du klaust mir doch nicht mein Leben. Du lebst dein eigenes. Das macht mich glücklich. Ganz ehrlich!« Das Grinsen, das sie seit Stephens Nachricht unterdrückte, brach sich jetzt Bahn. »Und dass du dick und rund wirst!«

»Widerlich dick!«, sagte Molly fröhlich. Sie nahm Lia in die Arme, und die zwei Schwestern hielten sich umschlungen, lauschten auf die Geräusche von unten – die Stimmen ihrer Eltern aus der Küche, Colm, der unter der Dusche ziemlich schief *Lucky* pfiff. Und Lia fühlte sich glücklich wegen dem neuen Leben, das unter Mollys Weihnachts-Onesie entstand, und wegen dem neuen Leben, von dem sie ihrer Schwester noch nichts erzählen konnte. Stephen und sie hatten über Kinder gesprochen.

»Wir werden damit nicht ewig warten«, hatte er gesagt. »Ich will kein alter Vater sein.«

Ihre Mutter füllte eine Thermoskanne und einen Flachmann, machte einen kleinen Berg mit Sandwiches, doppelt verpackt in Fettpapier und Alufolie. Ihr Vater entnahm Benzin aus dem Landrover, obwohl der Tank ihres alten Polos immer noch halb voll war. Er schwankte ein wenig, und als sie ihn zum Abschied küsste, konnte sie den Alkohol in seinem Atem riechen.

Alle winkten ihr mit ihren Knallbonbon-Weihnachtshüten auf dem Kopf, die schon ein wenig zerknittert, aber umso verwegener aussahen. Einen Augenblick lang hatte Lia mit ihrem unter dem Parka verborgenen Samtkleid und den unter dem Beifahrersitz versteckten High Heels das Gefühl, als gehöre sie nicht dazu. Aber nächstes Jahr um diese Zeit wäre die Sache mit Stephen und ihr offiziell. Sie beide würden sich in dieses Bild einfügen.

Die Flasche mit dem heißen Wasser war kalt, noch ehe sie in Athlone ankam. Die Autobahn war leer, aber es war glatt, weshalb sie langsam fahren musste. Sie brauchte nach Dublin so lange, dass ihr am Ende nur drei Stunden mit Stephen blieben, ehe er wieder losmusste, um die Jungs abzuholen. Aber das war es wert. Mit ihm zusammen zu sein, fühlte sich so richtig an, dass alles andere verblasste.

Nachdem er weg war, schlief sie ein wenig, und als sie erwachte, war die Wohnung dunkel. Sie hatte nichts Essbares mehr zu Hause, abgesehen von einer Dose Baked Beans und zwei Kanten altem Brot. Sie toastete es und aß dazu die Bohnen, während sie sich schlechte Fernsehfilme ansah.

Zu Hause in Galway glitzerten jetzt die Kerzen an den Christbäumen in der Küche und im Wohnzimmer. Sicher brannten in jedem Zimmer Feuer, und Kerzen standen auf dem Tisch. Sie aßen Mutters berühmt-berüchtigtes Truthahn-Curry. Molly würde erzählen, dass sie nichts trinken könne, weil sie erkältet sei. Colm versteckte bestimmt Stücke von Mutters trockenem Truthahn und wässrigen Rosenkohl in seiner Serviette. Dad würde Mum versichern, dass in der Soße nicht zu viel Zimt sei. Und danach spielten sie Trivial Pursuit und Scharade, wobei ihre Eltern darüber streiten würden, wer das blaue Glücks-Kuchenstück bekam. Ihr Vater würde Single Malt trinken und mit Süßigkeiten nach jedem werfen, der sagte »klingt wie«, weil es »den korrekten Spielablauf beeinträchtigte«.

Im Februar konnte Stephen seine Familie nicht verlassen, weil sich Jake bei einem Sturz vom Trampolin das Schlüsselbein gebrochen hatte. Im April hatte Froggy Geburtstag, also musste er noch so lange bleiben. Im Juni machten sie Familienurlaub in der Toskana. Die Villa hatten sie schon im vorigen Sommer gebucht, und er konnte nicht stornieren. Sein Bruder wollte mit seinen Kindern ebenfalls kommen. Er schrieb ihr aus Kunstgalerien, Restaurants und vom Strand. Er liebte sie. Er würde es Gemma sagen, wenn sie wieder zu Hause waren. Ganz sicher.

Aber im Urlaub entdeckte Gemma einen Knoten in

ihrer Brust, und es vergingen Wochen, ehe feststand, dass es sich um eine harmlose Zyste handelte.

Lia wusste, dass sie Mitleid haben müsste mit dieser Frau, die vielleicht Krebs hatte, deren Ehemann sie wahrscheinlich nie wirklich geliebt hatte und sie jetzt auch noch betrog, aber es gelang ihr nicht. Sie hasste sie. Sie hasste die ganze Familie, alle, weil sie es ständig schafften, Stephen wieder in ihren Orbit zu ziehen.

Im August kam Lias Nichte auf die Welt, und es machte Lia auf eine Art traurig, die sie nicht kannte, weil der Mann, den sie liebte, nicht bei ihr war, an Mollys Krankenhausbett saß, mit ihnen aus Styroporbechern eingeschmuggelten Champagner trank und dämliche Namen für das Baby vorschlug: »Apricot«, »Audio«, »Ozean«, und »Wodka«.

Lia sagte Stephen, dass sie ein Datum brauche. Ein festes Datum, auf das sie sich verlassen könne. Dass sie ihr Leben nicht auf vagen Hoffnungen und endlosen Versprechungen aufbauen könne. Er brach zusammen und erzählte ihr, wie schrecklich es zu Hause war.

»Bitte, sag mir, dass du auf mich wartest«, beschwor er sie und drückte sich auf die Augen, als wollte er die Tränen wieder hineinzwingen. »Sag mir, dass ich dich noch nicht verloren habe.«

Ihr wurde warm ums Herz. »Natürlich nicht.«

»Sobald die Jungs sich gefangen haben, gehe ich, Lia.«

Aber wieder wurde es Weihnachten, und er wohnte immer noch zu Hause. Bescherung machten sie in dem Restaurant, in dem sie ihr erstes Date gehabt hatten.

Stephen schenkte ihr eine mit Schleifen verpackte Box von Brown Thomas mit Myla-Unterwäsche. Sie schenkte ihm einen Kaschmir-Hausmantel, den sie dann mit in ihre Wohnung nahm und an die Rückseite ihrer Schlafzimmertür hängte. Am nächsten Morgen stieg sie allein ins Auto und fuhr nach Westen, um Weihnachten mit ihrer Familie zu verbringen.

Ihr Telefon war wie eine juckende Stelle, die sie dauernd kratzen musste. Sie linste alle paar Minuten darauf und gab vor, Fotos zu machen. Später war ihre Fotogalerie voller verwackelter Aufnahmen von der Tischdecke, von Essensresten. Von ihrer Mutter mit einer Lichterkette in den Haaren, dem Hund, der mit einem Geweih auf dem Kopf ganz verschämt dreinblickte. Vom Plumpudding auf dem Herd, von einem gefährlich kokelnden Stechpalmenzweig, aber die meisten Bilder waren von Mollys Baby Flo, das am Tisch wie ein Paket herumgereicht wurde oder ernst in die Kamera blickte, als wüsste sie genau, was Lia da machte.

Die Ladenbesitzerin polierte die Perlenohrringe sorgfältig mit einem weichen Tuch.

»Ich habe sie als kleines Mädchen immer getragen, wenn ich mich verkleidet habe«, sagte sie wehmütig. »Aber die Geschichte der Ohrringe kenne ich erst seit dem Tod meiner Großmutter. Man denkt, man kennt jemanden, und dann stellt sich heraus, dass er ganz anders war.« Sie öffnete die Tischschublade. »Es gibt keine Schatulle dazu, aber ich glaube, ich habe etwas, das passen könnte.«

»Das ist schon in Ordnung, ich brauche gar …« Lia unterbrach sich, als die Besitzerin ein schmales Lederetui aus der Schublade nahm. Beim Öffnen erklang ein befriedigender Klick, und die Perlen schmiegten sich hinein und schimmerten wie Mondlicht auf dem dunkelblauen Samt.

Am Freitagabend ging Lia von der Arbeit nach Hause, duschte sich und machte sich für die Fahrt fertig. Sie steckte sich die Ohrringe an, packte alles ins Auto und fädelte sich in den Verkehr auf der N11 ein.

Hin und wieder bewunderte sie im Rückspiegel die sanft schimmernden Perlen. Fast wirkte es wie ein Verbrechen, eine zurückzulassen. Stephens Frau würde den Ohrring wohl kaum zurückgeben, wenn sie ihn erst gefunden hatte. Aber Lia hatte das Gefühl, dass sie dafür etwas viel Wertvolleres bekommen würde als eine Perle. Den Mann, den sie liebte – für immer.

Das Navi dirigierte Lia an der Abzweigung nach Brittas Bay vorbei. Dann bog sie zweimal rechts ab und hielt vor dem Haus an, in dem Stephen aufgewachsen war. Es war gar nicht mit dem Bauernhof in Galway zu vergleichen, der eigentlich nur ein besserer Bungalow war. Das hellgraue Backsteinhaus mit dem rötlichen Dach stand ein wenig zurückversetzt. Es hatte ein großer Erkerfenster, das den golden leuchtenden Spätsommersonnenuntergang reflektierte.

Stephen hatte ihr mal ein Foto von dem Haus gezeigt. »Manchmal«, sagte er und schaute auf den Bildschirm, »hatte ich das Gefühl, zwei zu sein: der Mensch, der ich war, als ich hier aufgewachsen bin, und der, zu dem ich wurde, als ich Gemma kennenlernte. Wenn wir zusammen sind, fühlt es sich an, als kehre mein altes Ich zurück … wenn das irgendeinen Sinn ergibt.«

Für Lia ergab es einen Sinn. Auch sie vermisste ihr jüngeres Ich.

Der jungen Frau, die ihm im Zug gegenüber gesessen war, wäre das Doppelleben, das sie jetzt führte, im Traum nicht eingefallen. Es machte ihr Angst, wie spielend sie alle belog und wie leicht es ihr jetzt fiel, Stephen zu betrügen. Aber wenn sie dieses Haus morgen Abend verließ, war es mit der Betrügerei vorbei. Sie könnten ganz von vorne anfangen und mussten sich nicht mehr verstecken.

Die Vordertür ging auf. Stephen kam zu ihrem Auto, und sie spürte, wie die Vorfreude sie erfüllte.

»Du hast es gefunden.« Er öffnete die Hintertür und nahm ihren Koffer heraus. Ein weicher, frischer Windhauch wehte herein – der Geruch von feuchten Hecken und Torfrauch, von Salz, der vom Meer hereinblies. Ihre Absätze gruben sich in den Kies, als sie ausstieg und sich umdrehte, um herauszufinden, wo die Dünen waren, aber Stephen war schon an der Tür und wartete auf sie.

»Es ist sehr hübsch«, sagte sie und sah sich in dem kleinen Flur um. Die weiße Holzverkleidung war abgewetzt und staubig, im Leuchter fehlten zwei Glühbirnen, aber an einer Wand hingen ein paar kleine Meeresgemälde, und Windspiele aus Strandscherben schlugen über ihren Köpfen leise aneinander.

Er stellte ihren Koffer ab. Normalerweise küssten sie

sich immer als Erstes. Aber er verschränkte die Arme, und sie bemerkte seinen missmutig verzogenen Mund. Er hatte am Morgen versucht, ihren Wochenendtrip abzusagen, Gemma sei völlig durch den Wind, weil ihre Nichte bei ihnen übernachte. Aber Lia hatte auf ihrem Wochenende bestanden. Wenn sie jetzt ihre Falle nicht auslegte, würde sie es niemals tun.

Versöhnlich legte sie ihre Hand auf seinen Arm. »Können wir uns umschauen?«

»Es ist ziemlich muffig.« Er drehte sich um und begann Türen zu öffnen, aber ging schon weiter, ehe Lia Zeit hatte zu erfassen, was sich dahinter befand.

Sie erhaschte einen kurzen Blick auf ein Wohnzimmer mit verblichenen roten Samtvorhängen und Sesseln, die nicht zueinander passten. Ein kleines Arbeitszimmer mit einem Ledersofa, einem Flachbildschirm und Bücherregalen voller zerfledderter Taschenbücher. Plastikkisten mit alten Brettspielen und Konsolen, an denen die Drähte heraushingen.

Die untere Toilette war voller Spinnweben. Zwei Surfboards lehnten am Waschbecken, und direkt neben einem hübschen, antiken Buffet stand eine Waschmaschine.

Sie folgte ihm ein paar flache Stufen hinab.

»Ich wollte ein paar Fenster öffnen« sagte er und machte die Küchentür auf, »aber es ist scheißkalt.«

»Wir können Feuer anmachen.«

»Hab ich versucht.«

Er ging über den gefliesten Boden zum Kamin und stocherte im rauchenden Torf herum. Lia sah sich um.

Ein hübscher Raum, aber der Mahagoni-Esstisch mit den geschnitzten Beinen war zu groß dafür. Der Herd war mit altem Fett verkrustet. Auf dem Fenstersims standen aufgereiht tote Topfpflanzen.

Alles sah vernachlässigt und wenig gepflegt aus.

Stephen warf den Schürhaken hin. »Es ist ausgegangen!« Er funkelte sie über die Schulter an. »Los, wir hauen hier ab. Wir können nach Wexford fahren und uns ein anständiges Hotel suchen.«

Er sah sie so ernst an, dass Lia fast nachgegeben hätte. Sie berührte die Perlenohrringe. Sie waren warm geworden, genau wie die Ladenbesitzerin gesagt hatte.

Hässliche Sandkörner hatten sich in wunderschönen, kostbaren Schmuck verwandelt. Was aus ihnen werden würde, aus ihr und Stephen, schien in diesem Augenblick an einem seidenen Faden zu hängen.

Sie schaute sich suchend nach etwas um, irgendetwas, das seine Meinung ändern könnte, und zeigte auf die kleinen Meeresgemälde zwischen dem Herd und der Hintertür. »Ich hab noch mehr von denen im Flur gesehen«, sagte sie. »Wer hat sie gemalt?«

»Das ist nur Zeug, das ich in der Schule gemacht habe.« Stephen wischte sich die rußige Hand an der Jeans ab.

»Wirklich?« Sie ging hinüber und betrachtete sie genauer.

»Mum hat sie rahmen lassen.« Stephens Stimme wurde weicher. »Sie hat das Meer geliebt.«

Lia wollte sie mögen. Wenn man ein wenig weiter weg stand, sah das Meer sehr überzeugend aus, aber von der Nähe bemerkte man, dass die Farbe zu dick aufgetragen war – grüne, lila und lavendelfarbene Kleckse, die das Blau übersäten. Lia schluckte ihr Schamgefühl. »Sie muss so stolz auf dich gewesen sein«, sagte sie.

»Das ist lange her.« Er kam zu ihr und blickte über ihre Schulter. »Heute könnte ich nicht mehr so malen.«

Sie drehte sich um und legte ihre Hände auf seine Schultern. »Natürlich könntest du das«, sagte sie freundlich. »Talent verschwindet nicht einfach.«

Das war alles, was nötig war, um die Stimmung umzukrempeln. Ein warmer Ausdruck trat in Stephens Augen, und er wollte ihr oben ein weiteres Gemälde zeigen.

Sie spürte, dass er sie beobachtete, als sie vor ihm hinaufging. Sie öffnete die erste Tür.

»Das ist nur mein altes Zimmer«, sagte er.

Lia lächelte über den Abdruck eines Posters, der noch an der Wand zu erkennen war. »Spüre ich den Geist von Pamela Anderson?«, sagte sie.

»Also bitte!«, lachte er. »So alt bin ich nun auch nicht. Probier's mal mit Sarah Michelle Geller.«

»Buffy!«, sagte sie. »Das hat Stil!«

Sie blickte auf das leere Bücherregal, den dunklen offenen Schlund eines altmodischen Schranks.

»Ich dachte, wir schlafen im alten Zimmer meiner Eltern. Ich habe das Bett vorbereitet. Ich musste unterwegs anhalten und Bettwäsche kaufen, hätte ich beinah vergessen.

»Warum ist es dir wieder eingefallen?«

»Keine Ahnung.« Er zuckte mit den Schultern, aber seine dunklen Augen sahen sie warm an. »Komm. Ich zeig's dir.«

Lia ließ sich auf dem großen Kupferbett in die rauen, zu neuen Laken sinken und versuchte, nicht daran zu denken, dass *sie* hier schlief, wenn sie hier Ferien machten, sondern, sich vorzustellen, wie sie das Haus gestalten würde, wenn es ihres wäre.

Als Erstes würde sie die Popcorn-Decke entfernen, dann neue Jalousien anbringen und den Teppich austauschen. Sie würde über die hässlichen Sessel und Sofas schöne Überwürfe legen, die Spinnweben wegwischen, die Fenster putzen und es wieder in das Zuhause von Stephens Kindheit verwandeln.

Wir könnten hier leben, dachte sie, und Freude erfasste sie. Es war nur eine Stunde von Dublin entfernt. Sie könnten beide pendeln. Stephens Jungs könnten am Wochenende vorbeikommen, und sie könnte ihre Eltern, Molly, Colm und Flo einladen. Sie schloss die Augen und stellte sich den Flur vor, in dem überall Kerzen brannten, Musik klang aus der Anlage. Der große Mahagoni-Tisch kam ins Wohnzimmer und wurde mit weißem Leinentischtuch bedeckt, darauf standen Blumen aus dem Vorgarten.

»Ich gehe runter und versuche diesem Feuer mal Dampf zu machen«, sagte Stephen, als er aufwachte. Er küsste sie auf die Stirn. »Und mache den Wein auf. Ist er im Kofferraum?«

Vor Lias geistigem Auge blitzten plötzlich die beiden

Flaschen auf, ein Sancerre und ein Barolo, die in einer Tüte auf ihrem Küchentisch standen. »Verdammt! Ich habe den Wein vergessen. Gibt es hier einen Pub, in dem ich was holen kann?«

»Ja, aber …«, er schüttelte den Kopf, »… die haben nichts Trinkbares. Es gibt einen Laden in Arklow. Hin und zurück dauert es zwanzig Minuten.«

Die Lichter seines Autos strichen durch das Schlafzimmer wie Suchscheinwerfer, als er auf dem Kies wendete und davonfuhr. Lia rannte nackt nach unten und zog sich ihren Mantel über. Sie ging zu ihrem Wagen.

Jetzt war es Nacht, am dunklen Himmel funkelten die Sterne, die Mondsichel hing schief über den hohen Bäumen, die das Haus von der Straße abschirmten. Sie trug die Tasche mit den Einkäufen in die Küche und packte aus.

Ein Grillhähnchen, Rosmarinkartoffeln, Brokkoli und ein flüssiges Schokoladensoufflé von Marks & Spencer. Sie hatte außerdem Teelichter und zwei Duftkerzen aus ihrer Wohnung mitgebracht, und ein Holzbrikett, das sie an der Tankstelle gekauft hatte. Sie warf es in den Kamin, es glühte einen Augenblick lang und brannte dann lichterloh. Sie machte ein Foto und schickte es an Stephen. »Komm schnell zurück!«, schrieb sie. Dann änderte sie »zurück« in »nach Hause«.

Lia suchte nach einem Backblech und öffnete jeden Schrank. Schließlich rüttelte sie an einer Tür, hinter der sich wohl eine Vorratskammer befand, aber die war verschlossen. Sie drehte immer wieder am Griff, gab schließlich auf und fand eine Glasform in dem

Schubfach unter dem Ofen. Sie spülte sie ab und legte das Hähnchen und die Kartoffeln hinein. Dann öffnete sie auf der Suche nach Alufolie eine Schublade und entdeckte einen Schlüssel an einem schmuddeligen weißen Bändchen.

Die Tür führte tatsächlich in eine Vorratskammer. Auf Regalbrettern standen Töpfe und Pfannen, Tomaten- und Bohnendosen, Müslipackungen und Fertigsuppen. Und darunter einige hastig reingestopfte Dinge: eine rote Daunenjacke mit Pelzkragen, ein paar Gummistiefel mit Gänseblümchenmuster, ein Armvoll Kleidungsstücke, Strickjacken und Kleider auf Bügeln, eine zerschlissene alte Toilettentasche mit Blumenmuster. Ihre Dinge.

Lia hielt ihren Fuß an die Sohle der Gummistiefel. Gemma hatte große Füße, mindestens zwei Nummern größer als sie. Sie steckte die Hand in die Tasche der roten Jacke und holte einen Chip für einen Einkaufswagen und ein Kit-Kat-Verpackung heraus.

Lia hatte mit einem Anflug von Mitleid für diese unbekannte Frau zu kämpfen, die Stephen so einfach und vollständig aus dem Haus getilgt hatte.

Als er zurückkam, hatte Lia den Tisch gedeckt und die Kerzen angezündet, Ellie Goulding erklang aus dem tragbaren Lautsprecher, das Feuer loderte, und die Küche war von Bratenduft erfüllt.

Er stellte klirrend zwei Plastiktüten auf den Boden und holte einen Rosenstrauß hervor. Dicke, samtige, rosa Rosen, sicher nicht von einer Tankstelle.

Er gab sie ihr und küsste sie. »Sorry, ich bin vorhin

nicht klargekommen. Es hat sich seltsam angefühlt, mit dir hier zu sein.«

»Aber jetzt ist es okay, oder?«

Er schüttelte den Kopf. »Es ist unglaublich.«

Sie saßen stundenlang beim Essen. Stephen erzählte von früher, von Weihnachtsabenden, wie sie Obstplantagen geplündert und nackt gebadet hatten, und von Mädchen, die mit der morschen Leiter seines Vaters in das Zimmer seines Bruders eingestiegen waren.

Betrunken trug er sie die Treppe hinauf, stieß mit ihren Knien gegen das Geländer, ging seitlich den langen, engen Flur hinab, und sie schliefen eng umschlungen ein.

Stephen weckte sie mit Frühstück: Kaffee, Rührei, Toast und eine Rose in einem Wasserglas.

Es erinnerte Lia an das Hotelfrühstück an ihrem ersten gemeinsamen Morgen. Wie er sie danach am Gürtel ihres Bademantels wieder zurück ins Bett gezogen hatte. Aber dann bemerkte sie, dass das Tablett nur für eine Person gedeckt war.

»Und was ist mir dir?«

»Ich verwöhn dich heute Morgen.« Er stellte das Tablett ab. »Du isst, duschst dich, und ich gehe runter und räume auf. Wenn wir gegen elf losfahren, schaffen wir es bis Mittag zu dir und können gemeinsam essen, ehe ich losmuss. Okay?«

Noch ein paar Stunden mehr mit ihm, bevor der leere Samstagnachmittag begann. Sie lächelte ihn an. »Okay.«

Sie setzte sich auf, aber zum Essen war sie zu nervös. Sie trank den Kaffee und zupfte die Blütenblätter ab. Sie betrachtete ihr Bild im Spiegel des Kosmetiktischs. Ihr Gesicht war blass, ihr Mund vor Nervosität zusammengekniffen. Sie musste es jetzt tun, sonst hatte sie womöglich keine Gelegenheit mehr.

Als sie aus der Dusche kam, hatte Stephen das Bett abgezogen und die Matratze mit einem fusseligen grauen Wollüberwurf bedeckt. Sie faltete das Kleid vom Vorabend zusammen, packte es in ihren kleinen Koffer, schlüpfte in ihre Jeans, einen weichen Pulli und Turnschuhe.

Jetzt war sonst nichts mehr zu tun. Sie legte den Perlenohrring ab und sah sich nach dem geeigneten Ort um. Sie steckte ihn in den grauen Wollüberwurf und trat zurück. Zu offensichtlich. Sie nahm ihn und legte ihn sorgfältig auf den Boden an ihrer Seite des Bettes. Die Perle leuchtete wie eine kleine weiße Glühbirne auf dem fadenscheinigen roten Teppich.

Lia stellte sich vor, wie Gemma die Tagesdecke zurückschlug und den Ohrring entdeckte. Oder noch besser, wie sie ihn unter ihrer Ferse spürte, sich bückte, ihn aufhob und ansah und wusste, noch ehe sie nach Stephen rief und eine Erklärung verlangte, dass es die wahre Liebe war.

Schritte knirschten unten auf dem Kies, und sie trat ans Fenster. Stephen ging unten vorbei, trug einen Müllsack und eine Plastiktüte mit den Weinflaschen. Sie lächelte vor sich hin. Seine häusliche Seite kannte sie noch gar nicht.

Er ging zu den beiden Plastiktonnen am Haus, hob den Deckel der einen Tonne und hielt inne. Er sah sich um, fast verstohlen, schloss den Deckel wieder, ging hinüber zu seinem Auto und legte den Sack in den Kofferraum. Sie blieb neugierig stehen und beobachtete, wie er zum Haus zurückkehrte. Einen Augenblick später trat er mit einer weiteren Plastiktüte aus dem Haus. Darin waren Bettwäsche und Handtücher. Die Ecke des weißen Bettbezugs lugte oben heraus. Er hatte jede Spur seiner Frau vor ihr verborgen, und jetzt verbarg er jede Spur von ihr vor seiner Frau. Jede Spur, dachte sie, außer einer.

»Hast du alles?« Sie blickte auf und sah, dass Stephen in der Tür zum Schlafzimmer stand. Sie nickte.

»Gut, alles klar, dann trag ich die Tasche runter.« Er nahm sie und blieb stehen. »Wir sollten uns wirklich auf den Weg machen.« Wie ein Rausschmeißer, dachte sie, der darauf wartet, sie hinauszuführen. Aber er musste vorausgehen, damit er den Ohrring nicht doch noch entdeckte.

»Ich komme gleich runter. Ich muss noch kurz auf die Toilette.«

Sie bückte sich, als sie am Bett vorbeiging, und verhakte die Goldschließe fester im Teppich. Ihr Herz hämmerte. Sie hatte es getan. Sie ging ins Bad, blieb ein paar Sekunden stehen, dann drückte sie die Spülung. Als sie sich umdrehte, bemerkte sie, dass das Badschränkchen offen war. Gestern Abend war es leer gewesen, jetzt stand auf dem untersten Fach die Toilettentasche, die sie gestern in der Vorratskammer gesehen hatte. Stephen musste sie zurückgestellt haben, als sie geschlafen hatte.

Sie nahm sie heraus und öffnete sie. Eine leere Tube billige Feuchtigkeitscreme, ein rostiger Venus-Rasierer, eine Haarbürste, ein halbes Dutzend Haargummis, ein paar Tampons. Und ganz unten war eine rosa-weiße Schachtel mit zwei Schwangerschaftstests. Lias Hand zitterte, als sie sie öffnete. Einer fehlte. Das Zimmer fühlte sich an, als würde es schwanken. Getrennte Schlafzimmer, dachte sie, das hatte er ihr erzählt.

Stephen erwartete sie in der Küche. Es gab wahrscheinlich Nachbarn, wurde ihr in diesem Augenblick klar. Jemand, der sie nicht sehen sollte. Deswegen hatte er sie gestern Abend so schnell ins Haus gelotst.

Er küsste sie, und sie gingen gemeinsam zu ihren Wagen.

»Du kannst hinter mir herfahren«, sagte er.

Lia konnte ihn nicht ansehen. Sie machte ihre Autotür auf.

»Hey«, sagte er, als sie einsteigen wollte. »Sei nicht traurig.« Er legte den Finger unter ihr Kinn und drehte ihren Kopf, damit sie ihn ansah. »Gemma und die Jungs werden ab Freitag hier sein, also haben wir das ganze Wochenende in Dublin.«

Er nahm eine Haarsträhne, die sich unter ihrem Kragen verfangen hatte, und bemerkte ihre Ohrringe. Sie hatte sich doch umentschieden und keinen zurückgelassen.

»Perlen«, sagte er. »Sehr hübsch.«

Sie schüttelte ihn ab.

»Hast du die von jemandem geschenkt bekommen?« Er hob die Augenbraue.

»Ich habe sie mir selbst gekauft.«

»Weil du es wert bist.« Er lächelte, als sie ins Auto stieg.

Sie sah ihn lange an. »Ja«, sagte sie. »Das stimmt.«

Sein BMW hatte direkt hinter Silver Strand eine Panne. Er war an den Straßenrand gefahren und hatte die Motorhaube geöffnet. Er winkte ihr hektisch zu, als sie an ihm vorbeifuhr.

Sie sah sein Gesicht im Rückspiegel. Erst Ungläubigkeit, dann Wut. Ihr Telefon brummte auf dem ganzen Weg nach Dublin. Sie las seine Nachrichten nicht, und als sie wieder zu Hause war, schickte sie ihm eine kurze SMS: »Es ist vorbei.« Dann löschte sie seine Nummer und tilgte ihn so leichtfertig, wie er es mit ihr getan hatte.

5

Handgeknüpfter marokkanischer Gebetsteppich aus Seide

Caroline

Als Caroline vom Fernseher aufblickte, stand Mac zwischen Sofa und Klavier und sah sie mit seinem guten Auge von der Seite an. Er machte einen Schritt nach vorne und versuchte, ganz unauffällig zu sein.

»Raus!«, rief sie. Er ließ den Kopf sinken, als hätte er einen Schuss abbekommen, machte kehrt und rannte schnell in den Flur zurück, vorbei an zwei Beistelltischchen und einem Hocker, wobei er vorsichtig darauf achtete, nichts umzuwerfen oder das Lampenkabel mitzureißen. Für einen Hund so lang wie ein Bügelbrett war er erstaunlich graziös.

Caroline machte den Ton des Fernsehers wieder an, konnte ihn aber über die Geräuschkulisse von *Countdown* hinweg immer noch dramatisch seufzen hören. Vielleicht sollte sie den verdammten Spaziergang einfach hinter sich bringen.

Sie nahm Liams alten Anorak von der Garderobe. In beiden Taschen waren Löcher, und die Schlaufe vom Reißverschluss war abgegangen, sodass er nur mit einer Büroklammer geschlossen werden konnte. Alles daran war einfach nur deprimierend, aber am meisten wohl, dass sie ihn nicht weggeworfen hatte. Wie sollte sie sich je von ihrer Ehe lösen, wenn sie sich nicht mal von den abgelegten Kleidern ihres Mannes trennen konnte?

Es war siebenunddreißig Tage her, seit Liam gegangen war und dabei die Tür so heftig zugeschlagen hatte, dass die Kochtöpfe im Schrank klapperten. Mac hatte sich unten an die Treppe gekauert, und seine Ohren bewegten sich in die Richtung, aus der das Knirschen des Kieses zu vernehmen war, als das Auto die Auffahrt runterdonnerte.

Er könnte jemanden umbringen, dachte Caroline mit perverser Befriedigung. Ein Kind oder einen Rentner ummähen. Dann wird er festgenommen und ins Gefängnis geworfen. Vielleicht versteht er endlich, wie sehr seine Leichtfertigkeit andere verletzen kann.

Liam kam drei Tage lang nicht nach Hause, und als er es tat, war sie nicht da. Sie fand eine ausgeleerte Schublade, im Schrank war mehr Platz, und auf dem Boden lagen zwei eingetrocknete Schlammklumpen und Gras, weil er seine Golftasche durch den Flur gezerrt hatte. Noch mehr Unordnung zu beseitigen – Überraschung.

Lucy rief sie zum ersten Mal seit Wochen von New York aus an. »Dad sagt, dass er in einem Hotel wohnt.« Sie klang besorgt. »Was ist los?«

»Es ist kompliziert.« Aber eigentlich war es ganz einfach. Sie war ausgerastet. Nach einem weiteren Wochenende des Schweigens und der einsilbigen Antworten auf ihre Fragen wachte sie am Montag auf und hörte das Geräusch des Fernsehers. Daraufhin stürmte sie nach unten und riss Liam die Fernbedienung aus der Hand.

»Nie gehen wir raus. Wir unternehmen gar nichts. Wir haben nichts gemeinsam«, brüllte sie. »Was machen wir beide hier eigentlich?«

»Nun«, er verschränkte die Arme und sah sie mit

aufreizend ruhigem Blick an, »ich versuche, CNN News zu schauen. Und du rennst nackt im Haus herum.«

Sie war tatsächlich nackt, stellte sie fest. Es war ihr nicht aufgefallen. Normalerweise bemerkte auch er das nicht, aber jetzt sah er sie kurz und desinteressiert an.

»Kann ich die Fernbedienung haben?«

»Klar.« Sie verfehlte seinen Kopf um gut zwanzig Zentimeter und landete krachend auf dem Fenstersims. Kleine Plastikteile und Batterien verteilten sich auf dem Laminat. »Du kannst sie gleich mitnehmen, wenn du gehst!«, hatte sie gebrüllt, so laut, dass es sie fast überraschte, dass Lucy sie auf der anderen Seite des Atlantiks nicht gehört hatte.

»Mum«, ihre Tochter klang genervt, »als ihr beide früher in Rente gegangen seid, war es doch genau deswegen – ihr wolltet mehr Zeit miteinander verbringen. Es ist totaler Quatsch, sich jetzt zu trennen. Redet ihr bitte miteinander und klärt das?«

Wenn sie miteinander reden *könnten*, dachte Caroline, wäre das alles nicht passiert. »Wenn mir dein Vater etwas zu sagen hat«, antwortete sie schmallippig, »weiß er, wo er mich findet.«

Aber eine Woche verging, dann noch eine. Als er sich schließlich meldete, teilte er ihr mit, er werde nicht zurückkommen.

»Ich habe mir für ein paar Monate eine Wohnung gemietet.«

»Dann war's das also«, sagte sie frustriert. »So enden einundvierzig Jahre Ehe. Nicht mit einem Knall oder Geheule, sondern mit einem Anruf.«

»Ich weiß nicht, ob es vorbei ist«, er klang zögerlich. »Ich glaube, wir brauchen etwas Abstand.«

»Du klingst ja nicht mal traurig!«

»Du doch auch nicht!«, sagte Liam. »Du klingst wütend. Ich könnte auch schimpfen und ausflippen und Zeug kaputt hauen, aber was soll uns das bringen?«

»Und was soll ich dann hier, wenn du in deine Junggesellenbude ziehst? In einer verdammten Doppelhaushälfte herumgeistern mit einem dämlichen Hund, den ich nie haben wollte?«

»Caroline, du kannst machen, was du willst.«

Nachdem er aufgelegt hatte, fiel ihr keine einzige Sache ein, die sie gerne machen wollte. Dafür aber unzählige Dinge, die sie nicht wollte.

Sie wollte nicht, dass Lucy und Cal Tausende von Meilen entfernt lebten. Ihr gefiel es nicht, dass sie mit sechzig ihren Job in einer Personalabteilung quittiert und in Rente gegangen war, obwohl Liam und ihre Freunde ihr gesagt hatten, es sei ein Fehler. Es passte ihr nicht, dass sie mehr als die Hälfte ihres Lebens einem Mann gewidmet hatte, der lieber fernsah, als ihren Körper zu betrachten. Sie mochte ihren Körper nicht, wie ihre Haare dünner und ihre Hüften breiter wurden. Gegen all diese Dinge konnte sie nichts unternehmen, aber gegen die Unordnung im Haus, gegen den ganzen schauderhaften Kram, mit dem sie es seit ihrem Einzug vollgestopft hatten. Am Computer lud sie sich ein Buch übers Aufräumen runter.

Das Buch hatte zweiundneunzig Seiten, aber die Grundidee hätte auf die Rückseite eines Umschlags gepasst. Man sollte jedes einzelne Ding aus dem Schrank holen, es in den Händen halten oder in den Arm nehmen, die Augen schließen und sich fragen, ob es einen wirklich glücklich machte. Wenn die Antwort »nein« war, musste es weg.

Macht mich das glücklich? Eine einfache Frage, aber sie waberte in Carolines Kopf herum wie eine Seifenblase und platzte dann unter dem Gewicht von anderen, schwierigeren Fragen.

Was, wenn sie den schiefen, alten Gasheizofen entsorgte und es einen Stromausfall gab? Was, wenn sie den riesigen Kochtopf wegwarf und die Kinder heirateten, selber Kinder bekamen und sie zu Weihnachten mitbrachten – womit sollte sie dann den Schinken kochen?

Was, wenn Liam zurückkam und beschloss, er wollte Bier brauen, und dazu das noch verschlossene Brauerset brauchte, das sie ihm zum Fünfzigsten geschenkt hatte? Oder er plötzlich mit ihr in dem kratzigen roten Spitzennachthemd schlafen wollte, das er ihr im vorigen Jahrhundert geschenkt hatte?

Caroline nahm jedes einzelne Ding zur Hand, faltete es zusammen oder wusch es oder staubte es ab und legte es genau wieder an dieselbe Stelle zurück. An die schwierigste aller Fragen versuchte sie gar nicht erst zu denken.

Was war das Glück? Und warum konnte sie es nicht empfinden?

Caroline leinte Mac an und öffnete die Tür. Der

Regen kam hinterhältig von der Seite, die kleinen Tropfen piksten im Gesicht. Der Hund schien nichts zu bemerken. Er steckte seinen großen Kopf in die Hecke und kam tropfend mit euphorischem Blick wieder zum Vorschein, als hätte er im Hunde-Lotto gewonnen.

Die Kinder waren noch Teenies gewesen, als Liam den Hund gekauft hatte. Beharrlich hatte er behauptet, ein Hund würde aus ihnen eine Familie machen. Am Sonntagnachmittag würden sie wandern gehen und nicht vor dem Fernseher herumhängen und Videospiele spielen.

Der knuffige Welpe hätte ein Terrier sein sollen, aber er wuchs zu einem langgliedrigen Monstrum heran. Macs Appetit war enorm und völlig wahllos – seine Rippen sah man durch das dünne schwarze Fell. Sein schlechtes Auge, das von grauem Star getrübt war, machte ihn nicht gerade hübscher. Sein Rücken war gekrümmt wie bei einer Hyäne, und er schlich eher, als dass er ging. Die Leute zogen ihre Hunde und Kinder auf die andere Straßenseite, was sehr schade war, denn Mac liebte Hunde und Menschen, vor allem Kinder.

Ihre eigenen Kinder hatten ein paar Wochen lang mit ihm gespielt und sich dann wieder ihrer Xbox zugewandt. Es blieb an Liam hängen, mit ihm Gassi zu gehen, und das geschah ihm recht. Aber es schien ihn nicht groß zu stören. Er ging früh vor der Arbeit mit ihm raus und dann vor dem Schlafengehen. Irgendwie war Caroline nie zur gleichen Zeit im Bett oder wach wie ihr Mann, aber auch das schien ihn nicht zu stören.

Mac schlug den Weg ein, den Liam die letzten zwölf

Jahre mit ihm gegangen sein musste. Am Ende des Grundstücks rechts, über zwei Ampeln, und dann zur Abzweigung zum Meer. Die Wellen prallten schäumend in die krummen Granitfinger des Piers. Die Jachten in der Marina schaukelten auf und ab, die Masten klirrten. Der Wind fegte Caroline die Anorakkapuze vom Kopf, aber sie machte sich nicht die Mühe, sie wieder aufzusetzen. Mac wollte bei jedem Laternenpfahl stehen bleiben und schnüffeln. Caroline senkte verdrossen den Kopf und zog ihn im peitschenden Regen hinter sich her.

Auch an dem Tag, als sie Liam kennengelernt hatte, hatte es nach Regen ausgesehen. Auf dem Campus war ein Open-Air-Konzert. Sie saß mit ihrer Freundin Linda auf dem feuchten Gras vor der Kunst-Fakultät, beide in dünnen Leinenkleidchen, mit Stirnbändern und Sonnenbrillen, obwohl der Himmel bedeckt und grau war. Sie warteten auf Damian. Es fühlte sich an, als hätten sie die letzten sechs Monate nichts anderes getan, als auf ihn zu warten.

Die erste Band erschien auf der Bühne, das laute Jaulen einer Gitarre zerriss die Luft, der Bass setzte mit tiefen, vibrierenden Akkorden ein, die aufregend in ihrem Bauch kribbelten. Es war der letzte Tag ihres zweiten Collegejahrs, und der Sommer stand vor der Tür. Freiheit und Regen lagen in der Luft.

Jemand setzte sich hinter sie, und sie warf einen Blick über die Schulter. Alles an dem Typ war uncool. Seine Haare waren zu kurz, seine Jeans hatten keinen Schlag. Er trug einen Dufflecoat wie Paddington. Der Mantel war am uncoolsten, aber zumindest war er dem Wetter entsprechend gekleidet.

Fröstelnd schlang Caroline schlang ihre Arme um ihre Brust.

Der Typ beugte sich vor. »Möchtest du meinen Mantel anziehen?«

»Was? Oh.« Sie schüttelte den Kopf. »Nein, schon okay.«

Linda warf ihm einen verächtlichen Blick zu, dann hellte sich ihr Gesicht auf. Damian winkte, während er um Leute herumging, die verstreut auf dem Gras lagen. Auf seinem wilden Afro saß ein Hut, eine blaue Plastiktüte baumelte an seinem Arm.

»Wir haben Zündstoff«, sagte er. Er kniete sich hin, zog eine Flasche Tequila aus der Tüte und zerschnitt mit einem Schweizermesser vier Zitronen. Er streute etwas Salz auf Lindas und Carolines Hand und reichte jeder einen Zitronenschnitz.

Die Kombination aus brennendem Tequila, saurer Zitrone und Salz brachte Caroline fast zum Würgen. Sie wandte sich zu dem Kerl hinter ihr um und hielt ihm als verspäteten Dank für den angebotenen Mantel die Flasche hin. »Willst du auch?«

»Nein danke.«

»Wer ist der Typ?« Damian warf Linda einen düsteren Blick zu, und sie verdrehte die Augen.

»Ach, der ist nicht *mein* Typ«, sagte sie, »der von Caroline.«

»Ist er nicht«, zischte Caroline, aber es war zu spät. Der Kerl rutschte vor und setzte sich neben sie.

Er hieß Liam und studierte im zweiten Semester Ingenieurwissenschaften. Der Regen und die Band setzten gleichzeitig ein, und er schlüpfte aus seinem Mantel und legte ihn ihr um die Schultern.

Ohne es zu wissen, beendete er damit den unausgesprochenen Streit zwischen den Mädchen. Heute war der letzte Tag des Semesters. Damian musste sich endlich für eine von ihnen entscheiden. Liam hatte die Entscheidung für ihn getroffen.

Als Caroline sich umdrehte, waren Damian und Linda mit dem Tequila verschwunden, nur noch ein paar Zitronenschalen waren auf dem Gras zurückgeblieben. Nach einem kurzen Anflug von Enttäuschung war sie erleichtert. Sie war sich nicht sicher, ob sie das Zeug für einen Typen wie Damian hatte. Sie lugte unter der Kapuze des Dufflecoats hinüber zu Liam. Seine Haare klebten ihm an der Stirn. Er sieht nicht schlecht aus, dachte sie. Er könnte sogar attraktiv sein – wenn diese Klamotten nicht wären.

Später saß sie auf dem Einzelbett seines Kämmerchens in seiner WG und hoffte, dass er sie nicht für eine Schlampe hielt. Sie frottierte ihre Haare und studierte die Buchrücken in seinem Regal, während er Rührei machte.

Er kam in Jeans und mit nacktem Oberkörper zurück und strahlte, wie es Damian niemals getan hätte: als könnte ihn nichts glücklicher machen als ihr Anblick auf seinem Bett. Er sah gut aus. Er war groß, schlank und gut gebaut.

»Du hast viele Reisebücher.«

»Ja.« Er reichte ihr einen Teller mit zwei ordentlichen Toast-Dreiecken mit Ei obendrauf. »Es gibt viele Orte, die ich sehen will.«

»Geht mir auch so.« Sie war erst einmal im Ausland gewesen, auf Klassenfahrt in Barcelona. Aber selbst damals, in Zeiten von Reisebüros und Pauschalreisen, hatte Caroline schon immer die Welt bereisen wollen. Als Nebenjob tippte sie Abschlussarbeiten von Doktoranden ab und sparte jeden Penny, um im nächsten Jahr, wenn sie ihren Abschluss hatte, auf Reisen gehen zu können.

Liam setzte sich neben ihr auf das Bett und balancierte seinen Teller auf den Knien. »Also, wo fangen wir an?«

»San Francisco«, sagte sie mit einem Bissen Toast im Mund.

»Paris.« Er reichte ihr eine Tasse mit Tee.

»Madagaskar.«

»Brasilien.«

Caroline lächelte und lehnte sich an das Kissen, stellte sich Reisterrassen und geschnitzte Tempel, Regenwälder und tropische Strände vor. Ganz vorsichtig begann sie sich zu fragen, ob sie beide zusammen reisen würden.

Allerdings wusste sie damals noch nicht, dass sie zu dritt sein würden. In dieser letzten Nacht des Sommersemesters hatten sie ein winziges, dunkeläugiges Mädchen mit blonden Haaren gezeugt.

Im nächsten Sommer wohnten sie in einer Doppelhaushälfte am Ende der Buslinie, mehrere Meilen außerhalb Dublins. Liam hatte sein naturwissenschaftliches Diplom sausen lassen und arbeitete bei einer Versicherung, und Caroline war zu Hause, kümmerte sich um Lucy und war bereits wieder mit Cal schwanger.

Ihre Freunde mit den langen Haaren und den Hippie-Klamotten verschreckten die Nachbarn, und die Freunde schreckte im Gegenzug das ganze Plastikspielzeug und die Babyklamotten, die über der Heizung trockneten. Sie reichten Lucy schnell untereinander weiter, als wäre es ansteckend, ein Kind zu kriegen.

Die Hälfte ihres Jahrgangs hatte J-1-Visa für die USA. Linda wollte den Sommer in San Francisco verbringen. Damian würde sich natürlich aufmachen, um in einer Kommune in der Mojave-Wüste zu leben. Und Carolines einundzwanzigjähriges Leben war im Gewirr der Vorstadthäuser in eine Sackgasse geraten. Aber damals war sie in Liam verliebt und ganz vernarrt in ihre Tochter, also war ihr das egal. Nirgendwo auf der Welt wäre sie lieber gewesen.

Caroline lief durch den strömenden Regen durch Monkstown, an Salthill vorbei bis Blackrock. Fast an der Hauptstraße angekommen, machte Mac plötzlich einen Schlenker und ging zur Tür eines Antiquitätenladens. Er steckte seine Nase unten an die Tür und schnüffelte.

Caroline wischte sich mit der feuchten Hand über die Augen, blickte in das Fenster und sah etwas, das sie zunächst für ein großes Gemälde an der Hinterwand des Ladens hielt. Ein großartiges, gedämpftes Aufflammen von Purpur und anderen Rot- und Rosa-Tönen. Weiche Quadrate, die ineinander übergingen, deren

Farbe an Ballettschläppchen, Rosenblüten und reife Himbeeren erinnerte.

Sie zögerte, öffnete die Tür und trat ein. Antiquitätenläden erstickten für gewöhnlich in staubigem Krimskrams, aber hier wurden nur ein paar Dinge zum Verkauf angeboten. War das überhaupt ein Laden?

Eine große blaugrüne chinesische Schale voller Orangen stand auf einem Tisch neben der Tür. Ein Porzellanservice war der Größe nach geordnet auf einem Regal arrangiert, das die gesamte Länge der Wand einnahm, an einem Ende standen zwölf zierliche Eierbecher, am anderen eine Terrine.

An der anderen Wand war eine Wäscheleine gespannt, an der Seidenschals leicht im Wind flatterten. Ein vergoldeter, mit hellblauem Samt bezogener Sessel, ein Steinlöwe, der als Gartenschmuck gedient haben musste, und ein großer Esstisch aus Eiche mit geschnitzten Beinen.

All diese hübschen Dinge wären verlockend gewesen, hätte nicht das Gemälde an der hinteren Wand mit seinem sanften Feuerschimmer alles überstrahlt. Caroline wurde davon magisch angezogen. Doch jetzt bemerkte sie, dass es gar kein Gemälde war. Es war ein kleiner Teppich.

Sie wollte darauf zugehen, aber Mac war hinter ihr zurückgeblieben und hatte zu winseln begonnen. Dann bemerkte sie den anderen Hund. Er war sogar noch größer als Mac und massig wie ein schwarzer Bär mit hell umrandeten Augen und heller Schnauze. Er lag still unter dem Tisch und starrte sie an.

»Oh, bitte stören Sie sich nicht an Houdini.« Eine dunkelhaarige junge Frau, etwa so alt wie ihre Tochter, erschien in einer Seitentür. »Er ist fast fünfhundert Jahre alt … in Hundejahren! Hey«, sie schnalzte mit der Zunge, »komm mal her und sag hallo, braver Junge.« Mac ging langsam und vorsichtig auf sie zu und hinterließ feuchte Pfotenabdrücke. Er schnüffelte mit verwirrtem Blick an dem ausgestopften Neufundländer.

»Entschuldigung, er hat ihren Boden versaut«, sagte Caroline mit Blick auf die Pfotenspur.

»Das ist doch nur ein bisschen Regen.« Nora ging in die Hocke und kraulte Macs feuchte Ohren. »Was ist das für eine Rasse? Ein Windhund? Lurcher? Barsoi?« Mac rollte sich auf die Seite und streckte seine großen Pfoten in die Luft, und die Frau grinste und tätschelte seinen Brustkorb.

»Er ist eine Bürde«, sagte Caroline, sah aber gar nicht mehr Nora an. Sie starrte an ihr vorbei auf den Teppich.

Bisher hatte sich jeder, der den Laden betrat, in den Teppich verliebt. Auch Nora. Sie war sechs, als sie ihn zum ersten Mal gesehen hatte und hatte mit ihrer Mum in der WG in der Leeson Street gewohnt, in einem riesigen Raum mit hoher Decke, nackten Brettern und zugigen Fenstern. In einer Ecke war die Küche, der Herd und der Kühlschrank. Eines Morgens stand ihre Mutter nicht aus dem Bett auf. Ihre Augen waren offen, ihre Haare feucht und ihr Gesicht heiß. Nichts, was sie sagte, ergab einen Sinn. Nora rief ihren Großvater an, und er sagte ihr, sie solle ihr beim Anziehen helfen und sie in einem Taxi zum Krankenhaus schaffen.

Ihre Mutter wurde unverzüglich weggeschoben, und Nora blieb auf einem Plastikstuhl auf der Station zurück. Als Hugh erschien, schlang er die Arme um sie und erklärte ihr, dass ihre Mutter eine Weile bleiben musste, aber sie mit ihm nach Hause gehen würde.

Nora war davor noch nie in der Temple Road gewesen. An diesem Morgen trug ihr Großvater sie durch das Haus und lenkte sie ab, indem er ihr alle seine Schätze zeigte.

Er holte Houdini aus dem Flur und stellte ihn auf den rot-rosa Seidenteppich. Er brachte Nora heiße Schokolade und Ingwer-Kekse auf einem lackierten Tablett, dessen Handgriffe die Form von geschnitzten Eidechsen hatten.

Und er erzählte ihr davon, wie er den Teppich in einem Suk in Marrakesch gekauft hatte. Er füllte ihren Geist mit Bildern von Schlangenbeschwörern und Kamelen, von Männern in Gewändern, die mit überkreuzten Beinen auf Kissen saßen und Minztee tranken.

Nora hatte ein Geräusch im Flur gehört und aufgeblickt. Auf einmal stand eine große, dünne Frau mit sehr dunklen Augen und sehr rotem Lippenstift an der Tür. Sie trug eine Schürze über einem wunderschönen Samtkleid, funkelnde Ohrringe und Gummihandschuhe, was Nora für eine sehr interessante Kombination hielt.

»Hallo!«, sagte sie.

Die Frau biss sich nervös auf die Lippen. »Hallo!«, sagte sie leise.

»Wer bist du?«

Die Frau zögerte einen Augenblick. »Ich bin deine Großmutter.«

Vielleicht erkannte sie sich selbst in diesen dunklen Augen oder bemerkte, dass die Frau trotz des hellen Lippenstifts, der funkelnden Ohrringe und des schimmernden Kleides traurig war. Jedenfalls stand Nora vom Teppich auf, ging zu ihr hinüber und schlang ihre Arme um sie.

»Wo kommt dieser Teppich her?«, durchschnitt die Frau in dem nassen Anorak Noras Gedanken.

»Marokko.« Sie deutete auf die Karte, die sie an die Wand daneben gepinnt hatte.

Caroline beugte sich vor, um die Worte zu lesen:

Marokkanischer Gebetsteppich (ca. 1850). Handgeknüpft. Seide.

1961 verbrachte mein Großvater mit meiner Großmutter die Flitterwochen in Marokko. Als sie eines Nachmittags schlief, stahl er sich aus dem Hotel in Marrakesch, kaufte ihr diesen Teppich und veranlasste, dass er nach Hause verschifft wurde.

Sie wischte ihre Hand an ihrem Anorak ab und legte sie dann auf ein Quadrat in dunklem, weichem Rosa. Die Fäden waren dicht gewebt, und der Teppich fühlte sich weich und samtig an. Die Farbe war so intensiv, dass es schien, als würde ihre Haut sie aufsaugen.

Caroline legte ihre Hand auf ein anderes Seidenquadrat. Es war dunkelrot wie das Herz einer Rose. Marokko, dachte sie wehmütig.

Am Anfang ihrer Ehe, als es mit zwei Kindern unter drei Jahren sehr anstrengend war, zählten Liam und sie die Orte auf, an die sie fahren würden, wenn sie frei wären.

Liam hatte damit begonnen, als er eine von Cals Windeln wechselte.

»Bali«, sagte er und steckte die Windel in die Plastiktüte.

»Brasilien«, sagte sie und hielt sich die Nase zu, während sie ihm eine frische reichte.

»Türkei.« Er griff nach den Feuchttüchern.

»Burma.« Sie reichte ihm den Puder.

»Sri Lanka.«

»Mexiko.«

Sie konnten stundenlang damit weitermachen. Es half ihnen bei dem stündlichen, nächtlichen Füttern und den Krankenhausbesuchen um drei Uhr morgens. Bei Lucys Essstörung und Cals Legasthenie. Wann hatten sie damit aufgehört? Caroline wusste es nicht mehr.

Caroline und der Hund waren völlig durchnässt, als sie zu Hause ankamen. Sie schlang ein Handtuch um sich und rubbelte Mac ab. Genüsslich schloss er die Augen. Als sie fertig war, schüttelte er sich und leckte über ihren feuchten Ellbogen, als wollte er die Gefälligkeit erwidern.

Sie gab Futter in den Napf, und als er es nur traurig anstarrte, kippte sie noch eine Dose Thunfisch drüber.

Dann machte sie eine Flasche billigen Rotwein auf und stellte eine Fertiglasagne in die Mikrowelle.

Sie nahm ihren Teller mit ins Wohnzimmer. Die kaputte Fernbedienung hatte sie mit Tesa geklebt, musste aber trotzdem fünf Minuten lang daran herumfummeln, bis der Fernseher endlich anging. Auf jedem Sender schienen nur Nachrichten zu laufen. Katastrophen ereigneten sich auf der ganzen Welt. Sie gehörte zu den Glücklichen, das wusste sie. Aber warum spürte sie es nicht? Warum spürte sie überhaupt nichts mehr?

Sie starrte auf den Teppich aus strapazierfähigem beigem Nylon, den sie ausgesucht hatten, weil man darauf angeblich die Flecken nicht sah. Sie waren aber trotzdem da. Ein verblichener lila Kreis, wo der zweijährige Cal ein Glas Saft hatte fallen lassen. Eine orangefarbene Schmierspur, weil Lucy mit einer Tube Selbstbräuner herumhantiert hatte.

Als Caroline sich hinabbeugte und den Teppich berührte, durchfuhr ein leichter Schlag ihre Fingerspitze. Sie steckte den Finger in den Mund und erinnerte sich, wie sich der flauschige Seidenteppich unter ihrer Hand angefühlt hatte. Wie wäre es wohl, mit nackten Füßen darüberzugehen? Eine Zeile von einem Gedicht, das sie in der Schule gelernt hatte, kam ihr in den Sinn: »Die Träume breite ich aus vor deinen Füßen. Tritt leicht darauf, du trittst auf meine Träume.«

Der Teppich kostete zweitausend Euro. Kaufen konnte sie ihn nicht, aber sie könnte doch zurückgehen und ihn ansehen, oder?

In dieser Woche schaute sie jeden Tag in dem Laden

vorbei, wenn sie mit dem Hund spazieren ging. Die Besitzerin Nora schien es nicht zu stören, dass sie nur herumstöberte. Sie freute sich jedes Mal, Caroline zu sehen, und hob immer ihre Sandwichreste für Mac auf. Sie spielte mit ihm, während Caroline dastand und den Teppich betrachtete.

Am Freitag schickte ihr Liam per SMS die Nachsendeadresse für seine Post – ein weiterer spitzer kleiner Nagel im Sarg ihrer Ehe. Sie holte ihren Laptop, gab die Adresse ein, und die Wohnungsanzeige eines Maklers ploppte auf. Caroline starrte auf die Bilder: eine schimmernde Kochecke, ein geschmackvolles magnolienfarbenes Wohnzimmer, ein Schlafzimmer mit bodentiefem Fenster. Dort würde ihr Mann heute allein nächtigen. Allein wird er nicht lange bleiben, dachte sie; er wird eine andere finden. Bei Männern war das immer so. Das war der Dank dafür, dass er auf ihren Träumen herumgetreten war. Und was war mit *ihr*? Was bekam sie?

»Ich will ihn kaufen«, sagte Caroline am Samstag, drehte sich auf ihrem Absatz um und sah Nora mit vor Aufregung gerötetem Gesicht an.

Nora hörte auf, Mac zu streicheln, und starrte sie überrascht an. Schon viele hatten den Teppich bewundert, seit er dort hing, aber niemand war so fasziniert von ihm wie Caroline. Niemand, außer vielleicht Nora.

Ehe sie nach Dublin gekommen war, hatte sie sich vorgestellt, ihn mit in die Fountain Road zu nehmen. Sie hatte sich ausgemalt, wie er auf den grauen Dielen im Schlafzimmer leuchten würde, sich das Gefühl der flauschigen Seide unter ihren nackten Füßen vorgestellt, wenn sie an einem sonnigen Morgen aufstand, um Kaffee zu kochen und ihn Adam ans Bett zu bringen.

Aber jetzt drehte sich ihr bei dem Gedanken an das Haus, das sie geliebt, und den Mann, dem sie vertraut hatte, der Magen um.

Wenn irgendjemand den Teppich kriegen sollte, dann diese Frau, die ihn so sehr mochte. Aber sie sah nicht aus, als hätte sie besonders viel Geld.

»Sind Sie sicher?«, fragte sie langsam.

»Zweitausend Euro.« Caroline sah ihr in die Augen. »Habe ich bar dabei.« Sie schob die Hand in die Tasche von Liams altem Anorak und zog einen Umschlag hervor. Tausendfünfhundert hatte sie heute Morgen von der Bank geholt, plus die fünfhundert, die ihr der Juwelier für ihren Ehe- und ihren Verlobungsring gegeben hatte. Ihre Finger fühlten sich ohne sie seltsam nackt an, aber ihr war leichter ums Herz.

Am nächsten Morgen erschien Nora mit einem verbeulten Mercedes-Kombi und dem zusammengerollten Teppich im Kofferraum, der mit einer dicken Satinschleife zusammengebunden war. Die Unterseite sah schmuddelig und ausgeblichen aus, und Carolines Mund wurde trocken. Sie hörte Liams Stimme in ihrem Kopf: »Du hast zweitausend Euro für einen alten Teppich ausgegeben?« Aber er hatte mindestens genauso viel für seine Miete und die Kaution hingeblättert. Und hatte er nicht gesagt, sie solle tun, was sie wolle?

Sie griff nach dem Ende des Teppichs und trug ihn mit Nora ins Haus. Im Flur standen zu viele Möbel: ein klobiger Garderobenständer voller Jacken; ein hässlicher Beistelltisch, eingequetscht zwischen Ikea-Regalen mit abgetragenen Stiefeln und Schuhen, die Cal und Lucy Jahre zuvor ausgemustert hatten.

»Wir bringen ihn ins Wohnzimmer«, keuchte Caroline. Aber auch da war kein Platz, also legten sie den aufgerollten Teppich auf die Treppe, und Nora half ihr, zwei braune Lazy-Boy-Sessel mit Samtbezug ins Esszimmer zu schaffen.

Beim Anblick des frei gewordenen Platzes spürte Caroline eine Welle der Energie. »Könnten Sie mir vielleicht dabei helfen, den Rest auszuräumen?«

»Natürlich. Das mache ich mehr oder weniger den ganzen Tag, wenn ich nicht im Laden bin – Möbel wegschaffen. Ich bereite das Haus meiner Großmutter für den Verkauf vor.«

»Sind Sie sicher? Sind Sie sicher, dass Sie damit nicht ihre Kleider ruinieren?« Sie blickte auf Noras hellgelbes Sechzigerjahre-Kleid. »Sie tragen immer so hübsche Sachen.«

»Danke!« Nora strich sich eine Korkenzieherlocke aus dem Gesicht. »Sie gehören eigentlich gar nicht mir. Sie gehörten meiner Großmutter.«

Ihre eigenen, aus London mitgebrachten Klamotten erinnerten sie an ihr Leben dort. Sachen, die sie getragen hatte, als sie mit Adam zusammengelebt und mit Liv zusammengearbeitet hatte. Zu viele Erinnerungen, also hatte sie sie zusammengelegt, in ihre Reisetasche gepackt und sie auf dem Dachboden verstaut. Oben in der Dunkelheit, wo sie sie nicht sehen musste.

Nora und Caroline trugen ein laminiertes Sideboard hinaus, vier Beistelltischchen, drei Lampen, einen kaputten Schachtisch, einen alten DVD-Player, das Sofa, den Fernseher mit seinen dicken grauen Plastikbeinen und einen Wäschekorb, in den Caroline die Deko, Kissen und staubige alte Zeitschriften geworfen hatte.

Nora holte eine Zange aus ihrem Auto, und sie entfernten den Klebestreifen des alten Nylon-Teppichs und hoben ihn an. Mit einem reißenden Geräusch und einer Staubwolke löste er sich vom Boden. Sie rollten ihn zusammen und schleppten ihn in den Hinterhof.

Dann trugen sie den Teppich in den leeren Raum. Nora löste die Schleife, und er entfaltete sich wie eine Blume auf dem nackten Boden.

Caroline atmete laut auf. »Er ist wunderbar!«

»Ich weiß.« Nora strich über die flauschige Seide. »Ich bin so froh, dass Sie ihn gekauft haben. Ich hätte große Mühe gehabt, ihn jemand anderem zu überlassen.«

Caroline wartete, bis sich die Haustür schloss. Dann zog sie Stiefel und Socken aus, Jeans, T-Shirt und ihre Unterwäsche und legte sich nackt auf den Teppich. Mitten am Nachmittag und bei geöffneten Vorhängen. Wenn einer der Nachbarn zu den Mülltonnen ging, würde er sie sehen, aber daran dachte sie jetzt gar nicht. Sondern nur daran, wie gut sich die Seide auf ihrer Haut anfühlte und wie schön es war, sich selbst etwas zu schenken, das man sich so sehr gewünscht hatte.

Jetzt, da Caroline wusste, was sie glücklich machte, war es einfacher herauszufinden, was sie nicht glücklich machte. Sie öffnete die Küchenschränke, die sie erst vor ein paar Tagen neu geordnet hatte. Sechzehn Tassen, die meisten davon angeschlagen. Achtzehn Essteller, die nicht zusammenpassten. Angeschlagene Vasen, zerkratzte Schüsseln. Ein rostiger Toaster. Ein staubiger Mixer. Ein schwarz gewordenes Set Backformen, älter als ihr eigener Sohn.

Sie füllte sechs Plastiksäcke und schleppte alles raus in den Schuppen. Alles, was dortstand, konnte weg, beschloss sie nach einem Blick in den staubigen, mit Spinnweben übersäten Raum. Aber warum hier schon aufhören? Der Schuppen selbst – mit seinen regengrauen Brettern und dem durchhängenden Dach – konnte abgerissen werden! Er blockierte ihre Sicht auf den einzigen schönen Baum im Garten, ein Orangenbäumchen. Sie brach einen Zweig ab und nahm ihn mit ins Haus. Der Geruch der Blätter erinnerte sie an die Barcelona-Klassenfahrt vor so vielen Jahren. Sie hatte keine einzige Tasse behalten, also trank sie ihren Kaffee aus einem großen Trinkglas wie den Café manchada, den sie in ihrem Schulspanisch jeden Morgen im Café um die Ecke vom Hotel bestellt hatte. Dick und schaumig war er gewesen, dazu gab es einen knusprigen Donut. Sie erinnerte sich, dass am zweiten Tag zwei Jungs auf einem Moped an ihr vorbeigeschossen waren und einer von ihnen »Guapa!« gerufen hatte. Sie hatte dieses hingeworfene Wort seit Jahren in ihrem Herzen getragen: »Hübsche«.

Sie erinnerte sich an einen Flamenco-Abend im Plaza Real. Das aufgeregte Gekicher ihrer Klassenkameraden, als die Tänzer die Bühne betraten – ein beleibter Mann mit engem Hemd und langen schwarzen Haaren und eine Frau mit einem schiefen, ergrauenden Haarknoten und im roten Rüschenkleid, das ihre rundliche Figur betonte. Sie waren alt, aber sobald die Musik einsetzte, spielte das überhaupt keine Rolle mehr. Sie tanzten, als wären sie besessen. Drehend und stampfend klatschten sie in die Hände, stießen mit dem Fuß auf. Alles, was am Leben kraftvoll und leidenschaftlich war, schien sie zu durchströmen. Caroline hatte gespürt, wie es auch sie durchströmte und ihr Herz erfüllte, bis sie dachte, es müsse platzen.

Sie holte ihren Laptop, suchte nach »Flamenco« und klickte auf das erste Video, das sie fand. Die Musik war düster und wild, die Stimmen heulten – wütend, traurig und herausfordernd. Die Musik vertrieb Mac, der mit klackenden Pfoten in den Flur lief, aber für Caroline war es der perfekte Soundtrack.

Die Musik drang klagend durch das Haus, während sie Kleider aus Schränken und Kommoden zog. Diesmal nahm sie jedes Teil nur einen Augenblick lang in die Hand und fragte sich: »Macht mich das glücklich?« Die Antwort kam so schnell wie die klackernden Kastagnetten. »Nein!«, »Nein!«, »Nein!«

Sie behielt zwei T-Shirts, ein paar Jeans, einen cremefarbenen Pulli, eine grüne Samtjacke, die sie im Ausverkauf erstanden und vergessen hatte, ein rotes Baumwollkleid mit Nackenträger, das sie schon seit Jahren besaß, und ein dunkelblaues Crêpe-Kleid, das Lucy ihr letztes Weihnachten von New York für die Party zu ihrem dreißigsten Geburtstag geschickt hatte. Sie warf alle ihre Schuhe weg, außer den glitzernden Flipflops und den Stiefeletten.

Keine einzige Unterhose machte sie mehr glücklich, noch nicht mal die, die sie gerade trug, also schmiss sie alle weg.

Weil sie so gut vorankam, nahm sie am nächsten Morgen die Badezimmer, das kleine Büro, den Wäschetrockenschrank und den Dachboden in Angriff. Mac hatte sich mittlerweile an die Musik gewöhnt. Er schlief auf dem Treppenabsatz, seine langen Beine zuckten, und die Pfoten bewegten sich zum Klatschen und Stampfen des Flamenco.

Sie entsorgte den Großteil der fadenscheinigen, alten Bettwäsche und Handtücher. Sie füllte Mülltüten mit halb leeren Haarspray- und Rasierschaumdosen, mit uraltem Conditioner, gesprungenem Lidschatten und eingetrockneter Foundation.

Sie warf alle ihre Bücher weg, abgesehen von ein paar, die sie auf jeden Fall noch einmal lesen würde. Eine Kiste mit Erinnerungsstücken, die sie auf dem Dachboden fand, behielt sie: von ihren Kindern gebastelte Muttertagskarten, mit schiefen Herzen und handgeschriebenen Texten, wobei die Buchstaben zum Ende der Seite hin immer kleiner wurden; Aufsätze, die sie geschrieben hatten, Schulberichte und Zeugnisse; Postkarten von ihnen aus Ibiza, Kroatien, Sydney, Mumbai und Bangkok. Sie betrachtete die verblichene Schrift, las von flüchtigen Augenblicken. Lucy hatte in Hanoi Ananassaft von zwei (unterstrichen) Ananas getrunken. Cal hatte bei Sonnenaufgang in Angkor Wat dort gestanden, wo er das X eingezeichnet hatte.

Caroline war dieser Gedanke noch nie gekommen, aber sie und Liam hatten ihre alten Reiseträume ausgelebt – durch ihre Kinder.

Sie belud ihr Auto. Mac wartete hoffnungsvoll im Flur, also durfte er sich auf die Rückbank auf die Müllsäcke quetschen. Er richtete sich auf, das offene Maul zu einem schiefen Grinsen verzogen, und legte sich in jede Kurve, als säße er auf einem Motorrad.

Caroline hatte kaum etwas gegessen, seit Liam gegangen war. Aber als sie mit dem leeren Auto vom Recyclinghof zurückfuhr, spürte sie plötzlich die Leere in ihrem Magen. Sie hielt bei dem hübschen kleinen veganen Café in Blackrock. Der schönste Mann, den sie jemals gesehen hatte, stand hinter der Theke. Er fragte sie mit starkem Akzent, was er für sie tun könne.

Sie sah ihn belämmert an. »Ich habe wirklich keine Ahnung«, sagte sie.

Er grinste, als wäre das die bestmögliche Antwort, beugte sich in die Kühltheke und präsentierte eine kleine Auswahl von Kostproben. Dicke grüne Oliven mit Mandeln gefüllt, gebratene Kochbananen mit gerösteten Paprika. Hausgemachte Foccacia und Rhabarbercreme, die in ihrem Mund schmolz wie Eiscreme.

Falls Mac am Strand jemals von der Leine gelassen worden war, dann hatte er es offenbar komplett vergessen. Er tollte herum, rannte im Kreis um sie herum, blieb abrupt stehen und fing völlig grundlos an zu buddeln. Caroline saß im sanften grauen Abendlicht und versuchte, sich daran zu erinnern, wann sie zum letzten Mal am Strand gewesen war. Es musste um die Zeit gewesen sein, bevor die Kinder zu groß wurden, um Sandburgen zu bauen. Sie setzte sich auf Liams zusammengefalteten Anorak, aß ihr Essen und trank den Ananas-Mango-Smoothie, den Adonis (so hieß er wirklich!) ihr gemacht hatte. Sie war nur fünf Meilen von ihrer Haustür entfernt, aber hatte das Gefühl, sie befände sich in einem anderen Land.

Der Teppich war wie der erste Punkt auf einer Karte. Caroline hatte keine Ahnung, wohin sie das führen würde, aber sie wusste, dass sie dorthin wollte.

Sie kündigte ihr Sky-Abo und kaufte sich eine Rosenholz-Duftkerze, roten Lippenstift in einer schmalen Goldhülle und ein blassgelbes Kleid, wie es Nora getragen hatte. Die Mikrowellengerichte und Kekse, von denen sie sich seit Liams Auszug ernährt hatte, kaufte sie nicht mehr, sondern trank und aß das, was sie mochte, also guten Kaffee, frische Früchte, dunkles Brot und geräucherten Lachs. Toast mit Butter und Lemon Curd.

Cal rief eines Abends von Sydney aus an. Das war eine Premiere. Sonst war immer sie es, die ihn anrief.

»Ist alles okay bei dir, Mum?« Sie musste fast lachen. Wie konnte man jemanden nur so eine dumme Frage stellen, dessen einundvierzigjährige Ehe gerade unterging wie die *Titanic*?

»Alles okay.«

»Lucy sagte, dass du und Dad …« Er schluckte. »… dass ihr nicht mehr zusammenlebt.« Er war so ein lieber kleiner Junge, der immer alles glätten wollte, sich immer bemühte, dass sich alle miteinander verstanden. »Werdet ihr euch scheiden lassen?«

Sie wollte sagen »Frag deinen Vater.« Sie wollte sagen, er sei am Zug. Sie wollte über Liam herziehen. Sich selbst als Opfer darstellen, aber noch während sich die Worte in ihrem Kopf formten, wusste sie schon, dass das nicht wahr war.

»Dein Vater ist noch nicht bereit, diese Entscheidung zu treffen, und ich auch nicht. Deshalb haben wir momentan keinen Kontakt. Wir nehmen uns eine Auszeit.«

»Ich könnte rüberfliegen und euch helfen«, sagte Cal. »Ich könnte vermitteln. Ich habe in der Arbeit einen Workshop zur Konfliktlösung gemacht …«

Caroline wollte ihn in den Arm nehmen. »Es ist schon in Ordnung, Schatz. Es ist nicht deine Aufgabe, dich um uns zu kümmern. Es ist unsere Aufgabe, uns um dich zu kümmern. Und du weißt, wenn du uns brauchst, werden wir immer da für dich sein. Du weißt, egal, was passiert, wir beide lieben dich sehr.«

Eine Pause folgte. »Du weißt …« Wieder Schweigen. »Ich liebe dich auch.«

Diese Worte hatte sie so oft aus ihm herausgequetscht. Hatte »Ich liebe dich« wie eine Frage klingen lassen, jeden Morgen, wenn sie ihn zur Schule fuhr und am Ende jedes Anrufs. Das verlangt, was man ihr schuldig war. Nie zufrieden mit einer gemurmelten Antwort. Aber diesmal war es anders. Diese Worte – daran würde sie sich festhalten.

»Ist jemand bei dir?«, fragte Cal. »Ich kann eine Männerstimme hören.«

»Oh, das ist nur Paco di Lucía.«

»Wer?« Er klang besorgt, als ginge er davon aus, dass sie Liam schon ersetzt hatte.

»Ein Flamenco-Sänger. Du solltest ihn googeln. Er ist sehr gut.«

Allein schon ihre Kinder anzusehen, hatte sie glücklich gemacht, als sie noch klein waren: die verträumten Neugeborenenaugen ihres Sohnes, die winzig kleine Ohrmuschel ihrer Tochter, die durch das blonde Seidenhaar schimmerte. Aber was aus ihnen heute geworden war, verwirrte sie, genau wie die Tatsache, dass sie sie nicht mehr brauchten.

Sie hatte sich gewünscht, dass sie den Raum zwischen ihr und Liam füllen würden, aber sie waren ausgezogen, einer nach dem anderen. Liam hatte begonnen, bis spätnachts und am Wochenende zu arbeiten. Beim Essen schaute er über ihre Schulter hinweg die Nachrichten. Wenn sie sich auszog, blickte er nicht mehr von seinem Buch auf.

Und jedes Mal, wenn er sie verletzte, sorgte sie dafür, dass auch sie ihn verletzte. Sie machte schnippische Kommentare über sein Gewicht. War unhöflich zu seiner Familie. In den Nächten, in denen er sie berührte, gab sie vor zu schlafen. Und vor zwei Jahren hatte sie sich bei Lucys Hochzeit geweigert, mit ihm zu tanzen.

Er war aufgestanden und hatte versucht, sie zur Tanzfläche zu führen, aber sie war stocksteif stehen geblieben und hatte ihn vor den amerikanischen Schwiegereltern und allen anderen am Tisch gedemütigt.

»Wir sind keine Teenager mehr«, hatte sie ihn angefaucht.

Aber die Wahrheit war, dass sie ganz tief in ihrem Inneren das Gegenteil glaubte. Die Menschen, zu denen sie in den vergangenen drei Jahrzehnten geworden waren – diese abgespannten, nachtragenden, reizbaren Wesen –, würden einfach verschwinden, wenn sie in Rente gingen. Dann würden die Neunzehnjährigen, die sie gewesen waren, als sie sich kennengelernt hatten, wiedererwachen und ihre Träume ausleben, genau wie sie es immer vorgehabt hatten.

Stattdessen blieben sie die, die sie geworden waren. Zwei Fremde, die einander nicht zu mögen schienen. Liam machte immer längere Spaziergänge mit dem Hund und verbrachte mehr Zeit auf dem Golfplatz. Sie versteckte sich hinter der Zeitung oder dem Laptop, trat einem Buchclub und einem Fitnessstudio bei und zog in ein anderes Zimmer, weil er schnarchte.

Warum um alles in der Welt sollten sie zusammen nach Asien, Südamerika oder Australien reisen, wenn sie es nicht mal im selben Schlafzimmer miteinander aushielten?

Caroline lieh sich einen Vorschlaghammer und ging damit auf den Schuppen im Garten los. Er brach mit einem Seufzen zusammen, das fast schon menschlich klang. Nachdem sie die zertrümmerten Bretter und

Splitter weggeräumt hatte, blieb eine offene braune Scharte neben dem Rasen und eine dicke Blase an ihrem Zeigefinger zurück. Zur Belohnung kaufte sie sich einen kleinen, geschwungenen marokkanischen Tisch und vier dicke rote Samtkissen in einem Secondhandladen.

Das Glück war kompliziert, aber langsam lernte sie, damit umzugehen. Ein Glas Wein machte sie glücklich. Eine Flasche machte sie rührselig. Also kaufte sie einen ordentlichen Wein und beschränkte sich auf zwei Gläser.

Die Vögel zu füttern machte sie glücklich, aber nicht, wenn sie auf ihre neuen ägyptischen Baumwolllaken an der Trockenleine kackten. Dann mussten sie sich selber versorgen.

Mac machte sie glücklich, aber die vielen Jahre, in denen sie ihn ignoriert hatte, machten sie traurig. Als gehörten beide Gefühle zusammen wie zweieiige Zwillinge.

Sie schloss die Tür zu den Kinderzimmern. Lucy und Cal konnten sie ausräumen, wenn sie nächstes Mal zu Hause waren. Aber als es nichts mehr aufzuräumen gab, machte sie sich an Liams Sachen.

Er hatte nur einen Koffer mitgenommen, und seine Schränke und Schubladen waren immer noch voller Klamotten. Sie sortierte alles aus, was abgetragen war oder nicht mehr passte. Dann legte sie seine guten Pullover, Hemden, Jeans, Jacketts und Anzüge zusammen und faltete die Socken. Hatte er diese Dinge geliebt? Würde er sie behalten oder entsorgen?

In einem alten Koffer auf dem Dachboden fand sie

seine alten Reisebücher, ein wenig feucht und mit vielen Eselsohren. Hier hatten sich ihre Träume also all die Jahre versteckt. Sie nahm jedes in die Hand und ließ den Tränen freien Lauf. Dann packte sie sie zusammen mit seiner Sammlung von Penguin-Taschenbüchern in eine Kiste. Sie schickte ihm eine Nachricht, dass seine Sachen abgeholt werden könnten, es aber keine Eile habe.

Als Liam erschien, sah er wie ein anderer Mensch aus. Er hatte abgenommen, seine Haare waren länger. Er trug seine Brille nicht mehr.

»Bist du gefahren?«, fragte sie und fiel damit gleich wieder in ihre alte Gewohnheit zurück, ihn anzupflaumen.

Er hob abwehrend die Schultern. »Ich habe Kontaktlinsen.«

Sofort schoss ihr die spitze Bemerkung »In deinem Alter?« durch den Kopf. Aber sie sagte nur »Gut!«

Sie fragte sich, ob auch sie verändert auf ihn wirkte. Ob er ihren neuen Haarschnitt, den roten Lippenstift und den cremefarbenen Pulli bemerkte, den sie sich passend zu ihrer alten Jeans gekauft hatte?

Mac hatte sie in der Küche gelassen, aber als er Liams Schritte hörte, warf er sich gegen die Tür und platzte in einem Wirbel aus Beinen und Fell in den Flur. Er sprang an Liam hoch und jaulte so jämmerlich wie Paco de Lucía. Er legte die Pfoten auf Liams Brust, schlabberte an seinen Ohrläppchen, ließ sich dann zu Boden sinken und rollte sich freudig auf den Rücken.

»Er hat mich vermisst«, sagte Liam leise. Und er klang so überrascht, dass er Caroline schon fast leidtat.

»Deine Sachen sind oben«, sagte sie schnell. »Im Schlafzimmer. Nimm dir alles, was du willst. Ich kann den Rest entsorgen.«

Caroline hielt den Hund fest. Ihr Mann ging nach oben und nahm wie immer wie ein Jungspund zwei Stufen auf einmal.

Sie ging in die Küche und blickte in den Garten, konzentrierte sich auf den Orangenbaum und versuchte, die zerklüftete Wunde, die der Schuppen hinterlassen hatte, zu ignorieren.

Als Liam wieder herunterkam, nahm sie gerade eine Flasche Wein aus dem Weinregal. Sie blickte auf, und er stand in der Tür mit der Kiste mit den Taschen- und Reisebüchern auf dem Arm. Hinter ihm an der Haustür waren zwei weitere Kisten auf dem Boden gestapelt.

»Ist das alles, was du mitnimmst?«

Er nickte. »Ich habe nicht viel Platz. Ich würde dir auch Mac abnehmen, aber es geht nicht. Tut mir leid. Ich weiß, dass du ihn nicht wolltest.«

»Ist schon okay«, sagte sie. »Ich hab ihn gern bei mir.«

»Nun …« Liam sah sich in der leeren Küche um und umfasste die Kiste fester. Seine Lippen zitterten ein wenig. »Ich sollte mich wohl auf den Weg machen.« Er wandte sich um.

Es könnte das letzte Mal sein, dass du diese Küche siehst, dachte sie, dieses Haus. »Magst du Wein?«

Er zögerte. »Vielleicht ein Gläschen.«

»Setz dich«, sagte sie.

Caroline legte die Flasche Shiraz wieder ins Weinregal und nahm eine teure Flasche Barolo heraus. Daneben stellte sie einen blauen Teller mit ein paar grünen Oliven. Das letzte Abendmahl, dachte sie und erinnerte sich wieder an die erste Nacht. Das Rührei, das er ihr ans Bett gebracht hatte. Sie sah an die Decke, um die Tränen zurückzuhalten. Das ist nicht das Ende, sagte sie sich, das Ende liegt schon lange Zeit zurück.

Liam stand im leeren Wohnzimmer, er hielt immer noch die Kiste in den Händen. »Das ist alles neu«, sagte er.

»Der Teppich ist alt.« Sie stellte das Tablett auf das Tischchen und setzte sich auf eines der dicken Kissen. »Einhundertvierzig Jahre alt. Er war teuer.«

Sie wartete darauf, dass er fragen würde, wie viel er gekostet hatte, aber er tat es nicht. Stattdessen stellte er die Kiste ab, schlüpfte aus seinen Schuhen und setzte sich im Schneidersitz ihr gegenüber auf den Teppich.

Sie reichte ihm ein Glas Wein. Warum haben wir nicht schon früher damit angefangen?, dachte sie frustriert. Zwei Menschen, die sich gegenübersitzen und eine Flasche Wein trinken.

Er nahm einen Schluck, und sein Gesicht entspannte sich. »Der ist gut. Und der …«, er blickte auf den Teppich, »… ist wirklich außergewöhnlich. Wo kommt er her?«

»Marokko.«

»Marokko«, wiederholte er. Er betrachtete sein Glas, und ein langes, seltsames Schweigen breitete sich aus.

Aber es war anders als früher. Es fühlte sich an, als würde er über sie nachdenken, nicht sie ignorieren. Nach einer Weile blickte er auf. Und da war er wieder, hinter dem schütter werdenden Haar, den sternförmigen Fältchen um seine Augen, dem schlaffer werdenden Kinn – der alte Liam, oder eher: der junge. Der junge Mann mit dem schlaffen Pony und dem Dufflecoat von der ersten Nacht.

»Thailand«, sagte er und sah sie ruhig mit denselben dunklen, hoffnungsvollen Augen an.

Er spielte wieder ihr Spiel. Caroline wollte ihm sagen, das sei albern und zu spät, stattdessen sagte sie »Brasilien.«

Er lächelte sie an, so, wie er es in der ersten Nacht getan hatte. »Äthiopien.« Er griff nach ihrer Hand.

Sie zögerte einen Augenblick und nahm sie. »Vietnam.«

6

Silberne Jugendstil-Haarbürste von Tiffany

Gemma

»Welche Superkraft würdest du dir aussuchen?«, fragte Froggy Gemma, die gerade Orangensaft in eine Kanne goss, das Bügeleisen einsteckte und einen Löffel Zucker in die Bolognese-Soße gab, alles gleichzeitig. Stephen war seit Monaten freitagabends nicht zu Hause gewesen. Sie hatte beschlossen, dass sie zur Abwechslung mal was Richtiges essen würden, anstatt nur Pizza auf dem Sofa.

Froggy schlang seine Arme um ihre Beine. »Ich wäre superstark, sodass ich dich hochheben könnte.«

»Ich hätte Röntgenaugen«, sagte Jake, ohne von seinem Laptop aufzublicken. »Damit ich durch Wände sehen könnte.«

Hinter denen Mädchen wohnen, dachte Gemma spöttisch. Jake hatte in diesem Sommer das andere Geschlecht entdeckt. Er widmete seinem Aussehen mittlerweile mehr Zeit als sie und tauchte jeden Morgen mit sorgfältig gegelten Haaren in eine Wolke Lynx gehüllt aus dem Bad auf.

Froggy legte seinen Kopf so weit zurück, dass sie in seine Nase sehen konnte. »Und du, Mama?«

»Ich würde mich für die Unteilbarkeit entscheiden!« Wäre sie unteilbar, könnte sie immer eins nach dem anderen machen, und zwar richtig. Die Zutaten lesen, bevor sie sich für die Spaghetti Bolognese entschied, anstatt zu improvisieren. Die Klamotten der Jungs für das Sommercamp bereitlegen, damit der nächste Morgen nicht im Chaos endete. Ihre dreckige Arbeitskleidung ausziehen, ehe Stephen heimkam.

Sie blickte auf die Uhr. Keine Zeit. Er würde in zehn Minuten da sein. Sein Auto hatte letzte Woche auf dem Heimweg von einer Geschäftsreise eine Panne gehabt und war immer noch in der Werkstatt. Diese Woche war er jeden Abend früh zu Hause gewesen. Dienstag hatte er Jack sogar bei seinen Analysis-Hausaufgaben geholfen und Froggy eine Gutenachtgeschichte vorgelesen.

Morgen sollte sie das Auto abholen, nachdem sie mit Alice einkaufen gewesen war, aber ehrlich gesagt würde sie es am liebsten dortlassen. Es war irgendwie sehr nett, ihren Mann zur Abwechslung mal zu Hause zu haben.

Sie hatten keinen Oregano mehr, also gab sie ein wenig Piment auf die blubbernde Soße und probierte noch mal. Ein Schluck Wein, dann wäre sie ganz passabel. Aber es gab keinen Wein. Stephen bestand darauf, dass keiner im Haus sein durfte. Gemma war seit sechzehn Jahren trocken, aber mit Alkohol traute er ihr immer noch nicht, und sie war sich auch nicht ganz sicher, ob sie sich selbst trauen konnte. Alles hatte so lange auf der Kippe gestanden, und sie dachte manchmal, eine einzige Sache würde genügen, dass sie aus ihrem normalen Leben gerissen wurde und einen Rückfall erlitt.

Mir geht's gut, sagte sie sich. Alles. Ist. Gut.

Gemma gab einen Spritzer Ketchup in die Soße und

legte den Deckel drauf. Sie tat ihr Bestes, und das musste genügen. Hinten im Gefrierschrank lag ein eingefrorenes Baguette, und es war gerade noch genug Zeit, um Knoblauchbrot zu machen. Sie befreite sich von Froggy, der immer noch ihr Bein umklammerte, und schickte die Jungs in den Flur.

Als Stephen die Haustür aufmachte, saßen die Jungs auf der untersten Stufe der Treppe. Sein Ältester mit seinem neuerdings männlichen Kinn und den breiter werdenden Schultern und sein Jüngster, der eigentlich noch ein Baby war, beugten sich, umringt von Filz- und Malstiften, über eine Zeichnung.

Völlig unerwartet schossen Stephen bei diesem Anblick Tränen in die Augen, wenn er daran dachte, dass er sie beinah verloren hätte. Letzte Woche um diese Zeit war er auf dem Weg nach Brittas Bay gewesen, um Lia zu treffen, aber jetzt erschien ihm dieser Mann wie ein Irrer.

»Hey, Dad!« Froggy strahlte ihn an. »Willst du einen ausbechenden Vulkan sehen?«

»Einen ausbrechenden Vulkan«, korrigierte Jake ihn mit Großer-Bruder-Miene.

»Unbedingt!«

Stephen war außer sich vor Wut gewesen, als Lia ihn einfach am Straßenrand nach Dublin hatte stehen lassen. Nicht nur weil der BMW liegen geblieben war und er nicht wusste, wie er nach Hause kommen sollte, sondern weil er tatsächlich geglaubt hatte, er könne nicht ohne sie leben.

Aber in den vergangenen sechs Tagen, als ihm langsam dämmerte, dass sie ihn nicht zurückrufen würde, hatte er begriffen, dass er gerade noch mal davongekommen war.

Alles, was er wirklich zum Leben brauchte, waren seine Jungs, sein Zuhause, seine Familie. Vor Erleichterung hatte er einen dicken Kloß im Hals. Er küsste Froggy auf die Stirn und strubbelte Jake durch die gegelten Haare, ehe dieser sich ducken konnte. »Das ist tödlich!«

»Eine Naturkatastrophe«, sagte Froggy stolz. »Die muss tödlich sein.«

»Wo ist eure Mum?«

»In der Küche«, sagte Jake. »Kocht irgendwas.«

»Wirklich?« Freitagabend war Pizza-Abend. Die meisten Abende waren Pizza-, Fish-and-Chips- oder Fertiggerichte-Abende. Aber als er die Küchentür öffnete, schlug ihm würziger Knoblauchduft entgegen.

»Hey«, sagte Gemma, ohne aufzublicken. Ihre weiße Arbeitskleidung war mit Soßenflecken bedeckt, eine Butterspur zierte ihre Wange.

Er legte seinen Arm um ihre Schultern. Da er nicht mehr gewohnt war, sie beiläufig zu berühren, fühlte sich diese Geste seltsam an. »Irgendwas riecht hier gut.«

»Ich sicher nicht«, sagte sie abwehrend. »War ein langer Tag, und ich hatte keine Zeit zum Umziehen.« Er merkte, wie sie sich anspannte, aber sie entzog sich ihm nicht.

»Ich hab mir gedacht, wir könnten heute im Esszimmer essen«, sagte sie. »Zur Abwechslung mal ein Familienabendessen.«

»Gute Idee.«

»Oh Shit! Das Knoblauchbrot!« Sie löste sich, schnappte sich ein Geschirrtuch und riss den Ofen auf. Sie zog ein rauchendes Blech heraus und knallte es auf den Herd. Sie starrte auf die verkohlte Kruste. »Es ist total im Eimer!«

»Ach, komm schon!«, sagte Stephen und krempelte seine Ärmel hoch. »Es ist noch gut. Wir schneiden die verbrannten Stellen weg. Das kriegen wir hin!«

»Gestern Abend hatte Alice wieder einen Totalaussetzer«, zischte Will, als er am nächsten Morgen bei Gemma vor der Tür stand. »Ich bin mit meinem Latein am Ende. Kannst du mir mal erklären, wo sie mit dem ganzen Zeug in New York hinwollte, Gems? Ich mache mir wirklich ernsthafte Sorgen um sie.«

»Ich hab dir schon gesagt, dass ich das auch tun würde«, flüsterte Gemma zurück. Aber eigentlich sollte sie dringend damit aufhören, ihm das zu sagen. Er war unrasiert und sah aus, als hätte er nicht geschlafen. Ohne den Alltag seines geordneten New Yorker Lebens schien sich ihr adretter, schick gekleideter Workaholic-Bruder in einen zerzausten Bummelanten zu verwandeln.

»Hast du Julias Sachen schon aussortiert?«, fragte sie beiläufig.

Er wich ihrem Blick aus. »Ich bin dran.«

Entweder hatte Alice ihren Vater belauscht oder erraten, was Will eigentlich mit dem Ausflug bezwecken wollte. Draußen beim Auto setzte sie eine mürrische Miene auf und rückte so weit wie möglich von Gemma weg. Ihre Schulter drückte an die Beifahrertür.

Gemma fühlte sich, als säßen sie nicht nebeneinander in ihrem klapprigen VW, sondern auf einem schmalen Felsvorsprung dreißig Meter über der Erde. Ein falsches Wort, eine dumme Geste würde genügen, und sie befanden sich im freien Fall.

Auch Will und sie waren vor zwanzig Jahren auf einem Felsvorsprung balanciert. Nur hatte damals er versuchte, *sie* zu retten. Und es hatte nicht geklappt. Mit einundzwanzig lagen bereits sechs verlorene Jahre hinter ihr. Sie war suchtkrank, hatte ein Tattoo, von dem sie nicht mehr wusste, woher es stammte, und empfand einen Selbstekel gepaart mit Scham, den sie nicht mehr loswurde. Es bestimmte ihr Leben. Sie musste diesem Gefühl immer einen Schritt voraus sein, indem sie bewies, was für eine perfekte Mutter, Ehefrau, Mitarbeiterin, Freundin und Schwester sie war. Jetzt musste sie dieser langen Liste auch noch »Tante« hinzufügen.

Sie war noch lange wach geblieben, nachdem Stephen eingeschlafen war, und hatte sich überlegt, was sie Alice sagen würde: einen ähnlichen Vortrag, den sie Jake in regelmäßigen Abständen über die Gefahren von Alkohol, Drogen und Kriminalität hielt. Aber Jake war trotz seiner ganzen Teenie-Allüren immer noch ein Kind. Alice war schwieriger und nicht so empfänglich. Ihre Nichte sagte auf dem Weg in die Stadt kein einziges Wort, ihre Körpersprache sprach dafür Bände:

»Spar dir deinen Vortrag. Ich kenne dich kaum. Egal, was du mir erzählst, ich kauf es dir nicht ab.«

Gemma war mit fünfzehn ganz genauso gewesen, und die aufmunternden Worte, die sie sich zurechtgelegt hatte, würden nicht zu Alice durchdringen. In Wahrheit hatte es in dieser Zeit nichts gegeben, was ein Erwachsener hätte sagen können, um sie von dem Weg, den sie eingeschlagen hatte, abzubringen. Oder, dachte sie, als sie links auf die Drury Street abbog, vielleicht doch?

»Weißt du, Alice, wir müssen nicht shoppen gehen.« Sie hielt kurz inne. »Wir könnten stattdessen was klauen, wenn du willst. Ich hab gehört, du kannst das ziemlich gut.«

Alice drehte den Kopf und sah sie an. In ihren Teflon-Augen blitzte ein Funken Neugierde auf, und ihr Mund war leicht geöffnet. Gemma fummelte am Blinker herum. »Was ist dein M. O.?«

»Mein was?«

»Dein Modus Operandi«, sagte Gemma leichthin, als sie links in das mehrstöckige Parkhaus fuhr. »Du weißt schon, deine Technik. Hast du einen Mantel mit großen Taschen? Einen Rucksack? Oder versteckst du die Sachen unter deinem Kleid?«

»Ich trage keine Kleider.« Alice zog ihr übergroßes T-Shirt über ihre extrakurzen Shorts.

»Oh, das solltest du aber«, sagte Gemma. »Es war unglaublich, wie viel Zeug ich darunter verstecken konnte.« Alice' blaue Augen wurden größer. Die fünfzehnjährige Gemma hätte sich nicht so leicht beeindrucken lassen, dachte sie.

Sie zwang sich, den Mund zu halten, und suchte nach einem Parkplatz. Schließlich brach Alice das Schweigen, als Gemma rückwärts in eine Lücke im obersten Stock einparkte.

»Du hast geklaut?«, fragte sie, aber es klang nicht sehr überzeugt. »Du hast also ... äh ... Zeug gestohlen?«

»Ja klar«, sagte Gemma ruhig. Dabei konnte sie es belassen. So tun, als habe sie es nur einmal getan. Sagen, dass es falsch war. Direkt zum geplanten Vortrag übergehen. Aber sie spürte den rutschigen Felsvorsprung unter der Gummikupplung. »Das meiste wollte ich gar nicht. Ich hab nur das Geld für Alkohol gebraucht. Und Drogen. Du kannst dir nicht vorstellen, was ein Gramm Gras in Dublin gekostet hat. Und von Koks will ich gar nicht erst anfangen.« Sie schnallte sich ab und stieg aus. Alice krabbelte hinter ihr aus dem Auto. Sie sah überrascht aus.

»Meistens habe ich auf Bestellung geklaut«, sagte Gemma immer noch lässig und in ruhigem Ton. »Die Leute haben mir gesagt, was sie haben wollen, ich hab's geklaut, und sie haben mich bezahlt. CDs. Kosmetik. Klamotten.« Sie drückte zweimal auf den Knopf für die Zentralverriegelung, aber sie funktionierte nicht. Sie musste noch mal zurück ins Auto und jeden Knopf einzeln runterdrücken.

»Einmal hab ich einen Waterford-Dekanter und sechs Gläser im obersten Stock im Kaufhaus gestohlen«, sagte sie über die Schulter. »Ich hab die riesige Kiste unter meiner Schuluniform versteckt und bin direkt am Türsteher vorbeigelaufen, mit der Hand auf dem Bauch, als wäre ich schwanger.« Sie warf die Fahrertür zu. »Aber das war in der Zeit vor CCTV und Sicherheitspersonal, also musst du mich vielleicht auf den neuesten Stand bringen.« Sie blickte Alice erwartungsvoll an. »Irgendwelche Tipps?«

Ihre Nichte starrte sie schockiert an.

»Nein? Na ja, dann sollten wir vielleicht doch lieber ganz normal einkaufen heute. Dein Dad hat mir zweihundert Euro gegeben, um dich auszustaffieren, bis deine eigenen Sachen eintreffen.« In Alice' Handgepäck waren nur Make-up, Videospiele, ein uralter ausgestopfter Pinguin und mindestens zwanzig Graphic Novels gewesen.

Die meisten Teenies hätten bei der Aussicht auf Frustshoppen einen Freudentanz aufgeführt, aber Alice scharrte mit der Spitze ihres Turnschuhs über den ölfleckigen Boden. »Meinetwegen.«

Gemma ignorierte sie und ging zum Ausgang; einen Augenblick später folgte Alice ihr.

»Ich weiß, warum du das machst«, sagte Alice plötzlich, als sie vor dem Lift standen. »Du erzählst mir das alles, weil du willst, dass ich dir vertraue.« Sie inspizierte ihre rosa Dip-Dye-Haarspitzen. »Dann erzähl ich dir irgendwas, und du tratschst es direkt an meinen Dad weiter.«

Die Lifttüren gingen auf, und Alice trat vor, aber Gemma legte ihr die Hände auf die Schultern. »Hör mal!« Ihre Nichte war viel größer als sie, aber Gemma konnte ihre Knochen spüren. Alice zitterte leicht vor

Kälte, Wut oder Angst. »Ich will, dass du mir vertraust«, sagte sie leise. »Ich würde Will niemals etwas erzählen, das du mir im Vertrauen gesagt hast.«

Die Aufzugtüren gingen wieder zu, und sie standen sich einen Moment lang im Schummerlicht gegenüber. Alice schüttelte Gemma ab, aber sie schaute sie mit flehendem Blick an.

»Können wir nicht einfach nach Hause zurückfahren?«, bat sie leise. »Ich will kein neues Zeug. Ich will mein eigenes Zeug.«

»Ich weiß«, sagte Gemma. »Aber das dauert immer noch fünf Tage. Du kannst nicht jeden Tag das Gleiche tragen.«

»Warum? Tust du doch auch!«

Früher war Gemma die Ausstaffierungskönigin höchstpersönlich gewesen. Jetzt trug sie entweder Jeans und T-Shirt oder den weißen Kittel, den sie bei der Arbeit in der Zahnarztpraxis anziehen musste. Sie machte die Termine, ging ans Telefon und holte die Anzüge ihres Chefs von der Reinigung.

»Ich bin siebenunddreißig.« Gemma drückte wieder auf den Aufzugknopf. »Es interessiert niemanden, was ich anhabe.«

Alice steckte die Fäuste in die Taschen ihrer Shorts. »Ich bin einfach nicht besonders gut, wenn's um Shoppen geht«, sagte sie sehr leise.

»Aber ich«, erwiderte Gemma mit fester Stimme. Auch die Shoppingqueen war sie gewesen.

Ohrenbetäubende Musik von Rihanna überrollte sie, als sich die automatischen Türen von Topshop öffneten.

Wenn Jake die Musik zu laut aufdrehte, brüllte Gemma ihn an, dass er sie leiser machen sollte. Aber hier puschte sie das Dröhnen des Basses wie ein doppelter Espresso, und ihr Shopping-Zauberhändchen kehrte mit einem Schlag zurück.

Sie stolzierte voran und zog Jeans und T-Shirts aus den Regalen. Alice folgte ihr, kaute auf ihren Nägeln und warf schüchterne, ehrfürchtige Blicke auf die jungen Verkäuferinnen mit ihren Gesichtspiercings, Armtattoos und schwindelerregenden Absätze, die einen sorgfältig konstruierten Schutzpanzer aus Coolness vor sich hertrugen.

Hinter der ganzen Farbe und dem Haargel sind die alle genauso schüchtern wie du, wollte Gemma ihrer Nichte sagen. Aber was hatte das für einen Sinn? Alice würde ihr niemals glauben.

Die Umkleidekabine roch nach moschusartigem Teenie-Schweiß und Zitronen-Raumspray. Gemma warf den Kleiderstapel auf eine Bank und ließ Alice damit allein. Dann ging sie zwei Stockwerke tiefer, um mal wieder ordentlich zu stöbern.

Sie arbeitete sich durch die Gänge und nahm das, was infrage kam. Ein schwarzes schulterfreies Oberteil, eine Jeans-Latzhose, ein T-Shirt mit rotem Pailletten-Schädel, ein Paar Doc Martens mit roten Sohlen. Ihre Arme fühlten sich schwer an, als sie sich mit ihrer Ausbeute wieder die Treppe hochmühte. »Du übertreibst mal wieder, Gemma!«, sagte sie zu ihrem Spiegelbild, als sie an einer Spiegelwand vorüberging. Manchmal erschrak sie noch immer, wenn sie sich selbst erblickte.

Vor Froggys Geburt waren ihre Haare ihre Visitenkarte gewesen. Dicke blonde Locken bis zu den Ellbogen. Catwalk-Haare, so nannten sie es heutzutage in den Friseurläden. Als sie noch jung gewesen war, hatte sie sie jeden Abend hundert Mal gekämmt. Allerdings wurde das schwierig, nachdem sie mit dem Trinken begonnen hatte. In den meisten Nächten war sie so blau, dass sie nicht einmal mehr richtig bis zehn zählen konnte, und die schimmernden Locken wurden kraus.

Sie hatte Friseurin werden wollen und hatte an den Wochenenden schon bei einem Friseur mit der Ausbildung begonnen. Doch als der Besitzer sie dabei erwischte, wie sie aus der Kasse klaute, wurde sie gefeuert. Aber ein bisschen was war hängen geblieben. Als sie trocken war und sich wieder mit der eigenen Körperpflege beschäftigte, kaufte sie sich eine richtige Friseurschere, um ihre gebrochenen Spitzen zu schneiden, und ordentlichen Conditioner.

Stephen hatte ihr gesagt, dass ihre Haare ihm als Erstes an ihr aufgefallen waren. Sie erschrak, als er sie fragte, ob sie mit ihm ausgehen würde, hielt es für einen Witz. Was sah so ein normaler, bürgerlicher Typ wie er nur in ihr?

Früher hatte sie immer lange Haare gehabt. Aber vor sieben Jahren, als Froggy noch ein Baby gewesen war, hatte er fast zehn Tage am Stück gebrüllt. Stephen fand schließlich heraus, warum. Ein Haar, einen halben Meter lang, hatte sich sehr fest und fast unsichtbar um seinen Zeh gewickelt und die Blutzirkulation gestoppt. Der Arzt sagte ihnen, noch einen Tag länger, und Froggy hätte den Zeh verloren. Gemma fühlte sich wie die schrecklichste Mutter der Welt.

In dieser Nacht hatte sie ihre Haare abgeschnitten und sie seither so gelassen, obwohl es ihr überhaupt nicht gefiel. Wenn die Jungs älter waren, würde sie sie wieder wachsen lassen, aber insgeheim wusste sie schon, dass sie nicht die Zeit dafür finden würde. Und Stephen hätte es sowieso nicht bemerkt. Er arbeitete ständig, war kaum zu Hause, und wenn doch, war er zu beschäftigt, um sie zu bemerken.

Alice gefiel überhaupt nichts von dem, was sie anprobierte, außer einer Jeansshorts, die ein wenig dunkler und ein wenig kürzer war, als die, die sie trug, und ein Tattoo-Longsleeve, das Will nicht gefallen würde – aber es war immerhin ein Anfang. Bei Zara und H&M sagte sie zu allem Nein, aber bei Miss Selfridge hatten sie mehr Glück. Nach einer halben Stunde trat sie in einer grauen Bomberjacke aus Kunstleder, einem hellrosa T-Shirt und einer schwarzen Skinny-Jeans zögerlich aus der Kabine. Sie schien komplett aus Ellbogen und knubbeligen Knien zu bestehen und sah so süß, verletzlich und unsicher aus, dass Gemma sich fragte, wie es wäre, eine Tochter zu haben.

An Weihnachten hatte sie heimlich aufgehört, die Pille zu nehmen. Stephen war die ganzen Ferien über unleidlich gewesen, wie ein eingesperrter Bär, und ihr war eine verrückte Idee gekommen. Wenn sie noch ein Baby hätten, könnte sie damit vielleicht die Uhr zurückdrehen, sodass ihre Ehe neuen Auftrieb bekam und sie wieder glücklicher waren. Als sie an Ostern mit den Kindern in Brittas Bay waren, blieb ihre Periode eine Woche aus, und sie war aufgeregt und ängstlich zugleich. Sie hatte sogar einen Schwangerschaftstest gekauft, aber es war falscher Alarm gewesen. Vielleicht war es auch gut so. Sie wusste nicht, was Stephen dazu gesagt hätte. Er stand bei der Arbeit unter großem Druck.

Alice runzelte beim Blick im Spiegel die Stirn, und Gemma erinnerte sich wieder an die schreckliche, unbehagliche Zeit zwischen fünfzehn und achtzehn, in der man das Gefühl hat, selbst jeden Fehler an sich suchen zu müssen, ehe es ein anderer tut.

»Du siehst toll aus«, sagte sie.

Alice zog die Schultern hoch. »Die Jacke ist okay, aber das T-Shirt ist zu mädchenmäßig.«

»Nicht bewegen!« Gemma eilte zu einem Schuhregal und kam mit einem Paar Bikerstiefeln aus Lederimitat wieder, das auf zwanzig Euro reduziert war. Die brachten die Wende. Alice drückte die Stiefel bis zur Kasse an die Brust, und Gemma musste sie anstupsen, damit sie sie auf die Theke stellte und die Kassiererin sie scannen konnte.

Jetzt hatte Gemma einen Lauf, geriet in das gleiche High wie nach einer Wodkaflasche. Selbst wenn sie gewollt hätte, sie hätte sich nicht bremsen können. Sie spazierte mit Alice in alle Läden an der Grafton Street und in Temple Bar.

Ihre Zwänge waren in den letzten paar Jahren schlimmer geworden. Wenn Froggy Kopfweh hatte, maß sie alle zwanzig Minuten seine Temperatur, es könnte ja Meningitis sein. Kriegte sie einen Patienten beim ersten Mal nicht an die Strippe, rief sie immer wieder an, bis sie ihn erreichte. Wenn Stephen lange arbeitete, saß sie mit ihrem Laptop da, bekam heiße Knie und schaute Netflix in Endlosschleife.

Schon jahrelang ging sie nicht mehr zu den Treffen der Anonymen Alkoholiker, aber sie war oft genug dort gewesen, um zu wissen, was sie tat. Sie nahm Medikamente gegen ihre Unruhe, versuchte, sich von der Angst abzulenken, dass sie alles irgendwie in den Sand gesetzt hatte. Dass sie etwas getan oder nicht getan hatte und Stephen deshalb so distanziert war und sich alles so wacklig anfühlte.

Am Vorabend war Stephen wirklich sehr lieb gewesen, und jetzt baute er gerade ein Bücherregal auf, das seit einem Jahr verpackt in der Ecke herumgestanden hatte. Er hatte angeboten, sie heute alle zum Pizzaessen auszuführen. Warum war sie also immer noch so nervös?

Langsam ließen ihre Kräfte nach, genau wie bei Alice. Beide brauchten eine Pause, aber Gemma musste trotzdem noch bei Urban Outfitters stöbern. Als sie gerade gehen wollten, knackten sie den Jackpot. Alice blieb an einer Stange stehen und zog ein Kleid mit Blumenmuster hervor. Das Kleid war schwarz und das Muster unauffällig, aber es war hübsch, weiblich und sommerlich. Gemma fühlte sich wie Jesus, Nelson Mandela und Angelina Jolie in einer Person. Vor zwei Stunden hatte Alice beharrlich behauptet, dass sie keine Kleider trug, doch jetzt stand sie da und sah sich eins genauer an.

»Es kostet hundert Euro«, sagte sie sehnsüchtig. »Ich glaube, so viel haben wir nicht mehr übrig.«

»Ich kauf es dir!« Gemma nahm es ihr aus der Hand, ehe sie es sich anders überlegen konnte. »Geht auf meine Rechnung.«

»Soll ich es nicht anprobieren?«

»Wenn's nicht passt, bringen wir es zurück.« Gemma kramte bereits nach ihrer Kreditkarte, und die Sorge, dass nicht mehr genug auf dem Konto war, um Stephens Auto zu bezahlen, wich Erleichterung. Sie hatte es gut hingekriegt. Jetzt konnten sie essen gehen.

Alice hatte vor zwei Tagen ein halbes Schinkensandwich gegessen und am Vorabend die Salami von Froggys Pizza gepflückt, aber als sie jetzt auf den nächsten Burgerladen zusteuerten, verkündete Alice, sie sei Veganerin.

Gemma war am Verhungern, und der Gedanke an Linsen und Quorn trieb ihr die Tränen in die Augen, aber sie holte ihr iPhone hervor und suchte nach Alternativen. Das beste vegane Restaurant in Dublin war natürlich in Blackrock, eine halbe Stunde Fahrt entfernt.

Das Café LoCal war ganz in diesem anmaßenden Hipster-Look gehalten, den sie auf den ersten Blick verabscheute. Sichtbackstein und weiße Wände, absichtlich zusammengewürfeltes Geschirr. Eine Kellnerin in einem gelben Abschlussballkleid und einer weißen Rüschenschürze führte sie zu einem Tisch am Fenster. Gemma ertappte sich dabei, wie sie sie neidisch beäugte, genau wie Alice zuvor die Verkäuferinnen bei Topshop. So hatte sie sich früher auch angezogen.

Alice setzte sich in die Nische und stellte ihre Einkaufstaschen vorsichtig auf den Sitz neben sich. Sie beugte sich über die Speisekarte und steckte sich die Haare hinter die Ohren wie ein Kind, aber dann, als würde sie sich auf ihre eigentliche Rolle als launischer Teenager besinnen, murmelte sie »Ich bin gar nicht richtig hungrig.«

»Ich aber schon!«, sagte Gemma grimmig. Sie hätte einen veganen Schuh gegessen, wenn es nichts anderes gegeben hätte. Stattdessen bestellte sie einen Tofu-Burger mit Blumenkohlbrötchen und Süßkartoffelpommes. »Bitte zweimal!« Sie hielt die Hand hoch, um Alice' Protest zu unterbinden. »Ich esse deins, wenn du es nicht schaffst. Und können wir zwei Cola haben?«

Die Kellnerin schüttelte den Kopf. »Wir verwenden keinen Zucker, aber ich kann euch einen Guave-Sternfrucht-Energy-Smoothie machen. Oder ich bringe euch die Karte mit dem Bio-Wein.«

Gemma versuchte, ein Grinsen zu unterdrücken. »Zwei Smoothies bitte.«

Alice runzelte die Stirn. »Du kannst ruhig was trinken. Ich trinke dir nichts weg, wenn du nicht hinschaust oder so was.«

»Nein, kann ich nicht«, sagte Gemma müde.

»Warum nicht?«

»Weil …« Sie hatte sich vorhin schon an die Wahrheit gehalten, also konnte sie genauso gut dabei bleiben. »… weil ich Alkoholikerin bin.«

Alice blickte fasziniert auf. »Und was würde passieren, wenn du ein Glas Wein trinkst?«

Gemma zuckte mit den Schultern. Gute Frage. »Ich weiß es nicht. Vielleicht würde ich es dabei belassen. Vielleicht würde ich mich wieder total wegschießen. Ich hab wirklich keine Lust, es rauszufinden.«

Die Kellnerin kam mit einem vollen Tablett zurück. Sie stellte die Burger und eine Schüssel mit Süßkartoffelpommes vor sie hin und zwei Smoothies in geeisten Marmeladengläsern. Dabei warf sie Gemma einen Blick zu, der so viel sagte wie »Trau dich ja nicht, es nicht zu mögen!«

Alice hob die Scheibe Blumenkohl an und stocherte argwöhnisch in dem knusprigen Tofusteak herum.

Gemma nahm einen winzigen Bissen von ihrem Burger. Er war köstlich. Salsa und Guacamole quollen an den Seiten hervor, und sie leckte sich die Finger ab. »Wie geht's deinem Vater? Was macht er? Liegt es nur an mir, oder verhält er sich ein wenig …« sie leckte wieder den Finger ab »… seltsam?«

»Er benimmt sich total seltsam!« Alice tauchte zwei Pommes in das rosafarbene Himalaya-Salz und steckte sie in den Mund. »Er trainiert nicht, macht keinen Sport und bleibt fast die ganze Zeit in seinem Zimmer. Manchmal kann ich hören, wie er herumgeht und mit sich selber redet.«

Das klingt nicht gerade gut, dachte Gemma. »Hat er das in New York auch gemacht?«, fragte sie besorgt. »Selbstgespräche geführt?«

»Weiß ich nicht«, sagte Alice zwischen zwei Bissen.

»Was hat er gemacht, um sich zu entspannen?«

»Museen. Fitnessstudio. Squash. Tennis. Jogging.«

»Hatte er …«, Gemma versuchte, beiläufig zu klingen, »… Freunde?«

»Klar. Er hat Arbeitskollegen und die Eltern von der Schule getroffen.«

»Und was ist mit … du weißt schon … Freundinnen?«

»Manchmal hatte er Dates und ein paar Mal auch eine Freundin, aber das weiß ich nur, weil ich gehört habe, wie er telefoniert hat.« Mit einem schwarz lackierten Fingernagel zerdrückte sie Salzkristalle. »Er erzählt mir nie irgendwas.«

»Vielleicht hat er Angst, dass du dich darüber aufregst.«

»Es ist ihm egal, was ich denke«, sagte Alice mürrisch. »Sonst wären wir gar nicht hier. Sonst wäre ich in New York an meiner alten Schule bei meinen alten Freunden!«

Gemma musste sich die Einsamkeit, wenn man alles und jeden verlor, den man kannte, gar nicht vorstellen. Auch sie hatte alles aufgeben müssen, als sie mit dem Trinken aufhörte. Sie musste die Verbindungen zu ihren Freunden abbrechen, alle Telefonnummern löschen, wieder zu ihrer Mutter ziehen und von vorne anfangen.

Die arme Alice, dachte sie. Sie beugte sich vor und drückte die Hand ihrer Nichte. »Ich weiß, der Umzug fühlt sich wie das Ende deines Lebens an, aber das ist es nicht.« Sie drehte Alice' Hand um und zeigte darauf. »Schau mal, du hast eine unglaublich lange Lebenslinie. Du hast noch ewig Zeit, dir zu überlegen, wo du leben und was du tun möchtest.«

Alice zog ihre Hand zurück. »Und was ist mit meiner Mum? Hat ihre Lebenslinie mitten in der Hand aufgehört?«

Gemma schämte sich. Sie hatte einfach so dahergeredet. »Ganz ehrlich, ich weiß es nicht mehr.«

Alice blickte auf und musterte sie. »Aber du hast sie gekannt, oder?«

Gemma nickte. »Ich habe ein paar Monate bei Will und ihr gewohnt, als ich zwanzig war.«

Alice beugte sich über ihren Teller, wich ihrem Blick aus. »Wie war sie?« Alice hatte Julias blasse Haut und ihre großen, blauen Augen, aber Wills Nase und abstehende Ohren.

Gemma nahm einen Schluck von ihrem Smoothie, der so fies orangefarben war wie Froggys Hustensaft. Aber er schmeckte nach Sonnenschein und süßen Früchten. »Sie war wunderbar.« Man lästert nicht über Tote. Sie sind Heilige, aber fairerweise war Julia auch schon zu Lebzeiten ziemlich heilig. Und das hatte sie so sehr genervt.

Während Julia bei der Arbeit war, hatte Gemma ihre Sachen durchstöbert, in der Hoffnung, irgendein schmutziges kleines Geheimnis zu finden, doch vergebens. Die geschmackvollen Klamotten in ihrem Kleiderschrank waren sauber, gebügelt und nach Farben geordnet. Kaschmirpullis, Cordröcke, ausgeblichene Jeans, Sommerkleider. Ihre Unterwäsche war hübsch und weiblich, eher niedlich als sexy. Die Flasche Weißwein im Kühlschrank war nach einem Glas wieder zugekorkt worden. Zwischen den teuren Cremetöpfchen und Lotions in ihrem Badezimmerschrank standen keine Pillendosen.

Gemma spürte, dass Alice sie anstarrte und darauf wartete, dass sie mehr erzählte. Plattitüden drängten sich auf ihrer Zunge. Schön. Großzügig. Liebevoll. Wunderbar.

Sie seufzte und stellte ihren Smoothie ab. »Um ehrlich zu sein, sie ist mir unglaublich auf die Nerven gegangen. Sie war einer dieser Menschen, die immer das Richtige sagen, tun, anhaben …« Sie schüttelte den Kopf. »Sie war einfach perfekt, und ich fühlte mich immer völlig unzulänglich neben ihr.«

Scheiße!, dachte sie. Nicht gerade das, was man einer Halbwaisen erzählt. Aber als sie aufblickte, nickte Alice langsam. Sie hatte verstanden. Auch sie war wohl damit aufgewachsen sein, sich mit Julia zu vergleichen.

Die Wahrheit aber war, dass Gemma sich schon lange, bevor Julia aufgetaucht war, unzulänglich gefühlt hatte, bereits als Kind, und als Teenager war es natürlich nicht besser geworden, im Gegenteil. Alle anderen wirkten so schlau, strahlend und selbstbewusst. Deswegen war es eine solche Erleichterung, als sie zum ersten Mal etwas trank. Es war wie eine Medizin. Eine Dose Bier oder ein paar Schluck Wodka und – Abrakadabra – sie fühlte sich schon viel besser. Lustiger, wilder und mutiger. Innerhalb weniger Monate entwickelte sie sich vom ruhigsten Kind ihrer Klasse zum beliebtesten. Dann fing sie an, mit den Kids aus den Klassen über ihr abzuhängen. Die coolen Mädchen, die Kippen und Xanax aus den Handtaschen ihrer Mütter klauten. Die

Jungs, die immer Gras dabeihatten und wussten, wo sie Ecstasy auftreiben konnten.

Sie hatte ihre Sippe gefunden. Die Außenseiter, Aussteiger, Träumer und Kiffer. Sie machten blau und versammelten sich bei dem, der gerade sturmfrei hatte. Ihre Eltern wussten überhaupt nicht damit umzugehen. Will war drei Jahre älter und versuchte, sie davon abzubringen, aber im Sommer 2001 ging er nach New York, verliebte sich in Julia und kam nicht mehr zurück. Von da an ging es mit Gemma bergab.

Ihr damaliger Freund begann, mit Koks zu dealen, und sie begann, es zu nehmen. Ihr Alkoholkonsum verdoppelte sich, sie trank schon am Morgen. Ihre Mutter fand Drogen und Geld in ihrem Zimmer. Eigentlich wollte sie direkt zur Polizei gehen, aber Gemma schob alles auf die Leute, mit denen sie abhing. Dann taten ihre Eltern das, was Will gerade mit Alice gemacht hatte – nur umgekehrt. Sie schickten sie in die USA, wo sie bei ihrem vernünftigen Bruder wohnen sollte.

Ein ganzer Sommer mietfrei in New York. Gemma fühlte sich, als hätte sie im Lotto gewonnen, nicht, als wäre sie bestraft worden. Sie hätte sich nach einem Nebenjob umsehen sollen, aber stattdessen klapperte sie die Kneipen in Alphabet City ab, flirtete mit Fremden und nutzte ihren irischen Akzent, um sich auf Drinks einladen zu lassen.

Eine Woche nach ihrer Ankunft wachte sie auf dem Rücksitz eines Polizeiautos auf, die Haare verklebt von Erbrochenem. Sie war zusammengeschlagen und bewusstlos in der Toilette einer Bar in Brooklyn gefunden worden. Sie wusste noch nicht mal, wo Brooklyn lag.

Es war Julia, die ein Taxi runter zum neunten Revier nahm und sie abholte. Sie brachte sie ins Krankenhaus zur Untersuchung, um sicherzugehen, dass sie nicht vergewaltigt worden war. Will hatte ihr daraufhin ein Ultimatum gestellt: Entweder sie riss sich zusammen, oder sie fuhr wieder nach Hause. Wiederum war es Julia, die eine einmonatige Entziehungskur bezahlte.

Es war nicht wie in dem Film *Durchgeknallt.* Die meisten anderen Patienten waren uralt. Die vierzigjährige Lois hatte betrunken einen Autounfall verursacht, bei dem ihre achtjährige Tochter ums Leben gekommen war. Dean war um die sechzig und hatte das Handy seiner Enkelin geklaut, um Alkohol zu kaufen. Und Carol war Lehrerin an der Highschool gewesen und innerhalb eines Jahres obdachlos geworden.

Jetzt waren diese abgefuckten Erwachsenen Gemmas Sippe. Tief in ihrem Herzen wusste sie, dass sie keinem anderen als sich selbst die Schuld daran geben konnte, aber stattdessen beschuldigte sie Julia.

Zwei Wochen nach Beginn der Entziehungskur kam Will zu einem Familiengruppentreffen.

»Sie gehört nicht zu meiner Familie«, zischte sie, als Julia das Zimmer verließ, um Kaffee zu holen. »Ich will sie hier nicht dabeihaben.«

»Ich habe sie nicht deinetwegen mitgebracht«, sagte Will und sah ihr direkt in die Augen. »Sie ist meinetwegen hier.«

Er hielt die ganze Zeit Julias Hand, während er

einem Zimmer voller Fremden von Gemmas Alkoholsucht erzählte. Von den unzähligen Nächten, in denen er wach gelegen war und nicht gewusst hatte, wo sie steckte, wie er ihre Sucht vor ihren Eltern verborgen hatte. Wie er einmal in ihrem Zimmer auf dem Boden geschlafen hatte, weil er verhindern wollte, dass sie womöglich an ihrem eigenen Erbrochenen erstickte. An einem Morgen hatte er sie, als sie auf dem Weg zu Schule gewesen war, bewusstlos an der Bushaltestelle gefunden.

Gemma wäre am liebsten vor Scham gestorben. Nicht nur wegen dem, was sie ihrem Bruder angetan hatte, sondern auch, weil die selbstgefällige, heilige Julia für immer und ewig all diese Scheißdinge von ihr wissen würde, selbst wenn sie es schaffte, trocken zu werden.

Doch dann hatte es gar kein Immer und Ewig gegeben. Julia, die nie irgendwas Beschissenes in ihrem Leben gemacht hatte, war zwei Jahre später tot. Ein Auto war über eine rote Ampel gefahren und hatte sie erwischt, als sie auf dem Heimweg zu ihrem Mann und ihrer drei Monate alten Tochter den West Broadway überquerte. Gemma hatte ihrer Schwägerin immer insgeheim vorgeworfen, dass sie ihr ihren Bruder weggenommen und sie in die Abhängigkeit getrieben hatte – obwohl sie ihr hätte danken müssen. Julia hatte die rettende Entziehungskur bezahlt. Ich stehe in ihrer Schuld, dachte Gemma. Sie stand mächtig tief in ihrer Schuld, und das hier war die Gelegenheit, sich zu revanchieren und sich um das hübsche, problembeladene Mädchen ihr gegenüber zu kümmern.

»Was?« Alice wischte ein paar Krümel Salz von ihrer Lippe. »Warum starrst du mich so an?«

»Hör mal«, sagte Gemma. »Du weißt noch nicht, wohin dein Weg dich führt, aber ich weiß, was passieren kann. Ich habe immer noch das T-Shirt an. Und darauf steht in großen dicken Buchstaben ›Loser‹.«

»Schhh!« Alice warf einen Blick auf das Paar am Nachbartisch. »Jeder kann dich hören.«

»Ich habe gesoffen. Ich bin durch Prüfungen gerasselt.« Gemma zählte es an den Fingern ab. »Ich bin nicht zum College gegangen. Ich habe den ersten normalen Menschen geheiratet, der mich mochte, weil ich Angst hatte, dass kein anderer normaler Mensch mich jemals mögen könnte.«

Alice' Skepsis wich einer entsetzten Faszination.

Gemma blickte auf ihre zerknitterte Serviette. Ein Blumenkohlröschen lag wie eine kleine Blume in ihrem Schoß. »Ich kann mir nicht wünschen, ich hätte es anders gemacht, denn ich habe meine Jungs, und ich liebe meine Jungs.« Sie blickte wieder auf. »Aber du kannst es anders machen. Du hast die Wahl!«

Alice schüttelte den Kopf. »Tue ich nicht. Ich habe keine Wahl.«

Gemma dachte, sie würde wieder damit anfangen, dass Will sie nach Irland geschleppt hatte, aber Alice atmete tief ein.

»Ich will das ja gar nicht unbedingt tun, mir die Kante geben oder klauen. Ich entscheide mich nicht dafür, das zu tun. Es ist eher so, dass es sich für mich entscheidet, und ich kann mich nicht zurückhalten.«

»Ja, ich weiß«, sagte Gemma. »Ich weiß ganz genau, was du meinst. Aber ich kann dir versprechen, allein das zu kapieren, selbstkritisch zu sein, ist eine Wahl, eine Entscheidung. Vielleicht hörst du nicht sofort damit auf, aber bleib dran, dann funktioniert es. Du wirst das super machen, ich weiß das.«

Alice sah sie erst überrascht und dann erfreut an.

»Und was ist mit dir?«

»Was ist mit mir?« Gemma holte ihre Kreditkarte heraus.

»Deine Wahl?«

Gemma zog den Reißverschluss ihrer Tasche zu, fing den Blick der Kellnerin auf und signalisierte ihr, dass sie die Rechnung haben wollte. »Mach dir keine Sorgen um mich. Ich war vielleicht nicht auf dem College, aber ich habe einen Abschluss im Durchwurschteln.«

Auf dem Weg zum Auto blieb Alice vor einem Schaufenster stehen. Darin befand sich eine wunderschöne Diamantbrosche, die zu schweben schien, umringt von Dutzenden platzenden Seifenblasen.

»Wow!«, sagte Alice. »Das ist so cool!«

Gemma warf einen Blick über die Schulter. Der Parkschein lief bald aus, und Blackrock war für die strenge Parkkontrolle berüchtigt, aber Alice hatte Feuer gefangen. »Willst du kurz reinschauen?«

Nora hatte Laineys Badezimmer-Set immer schon geliebt, ein schwerer in Silber gefasster Spiegel mit eingravierten Blumen, dazu die passende Bürste mit weichen, hellen Borsten. Als sie ihrer Großmutter einmal beim

Abstauben half, hatte sie die Bürste vom Frisiertisch genommen und versucht, damit durch ihre wirren Haare zu fahren; es klappte nicht, und Lainey zog sie auf einen Hocker und setzte sich neben sie. Ehe ihre Großmutter sie zurückhalten konnte, war sie auf deren Schoß geklettert und hatte den langen Zopf ihrer Großmutter gelöst. Lainey saß ganz still und mit fest geschlossenen Augen da. Sie wagte kaum zu atmen, spannte die Schultern an, und ihr Mund zitterte, während Nora vorsichtig ihre Haare neu flocht.

Nora lächelte bei dieser Erinnerung, als sie die Bürste und den Spiegel auf einem kleinen Tisch neben ihrem Schreibtisch arrangierte. Dann blickte sie auf; die Tür öffnete sich, und eine Frau trat mit einem Mädchen mit rosa Haarspitzen ein.

»Wie haben Sie es geschafft, dass diese ganzen Blasen in ihrem Fenster herumfliegen?«, fragte das Mädchen.

Nora legte die Bürste und den Spiegel hin. »Schau, ich zeige es dir.«

Sie führte Alice ans Fenster, und Gemma sah sich um. Eine Schande, dass sie es eilig hatten, hier hätte sie gern gestöbert. Der Laden war voller wunderhübscher kleiner Dinge. Antike Möbel, altes Porzellan. Sie besah sich eine Stange mit wunderbaren Kleidern, dahinter war ein japanischer Kimono an die Wand gepinnt. Hellrosa bestickte Seide mit Kirschblüten. Vor zehn Jahren hätte sie sich darauf gestürzt. Dazu Plateau-Flipflops, dünne weiße Söckchen und einer dieser pastellfarbenen Schirme, die von der Decke hingen. Sie hätte ihre Haare zu einem hohen Knoten frisiert und sich in eine blonde Madame Butterfly verwandelt.

»Möchten Sie ihn anprobieren?« Die Ladenbesitzerin sah sie an.

»Oh nein!«, antwortete Gemma, aber Alice nickte. »Doch, mach mal!«

Die Besitzerin nahm den Kimono vorsichtig von der Wand. Gemma zog ihn brav über. Es war ein Hauch von einem Kleidungsstück, die Seide war so leicht wie Luft auf der Haut. Einen Augenblick lang fühlte sie sich wieder wie ihr altes Selbst. Dann fiel ihr ein, dass sie ja jetzt tatsächlich *alt* war. Viel zu alt für schicke Klamotten.

»Der ist süß! Du solltest ihn nehmen«, sagte Alice.

»Das würde ich vielleicht«, sagte Gemma und zog ihn aus, »wenn ich noch lange Haare hätte.«

»Du könntest ihn kaufen und dir dann die Haare wieder wachsen lassen«, schlug Alice vor.

»Du bist lieb«, sagte Gemma, »aber ich besitze nicht mehr mal eine Bürste.«

»Oh nein!«, rief die Besitzerin plötzlich und starrte aus dem Fenster. »Das ist schon der dritte, der heute eine Wegfahrsperre kriegt!«

Über die Schulter verfolgte Gemma mit, wie ein Mann in Signalkleidung einen Aufkleber auf ihre Windschutzscheibe pappte.

»Scheiße!« Gemma warf Alice den Kimono zu und rannte zur Tür, aber es war zu spät. Die Wegfahrsperre war schon dran.

Die Ladenbesitzerin trat nach draußen auf die Straße und versuchte, mit dem Polizisten zu verhandeln.

»Ach bitte«, sagte sie, »der Parkschein ist erst seit fünf Minuten abgelaufen.« Aber er ließ sich nicht erweichen.

»Hundertzwanzig Euro Strafe!« Gemma kramte nach ihrem Telefon, um den Service zum Lösen der Wegfahrsperre anzurufen. »Das ist wahrscheinlich mehr, als der Wagen wert ist.«

»Ich übernehme die Hälfte«, sagte die Ladenbesitzerin. »Wenn ich Sie nicht überredet hätte, den Kimono anzuprobieren …«

»Nein«, sagte Gemma, »danke für das Angebot, aber es ist meine Schuld.«

Sie versuchte, nicht zu rechnen, während sie telefonisch ihre Kreditkartennummer durchgab. Ziemlich sicher war sie jetzt am Limit.

Sie fuhr Alice nach Hause und half ihr, die Taschen auszuladen.

»Das hat Spaß gemacht«, sagte sie und meinte es auch so. Obwohl sie erschöpft war, eine Wegfahrsperre kassiert und sich seelisch vor ihr nackt gemacht hatte, hatte sie den Tag mit ihrer Nichte genossen.

Alice entwand sich ihrer Umarmung und ging in ihren Bikerstiefeln, die sie im Auto angezogen hatte, zur Haustür. Als Gemma gerade ins Auto steigen wollte, kam sie noch einmal zurück.

»Ich hab ein Geschenk für dich«, murmelte sie, »warte mal. Ich packe es ein.« Sie wandte sich um und zog etwas Seidenpapier aus einer Einkaufstasche und reichte Gemma das unbeholfen verpackte Geschenk.

»Alice, du hättest mir doch nichts kaufen müssen.«

Gemma faltete das Seidenpapier auseinander. Es war eine antike Haarbürste. Die Borsten waren dicht und weich, und die silberne Rückseite war mit einem zarten Fleurs-de-lis- und einem Rosenmuster verziert. »Oh mein Gott«, flüsterte sie. »Sie ist wunderschön.« Gemma schaute auf den Stempel. »Sie ist von Tiffany!«

»Ich hab ja nicht mein eigenes Geld dafür ausgegeben«, Alice zuckte mit den Schultern. »Dad hat mir hundert Euro gegeben, damit ich dir was kaufen kann.«

»Das ist so nett von ihm! Und so nett von dir!« Gemma drückte die Bürste an die Brust. »Ich danke dir.«

Des, der Mechaniker, zog gerade die Rollläden an der Werkstatt runter, als Gemma vorfuhr.

»Gemma Kennedy, wie immer zu spät.« Er tippte auf sein Handgelenk. »Ich wollte um vier schließen.«

»Sorry! Ich dachte um fünf.«

Er hatte seinen ölverschmierten Overall gegen ein weiches Karohemd und Jeans getauscht und roch nach einem würzigen Aftershave.

»Tut mir leid, ich hab in Blackrock eine Wegfahrsperre gekriegt.«

Des grinste. »Klar. Du hast schon immer die besten Ausreden fürs Zuspätkommen gehabt. Aber du bist's auch wert, dass man auf dich wartet.«

»Sicher«, sagte Gemma. Sie hörte zwar die Ironie heraus, freute sich aber trotzdem.

Des war ebenfalls in einem Zwölfschritte-Programm gewesen, an dem sie nach der Entziehungskur teilgenommen hatte. Sie hatte ihn nach den Treffen immer um

Kippen angeschnorrt, die sie zusammen rauchten, während sie sich Geschichten aus den alten Zeiten erzählten. Sie mochte Des, aber bei den AA galt die Regel, dass man niemanden aus dem Programm daten durfte, bevor man nicht ein ganzes Jahr lang trocken war. Als es dann so weit war, hatte sie nicht mehr an den Treffen teilgenommen und war schon mit Stephen zusammen.

Des hält sich recht gut, dachte sie, während sie zusah, wie er die Rollläden wieder hochzog, um den BMW zu holen. Er hatte ein paar graue Strähnen im Haar und ein paar Fältchen um die Augen, aber immer noch denselben Cowboygang wie mit zwanzig. Und wenn die Ruhe und Ordnung in seinem Büro seinen Geisteszustand widerspiegelten, dann schien er seinen Platz gefunden zu haben. Sie fragte sich, ob er single war und ein Date hatte und sich wegen ihr verspätete.

Sie schloss ihr Auto ab und folgte ihm. Er nahm einen Schlüssel vom Haken und reicht ihn ihr.

»Macht es dir was aus, wenn ich den VW hier übers Wochenende stehen lasse?«, fragte sie. »Ich kann ihn am Montag nach der Arbeit holen.«

»Ich kann dich wohl kaum überreden, ihn für immer hierzulassen?« Des hob die Augenbrauen. »Er pfeift aus dem letzten Loch, Gemma. Ich kann dir jederzeit einen verlässlichen kleinen Flitzer für ein paar Hundert Euro besorgen, ein Wort genügt.«

»Das Wort«, sagte Gemma und reichte ihm ihre Karte, »ist ›überzogen‹.«

»Ah!« Des nickte abgeklärt und steckte ihre Karte ins Gerät.

Sie gab ihre PIN ein und hielt den Atem an, während sie darauf wartete, ob die Karte abgewiesen wurde, aber wundersamerweise spuckte das Gerät stattdessen ein Stück Papier aus.

Des riss es ab und reichte es ihr. »Wieder mal mit Mord davongekommen!« Er grinste.

»Aber sag niemandem, wo ich die Leichen versteckt habe.«

Gemeinsam gingen sie zum BMW hinüber. »Ich hab ihn mal ein bisschen sauber gemacht«, sagte Des. »Der Müll liegt noch im Kofferraum, aber den kann ich auch für dich entsorgen, wenn du willst.«

Gemma machte den Kofferraum auf. Zwei grüne Müllsäcke waren darin. Sie öffnete einen. Er war halb voll mit leeren Essensverpackungen von Marks & Spencer für zwei Personen. Drei leere Flaschen lagen unten in der Tüte: Rotwein, Weißwein, Dessertwein. Sie musste lachen. Offenbar hatte da jemand seinen Spaß gehabt.

»Das muss jemand anderem gehören«, sagte sie zu Des, »ich habe keine Ahnung, wie das hier reingekommen ist.« Aber er antwortete nicht, und sie merkte, dass er wieder reingegangen war, um abzuschließen. Neugierig öffnete sie die andere Plastiktüte. Darin lagen zerknüllte Bettlaken und Handtücher, die entsprechenden Verpackungen lagen obendrauf.

Gemma starrte sie einen langen Augenblick an. Die Gedanken in ihrem Kopf rasten viel zu schnell, um zu verstehen, was das alles zu bedeuten hatte, aber instinktiv bekam sie ein mulmiges Gefühl. Sie öffnete noch einmal die erste Tüte und wühlte darin herum, bis sie zwei Kassenzettel fand.

Einer war von der Bettwäsche aus Dunne's Store in der Nähe von Stephens Büro in Dublin. Der andere war von Coynes Spirituosenladen in Blackwater. Zehn Meilen von ihrer Ferienwohnung in Brittas Bay entfernt.

»Nein!«, sagte sie laut. »Nein! Es muss eine andere Erklärung geben!« Sie prüfte die letzten vier Zahlen der Kreditkartennummer. Es war Stephens Karte.

Sie schlug die Hand vor den Mund, als sich alle Puzzleteilchen zusammenfügten.

Er hatte gesagt, er hätte auf dem Rückweg von einem Meeting in Cork eine Panne gehabt. Aber er war weder in Cork noch bei einem Meeting, sondern in ihrem Ferienhaus in Brittas Bay gewesen, und zwar nicht allein. Jeden Sommer fuhren sie mit den Kindern dorthin. Froggy war dort entstanden.

»Gemma, alles okay bei dir? Du bist kreidebleich.« Des stand neben ihr. »Ist dir schlecht? Willst du dich einen Augenblick hinsetzen?«

»Nein! Alles gut.« Sie schloss den Kofferraum und steckte die Kassenzettel in ihre Jeanstasche. »Aber ich nehme doch mein eigenes Auto, wenn das okay ist.«

»Klar, aber …«

»Bitte, Des!« Ihre Stimme brach. »Bitte nicht. Ich kann nicht.« Ihr gingen die Worte aus, und sie riss die Fahrertür ihres Autos auf. Zur Abwechslung klemmte sie nicht, und Gemma sprang hinein und fuhr davon.

Stephen und die Jungs erwarteten sie sicher schon. Der Tisch beim Italiener war für 18 Uhr reserviert, aber sie fuhr an der Abzweigung vorbei und weiter bis zum Kielys in Donnybrook. Der Pub, in dem sie als Minderjährige das erste Mal Alkohol getrunken hatte.

Es war laut und voll. Fußballfans genossen ihr Pint nach dem Spiel. Sie waren betrunken und brüllten lauter als der Fernseher. Als Gemma sich zur Bar vordrängte, brach Gelächter aus.

Sie legte ihre Tasche über die Lehne des Hockers. Ein Barmann mit rasiertem Schädel und Bart kam zu ihr.

Gemma überflog die Liste der Cocktails.

»Long Island Ice Tea«, sagte sie. Wenn sie schon was trinken würde, dann zumindest was Starkes.

Er ließ sich Zeit beim Mixen. Maß den Wodka und den Gin ab. Crushte Eis. Schnitt die Zitrone in dünne Scheiben und schüttelte den dämlichen Shaker so lang, dass Gemma am liebsten geschrien hätte.

Sie hatte siebzehn Jahre lang auf diesen Cocktail gewartet. Sie hatte sich jeden Ärger vom Hals gehalten. Sie hatte bei Partys Mineralwasser getrunken und dabei allen anderen zugesehen, wie sie sich volllaufen ließen. Sie war eine verantwortungsvolle Mutter gewesen. Sie war immer die Fahrerin. Sie hatte einen netten, verlässlichen und soliden Mann geheiratet, der sie niemals im Stich lassen würde. Aber er hatte sie im Stich gelassen. Diesen Drink hatte sie sich verdient.

Endlich stellte der Barmann ein geeistes Glas vor sie hin. »Neun Euro.«

Gemma schüttelte den Kopf. 1995 hätte sie für neun Euro eine Flasche Wodka und eine Flasche Gin kaufen können. Sie schob ihre Kreditkarte rüber und nahm ihr

Glas. Es fühlte sich vertraut an, wie wenn man einem alten, kühlen Freund, den man jahrelang nicht gesehen hat, die Hand schüttelte. Sie führte ihn an die Lippen.

»Sorry!« Der Barmann, der dämliche, nervige Barmann stand wieder vor ihr. »Die kontaktlose Bezahlung hat nicht geklappt. Wollen Sie es mit der PIN versuchen?«

Ihm schien es noch peinlicher zu sein als ihr, dass ihre Karte nicht angenommen wurde.

»Ich kann später zahlen«, sagte sie und behielt ihre Hand am Glas. »Ich komme mit Geld zurück …«

Der Barmann legte seine Hand um das Glas. Sie wollte unbedingt einen Drink. Jedoch nicht so sehr, dass sie darum gekämpft hätte.

Die Fahrertür des Polos ging diesmal nicht auf, also musste Gemma die Beifahrertür aufschließen und über den Sitz kriechen. Dabei verfing sich der Riemen ihrer Tasche an der Kupplung, die Tasche kippte um, und alles fiel heraus. Schluchzend saß sie zwischen dem ganzen Müll. Ein paar benutzte Taschentücher. Eine Blisterpackung mit Antihistaminen für Stephens Heuschnupfen. Froggys Nissenkamm. Jakes Ersatz-Inhalator. Ein eselsohriger Kalender voller Termine. Kieferorthopäde, Fußballtraining, Fitnessstudio und Geigenstunden. Ein Stapel verknickter Lidl- und Aldi-Gutscheine. Und mittendrin, unter all dem Kram, ein einziges schönes Ding. Die Haarbürste, die Alice ihr geschenkt hatte.

Gemma nahm sie und drückte sie an ihre Brust, als wäre sie lebendig. Sie drückte sie, drückte sich selbst, sie wiegte sich hin und her und schluchzte. Jetzt gab es kein Zurück mehr. Ihre Ehe war vorbei.

Sie weinte, bis ihre Stimme brach und keine Träne mehr kam. Sie klappte die Sonnenblende herunter.

Ihr Gesicht war fleckig, die Augen verquollen, aber sie war nüchtern. Sie hatte es nicht in den Sand gesetzt, und das würde sie auch nicht. Sie hatte ihre Jungs und Alice. Das war sie Julia schuldig.

Sie würde die Kraft finden, nach Hause zu fahren. Die Kinder würden bei einer Nachbarin übernachten, und sie würde Stephen sagen, dass er seine Sachen packen sollte.

Das alles konnte sie schaffen. Einen Tag nach dem anderen, eine Minute nach der anderen. Genau jetzt fing sie damit an.

Gemma trocknete sich mit einem Taschentuch die Augen und putzte sich die Nase. Dann begann sie mit der Bürste durch ihre kurzen Haare zu fahren und zählte: »Eins ... zwei ... drei ...«

7

Marmortisch mit Ammonit

Nora

Nora nahm ihren Kaffee mit nach draußen und trank ihn vor der Tür des Ladens. Die Sonne war hinter einem Nebelmeer versteckt, Dunst rankte sich über dem Dach der gegenüberliegenden Bücherei. Sie atmete die feuchte, salzige Luft ein und lauschte. Es war fast unheimlich still. Sehnsucht stieg in ihr auf nach dem beruhigenden Dröhnen von London, dem Pulsieren und Surren des Verkehrs und der Züge in der Ferne, die sie, wenn sie in der Fountain Road erwachte und Adam nicht da war, daran erinnerten, dass sie nicht allein war. Ob er wohl gerade unterwegs war, in Boston oder Philadelphia? Oder war er zu Hause in ihrem Bett? Vor einem Monat hätte sie das noch gewusst, aber jetzt konnte sie sich nicht mehr daran erinnern. Plötzlich bekam sie Sehnsucht nach Adam und ihrem alten Leben ihn London.

Nora nippte hastig an ihrem Kaffee und schluckte den Kloß in ihrem Hals hinunter.

Die vielen Wochenenden, die sie sich mit dem Haus beschäftigt hatte, Stoffmuster bestellt, Farbtöne ausprobiert, in Secondhandläden nach alten Spiegeln und Lampen gestöbert, beim Schrotthandel nach dem perfekten Belfast-Becken und der Löwenfußwanne gesucht hatte … Zwei Jahre habe ich in ein neues Zuhause investiert, dachte sie traurig, und jetzt nahm sie ein anderes auseinander.

Sie hatte immer gedacht, sie würde weinen müssen, wenn sie die sieben roten Lackdöschen verkaufte. Sie passten ineinander wie Geheimnisse. Nora kannte jedes Scharnier, jeden Klick dieser Dosen, seit sie ein Kind war. Eine maßlose Gier war in ihr hochgestiegen, als ein Mann Mitte dreißig jede Dose herausnahm, öffnete und wieder zurücklegte.

Sie hielt es nicht mehr aus und sprach ihn an. »Kann ich Ihnen helfen?«

Als er sich umdrehte, errötete er. »Ja. Ich weiß nicht, vielleicht.« Er räusperte sich. Aus seiner Jackentasche holte er eine kleine Lederschachtel. Ganz vorsichtig, als führe er eine Operation am offenen Herzen durch, öffnete er sie und entnahm einen einzelnen funkelnden Diamanten. »Ich versuche gerade herauszufinden, ob der in das kleinste Döschen passt.« Sein gerötetes Gesicht wurde purpurn.

Nora hatte ihr Buch beiseitegelegt. »Mal sehen«, sagte sie leise. Als er mit den Döschen den Laden verließ, hatte sie ihm hinterhergeblickt und sich gefragt, welche Rolle sie im Leben dieses Fremden spielen würden.

Alles, was sie im Schaufenster platzierte, verkaufte sich schnell; alle paar Tage musste sie ein neues Fenster gestalten. Darauf freute sie sich, es war dasselbe Gefühl wie bei den Kunstprojekten am College. Jedes Mal hatte sie ein weißes Blatt Papier vor sich, jedes Mal die Gelegenheit, ihrer Fantasie freien Lauf zu lassen.

Am meisten genoss sie es, die kleine Sammlung von Laineys Notizen herauszunehmen, sie wieder und wieder zu lesen, bis eine sie auf eine Idee brachte, und sich dann zu überlegen, wie sie das Fenster dekorieren konnte, um die Geschichte zu erzählen.

Tempeltüren, 1960

Ich bin nie mit Hugh gereist. Habe nie Frankreich, Japan oder Indien gesehen. Aber er hat all diese Orte zu mir gebracht. Als die indischen Tempeltüren eintrafen, in einer Kiste so groß wie ein Container, habe ich die Augen verdreht und gesagt: »Was ist das für ein Monstrum? Hast du mir einen Elefanten mitgebracht?« Aber das bremste seinen Enthusiasmus nicht. Während er die Sägespäne zwischen den geschnitzten Blumen wegwischte, erzählte er mir von dem Abend, an dem er ein Hindu-Fest besucht hatte. Und jetzt, sechzig Jahre später, fühlt es sich an, als wäre ich dabei gewesen. Ich kann die Hitze spüren, den Weihrauch riechen, die Sterne, Glühwürmchen und die leuchtenden Saris der Frauen sehen. Er hat mir nicht nur einfach Dinge geschenkt. Er hat mir Erinnerungen geschenkt.

Adonis und Ed hatten Nora dabei geholfen, die Türen im Schaufenster zu befestigen. Sie hatte zwei Laken dunkelblau gefärbt und dazwischen die Weihnachtsbeleuchtung als Sterne gepinnt. Vor die Türen hatte sie zarte LED-Lichter gehängt, die Glühwürmchen verkörpern sollten.

Die Türen waren bereits für zweihundertfünfzig Euro an eine Innenarchitektin verkauft. Aber erst als die Frau sie bar bezahlte, fragte sich Nora, ob sie vielleicht mehr wert waren. Laineys Dingen einen angemessenen Preis zu geben, fand sie am schwierigsten.

Geld kam zwar rein, aber es ging auch raus, und sie lag hinter dem monatlichen Ziel, das sie sich für den Hauskredit für ihre Mutter gesteckt hatte.

Einerseits verlangte sie vermutlich zu wenig, außerdem entstanden zusätzliche Kosten, die sie nicht mit einkalkuliert hatte. Loughlin hatte ihr geraten, eine Betriebshaftpflichtversicherung abzuschließen. Außerdem musste sie die Autoversicherung bezahlen und den Service, damit der Mercedes durch den TÜV kam.

Als Nora ihren Kaffee ausgetrunken hatte, hörte sie Schritte von einem einsamen Läufer, der sich von der Straßenecke näherte. Eine winzige, vertraute Gestalt joggte in schwarzem Trainingsanzug und leuchtenden rosa Laufschuhen aus dem Nebel auf sie zu. Nora wich in die Tür des Ladens zurück, ehe Fiona sie entdecken konnte.

Fiona hatte beschlossen, dass Nora ihre Hilfe brauchte. Sie hatte Nora auf eine lange Liste von Leuten gesetzt, um die sie sich kümmerte. Adonis hatte Nora von dieser Liste erzählt. Fiona hatte ihm einen Job gegeben, als er in einem Obdachlosenheim lebte. Sie hatte seinem Freund Nikos dabei geholfen, seinen Lebenslauf zu schreiben. Senioren und Arbeitslose zahlten zwischen 15 und 17 Uhr, wenn ohnehin wenig los war, nur die Hälfte. Für viele ihrer Stammkunden entwarf sie

Ernährungspläne und galt als der offizielle Parkengel von Blackrock. Wenn sie die Verkehrspolizisten mit ihren Wegfahrsperren anrücken sah, schickte sie SMS an alle Ladenbesitzer der Straße, und war sich nicht zu schade, ihnen auf der Straße hinterherzurennen und sie aufzuhalten.

Nora schlüpfte leise in den Laden und schloss die Tür. Einen Augenblick später ging sie wieder auf.

»Hi!«, sagte Fiona. »Ich bin auf dem Rückweg von meinen fünf Kilometern und dachte, ich bring dir das kurz vorbei.« Sie reichte Nora eine Tasche mit einem LoCal-Take-away.

»Das wäre doch nicht nötig gewesen!« Nora öffnete die Tüte und erwartete ein paar von Adonis unwiderstehlichen Dattel-Erdnuss-Frühstücksriegeln oder einen Mandelmilch-Frappé. Leicht enttäuscht entdeckte sie ein Bündel Papiere. Sie nahm sie heraus. Es war eine ordentliche Tabelle mit dem gesamten Inhalt von der Temple Terrace.

Fiona schraubte ihre Wasserflasche auf und nahm einen Schluck. »Ich habe eine Inventur mit Preisliste für dich gemacht. Da ist auch ein Memory-Stick drin, dann kannst du sie direkt auf deinen Computer ziehen.«

»Aber …«, stammelte Nora. Fiona war noch nie im Haus gewesen. Außer sie war eingebrochen, während Nora schlief. Das würde sie ihr durchaus zutrauen.

»Ich hoffe, es macht dir nichts aus«, sagte Fiona. »Ich habe Ed bei seinem Ernährungsplan für den Iron Man geholfen, und er erwähnte, dass er eine Inventurliste des Hauses erstellt hat. Also haben wir ein wenig gegoogelt und die Preise von einigen Dingen auf eBay und bei ein paar Online-Vintage-Shops geprüft.«

Nora verzog das Gesicht. »Das ist sehr nett von euch …« Eigentlich war es verdammt übergriffig. »Aber ich brauche …« Sie wollte die Liste gerade zurückgeben, da sprang ihr der Preis der Tempeltüren ins Auge. Sechshundert Euro. »Das kommt mir ein bisschen viel vor.« Mehr als doppelt so viel wie das, was sie verlangt hatte.

»Das ist der aktuelle Satz im Internet.« Fiona blickte über ihre Schulter. »Plus zwanzig Prozent für Gemeinkosten und Personal.«

»Aber ich habe keine Gemeinkosten«, sagte Nora. »Oder Personal.«

»Doch, natürlich!«, sagte Fiona streng. »Dieser Laden hat sich ja nicht selbst dekoriert. Und das Schaufenster auch nicht. Und so hübsch sie auch sind, all diese Sachen verkaufen sich nicht von allein. Du musst die Dinge, die du hast, ordentlich auspreisen.«

Nora biss sich auf die Lippe und überflog die erste Seite noch einmal. »Glaubst du wirklich, die Leute sind bereit, solche Summen zu bezahlen?«, fragte sie nervös.

Fiona nickte. »Auf jeden Fall. Und wenn du ein paar Hundert Euro in Verpackung, hübsche Taschen, Schleifen und Seidenpapier investierst, kannst du noch mal fünf Cent draufschlagen. Ich hab dir die Nummer von dem Laden dazugeschrieben, wo ich meine Verpackungen beziehe. Sag, dass ich dich geschickt habe, dann kriegst du Rabatt.«

Als sie weg war, stellte Nora den Rechner an und lud die Tabelle herunter. Sie begann mit dem ersten Gegenstand auf Seite zwei. Der schöne lackierte, runde Barschrank. Ursprünglich wollte sie ihn für hundert Euro verkaufen. Auf eBay fand sie einen etwas kleineren für vierhundertfünfzig Euro.

Nora empfand Erleichterung. Sie lag hinter ihrem Ziel für den Hauskredit zurück, aber wenn sie Fionas Rat folgte, konnte sie es schaffen. Es würde nicht leicht werden, Alanna dazu zu bewegen, das Geld anzunehmen, aber darüber würde sie sich Gedanken machen, wenn es so weit war.

Etwas später sortierte Nora Laineys Schals. Ein Farbenspektrum aus einfachen Rechtecken und gewagten Sechzigerjahre-Drucken. Purpur und Türkis, Smaragdgrün, sanftes Grau, Hellgelb, Rosa wie Blütenblätter. Lavin. Hermès. Zwei Zandra Rhodes. Ein Yves Saint Laurent.

Als sie ihre Hand in das Meer aus Seide tauchte, um den nächsten Schal herausnehmen, stießen ihre Finger an etwas Hartes. Sie schob die Schals beiseite und zog ein Taschenbuch hervor, dessen Cover die Silhouette eines Hauses vor sternenbedecktem Himmel zeigte. Nora schlug die Titelseite auf und wagte kaum darauf zu hoffen, aber hielt den Atem an, als sie sah, dass sie mit der engen Handschrift ihrer Großmutter bedeckt war.

Marmortisch mit Ammonit, 1959

Ich habe Hugh gesagt, warum ich nicht schlafen kann. Ich habe ihm von den Albträumen erzählt. Nach seinem Heiratsantrag habe ich ihm alles erzählt. Ich dachte, ich würde das, was passiert war, mit ins Grab nehmen, aber ich hatte keine Wahl. Ich musste mich selbst von dem Sockel stoßen, auf den er mich gestellt hatte. Damit ihm klar wurde, dass ich nicht die Frau war, die er heiraten wollte. Ich dachte, dass er gehen würde, aber stattdessen erschien er mit einem Umzugskarton hinten auf seinem Motorrad bei meinem Wohnheim in der Grantham Street.

»Das wird dir beim Schlafen helfen«, verkündete er, als er das kleine Ammonit-Tischchen ausgepackt hatte. Wie? Ich starrte es an. Sollte ich meinen Kopf dagegenschlagen?

Nein! Ich sollte es ansehen. Die Vergangenheit sei ein Teil von mir, meinte er, so wie die versteinerten Schnecken Teil des Marmors seien. Aber die Vergangenheit verkörpere so wenig mich wie die Schnecken den Marmor.

Sechs, beinah sieben Jahre lang brachte er mich fast dazu, ihm zu glauben. Aber kein Mensch, nicht einmal ein so resoluter und hingebungsvoller Mensch wie Hugh, konnte ändern, was passiert war. Meiner Vergangenheit konnte ich nicht entfliehen, ganz egal, wie sehr er es wollte.

Nora setzte sich hin. Was meinte ihre Großmutter nur? Was war in der Vergangenheit geschehen, dem sie nicht entkommen konnte? Meinte sie den Krieg? Dass sie von ihren Eltern getrennt worden war und den Kontakt verloren hatte? Was meinte sie mit »Anteil«?

Ihre Großeltern sahen sie von dem Foto auf dem Beistelltischchen aus an. Was konnte Lainey Schlimmes getan haben, dass sie glaubte, Hugh würde sie nicht heiraten, wenn er davon erfuhr?

Es war Samstagabend, und eigentlich hätte sie den Laden schon längst zumachen sollen, aber Nora schob das Ausräumen und Sortieren vor sich her. Sie blieb im Laden, arrangierte das neu, was nach einer einträglichen Woche noch übrig war, und machte sich Notizen, was sie für Montag noch brauchen würde: mehr von dem Besteck mit den Elfenbeingriffen, das sie mit einem Schleifchen umwickelt im Set verkaufte; Spiegel – diese Woche hatte sie vier Stück verkauft, langsam wurde der Nachschub knapp. Vielleicht würde sie Bilder an den Wänden aufhängen. Sie würde das Ammonit-Tischchen ins Schaufenster stellen, aber für den Laden brauchte sie noch ein paar größere Dinge. Das blaue Zweiersofa aus Samt. Der Steinlöwe aus dem Garten. Der kleine lackierte Spieltisch, den Hugh aus Italien mitgebracht hatte.

Adonis kam um sieben vorbei und brachte Fiona mit. Sie machte sich nützlich, klapperte mit schwindelerregend hohen Sandalen die Treppe rauf und runter und trug die ledergebundenen Enzyklopädien in den Laden, die Nora in der folgenden Woche verkaufen wollte. Sie polierte Vitrinen und band Schleifchen um das Besteck.

»Brauchst du sonst noch irgendwie Hilfe?«, fragte Adonis, als er alles in den Laden getragen hatte. Durch seinen Akzent klangen selbst die normalsten Dinge vornehm und höflich.

»Nein danke«, sagte Nora. »Aber warum bleibt ihr nicht einfach noch?«

»Er trifft sich mit *Freunden.*« Fiona wischte ein paar senffarbene Späne von seinem T-Shirt.

»Bitte, Adonis«, Nora griff nach ihrer Tasche. »Kann ich dich diesmal bezahlen?«

»Nein!«, wehrte er kopfschüttelnd ab. »Es ist mir eine Freude, dir zu helfen.«

Nora nahm einen Zwanzig-Euro-Schein heraus. »Dann gebe ich dir zumindest einen Drink aus.«

»Danke, aber nein«, sagte er und klang verlegen. Er ging rückwärts zur Tür.

Fiona verkniff sich ein Grinsen. »Aber lass dich nicht volllaufen!«, rief sie ihm hinterher. »Wir müssen die Speisekarte neu machen. Morgen früh um sieben!«

Er sagte etwas auf Griechisch, schnappte sich ein Geschirrtuch und warf es nach ihr.

»Daneben!«, sagte Fiona lachend. Sie wandte sich an Nora. »Wahrscheinlich nicht der beste Zeitpunkt, ihm Alkohol anzubieten, wenn er auf dem Weg zu einem Meeting ist.«

»Du hast gesagt, er trifft sich mit Freunden!«

»Tut er auch. Mit Ed und Loughlin. Sie sind alle ›Freunde von Bill‹.« Sie zog die Augenbrauen hoch. »Muss ich's dir schriftlich geben? Sie sind Alkoholiker, daher kennen sie sich.«

»Oh Gott.« Nora klappte die Kinnlade herunter. »Als sie mir zum ersten Mal geholfen haben, habe ich ihnen Bier zum Dank gegeben.«

»Du machst Witze.«

»Nein! Einen ganzen Kasten!«

Fiona wurde von einem Lachanfall durchgeschüttelt, und auch Nora musste lachen. Jedes Mal, wenn eine von ihnen aufhörte, brach die andere wieder in unbezwingbares Gekicher aus.

»Einen ganzen Kasten.« Fiona hielt sich die Seite. »Ich wünschte, ich hätte ihre Gesichter sehen können!«

»Sie haben ziemlich verschreckt dreingeschaut.« Tränen rannen über Noras Wangen.

»Ja. Sie sind große Jungs«, sagte Fiona, als sie endlich wieder Luft bekam. »Adonis zumindest. Loughlin ist ja nicht gerade groß, und Ed ist kleinwüchsig, aber du weißt, was ich meine.«

Fiona hatte Abendessen mitgebracht. Blumenkohlrisotto mit Haselnussbutter und Quinoa-Salat mit Minze-Limonen-Dressing. Eine Flasche mit gekühltem Weißwein.

Sie aßen in der Küche und hatten die Flügeltüren weit geöffnet, um die Hitze raus- und den Duft der Pfingstrosen aus dem Garten reinzulassen. Nora schwitzte. Sie trug Shorts und ein altes Hemd von Hugh, weil sie die Sachen in den Laden geschleppt hatte. Jetzt fühlte sie sich schmutzig, als sie Fiona gegenübersaß, die frisch und lässig aussah in ihrem luftigen roten Neckholder-Kleidchen, das ihre Schultern frei ließ. Sie war gekleidet, als würde sie in einem Fünfsternerestaurant essen. Was machte sie an einem Samstagabend hier in der Küche von Noras Großeltern? Sie hatte doch sicher was Besseres vor.

»Hast du heute nichts vor?«, fragte Nora vorsichtig.

»Nein.« Fiona grinste. »Wenn ich nicht hier wäre, würde ich immer noch arbeiten. Adonis hat mich buchstäblich aus dem Café gezerrt. Das ist der Nachteil, wenn man mit seinem Laden verheiratet ist.« Sie schob sich eine Haarsträhne aus dem Auge. »Aber es gibt auch Vorteile. Ich muss mein Bett nicht mit ihm teilen und mir keine Sorgen machen, dass er mit einer jüngeren, dünneren durchbrennt.«

Nora lachte. »Das würde dir doch niemals passieren.«

»Nicht, wenn ich es verhindern kann! Mein Gott«, Fiona schob ihren Teller von sich, obwohl er noch halb voll war, »jetzt klinge ich wie ein Männerhasser, aber das bin ich gar nicht. Ich war drei Jahre lang verlobt.« Sie berührte den großen Diamanten an ihrem Finger. »Ich habe ihm seinen Ring zurückgegeben. Der hier war ein kleines Geschenk vom Café.«

Ein langes Schweigen folgte. Nora wartete, dass Fiona es durchbrach, aber das tat sie nicht. Sie wollte sich ihr nicht anvertrauen, und deshalb fühlte es sich fast aufdringlich an, als Nora schließlich fragte: »Was ist passiert?«

»Ich weiß es nicht.« Fiona zuckte mit den Schultern. »Der Druck, zusammen ein Geschäft zu führen. Wir haben die Hochzeit immer weiter verschoben. Und meine heimliche Affäre mit Croque Monsieur und Crème brulée. Damals war das Café noch eine französische Brasserie. Alles war mit Sahne, Käse, Butter und Zucker. Meistens alle vier.« Sie schob ihren Teller noch ein Stück weiter von sich. »Ich glaube, er stand einfach nicht mehr auf mich. Es war ein fürchterliches Chaos.

Ich musste ihn auszahlen. Und das Seltsame ist«, sie strich ein paar Strähnen zurück und grinste Nora an, »innerhalb eines Jahres änderte ich den Namen, die Karte und trug Größe sechsunddreißig. Adonis erschien, und alles hat sich verändert. Der Name über der Tür. Die Speisekarte. Mein BMI.« Sie hob ihr Kinn und grinste. »Rache serviert man am besten kalt, mit zweihundertfünfzig Kalorien oder weniger und von einem Koch zubereitet, der aussieht wie ein griechischer Gott.«

Adonis war nach der Bankenkrise von Athen weggezogen, erzählte sie Nora, und war nach Dublin gekommen, um dort in einem schicken veganen Restaurant zu arbeiten, das einem entfernten Verwandten gehörte. Aber in Dublin war er einsam und begann zu trinken. Er verlor seinen Job, dann seine Wohnung und lebte in einem Wohnheim, als sich Fiona seiner annahm. »Ich lebe in Furcht und Angst vor dem Tag, an dem er jemanden kennenlernt und weggeht«, sagte sie besorgt. »Du solltest mal sehen, wie sich ihm die Yummy-Mummies und die Yoga-Häschen an den Hals werfen. Es ist nur eine Frage der Zeit.« Sie seufzte. »Ich muss nur sicherstellen, dass ich mir alle Rezepte aufschreibe.«

Sie blickte zu Nora auf, ihre grünen Augen funkelten vor Neugier. »Und was ist mit dir? Gibt es da jemanden in London?«

Nora merkte, wie sich ihre Schultern anspannten und sie eine steinerne Miene aufsetzte. »Nein, ich bin Single«, sagte sie. Zum ersten Mal sprach sie es laut aus. Es war ein Schock, aber es war die Wahrheit. Besser, sie gewöhnte sich daran. »Und ich habe nicht vor, das so schnell zu ändern«, sagte sie hastig, ehe Fiona auf die Idee kam, sie mit irgendeinem Kunden zu verkuppeln. »Es ist ein Fulltime-Job, das Haus bis Januar leer zu räumen.«

»Na ja, du machst es jedenfalls toll mit dem Laden«, sagte Fiona, weil sie Noras Unbehagen bemerkte. »Die gesamte Dun-Loaghaire-Rathdown-Ladengemeinschaft erlebt einen schlimmen Anfall von Schaufensterneid. Du scheinst dich damit auszukennen.«

»Nicht so richtig.« Nora zuckte mit den Schultern. »Ich war Illustratorin und dann Bühnenbildnerin und Kulissenbauerin, aber als ich klein war, habe ich mir so gerne Schaufenster angesehen.«

Ihre Mutter hatte es immer wahnsinnig gemacht, wenn Nora minutenlang vor dem Schaufenster eines Obst- und Gemüseladens, einer Apotheke oder einer Boutique gestanden hatte. Am liebsten mochte sie die großen Kaufhäuser, die ganze Räume präsentierten. Leere Sofas mit glitzernden Leuchtern. Schlafzimmer mit allem Drum und Dran wie Bettvorlegern und Leselampen. Ihre Mutter trat von einem Fuß auf den anderen und murmelte düster etwas über Leute, die dachten, sie würden Dinge besitzen, die aber in Wirklichkeit sie besaßen. Und Nora hatte sich gewünscht, sie könnte durch das Glas treten und in einer diesen ruhigen, behaglichen Welten leben.

Alanna war immer auf dem Sprung. Wechselte die Jobs. Zog um. Probierte es in einer neuen Stadt. Das Durcheinander und das Chaos lösten sich nie ganz auf, ehe sie alles wieder einpackten und von vorne anfingen. Für Nora war es stressig, alle paar Monate in einem anderen Zimmer aufzuwachen. Sich an die Gesichter von Fremden im Treppenhaus zu gewöhnen. Wieder an einer neuen Schule anzufangen und zu versuchen, Einlass in bestehende Freundeskreise zu bekommen. Sie träumte immer davon, dass sie wie ihre Großeltern ihr ganzes Leben lang am gleichen Ort wohnte und sich mit schönen Dingen umgab.

»Nun, es heißt ja, es fühlt sich nicht wie Arbeit an, wenn man liebt, was man tut, nicht wahr?«, unterbrach Fiona ihre Gedanken. »Und wenn wir schon bei der Arbeit sind – ich weiß, das ist ein bisschen frech, aber könntest du dir vorstellen, ein Schaufenster für mich zu gestalten?«

Die Auslagen im Memory Shop waren alle von Laineys Dingen inspiriert. Nora hatte nicht die leiseste Ahnung, was sie mit dem Thema Essen anstellen könnte. Aber Fiona war so großzügig, dass sie gar nicht ablehnen konnte.

Für das Schaufenster des Cafés hängte sie einen Tisch mit kariertem Tischtuch von der Decke, auf dem Teller mit aufgeklebten Torten und Latte-Gläsern mit schaumigem Kaffee aus Modelliermasse standen. Fionas Kunden und auch die anderen Ladenbesitzer fanden das Schaufenster großartig. Und so begann Nora, auch andere Schaufenster zu dekorieren.

Für das Schaufenster des Eisenwarengeschäfts bastelte sie einen brennenden Lüster aus einem Dutzend

Käsereiben mit Solarlichtern darin, die nachts leuchteten. Für den Brautladen ein Fenster mit einem Hochzeitskleid inmitten eines Blizzards aus Seidenrosenblüten, ausgelöst durch zwei Tischventilatoren. Die lebensgroße Drahtskulptur eines Ballkleides aus Drahtkleiderbügeln für die Reinigung. Nora brauchte einhundert Kleiderbügel und zwei Nächte, um es fertigzustellen, aber sie genoss jede Minute. Es war so beglückend, etwas zu gestalten ohne ein strenges Briefing, einen schwierigen Kunden oder Liv im Rücken, die ständig schimpfte, dass sie das Budget überzog.

Die Besitzerin Megan war so begeistert, dass sie darauf bestand, im Gegenzug drei Monate kostenlos die Reinigung für Nora zu übernehmen, was sich bei Laineys Kleidern als sehr nützlich erwies.

Aber so viel Spaß sie auch mit den Fenstern anderer Leute hatte – am meisten freute sie sich auf das Schaufenster des Memory Shops. Das nächste sollte das bisher dramatischste werden. Die Scheibe wurde komplett bis auf ein winziges, verlockendes, kreisrundes Loch geschwärzt. Dahinter lag von einem Scheinwerfer beleuchtet Laineys wunderbarer Ammonit-Tisch so, dass die Passanten die winzigen grauen Fossilien der Seetiere unter dem polierten Marmor sehen konnten. Es sollte den Anschein haben, als würden sie schweben. Auf das Glas wollte sie eine Frage schreiben: »Was siehst du, wenn du in die Vergangenheit blickst?«

Adonis hatte den Tisch in den Laden getragen, als wäre er eine Feder, aber Nora bereute schon, dass sie ihn nicht gebeten hatte, ihn direkt ins Fenster zu stellen. Womöglich, dachte sie, während sie mit aller Kraft daran zerrte, wiegt er eine Tonne. Sie hatte ihn erst ein paar Zentimeter bewegt, als sie eine Stimme hörte.

»Sind das Fossilien?«

Ein Junge stand neben ihr. Weißblonde Locken und sehr blaue Augen hinter runden Brillengläsern. Er erinnerte Nora an jemanden, aber sie wusste nicht, an wen.

»Ja, es sind Fossilien, aber früher waren es mal Kopffüßer.« Sie trat zur Seite, und er beugte sich vor und sah sie sich an.

Ein Mann mit denselben weißblonden Haaren in Jeans und T-Shirt steckte den Kopf zur Tür herein. »Christopher!« Da bist du ja. Los komm, wir haben es eilig!«

»Ich brauch nur eine Minute«, flehte der Junge.

Sein Vater – mit diesen Haaren musste er sein Vater sein – seufzte. »Also dann mach aber schnell.«

»Schneller geht nicht.« Christopher schob seine Brille hoch. »Eine Minute dauert immer gleich lang, sechzig Sekunden.«

»Neunundfünfzig«, sagte sein Vater, »achtundfünfzig.«

Der Junge beugte sich wieder über den Tisch, so nahe, dass sein Atem den Marmor beschlug. »Darf ich ihn berühren?«, fragte er Nora. Sie nickte, und er fuhr den Umriss der winzigen gezackten Form nach, die unter der Oberfläche zu schweben schienen. »Wie alt sind sie?« Er blinzelte zu ihr hoch.

»Rate mal.«

Er überlegte. »Eine Million Jahre?«

Sie schüttelte den Kopf. »Eher zweihundertvierzig Millionen Jahre.«

»Woooaahh!«, keuchte er und klammerte sich an den Rand des Tisches, als säße er in einer Achterbahn.

»Dreißig Sekunden, Christopher!« Sein Vater pochte auf seine Uhr. »Sorry«, sagte er zu Nora. »Er hat heute Geburtstag, und ich werde eine …«, er unterbrach sich theatralisch, »… eine was, Chris?«

»Eine Xbox 360«, sagte der Junge und starrte wieder auf die Fossilien. »Wie heißen sie?«, fragte er Nora.

»Orthoceras.« Hugh hatte ihr das Wort beigebracht, als sie etwa acht Jahre alt war, und es war immer noch wie ein Fossil ganz hinten in ihrem Kopf abgelagert. »Sie gehören zur Familie der Cephalopoda. Warte mal.« Sie ging hinter die Theke und kramte in der Kiste mit Hughs ledergebundenen Enzyklopädien, bis sie den Band mit dem Buchstaben C fand.

Er schaute über ihre Schulter, während sie durch die dünnen, leicht vergilbten Seiten blätterte, bis sie das Wort gefunden hatte. »Cephalopoda. Diese Meeresmolluske lebten vor zweihundertvierzig bis sechzig Millionen Jahren im Meer und starben in der Cretaceous-Zeit aus, etwa zur gleichen Zeit wie die Dinosaurier.«

Das Gesicht des Jungen glühte vor Aufregung. »Hast du das gehört, Dad? Diese Tiere sind so alt wie die Dinosaurier!«

»Toll.« Sein Vater grinste. »Los jetzt, wir brechen auf.«

Zehn Minuten später grinste er kein bisschen mehr.

»Komm schon, Kumpel, das ist doch Quatsch.« Er funkelte seinen Sohn an, dann warf er Nora einen gereizten Blick zu. Man konnte es ihm nicht verübeln. Es war Noras Schuld. Sie hatte sich nicht bremsen können.

»Aber es ist mein Geburtstag«, sagte Christopher stur. »Und den hier will ich haben.«

Jetzt wusste Nora, an wen er sie erinnerte – an Hugh. Was hatte Lainey in ihrer Aufzeichnung zu den Mondsteinen geschrieben? Ein »Nein« ließ er als Antwort einfach nicht gelten.

Der Vater des Jungen verdrehte die Augen. »Aber du hast gesagt, du willst die Xbox 360, mit der TB-Konsole und zwei Joysticks und ...«

Der Junge schüttelte den Kopf. »*Du* hast gesagt, dass ich das haben will«, sagte er leise.

»Okay, ja«, gab sein Vater mit einem Schulterzucken zu, »klar. Ich hab es vielleicht vorgeschlagen, aber ...« Er bemerkte, dass Nora ihn ansah, und blickte verlegen weg. »Ich habe doch nur gedacht, dass wir damit ... ich meine ... du damit Spaß haben könntest ...«

»Was kostet er?«, fragte Christopher Nora. Sie dachte daran, dass sie gerade heute Morgen achthundert Euro in das kleine Kästchen von Fionas Tabelle geschrieben hatte. Dann versuchte sie sich an den Preis der Xbox zu erinnern, die sie Adam letztes Jahr zu Weihnachten geschenkt hatte. Die er noch nicht mal aus der Verpackung genommen hatte. »Er kostet vierhundert Euro.«

»Die Xbox würde hundert Euro mehr kosten!«, sagte Christopher aufgeregt.

»Gut.« Der Mann schüttelte den Kopf. »Super.« Er holte seinen Geldbeutel aus seiner hinteren Hosentasche. »Aber ich sage dir, innerhalb einer Woche langweilst du dich damit zu Tode.«

Der Junge schüttelte den Kopf. »Bestimmt nicht«, flüsterte er.

Nora schrieb eine Quittung aus. »Hier steht, wenn du es dir anders überlegst und doch lieber die Xbox willst, kannst du dein Geld zurückhaben. Und keine Sorge, falls es den Laden dann nicht mehr gibt, schickst du mir eine Mail, ich habe hier meine Adresse notiert.«

»Wie lange gilt das?«, fragte der Vater mit gerunzelter Stirn.

»Zweihundertvierzig Millionen Jahre für eine Rückerstattung«, sagte Nora und gab Christopher die Quittung, »zweihundertfünfzig Millionen Jahre für einen Umtausch.«

Will hatte den Inhalt der ausgepackten Kisten im Raum verteilt, Julias Bücher alphabetisch geordnet, wie sie es gerngehabt hatte, und ihre CDs in zwei hohen Türmen nach Genre sortiert. Auf dem Doppelbett lag ein Berg Kleider. Pullis, Kleider, Mäntel, Röcke, kurze Hosen. Und ihre Schuhe, neunzehn Paar, standen in zwei Reihen an der Wand. Turnschuhe und Ballerinas, High Heels und abgetragene braune Sandalen, in denen immer noch ein paar Sandkörner steckten und der Abdruck ihrer Füße zu erkennen war.

Will sortierte sie gerade paarweise, als er draußen

auf der Treppe donnernde Schritte hörte, gefolgt von einem Hämmern an der Tür.

»Will! Will!« Die Stimme war hoch und atemlos. Keiner von Gemmas Jungs nannte ihn Onkel, was auch verständlich war. Seit ihrer Geburt war er nur zweimal in Irland gewesen. Er hatte nicht gerade eine Onkel-Rolle in ihrem Leben übernommen. Trotzdem war es seltsam, von einem Siebenjährigen so angesprochen zu werden.

»Was gibt's, Froggy?«

»Alice will dich was fragen.«

Als Will nach unten kam, saß Alice im Schneidersitz auf dem Wohnzimmerboden und rubbelte mit einem nagelneuen Handtuch einen riesigen, unglaublich hässlichen und sehr, sehr nassen Hund trocken, den Will noch nie gesehen hatte.

»Er steht seit Stunden vor der Tür des Nachbarhauses im Regen«, sagte sie. »Aber da wohnt niemand.«

Der Hund sprang auf und begrüßte Will freudig. Es war wie in einem YouTube-Video, wenn Tiere ihrem rechtmäßigen Besitzer überbracht werden.

»Vielleicht ist er ein Streuner«, sagte Alice hoffnungsvoll und zog ihn von ihm weg. »Falls ja, können wir ihn dann behalten?«

Sie sah Will so sehnsüchtig an, dass ihm ganz warm ums Herz wurde. »Mal sehen.«

Natürlich war der Hund kein Streuner. Er hatte im Nachbarhaus gewohnt, bis vor zwei Wochen seine Besitzer auf Reisen gegangen waren und den Hund bei einem Freund gelassen hatten. Aber er sprang immer wieder über die Gartenmauer, rannte die zwei Meilen nach Blackrock und stellte sich vor das leere Haus.

Am Vorabend hatte Will ihn zurückgebracht, nachdem die Kinder im Bett waren. Er wollte gerade wieder die Treppe hochgehen, als er Gemma im Nachthemd auf dem Treppenabsatz traf.

»Danke, dass wir bei dir bleiben können, Will«, flüsterte sie. »Und danke dafür.« Sie hielt eine antike silberne Haarbürste in der Hand. »Sie bedeutet mir sehr viel.«

Will schüttelte den Kopf. »Ich weiß nicht, was du meinst.«

»Alice hat sie für mich gekauft, als wir shoppen waren. An dem Tag, als ich das mit Stephen rausgekriegt habe. Sie hat gesagt, du hast ihr Geld gegeben, damit sie mir was kaufen kann.«

Will wartete, bis ihre Tür zu war, und klopfte dann bei Alice. Seine Tochter las eine Graphic Novel und blickte nicht auf, als er die Tür öffnete.

»Alice, hast du eine Haarbürste geklaut?«, fragte Will.

Alice blickte mit ihren großen blauen Augen auf, die denen von Julia so ähnelten. »Ich wollte Gemma was schenken«, sagte sie. »Und es war gar nicht richtig klauen. Ich meine, es ist doch nur Müll. Kostet zwei Dollar oder so.«

»Es ist eine Antiquität!«, sagte Will geduldig. »Wahrscheinlich ist sie fünfzigmal mehr wert. Aber darum geht es gar nicht, der Punkt ist, dass du sie gestohlen hast.«

Alice stand auf und gähnte theatralisch. »Tja, du

hast mir mein ganzes Leben gestohlen«, sagte sie. »Meine Schule, meine Freunde, mein Zuhause … Dann sind wir nun wohl quitt.«

Sie ging an ihm vorbei und einen Augenblick später hörte er, wie die Badezimmertür zugeschlagen wurde.

Als Will am Morgen in die Küche kam, war der Hund wieder da, und die Schönwetter-Vegetarierin Alice briet ihm Speck.

»Dad! Bitte!« Sie zupfte an seinem Ärmel, als er ein Stück Wäscheleine an seinem Halsband befestigte. »Ich will ihm was zu essen geben, ehe er wieder wegmuss.«

»Nur weil du etwas willst, heißt das noch lange nicht, dass du es auch haben kannst«, sagte Will ruhig. »Er gehört dir nicht, Alice. Genau wie die Haarbürste, die du gestohlen hast. Und deswegen kommst du jetzt mit, und wir bringen beides den Besitzern zurück.«

Aber das tat sie natürlich nicht. Er hatte seinen Satz noch nicht zu Ende gesprochen, da schleuderte sie schon oben ihre Tür zu.

Stephens BMW war ein Stück von Wills Haus entfernt geparkt. Das Fenster wurde heruntergelassen, als der struppige Hund Will daran vorbeizog.

»Will! Kumpel!«, rief Stephen leise.

Nenn mich nicht Kumpel, dachte Will, und Wut stieg in ihm auf, als er sich umdrehte. Ich bin nicht dein Kumpel.

»Ich will nicht, dass die Jungs mich sehen. Ich will sie nicht durcheinanderbringen. Ich wollte nur wissen, ob du schon mit Gemma sprechen konntest, wie ich dich gebeten hatte.« Stephen umklammerte den Rand des Autofensters, seine Knöchel traten weiß hervor. Will nickte.

»Hast du ihr gesagt, dass wir reden müssen? Ich will Gemma nicht verlieren. Ich will meine Jungs nicht verlieren.«

Daran hättest du besser denken sollen, dachte Will, bevor du in der Weltgeschichte herumgevögelt hast. »Sie will nicht mit dir reden«, sagte er. Stephen sah plötzlich verzweifelt aus. Einen Augenblick lang schien es, als würde er anfangen zu heulen. »Lass ihr ein wenig Zeit. Vielleicht überlegt sie es sich ja noch mal anders.«

»Sie überlegt es sich noch mal, oder?«, fragte Stephen hoffnungsvoll. Seine Stimme klang schrill.

»Ich weiß es nicht«, sagte Will, dachte aber, dass die Chancen dafür gleich null waren.

Als Gemma ihm erzählt hatte, dass Stephen fremdgegangen war, hatte er erwartet, sie würde zusammenbrechen und vielleicht wieder anfangen zu trinken, aber sie war unglaublich gefasst. Stephen wollte das Haus nicht verlassen, deshalb packte sie einfach die Jungs ins Auto, fuhr zu Will und zog bei ihm ein. Er hatte zwei freie Schlafzimmer und ihr angeboten, so lange zu bleiben, wie sie wollte. Zunächst dachte er, es sei für ein paar Nächte, aber gestern sagte sie ihm, dass sie mit einem Anwalt wegen der Scheidung gesprochen habe.

»Geh nach Hause, Stephen«, sagte er, »oder zur Arbeit.« Dann wandte er sich Richtung Park um. Der Hund blieb alle paar Meter abrupt stehen, und die Tüte, die Will trug, schlug ihm unangenehm an den Oberschenkel.

»Scheiße!«, sagte er, als das Metall zum vierten Mal schmerzhaft auf seinen Knochen traf. Als würde der Hund gehorchen, hockte er sich ins Gras und tat genau das. Eine Frau, die mit zwei kleinen Jungs Frisbee spielte, schaute ihn böse an.

»Tut mir leid«, murmelte er, sammelte das eklige Häufchen mit einer Plastiktüte ein, verknotete sie und hielt sie mit ausgestrecktem Arm von sich. Und es tat ihm tatsächlich leid. Es tat ihm leid, dass er nicht in seinem Eckbüro in der Lexington Avenue saß und über Ideen zu einem Werbespot für einen Softdrink brütete, sondern mit einer Tüte voller Scheiße von einem Hund, der ihm nicht gehörte, durch einen trübseligen Vorstadtbezirk von Dublin trottete. Es tat ihm leid, dass er so dumm gewesen war zu denken, dass sich irgendetwas ändern würde, wenn er mit Alice nach Dublin zog.

Nora verpackte das Ammonit-Tischchen in Luftpolsterfolie, schrieb die Definition von Cephalopoden aus der Enzyklopädie auf ein weißes Kärtchen und darunter »Happy Birthday, Christopher!« Das war also das Ende ihrer dramatischen Schaufensterdeko. Sie musste die Zeit überbrücken, bis sie sich für den nächsten Gegenstand entschieden hatte.

Wahrscheinlich erinnerte sie sich wegen der Fossilien wieder an das antike Belleek-Tridacna-Teeservice. Sie ging in die Küche hoch, nahm eine Tasse aus dem Porzellanschrank und hielt sie gegen das Licht. Das Porzellan war geriffelt wie eine Muschel. Die Tasse hatte zwei Füße in Form von Meeresschnecken.

Sie stellte sie auf ein Tablett und trug sie vorsichtig in den Laden hinunter. Dann hängte sie das »Gleich zurück«-Schild in die Tür, flitzte zum Floristen und kam mit sechs heliumgefüllten Ballons mit hellgrünen Bändern zurück. Sie brachte je ein Band am Griff der Tassen an, schaltete ihre beiden Ventilatoren auf kleinster Stufe ein, sodass die Tassen hinter dem Glas auf und ab schwebten.

Ihr war aufgefallen, dass die Passanten immer stehen blieben, wenn sich im Schaufenster etwas bewegte. Spaziergänger sahen sich das Fenster an und kamen dann zum Stöbern herein. Zwei Schwestern kauften Strass-Halsketten. Eine Kunstlehrerin erstand die Fechterschneckenmuscheln, die Hugh für Lainey aus Hawaii mitgebracht hatte. Fünfjährige Zwillinge mit rasierten Köpfen spielten mit zwei Spazierstöcken von Hugh *Star Wars*, während ihre Mutter ein paar bestickte französische Laken bewunderte, die noch originalverpackt waren. Die Frau entwand den schmollenden Jungen die Stöcke, stellte sie zurück in den Halter, wandte sich zum Gehen, trat aber doch noch mal an die Theke. »Wissen Sie, was uns diese beiden zum Hochzeitstag geschenkt haben?« Sie deutete mit dem Kopf in Richtung der Jungs. »Kopfläuse. Wir mussten ein romantisches Abendessen absagen, um eine lange und grausame Schlacht gegen Nissen auszutragen, und wir haben gewonnen! Deswegen will ich diese Laken kaufen. Wir haben uns eine Belohnung verdient.«

Nora versuchte sich vorzustellen, wie Adam ein Essen absagte und den Kopf eines Kindes nach Nissen durchkämmte, und musste ein Grinsen unterdrücken. Völlig unmöglich. Er hätte jemanden dafür angestellt. Oder eher: es ihr überlassen.

Sie platzierte gerade ein neues Set Laken in der Vitrine und drapierte noch ein paar Lavendelzweige darauf, als ein Mann den Laden betrat.

»Schauen Sie sich einfach um«, sagte sie über die Schulter. »Und wenden Sie sich gerne an mich, wenn Sie Hilfe brauchen.«

»Ich brauche tatsächlich Hilfe.« Er klang sehr defensiv.

Oh-oh, dachte sie. Fiona hatte gesagt, sie würde Adonis schicken, falls es mal Ärger geben sollte, aber ihr Telefon lag auf der Theke, viel zu weit weg. Er war Ende dreißig und hatte dichte schwarze Haare, die langsam grau wurden, und ein interessantes Gesicht – hohe Wangenknochen, dunkle Augenbrauen und dunkle Schatten unter den müden blauen Augen. An einer Wäscheleine führte er einen riesigen Hund. Er stellte eine Plastiktüte auf die Theke.

»Ich glaube, die gehört Ihnen.«

Nora straffte die Schultern, ging hinüber und öffnete die Tüte. Darin war zu ihrer großen Freude Laineys silberne Tiffany-Bürste, die letzte Woche verschwunden war. »Ich habe sie überall gesucht! Ich dachte schon, sie wäre gestohlen worden.«

»Sie wurde auch gestohlen.« Er sah sie erst verlegen, dann beschämt und dann verzweifelt an. »Aber das wäre vielleicht nicht passiert, wenn Sie hier … ich weiß auch nicht … irgendwelche Sicherheitsmaßnahmen hätten.«

»Wie bitte?« Nora starrte ihn verwirrt an. Verkaufte er Alarmanlagen? Ging es ihm darum?

»Ich will Sie gar nicht kritisieren, ganz ehrlich«, er runzelte die Stirn, »aber dieser Laden ist fast eine Einladung für Ladendiebe. Sie haben sich nicht mal umgedreht, als ich eingetreten bin. Ich hätte einfach mit ihrem Telefon wieder rausspazieren können.« Er deutete mit dem Kopf in Richtung des verpackten Ammonit-Tischchens. »Ich hätte das da mitnehmen können, und es wäre Ihnen gar nicht aufgefallen.«

Das möchte ich mal sehen, wie du den hochhebst, dachte Nora. Dann bemerkte sie die Muskeln an seinen Oberarmen und wie breit seine Schultern unter dem schwarzen T-Shirt wirkten. Er war knapp eins achtzig groß, sah aber aus, als würde er viel trainieren. Sie zwang sich zur Konzentration. »Ich blicke nicht so ganz durch. Sagen Sie mir gerade, dass Sie die Haarbürste aus meinem Laden geklaut haben? Und dass es meine Schuld ist?«

»Nein! Natürlich nicht!« Er blies die Wangen auf und ließ die Luft langsam entweichen. »Meine Tochter hat sie gestohlen«, gestand er schuldbewusst. »Nur wäre das wahrscheinlich nicht passiert, wenn Sie ein wenig wachsamer gewesen wären.«

»Wachsamer?«, entgegnete Nora mit angespannter Stimme. Der Hund spürte, dass Ärger in der Luft lag, spazierte zu Houdini hinüber und legte sich hin. »Klar. Vielen Dank für den Hinweis.«

»Gern geschehen. Vielleicht verschwinden dann keine Dinge mehr, wissen Sie? Und natürlich tut es mir leid, und ich hoffe, Sie nehmen meine Entschuldigung an.« Hatte er sich entschuldigt? Falls ja, dann hatte Nora es überhört. Er zog eine Geldbörse aus seiner hinteren Hosentasche. »Was schulde ich Ihnen?«

»Gar nichts«, sagte Nora. »Ich bin nur froh, dass sie wieder da ist.«

»Sie verstehen mich falsch. Ich will sie nicht zurückgeben«, sagte er langsam. »Ich will sie kaufen.«

»Verstehe«, sagte Nora noch langsamer. »Aber sie ist nicht zu verkaufen.« Ob er sich nun entschuldigt hatte oder nicht, *er* sollte sie nicht bekommen.

»Gut. Okay.« Er seufzte erschöpft und hob die Hände, als würde er sich ergeben. »Na dann, tut mir leid, dass ich gestört habe. Schönen Tag noch.« Er wandte sich um und ging zur Tür.

»Nein!«, rief Nora, aber zu spät. Er hatte die Tür schon zugeknallt, und ein Windstoß fuhr herein. Ein Augenblick der Stille, dann Krachen und Klirren.

Nora zuckte zusammen. Sie ging zum Schaufenster und zog den Vorhang hoch. Drei Tassen tanzten immer noch in der Luft. Von den anderen waren nur noch die Griffe übrig, die an den Bändern baumelten. Nora bedeckte ihr Gesicht mit den Händen. Die Tassen hatten hundertzwanzig Jahre überlebt – bis heute Nachmittag.

Die Tür ging wieder auf. »Keine Sorge.« Wieder der Mann. »Sie sind mich gleich wieder los, aber ich habe den Hund vergessen.« Er runzelte angesichts der Scherben auf dem Boden die Stirn. »Was ist denn da passiert?«

»Sie haben die Tür zugeknallt«, sagte sie nur. »Aber es war meine Schuld.« Eine dumme Idee, so empfindliche Tassen an Ballons zu knoten. Sie bückte sich und begann, die Porzellanscherben aufzusammeln.

»Stopp! Sie schneiden sich doch.« Er sah sich um. »Haben Sie einen Besen?«

»Ich mache das schon selber.« Als er sich nicht rührte, seufzte sie und zeigte in den hinteren Teil des Ladens. Er kehrte mit dem Besen zurück, reichte ihn ihr und sah zu, wie sie die Scherben zusammenfegte. »Ich bezahle Ihnen die Tassen.«

»Es geht nicht ums Geld«, antwortete Nora.

Plötzlich beugte er sich vor und klaubte etwas aus dem Scherbenhaufen. Ein winziger Porzellanmuschelfuß. Erstaunlicherweise war er noch ganz. Nora streckte ihre Hand aus, und er gab ihn ihr.

»Worum geht's dann?«

Lainey hatte Nora so sehr vertraut, dass sie ihr erlaubt hatte, mit ihrem kostbaren Belleek-Tridacna-Porzellan zu spielen. Nora erinnerte sich, wie sie imaginären Tee in die Tassen gegossen hatte. Hugh hatte unsichtbare Zuckerstücke zugegeben, dann seinen kleinen Finger künstlich abgespreizt und so getan, als würde er seinen Tee sehr vornehm trinken. Aber ihre Großmutter hatte nie Zeit zum Spielen gefunden. Sie war immer viel zu sehr damit beschäftigt, Staub zu wischen, zu polieren, zu waschen oder zu sortieren. Doch sie blickte sehnsüchtig zu ihnen herüber und beobachtete ihr Spiel, als würde sie mitmachen wollen.

»Um die Erinnerungen«, sagte sie, schob die letzten

Scherben auf die Schaufel und erhob sich. »Sie haben meiner Großmutter gehört. Sie ist im März gestorben.«

»Oh«, sagte er. »Das tut mir leid.« Er sah sich um, betrachtete die Regale mit den Enzyklopädien, die schöllkrautgelben Samtsessel, den runden Barschrank, den Steinlöwen aus dem Garten, der noch Flechten in der Mähne hatte. »All das hat ihr gehört? Auch die Bürste?«

Nora nickte.

»Oh Gott.« Er stöhnte. »Der Elefant im Porzellanladen. Das ist mir so unangenehm. Können wir noch mal von vorne anfangen?« Er streckte seine Hand aus. »Ich bin Will Moran.«

Nora zögerte, bevor sie die Hand an ihrem Kleid abwischte. »Nora«, sagte sie. »Nora Malone.«

Sie schüttelten sich die Hand. Sie spürte den feinen Porzellanstaub zwischen seinem Daumen, die Vergangenheit, die an ihrer beider Fingerspitzen haften blieb wie Pollen.

»Hören Sie, wegen gerade eben«, sagte er, »ich bin derjenige, der wachsam hätte sein müssen. Es war nicht das erste Mal, dass meine Tochter etwas geklaut hat. Sie hatte in letzter Zeit einige Probleme. Sie hat die Bürste meiner Schwester geschenkt, und ich wollte, dass sie sie behält, weil sie gerade herausgekriegt hat, dass ihr Mann eine Affäre hat. Tut mir leid.« Er fuhr sich mit der flachen Hand über die Haare. »Das muss sich wie eine Seifenoper anhören.«

Für Nora klang das sehr vertraut.

Sie ließ ihn nicht die Tassen bezahlen, aber sie verkaufte ihm die Bürste und den passenden Spiegel für seine Schwester, verpackte sie in silbernes Seidenpapier und band eine Schleife um den Griff der Tasche.

»Es war schön, Sie kennenzulernen, also eigentlich nicht schön, aber«, er lächelte reumütig, »interessant.« Er wandte sich zum Gehen.

»Vergessen Sie Ihren Hund nicht!«, rief sie, als er vorsichtig die Tür öffnete.

»Er gehört mir nicht.« Will kam zurück und hob die Leine vom Boden auf. »Er gehört den Leuten nebenan. Aber sie sind auf Reisen, und der Freund, der auf ihn aufpassen soll, kann nicht mit ihm umgehen. Meine Tochter hat ihn gestern Abend aufgenommen. Er ist das Erste, was ihr an dieser Stadt zu gefallen scheint.«

»Warum behalten Sie ihn dann nicht?«, fragte Nora, »wenn der Freund sowieso nicht mit ihm klarkommt. Wenn Ihre Tochter Theater macht, ist der Hund vielleicht genau das Richtige für sie.«

Will sah sie nachdenklich an. »Vielleicht haben Sie recht.« Er schluckte. »Hören Sie, wahrscheinlich halten Sie mich für verrückt, aber bitte hören Sie mir zu. Wissen Sie, was wirklich gut für meine Tochter Alice wäre? Wenn sie ab und zu hier bei Ihnen arbeiten könnte.«

»Ich glaube nicht …«, begann Nora.

»Unbezahlt natürlich«, unterbrach er sie. Sein Gesicht veränderte sich, glühte plötzlich vor Enthusiasmus. »Sie hat am Wochenende immer frei. Es könnte eine Wiedergutmachung sein, und wenn sie auf der anderen Seite der Theke steht, erkennt sie vielleicht, dass Klauen falsch ist. Sie ist ein nettes Mädchen, wissen Sie.

Nur ein wenig vom Weg abgekommen. Es ist nicht ihre Schuld, es ist wohl nicht gerade einfach, das Kind eines alleinerziehenden Vaters zu sein, und …« Er unterbrach sich plötzlich. »Entschuldigung. Das ist nicht Ihr Problem. Ich sollte dankbar sein, dass Sie sie nicht angezeigt haben, und Sie nicht um einen Job bitten. Ich hätte gar nicht erst fragen sollen.«

Er sah so deprimiert aus.

»Schon okay«, lenkte Nora ein. »Eigentlich keine schlechte Idee. Ein wenig Hilfe könnte ich gebrauchen. An den Samstagen ist hier ganz schön was los.«

Das Café war rappelvoll, aber Fiona entdeckte Nora und machte ihr gleich einen koffeinfreien Latte.

»Die uralten Viecher auf dem Tisch deines Großvaters lassen sich aber Zeit!«, rief sie über das Zischen und Gurgeln der Kaffeemaschine hinweg. »Wann schaffen sie es endlich ins Fenster?«

»Ich hab den Tisch verkauft, ehe ich ihn reinstellen konnte«, rief Nora zurück.

Die Maschine verstummte. Fiona verengte ihre grünen Augen. »Zum vollen Preis?«

Nora zuckte kurz zusammen. »Nicht ganz. Aber ich hab ein gutes Zuhause für ihn gefunden.«

»Was finanziell ein Verlustgeschäft ist!« Fiona hatte sich zu Noras inoffizieller Buchhalterin erklärt. Sie stellte den Pappbecher fest auf die Theke, damit die Blasen platzten, und goss schäumende Milch darauf. »Du solltest deine Ziele nicht aus den Augen verlieren.«

»Schon okay! Ich bin diese Woche sogar schon

drüber.« Das stimmte. Nach einem ruckeligen Start wuchs Noras Kapital für ihre Mutter beständig an. »Außerdem bekomme ich jemanden, der umsonst bei mir aushilft.«

Nachdem sie alles erklärt hatte, starrte Fiona sie an, als wäre sie völlig durchgeknallt. »Du stellst jemanden an, der dich beklaut hat? Im Grunde eine Kleptomanin? Super Idee, Nora! Hat sie eine Freundin? Eine Köchin, die Lebensmittel klaut? Eine langfingrige Kellnerin vielleicht?«

»Jeder hat eine zweite Chance verdient«, sagte Adonis ruhig. Er warf wie immer nach Augenmaß eine Handvoll Nüsse und Samen in eine riesige Schüssel.

»Du Softie!« Fiona stieß ihm leicht den Ellbogen in die Rippen, als sie sich an ihm vorbeischob, um Nora ihren Kaffee zu bringen.

»Wieso? Von diesem Arrangement hat jeder was. Nora hat jemanden, der ihr hilft«, er gab einen Löffel Honig in die Schüssel, »und das Mädchen lernt, was Verantwortung bedeutet.«

»Das hat ihr Vater auch gesagt«, ergänzte Nora und erinnerte sich, wie Wills Augen aufgeleuchtet hatten, als sie einwilligte, Alice eine Chance zu geben. Er sah wie ein ganz anderer Mensch aus, wenn er lächelte.

»Dann sag ihr, dass ich wie ein Habicht auf sie aufpasse.« Fiona reichte ihr den Kaffee. »Hast du sie schon kennengelernt?«

»Ja, sie ist gestern mit ihrem Vater vorbeigekommen.«

Nora hatte Alice wiedererkannt. Ein großes, dünnes, hilflos aussehendes Mädchen mit blonden Haaren und ausgebleichten rosa Dip-Dye-Spitzen. Ein paar Pickel am Kinn. Ein Arm mit Tattoos bedeckt.

Sie hielt sich an der Hundeleine fest und machte eine finstere Miene, die vermutlich einschüchternd sein sollte. »Tut mir leid, dass ich die Bürste genommen habe«, murmelte sie.

»Entschuldigung angenommen«, sagte Nora und streichelte Mac. Auf einmal erkannte sie ihn wieder. Der langgliedrige Körper, das fleckige Fell. Er gehörte Caroline, die den marokkanischen Teppich gekauft hatte. Auch er erkannte sie. Er vergrub seine Nase unter ihrem Arm, schwenkte seinen langen, dünnen Schwanz wie ein Pendel und zog dann an der Leine, weil er zu Houdini hinüberwollte. Alice zerrte ihn zurück und funkelte Nora an. Armes Ding, dachte Nora. Es muss ein Albtraum für einen Teenager sein, herzukommen und sich entschuldigen zu müssen. »Das wird toll«, sagte sie fröhlich und klang dabei wie ihre eigene Mutter. »Dann sehen wir uns Samstag.«

Sie hatte ihnen hinterhergesehen, wie sie die Straße überquerten. Will sprach mit Alice, während Alice ihn ignorierte. Der Hund hatte sich noch einmal umgewandt und Nora einen verschwörerischen Blick zugeworfen.

»Wie ist er denn?« Fiona machte eine abwehrende Geste, als Nora den Kaffee bezahlen wollte. »Der Vater?«

Nora zuckte mit den Schultern. »Ganz nett.« Aber das traf es überhaupt nicht. Es lag nicht nur daran, wie er wegen der Bürste reagiert hatte. »Vielleicht ein wenig gestresst.« Und irgendwie verletzlich, dachte sie. Es ging offensichtlich nicht nur ihr so. Jeder hatte sein Päckchen zu tragen, einen Schmerz, mit dem er fertigwerden musste.

Nora durchforstete das ganze Haus in der Temple Terrace in der Hoffnung nach weiteren Notizen von Lainey. Sie suchte jedes Bücherregal ab, leerte die Schubladen aus, sah unter den Betten und hinter Schränken nach. Akribisch blätterte sie jeden einzelnen Liebesroman durch, weil sie dachte, dass sie womöglich ein paar an den Rand gekritzelte Worte übersehen hatte. Aber vergeblich.

Dann gab ihr Adonis eines Abends, nachdem er die geschnitzte französische Landhauskommode umgestellt hatte, zwei zusammengeknüllte Seiten, die er in der untersten Schublade gefunden hatte.

»Briefe vielleicht«, sagte er rätselhaft. »Ich weiß es nicht.«

Zwei weitere Aufzeichnungen! Diesmal waren sie auf das herausgerissene Vorsatzpapier von zwei von Hughs Gedichtbänden gekritzelt. Bei der ersten ging es um den grünen Seidenschal mit den winzigen Elefanten an der Borte.

Schal von Lanvin, 1960

Die ersten beiden Babys habe ich nach zehn Wochen verloren. Ich war überzeugt, es sei ein Zeichen, dass ich keine Kinder haben sollte, und war so traurig, dass ich es nicht noch mal versuchen wollte. Fast drei Jahre lang haben Hugh und ich nicht darüber gesprochen. Dann hat mir Hugh an dem Weihnachtsfest, bevor ich mit Alanna schwanger wurde, den grünen Schal von Lanvin mit den Baby-Elefanten geschenkt. Elefanten vergessen niemals etwas, genauso wenig wie Hugh. Es war seine Art, mich daran zu erinnern, dass ich immer noch Mutter werden konnte.

Zwei Abgänge! Die arme Lainey! Nora biss sich auf die Lippe. Wie sehr musste sie sich ein Kind gewünscht haben.

Sie glättete die zweite Notiz. Das herausgerissene Blatt war auf beiden Seiten beschrieben. Oben stand kein Datum, nur zwei Worte mit demselben blauen Kugelschreiber:

Goldmedaillon

Wir tauften sie Alanna, das irische Wort für »liebes Kind«. Das Baby, von dem ich nie geglaubt hätte, dass ich es bekommen würde.
Sie war vom ersten Augenblick ihrer Geburt an ganz wie Hugh. Blass, blond und heiter. Sie hatte nichts von mir an sich. Ich fühlte mich wie eine Betrügerin, wenn sie mich mit diesen großen, vertrauensvollen Augen ansah. Ich war mir sicher, sie würde mich hassen, wenn sie jemals die Wahrheit erfuhr.

Ich habe sie so sehr geliebt, dass ich schreckliche Angst davor hatte, ihr wehzutun. Selbst wenn sie ganz friedlich in meinen Armen trank, rasten meine Gedanken bei der Vorstellung, ich könnte sie fallen lassen oder dass sie mir beim Baden aus den Händen rutschte oder ich mich im Schlaf drehte und sie zerdrückte.
Hugh war der Meinung, ich würde das alles wunderbar machen, aber das war nicht ich, sondern Alanna. Sie war ein perfektes Baby, ruhig und lieb, ein kleiner Sonnenschein, selbst als sie Zähne kriegte. Sie lutschte glücklich an meinem alten Medaillon und grub ihre beiden Vorderzähne hinein.
Aber meine Ängste wurden schlimmer. Nach einem Jahr war ich so panisch, dass ich einfach nicht mehr auf sie aufpassen konnte, und Hugh musste übernehmen. Ich schämte mich, aber ich war auch erleichtert. Ich wusste, bei ihm war sie in Sicherheit. Ich war keine geeignete Mutter.

Die arme Lainey, dachte Nora. Sie hatte zwei Babys vor der Geburt verloren und dann ihre Tochter aufgegeben. Und die arme Alanna, die glaubte, ihre Mutter habe sie nie geliebt.

Das Medaillon war nicht in einer der Schmuckschatullen ihrer Großmutter. Nora fand es in ein Taschentuch gewickelt ganz hinten in der Schublade ihrer Frisierkommode. Die Kette war schwarz geworden und kaputt und das Medaillon angelaufen, aber die winzigen Dellen der Zähne ihrer Mutter waren noch zu erkennen.

Alanna hatte Nora das Versprechen abgenommen, dass sie ihr nichts von Laineys Dingen schicken würde, aber das Medaillon und die Notiz dazu stellten fehlende Puzzleteile ihrer Geschichte dar, und kein Versprechen der Welt würde Nora davon abhalten, es ihr zu schicken.

Wills Schwester Gemma lieferte Alice am Samstag ab. Das musste die Frau sein, die gerade herausgefunden hatte, dass ihr Mann eine Affäre hatte. Nora beobachtete sie neugierig. Ob auch sie oft an den Augenblick zurückdachte, als ihr ein Licht aufgegangen war? Ob auch sie manchmal wach lag und nicht fassen konnte, wie er sie so hatte hereinlegen können, dass sie nicht die leiseste Ahnung gehabt hatte?

Aber falls Gemma überhaupt jemals wach lag, verbarg sie es gut. Sie war geschminkt, trug ein Tanzkleid aus den Fünfzigern, knallroten Lippenstift und ein gelbes Kopftuch wie Grace Kelly.

»Vielen Dank, dass Sie Alice nehmen«, flüsterte sie Nora zu, als Alice ihre Jacke aufhängte. »Sie sind eine Lebensretterin. Ich wollte ihr an den Wochenenden eine Beschäftigung suchen, um sie Will vom Hals zu halten. Sie verstehen sich nicht besonders. Lange Geschichte. Aber ab jetzt werde ich samstags arbeiten. Ich mache eine Umschulung zur Friseurin.«

»Wow! Wie schön für Sie!«, sagte Nora.

»Es ist schwer, wieder reinzukommen, aber ich genieße jeden Augenblick.« Gemma seufzte glücklich.

»Es fühlt sich gar nicht wie Arbeit an, wenn man liebt, was man tut, nicht wahr?«

Sie wusste nicht, was sie sagen sollte, aber Gemma grinste.

»Ich hoffe, Sie haben recht!«

Als sie weg war, entstand eine lange, seltsame Stille. Nora beschloss zu warten, bis Alice sie durchbrach. Wenn sie Kunden bedienen wollte, würde sie ihre Schüchternheit und Feindseligkeit überwinden müssen. Das Schweigen zog sich immer weiter in die Länge, aber irgendwann kam das Mädchen zu ihr rüber und sagte mit einem Blick auf Houdini: »Wie lang ist er schon … also … äh … tot?«

»Mindestens siebzig Jahre.« Nora lächelte. »Er hat meinem Großvater gehört, und sie waren ziemlich genau gleich alt, obwohl Houdini natürlich eigentlich älter ist, wenn man in Hundejahren rechnet.«

Alice blinzelte langsam mit ihren von Mascara schweren Wimpern und schnalzte mit der Zunge, dann beugte sie sich hinab und streichelte Houdini vorsichtig. »Womit ist er ausgestopft?«

»Erinnerungen, größtenteils«, sagte Nora, die nicht daran denken wollte, was sonst noch unter Houdinis weichem Fell sein könnte. »Wollen wir loslegen?«

Alice zuckte mit den Schultern und bemühte sich, einen düsteren Blick aufzusetzen. »Schätze schon.«

Nora hatte sich eine Liste mit Dingen gemacht, die Alice erledigen konnte. Wenn sie schon für den Rest des Sommers jeden Samstag hier war, konnte sie sich genauso gut nützlich machen.

Alice kaute auf ihren Haaren herum und seufzte viel. Aber mit der Zeit schien sie ihre Launen zu vergessen und begann, ganz falsch bei der Musik mitzusummen, die sie über ihren Kopfhörer hörte, während sie Gläser polierte, Ketten entwirrte, abstaubte und original Art-déco-Karten sortierte.

Nachdem der italienische Paravent, den Nora als Umkleidekabine benutzt hatte, verkauft worden war, schickte Nora Alice am folgenden Samstag zum Eisenwarenladen, um Angelschnur für einen Vorhang zu kaufen. Offenbar schien sie gern etwas mit ihren Händen zu machen, jedenfalls solange sie dabei nicht mit Kunden sprechen musste.

Mittlerweile war es beinah schon September, und in den Schulen fanden die Debütantenbälle statt. Nora hatte eine Stange mit Laineys Abendkleidern aufgestellt, die drei hübschesten an einer Wäscheleine im Fenster aufgehängt und ihre Ventilatoren auf höchste Stufe geschaltet. Eine simple Idee, die aber eine magische Wirkung entfaltete. Die Seiden- und Satinkleider bauschten sich und tanzten, als umwehte sie ein Sommerwind.

Das Schaufenster entfaltete seinen Zauber, und sie hatten den ganzen Vormittag alle Hände voll zu tun. Das hieß, Nora hatte alle Hände voll zu tun, während Alice auf einem Hocker hinter der Theke saß, gelangweilt aussah und das Verpacken übernahm.

Eine junge Frau probierte ein aprikotfarbenes Chiffon-Etuikleid mit winzigen goldenen Rosen-Pailletten an und hatte Probleme mit dem Reißverschluss. Nora half der Mutter, ihn zu schließen. Das Kleid legte sich wie ein schimmernder Wasserfall um den schmalen Körper.

»Ich habe ein paar Abendhandschuhe in genau derselben Farbe«, sagte Nora.

»Oh Gott! Du siehst so hübsch aus.« Ihre Mutter schlug die Hand vor den Mund. »Ich glaube, ich muss gleich weinen.«

Mit achtzehn war Nora mit ihrer Mutter ein Kleid für ihren Debütantenball kaufen gegangen. Alanna fand die Vorstellung furchtbar, dass ein Ball zur Einführung in die Gesellschaft veranstaltet wurde. Sie hatte eine abwertende Bemerkung über die Unterdrückung durch das Patriarchat und den Anachronismus von Debütanten-Feiern im einundzwanzigsten Jahrhundert gemacht. Dann hatte sie viel mehr, als sie sich eigentlich leisten konnte, für ein blaues Satinkleid ausgegeben und Nora gesagt, sie sehe darin aus wie ein italienischer Filmstar aus den Fünfzigern. »Nicht, dass ich so viel mit Filmstars anfangen könnte«, hatte sie gesagt, »oder damit, wie Frauen in den Fünfzigerjahren behandelt wurden.« Nora musste bei der Erinnerung daran grinsen.

»Alice, kannst du in den Flur hochgehen und die Kiste mit den Taschen und Handschuhen holen, die unten an der Treppe steht?«

Alice schien sie nicht zu hören. Sie starrte sehnsüchtig die Mutter und ihre Tochter an. Armes Ding, dachte Nora und suchte die Handschuhe selbst heraus. Unter dem ganzen Make-up und ihrer Nullbockhaltung war sie so unsicher und verletzlich wie jede andere Fünfzehnjährige. Sie brauchte jemanden, der sich um sie kümmerte.

Alice rührte ihren Salat nicht an, sondern kratzte sich den lila Nagellack ab, während Nora aß.

»Wenn du das nicht magst, kann ich noch mal schnell rüber zum Café und dir was anderes holen«, sagte sie.

Alice zuckte mit den Schultern. »Es fühlt sich nur ein bisschen seltsam an, hier drin zu essen«, sagte sie und sah sich im Laden um, »umgeben von den Sachen von Toten. Ich kann zu Hause noch nicht mal ins Zimmer meines Vaters. Dort hat er die ganzen Kisten mit den Sachen meiner Mutter. Das ist gruselig.«

»Oh!« Nora zögerte einen Augenblick. »Ich wusste gar nicht, dass deine Mum tot ist, Alice. Das tut mir leid.«

»Schon okay.« Alice schob ihren Salat weg und schniefte. »Ich war erst drei Monate alt, als sie starb. Ich habe sie gar nicht gekannt.«

Nora nickte. »Ich habe meinen Vater auch nicht gekannt.«

»Wirklich?« Alice blickte auf. »Ist er auch … äh … tot?«

»Ich habe keine Ahnung. Meine Mutter hat ihn nur einmal getroffen. Ich war nicht gerade geplant.«

»Aber du warst kein Fehler«, hatte Alanna ihr gesagt. »Du bist das Beste, was mir je passiert ist.«

Nora reihte die Edamame-Bohnen auf ihrem Pappteller auf. »Sie haben sich bei einem Festival kennengelernt. Sie hat versucht, ihn zu finden, um es ihm zu sagen, aber …«

»Vielleicht wollte er nicht gefunden werden«, sagte Alice spitz.

»Vielleicht«, entgegnete Nora ruhig. »Aber ich kenne das Gefühl, jemanden nicht zu vermissen, den man nie gekannt hat. Meine Mutter war unglaublich, obwohl ich das nicht immer gedacht habe. Jedes Mal, wenn wir uns irgendwo niedergelassen haben, wurde sie unruhig. Ich glaube, ich habe schon an zwölf Orten gewohnt, ehe ich acht war.«

»Mein Dad ist das Gegenteil«, knurrte Alice. »Wir haben in einer winzigen Wohnung gelebt und sind wegen meiner Mutter nie umgezogen.«

»Das tut mir leid«, sagte Nora, »das war sicher nicht einfach für dich.«

»Nein.« Alice zuckte leicht mit der Schulter. »Ich erinnere mich überhaupt nicht an sie. Mein Dad ist wie besessen von ihr. Weißt du, als wir nach Irland gezogen sind, hat er anstatt meiner Sachen ihr ganzes Zeug mitgenommen. Das war schon ganz schön krass.«

Das ist nicht krass, dachte Nora, sondern traurig. Sie wollte fragen, wann und wie Wills Frau gestorben war, aber sie zwang sich zur Zurückhaltung.

Sie gab Alice eine Schatulle mit Modeschmuck zum Aussortieren und suchte dann das Goldmedaillon aus der Schublade zusammen mit Laineys Notiz heraus. Sie fand eine Karte, schrieb schnell etwas darauf und versah einen Luftpolsterumschlag mit der postlagernden Adresse ihrer Mutter auf Bali.

»Könntest du das rasch zur Post bringen?«, fragte sie.

Alice legte ein Strass-Armband beiseite und las die Adresse.

»Ist Alanna Malone deine Schwester?«

»Nein. Meine Mutter.«

»Ist sie im Urlaub?«

»Nein, sie arbeitet dort auf einem Hof.«

»Echt?« Alice ließ ihren Zungenring klicken. »Ist sie nicht irgendwie total … äh … alt?«

»Ja.« Nora reichte ihr zehn Euro. »Und jetzt los!« Sie wollte, dass es schnellstmöglich erledigt war, ehe sie es sich anders überlegte.

Fiona hatte ihr geraten, Alice mit Gelddingen nicht zu vertrauen und sie nie allein im Laden zu lassen, aber später an diesem Nachmittag wandte sich Nora aus einem Impuls heraus an sie:

»Kannst du eine Stunde auf den Laden aufpassen?«

»Du meinst … Zeug verkaufen?«, fragte Alice. »Kunden bedienen?«

Nora nickte. Vor drei Wochen hätte Alice noch abgelehnt, aber jetzt sagte sie: »Schätze schon.«

Nora stellte sich den Wecker ihres Handys und zwang sich, eine Stunde lang oben zu bleiben und sich nicht zu fragen, ob Alice gerade etwas klaute.

Als sie zurückkam, war Alice ganz aufgeregt. »Du warst ewig weg. Wo warst du?« Sie plapperte drauflos und erzählte ihr, was sie alles verkauft hatte: drei Glas-Dekanter in einem Tantalus, eine Strass-Brosche, die Kolibri-Terrine …

»Das ist super!« Nora grinste. »Gut gemacht.«

Alice öffnete die Schublade mit der Kasse. »Das Geld ist da drin. Du kannst nachzählen, wenn du willst.«

»Nein.« Nora schloss sie entschieden. »Das muss ich nicht. Ich vertraue dir.«

Nora hatte Alice zum Schreibwarenladen geschickt, um Klebepunkte zu kaufen. Im Laden war es ruhig, also machte sie ihren Laptop auf, um die Preise für ein paar neue Sachen zu prüfen. Irgendwo zwischen eBay und 1stdibs landete sie auf ihrer Facebookseite. Ganz oben in ihrer Timeline war ein Foto von ihr und Adam, genau vor einem Jahr.

Ein Kellner in einem Restaurant auf Ibiza hatte es gemacht, sie hatten dort ein Wochenende verbracht und Adams Geburtstag gefeiert. Nora hatte sich zwei unangenehme Stunden lang falsche Wimpern einsetzen lassen. Beim anschließenden Waxing wäre sie fast gestorben, und sie hatte hundert Pfund für ein sehr enges, weißes, körperbetontes Kleid von Reiss ausgegeben, das sich bei der Hitze wie ein Korsett anfühlte. Man merkt, dass ich mich unbehaglich fühlte, dachte sie. Adam sah wie immer blendend und sehr entspannt aus und grinste schief in die Kamera. Nora starrte das Bild an und hatte das Gefühl, als wären zwei Fremde auf dem Bild.

Plötzlich ging die Tür auf, und Fiona platzte herein. Sie schwankte leicht auf ihren wie üblich hohen Absätzen und hatte ein Tablett mit Kaffee in der einen und eine Papiertüte in der anderen Hand. »Ich hab den Mistkerl erwischt«, sagte sie voller Zufriedenheit. »Den mit den Wegfahrsperren! Ich hab gesehen, wie er Laura ein Ticket ausstellt, bin ihm die halbe Idrone Terrace hinterhergerannt und hab ihn zu Tode erschreckt! Aber ich bin selber auch erschrocken …« Sie verzog den Mund zu einem traurigen Clownsgrinsen. »Ich glaube, ich habe mein Kleid ruiniert.«

Jetzt bemerkte Nora den wachsenden Kaffeefleck auf dem hellblauen Rock. »Warte!« Sie rannte in die Küche hinauf und kam mit einer Schüssel mit Eiswürfeln zurück. Sie schnappte sich ein rosa-schwarzes Cocktailkleid von einem Bügel und gab es Fiona. »Wenn wir uns beeilen, können wir es vielleicht retten.«

Fiona reichte ihr das Kleid mit dem Kaffeefleck aus der Umkleidekabine, und Nora zerrieb die Eiswürfel darauf. Einen Augenblick später trat Fiona hervor und raffte den weiten Rock von Laineys Kleid. Sie drehte eine Pirouette. »Warum sind die weiten Halsausschnitte nur aus der Mode gekommen? Das ist so schmeichelhaft.« Doch Nora fand es überhaupt nicht schmeichelhaft. Fiona folgte wegen einer Hochzeit im Oktober einem äußerst strengen Diät- und Sportprogramm. Ihre Schlüsselbeine standen hervor wie gekreuzte Schwerter.

Fiona holte sich einen Stuhl und setzte sich neben Houdini. »Und wo ist das listige Schlitzohr?«

»Alice? Ich hab sie in den Schreibwarenladen geschickt.«

Fiona schnaubte. »Hm, also ich hoffe, sie bezahlt da auch.«

Sie leerte die Papiertüte aus. Sechs kleine, mit Puderzucker bestäubte Brownies fielen auf den Teller. Sie arrangierte sie wie Dominos.

»Adonis' neueste Droge. Rote Bete statt Schokolade. Datteln statt Zucker, je sechzig Kalorien. Wie A-Klasse-Drogen. Nimm dir einen. Die meisten können erst nach dem fünften aufhören.«

Nora schüttelte den Kopf. »Ich esse nur einen, wenn du auch einen nimmst.«

»Du verdammst mich zu weiteren dreißig Minuten auf dem Laufband … aber egal!« Fiona nahm einen Brownie und brach ein winziges Stückchen ab.

Nora schob sich ein großes Stück in den Mund. Der Puderzucker war gar kein Puderzucker, sondern Haselnusspulver. Es war so köstlich, dass sie sofort einen zweiten nahm.

»Und«, Fionas Augen funkelten neugierig, »wer ist der süße Typ?«

Nora kaute gerade mit vollem Mund und hob nur die Augenbraue und zuckte mit den Schultern.

»Der Hübsche da, den du auf Facebook stalkst! Du hast deinen Laptop offen, und ich hab einen Blick daraufgeworfen. Sehr nett!«

Noras Kehle schnürte sich zusammen, und sie bekam keine Luft mehr. Sie spürte, wie ihr Gesicht rot anlief.

»Ah! Der alte ›Mein-Mund-ist-voll-ich-kann-nicht-sprechen‹-Trick!« Fiona grinste. »Also ich kann den ganzen Tag hier warten, wenn's sein muss.« Ihr Grinsen verschwand. »Alles okay, Nora? Würgst du?« Sie zog ein Taschentuch hervor. »Hier, spuck es aus!«

Nora schüttelte den Kopf, aber die Schokolade kam wieder hoch. Sie schnappte sich das Taschentuch und spuckte sie aus. Ihr liefen Nase und Augen, und Haselnussspucke tropfte von ihrem Kinn. Sie schlug die Hände vors Gesicht.

»O Nora.« Fiona hockte sich neben sie und legte den Arm um ihre Schultern. »Was ist los?«, fragte sie mitfühlend, worauf Nora noch lauter schluchzte. Als die Schluchzer verebbten, kam langsam die ganze Geschichte heraus.

Nachdem sie geendet hatte, glühte Fionas Gesicht vor Wut. »Wie konnten sie das nur tun? Es tut mir so leid, Nora!« Fiona sah Nora in die Augen. »Und ich bin so stolz auf dich. Sie haben dir nichts gelassen. Keinen Job. Kein Zuhause, und jetzt schau dich mal an! Schau dir mal an, was du geschaffen hast! Du bist unglaublich. Absolut unglaublich!«

Nora unterbrach sie. »Nein. Das bin ich nicht. Ich bin dumm und naiv. Ich habe ihn geliebt, Fiona. Ich dachte, er wäre der Richtige. Wie kann ich mir jemals wieder selbst vertrauen?«

»Schwachsinn«, erwiderte Fiona. »Du hast auf deine Instinkte vertraut und diesen wunderbaren Laden aufgebaut, um deiner Mutter zu helfen. Du vertraust Adonis, Ed und Loughlin mit all den kostbaren Dingen deiner Großmutter. Du traust mir und meinen Ratschlägen, was zugegebenermaßen«, sie wischte einen kleinen Schokoladenfleck von Noras Kinn, »ein ganz schönes Stück Arbeit war. Du traust sogar dieser komischen Alice, die dir jetzt wahrscheinlich gerade das Wechselgeld klaut. Oh!« Sie blickte über Noras Schulter. »Hallo, Alice.« Das Mädchen war zum Seiteneingang und nicht durch die Ladentür hereingekommen. Fiona stand auf, und Nora wischte sich schnell mit dem feuchten Tuch über die Augen. »Wie lange stehst du schon da?«

Alice ignorierte sie und ließ mit dumpfen Klappern zwei Tüten auf den Boden fallen. Blecherner Rap surrte wie eine gefangene Wespe aus den Kopfhörern.

»Sie kann dich nicht hören«, sagte Nora.

Wenn Alice sie nicht hören konnte, dachte Fiona, warum sieht sie mich dann an, als wollte sie mich umbringen?

Nora wollte die beiden Rokoko-Kaminspiegel im Fenster platzieren und darauf die Frage schreiben, die sie ihrem Großvater gestellt hatte. »Warum sind hier so viele Spiegel, Großvater?«

Als sie mit den Buchstaben fertig war, beschloss sie, sie zu vergolden, was sich als unglaublich fummelig erwies. »Sieh mich nur an«, sagte sie grummelnd zu Houdini, »ich stehe schwitzend an einem schönen Sonntagnachmittag in einem überhitzten Schaufenster und breche mir einen ab.« Aber in Wahrheit genoss sie es sehr. Ein Fenster zu gestalten war das, was sie am glücklichsten machte; sie summte vor sich hin, als ein Klopfen an der Scheibe sie auffahren ließ. Sie blickte auf und sah das Gesicht eines Mannes nur Zentimeter von ihrem entfernt. Ihr Pinsel rutschte ihr aus der Hand und hinterließ einen goldenen Strich auf dem Glas.

Es war Will. Er war ganz in Schwarz gekleidet,

dunkle Jeans, dunkles T-Shirt, eine Sonnenbrille, die er abnahm. Sie wischte sich die Hände am Rock ab und öffnete die Tür. Mac sah sie fröhlich an, leckte kurz an ihrer Hand und lief zu Houdini. Er begrüßte ihn, als wären sie alte Freunde, schnüffelte, jaulte und wedelte so sehr mit dem Schwanz, dass ein Tablett von einem Hocker fiel und mehrere kleine Dosen mit Modellbaufarbe durch den Laden rollten.

»Mac! Du Idiot!« Will rannte den Dosen hinterher, zog sein T-Shirt aus der Hose und sammelte sie darin auf.

»Gar nicht schlimm, sie sind leer.« Nora erhaschte einen Blick auf den gebräunten Bauch über seiner Jeans und blickte schnell weg.

»Sorry, ich wollte hier gar nicht so einfallen.« Will stellte die Dosen auf die Theke. »Gemma ist mit Alice und den Jungs nach Brittas Bay gefahren, und ich musste mal raus und …« Er zögerte. »Es gibt da was, das ich Sie fragen muss.« Seufzend zog er eine dünne, glitzernde Kette aus seiner Tasche und hielt sie hoch. »Hat Alice die geklaut?« Nora trat näher und wünschte, sie hätte vorher noch geduscht. Auf seiner Handfläche lag eine von Laineys hübschesten Ketten. Eine zarte Goldkette mit einem blauen Eisvogel aus Emaille mit einem winzigen Saphir als Auge. Sie hatte noch gar nicht bemerkt, dass sie fehlte. Nora wusste nicht, was sie sagen sollte, aber sie durfte jetzt nicht zögern.

»Nein«, log sie. »Ich habe sie ihr zum Dank für ihre ganze Arbeit hier geschenkt.«

»Danke!« Will blickte zur Decke und atmete tief aus.

»Ich habe sie gefunden und gedacht, na super, es ist wieder so weit. Sie haben mir den Tag gerettet« Er lehnte sich gegen die Theke und lächelte sie an. Offenbar hatte er es nicht eilig.

Nora ergriff wieder den Farbtopf. »Macht es Ihnen etwas aus, wenn ich schnell das Fenster fertig mache? Ich bin beim letzten Buchstaben. Wenn es trocknet, bevor ich fertig bin, muss ich noch mal von vorne anfangen.«

Nora schob sich wieder ins Schaufenster und stieg auf die unterste Stufe der Leiter.

»Was schreiben Sie?«, fragte er und versuchte, die Worte rückwärtszulesen.

Sie erzählte ihm von der Frage, die sie ihrem Großvater gestellt und was dieser geantwortet hatte.

»Wow! Das klingt, als wären Ihre Großeltern Seelenverwandte gewesen«, sagte er. Nora fing ein wenig Goldfarbe mit dem Fingernagel auf und wischte ihn am Rock ab. Sie musste an Laineys von Trauer und Dunkelheit erfüllte Zeilen denken. »Ich weiß es nicht. Sie haben sich sicherlich geliebt, aber ich glaube, es war kompliziert. Ich hatte keine Ahnung, wie kompliziert, ehe ich begonnen habe, das Haus auszuräumen.« Warum erzählte sie ihm das? Sie kannte ihn ja kaum. »Könnten Sie mir die rüberreichen?« Sie zeigte auf eine Dose Wattestäbchen. »Ich dachte, ich wäre fertig, sehe aber gerade, dass das ganze Fenster voll mit meinen Fingerabdrücken ist.«

Er gab ihr die Dose, nahm ein Wattestäbchen und trat ans Glas.

»Oh nein«, sagte sie voller Angst, er könnte einen Buchstaben ruinieren. »Bitte nicht!«

»Vertrauen Sie mir«, erwiderte er bestimmt. »Ich bin Art Director.«

Während sie das Fenster säuberten, fragte sie ihn, was er in New York gemacht habe. Er erzählte ihr von der Kreativabteilung mit dreihundert Angestellten, die er geleitet hatte, und den Summen, mit denen sie es zu tun gehabt hatten.

»Klingt nach ziemlich viel Druck«, sagte Nora.

Er nickte. »Die Art von Druck, die ich mag.« Er rubbelte an einem winzigen Fleck Farbe, und das Glas quietschte. »Ohne die Arbeitsroutine hänge ich in der Luft. Ich habe ab September eine Stelle als Creative Director in der Dependance hier in Dublin, aber ganz ehrlich, ich weiß nicht, ob ich das schaffe. Es hängt alles davon ab, ob Alice sich in der Schule einfindet. Wenn nicht, muss ich mit ihr wieder zurück in die Staaten.« Er seufzte. »Und was ist mit Ihnen? Warum haben Sie London verlassen, falls das keine zu persönliche Frage ist?«

»Nein«, sagte Nora, ohne ihn anzusehen. »Nein, es ist überhaupt nicht zu persönlich.« Sie wollte nicht über Adam und Liv sprechen. Sie wollte nicht mal an die beiden denken. Also sagte sie ihm, sie sei zurückgekommen, um das Haus leer zu räumen, weil ihre Mutter auf Reisen war. »Wenn alles, auch das Haus, verkauft ist, schließe ich den Laden und gehe wahrscheinlich zurück nach London. Dann habe ich hier nichts mehr, was mich hält.« Das stimmte, wurde ihr mit einem Anflug von Panik klar. Sie konnte sich überhaupt nicht vorstellen zurückzukehren, aber vielleicht war das in drei Monaten ja anders. Sie griff nach einem Tuch und wischte sich die Hände ab. »Ich glaube, wir sind fertig.«

»Gut gemacht«, sagte Will und betrachtete das Fenster. »Kann ich noch bei irgendwas anderem behilflich sein?« Er kratzte sich einen Farbklecks vom Handgelenk und sah sie hoffnungsvoll an.

»Das könnten Sie bereuen«, sagte Nora.

Er grinste. »Wollen wir wetten?«

Will hielt die empfindlichen, geschnitzten, vergoldeten Rahmen fest, während Nora sie von der Wand schraubte. Dann trugen sie sie vorsichtig den engen Flur zum Laden hinunter. Er hielt sie wieder, während sie sie an die eigens aufgebauten schweren Holzstreben schraubte. Dann gingen sie nach draußen, um sich ihr Werk anzusehen.

Die vergoldeten Buchstaben schimmerten in der frühabendlichen Sonne. Nora hatte die Spiegel gekippt, die die hohen golden schimmernden Wolken über dem Dach der Bibliothek reflektierten.

»Das haben wir gut gemacht«, sagte Will. »Eigentlich sogar wahnsinnig gut.« Er grinste sie an. »Ich glaube, wir haben uns ein Bier verdient.«

Nora betrachtete ihren farbverschmierten Rock. »Ich müsste mich umziehen.«

Er musterte sie. »Ich finde, Sie sehen ziemlich cool aus. Aber wissen Sie was, warum holen wir uns nicht ein Bier?«

Die Vorstellung von einem Bier nach dem langen, sonnenheißen Nachmittag im Schaufenster war zu verführerisch, und sie nickte.

Mac ging auf der menschenleeren Straße voraus, und Nora wartete vor dem Laden mit ihm, während Will zwei Flaschen Rolling Rock kaufte.

Ein Windhauch vom Strand trocknete den Schweiß hinten an Noras T-Shirt, als sie zurück zum Laden liefen. Sie roch den Duft von Ginster, der vom Killiney Hill herüberwehte, und stellte sich vor, wie London in der letzten Augusthitze glühte. Volle Parks. Heiße Gehwege. Die Luft erfüllt vom Dieselgestank. Das vermisste sie nicht, heute jedenfalls nicht. Sie war froh, am Meer zu sein.

Sie setzten sich auf den Boden neben die offene Ladentür. Will öffnete die Flaschen mit einer Münze und reichte Nora das Bier.

»Cheers!« Sie stießen an.

Nora nahm den ersten kühlen Schluck. Ihr Mund war trocken, und es schmeckte köstlich.

»Hm«, sagte Will. »Was für ein Haus. Gehört es Ihrer Familie?«

Nora drückte die kühle Flasche auf ihr Schlüsselbein und erzählte ihm von ihren Großeltern und dass sie gerade ihre Sachen sortierte, bevor das Haus verkauft wurde. Er fragte sie, woher sie die Ideen für das Schaufenster hatte.

Sie lächelte. »Sie kommen mir einfach so in den Kopf. Aber die meisten beruhen auf Notizen, die meine Großmutter hinterlassen hat.«

»Sie wissen schon, dass die Schaufenster wirklich unglaublich sind, oder? Ich habe in New York tolle Schaufenster gesehen, aber Ihre sind noch mal eine ganz andere Nummer.«

»Vielen Dank!«, sagte Nora erfreut. »Das bedeutet mir viel.«

»Um was geht es in den Notizen?«, fragte Will.

Das war zu vertraulich, um mit einem Fremden darüber zu sprechen. »Es sind Erinnerungen, Fragmente aus ihrem Leben. Eine Art zusammenhangloses Tagebuch mit vielen Lücken. Manchmal überlege ich mir, ob sie sie hinterlassen hat, damit ich sie finde. Ob ich sie überhaupt lesen darf. Sie sind ziemlich privat, und sie lebte so zurückgezogen.«

»Ich glaube, manche Tagebücher sind dafür da, gelesen zu werden«, sagte Will. »Heute würde ich nicht im Traum daran denken, das Tagebuch von Alice zu lesen, aber ich habe es getan, als sie noch klein war. Ich wollte sichergehen, dass es ihr gut geht, wissen Sie. Ich dachte, ich könnte für sie alles in Ordnung bringen, aber jetzt …« Er schüttelte den Kopf. »Also, es ist so, ich muss ihr Tagebuch nicht lesen, um zu wissen, dass sie mich hasst.«

»Sie ist ein Teenager.« Nora setzte sich bequemer hin. »Alle Teenager hassen ihre Eltern. War das bei Ihnen nicht auch so?«

Will zuckte mit den Schultern. »Nicht wirklich. Irgendwie haben sie mir sogar leidgetan. Sie wussten einfach nicht mehr, was sie mit meiner kleinen Schwester machen sollten. Gemma war ziemlich wild als Teenie. Wie ist es mit Ihnen, haben Sie gegen ihre Eltern rebelliert?«

»Es gab ja nur meine Mum und mich.« Nora lächelte reumütig. »Meine Mutter war eher diejenige, die sich wie ein Teenager benahm. Ich war die kleine Madame Vernünftig, die immer versucht hat, sie zu schützen. Aber wenn ich jetzt zurückblicke, dann Hut ab. Alleinerziehende Eltern haben es wirklich nicht leicht.«

Er nickte, ein Seufzer entfuhr ihm. »Das ist wohl wahr. Und haben Sie und Ihre Mutter hier in dem Haus mit Ihren Großeltern gewohnt?«

»Guter Gott! Nein! Wir haben quasi überall sonst gewohnt. London, Limerick, Cork, Clare, Galway, Mayo. Und auch in Dublin sind wir mehrmals umgezogen.«

Er pfiff leise durch die Zähne. »Das sind ganz schön viele Umzüge. Wo hat es Ihnen am besten gefallen?«

Nora sah die vollgestopften Wohnungen über den Ladenzeilen vor sich, erinnerte sich an den Geruch von Imbissbuden und den Lärm des sich durch die Straßen schiebenden Verkehrs. Die Wohngemeinschaften mit Fremden, Küchen, in denen die Lebensmittel mit Namen versehen waren. Die Kommune in Claire, wo sie zu Hause unterrichtet wurde. Das gemietete Cottage am Meer in Mayo mit einem einzigen Ofen, den ihre Mutter irgendwie einen eiskalten Winter lang am Laufen gehalten hatte.

»Wenn ich einen Ort auswählen müsste, wäre es wohl die Wohnung gegenüber vom Kino in Rathmines. Meine Mutter hat sich mit den Platzanweisern angefreundet, irgendwie hat sie sich immer mit allen angefreundet, und sie haben uns in jeden Film reingelotst, den wir sehen wollten.«

Ihre Kindheit war nicht gerade gewöhnlich gewesen. Sie hatte an schäbigen Orten gelebt, und sie waren ständig pleite gewesen. Alanna hatte ihr keine Stabilität geben können, aber dafür hatte sie ihr eine große Vielfalt geboten. Die Nachmittage, die sie im nach Popcorn riechenden Dunkel verbracht und immer wieder den gleichen Film angeschaut hatten, gehörten zu ihren glücklichsten Erinnerungen.

Will beobachtete Nora aus den Augenwinkeln. Ihre Bierflasche war mittlerweile leer, und sie riss langsam und sorgfältig mit ihrem goldbefleckten Fingernagel das Etikett ab. Wahrscheinlich sollte er sich bald auf den Weg machen, damit sie weiterarbeiten konnte. Mit dem Hund spazieren gehen und dann ins leere Haus zurückkehren. Er hatte Gemma versprochen, in den Abstellraum zu ziehen, damit die Jungs das große Schlafzimmer haben konnten. Aber er wünschte, er hätte vier Bier und nicht nur zwei gekauft, damit er hier sitzen bleiben, kaltes Bier trinken und sich mit dieser leise sprechenden Frau unterhalten konnte, während er den Geruch des Meeres, der zu ihnen herüberwehte, einatmete.

Nora fragte sich, was Adam wohl denken würde, wenn er sie sehen könnte, wie sie hier saß und mit diesem Mann Bier trank. Ach, könnte er sie doch sehen. Ihm hatte es nie gefallen, wenn sie sich länger mit einem Barmann, einem Kellner oder einem Kunden unterhalten hatte. Auch wenn er selbst untreu gewesen war, hatte er es kaum ertragen, dass sie die Gesellschaft eines anderen genoss.

Vielleicht deshalb, vielleicht aber auch, weil sie den ganzen Tag im Laden gewesen war, bat sie Will, kurz zu warten, als er sagte, dass er mit Mac nach Dun Laoghaire laufen würde. Sie ging nach oben, zog sich ein sauberes Kleid von Lainey an und begleitete ihn.

Alice und Mac waren unzertrennlich, bis es Zeit zum Gassigehen war. Dann verschwand sie in ihrem Zimmer und überließ es Will, der gar nichts dagegenhatte. Er hatte sich noch nicht bei einem neuen Fitnessstudio angemeldet und brauchte Bewegung. Außerdem war es eine Entschuldigung, Zeit mit Nora zu verbringen.

Er kam vorbei, wenn sie den Laden zusperrte, und sie spazierten auf dem Pier nach Dun Laoghaire oder nahmen den Weg an den Schienen entlang mit Blick aufs Meer, oder sie gingen in Richtung Landesinnere durch das Vorstadtlabyrinth von Monkstown und Killiney, wo die Luft von Grillrauch erfüllt war und die Kids im langen Gras lagen und die letzten Tage der Sommerferien auskosteten.

Normalerweise war Will sehr zurückhaltend gegenüber Frauen. In New York hatte er sich vor Dates gefürchtet. Das Getue, das ganze Beiwerk, die teuren Abendessen, bei denen zwei Menschen vorgaben, sie wären entspannt, während sie sich im Grunde gegenseitig interviewten. Es hatte ihn genervt, wenn sie sich ihre Beziehungsgeschichte beichteten. Die unvermeidliche Frage nach Alice' Mutter und der Augenblick der Enthüllung, wenn er offenlegen musste, dass er Witwer war. Damit war das Bild von ihm von vorneherein festgelegt, und er wurde zu einem Objekt des Mitleids.

Aber mit Nora plätscherten die Gespräche bei den Spaziergängen angenehm vor sich hin. Er sprach über Werbung, sie erzählte ihm von einer Idee, die sie für ein Schaufenster hatte. Sie redeten über Filme, Bücher oder ihre Kindheitserinnerungen. Sie schwieg über ihre Vergangenheit und fragte auch nicht nach seiner, und er spürte, wie sich sein Panzer lockerte und dann schmolz. Sicher war das auch seiner Dankbarkeit geschuldet, weil Nora Alice bei sich aufgenommen hatte.

Die Samstage im Laden waren das Highlight der Woche für seine Tochter. Das sagte sie ihm natürlich nicht, aber sie erzählte Gemma und den Jungs, wie sie einen Kunden bediente oder Nora beim Schaufensterdekorieren half. Er hörte den Stolz in ihrer Stimme heraus, und das machte ihn fast schon auf lächerliche Weise glücklich.

Nora blieb dabei, dass Alice diejenige war, die ihr einen Gefallen tat, aber das lag einfach an ihrer freundlichen Art. Sie dachte sich überhaupt nichts dabei, einer Fremden zu helfen oder ihre glamouröse Karriere in London aufzugeben, um Geld für ihre Mutter aufzutreiben.

Manchmal machten Will und Nora auf dem Rückweg im Café LoCal halt und aßen etwas oder tranken ein Glas Wein. Will fing einen warnenden Blick von Fiona auf, der ihm wohl sagen sollte »Geh bloß vorsichtig mit meiner Freundin um!« Aber er sah ihr direkt in die Augen. Er hatte nichts zu verbergen. Er und Nora hatten sich in Dublin getroffen, nachdem beide jahrelang anderswo gelebt hatten. Keiner von ihnen hatte Freunde in der Stadt, sie saßen im selben Boot, aber alles war vollkommen platonisch. Nora war durchaus attraktiv. Sie war sogar eindeutig sehr süß. Mit ihren dunklen Haaren, den braunen Augen und ihrer olivfarbenen Haut sah sie eher italienisch als irisch aus. Aber er spürte, dass sie nicht auf der Suche nach einer Beziehung war – genau wie er.

Er musste erst einmal in Dublin einen Fuß auf den Boden kriegen, sich um seine Schwester und ihre Kinder kümmern, und was am wichtigsten war, dafür sorgen, dass seine Tochter sich hier gut einlebte – was nicht gerade einfach war. Deshalb war Will sehr dankbar, wenn er ein wenig rauskam und Zeit mit Nora verbringen konnte. Zumindest redete er sich das ein. Bis zu dem Abend von Noras Überraschungsparty.

Will hatte Alice an Jakes Schule angemeldet, aber sie weigerte sich schlichtweg hinzugehen. Dann, Ende August, ein paar Tage vor Schulbeginn, gab sie endlich nach und willigte ein, es dort zu versuchen, und Gemma versprach, mit ihr in die Stadt zu fahren und eine Uniform zu besorgen.

Will brachte sie zum Zug und ging dann ins Café LoCal, um das mit einem doppelten Espresso zu feiern.

»Was machst du Freitagabend, Will?«, fragte ihn Fiona, während sie seinen Kaffee eingoss.

»Hm.« Will blickte in ihre großen, ruhigen grünen Augen und merkte, wie seine Augenbrauen unwillkürlich nach oben wanderten.

»Lieber Gott, nein!«, plapperte sie los. Zum ersten Mal bemerkte Will, wie sie nervös wurde. Normalerweise war sie völlig unerschütterlich, aber jetzt wurde sie rot. »Ich will nicht mit dir ausgehen. Ich wollte nur wissen, ob du zu Noras Party kommst.«

»Ich weiß nicht.« Will war erst erleichtert und dann beleidigt. Er und Nora waren Freunde, oder etwa nicht? Wenn sie eine Party machte, warum hatte sie ihn dann nicht eingeladen?

»Es ist eine Überraschung zu ihrem dreiunddreißigsten Geburtstag.« Fiona drehte sich weg und packte ein Plunderteil mit Zimt in eine Tüte, und als sie sich ihm wieder zuwandte, hatte sie sich gefasst. »Du kriegst ja kein Wort raus. Bist du dabei?«

»Klar«, sagte Will, »schätze schon.«

Fiona warf ihm ihr blendendes Lächeln zu und reichte ihm sein Teilchen und seinen Kaffee. »Das dachte ich mir«, sagte sie bedeutungsschwanger.

Julia hatte immer über Wills Pokerface gelacht. Etwas für sich zu behalten, war für ihn schon immer sehr schwierig gewesen, und Will fürchtete, er könnte Nora von der Party erzählen. Also ließ er sich den Rest der Woche nicht im Laden blicken. Aber er vermisste ihre Spaziergänge, und als er am Freitagabend ins Café kam, konnte er es kaum erwarten, sie zu sehen.

Der Laden füllte sich bereits. Es herrschte eine ansteckende, aufgeregte und verschwörerische Stimmung. Fiona hatte Nora vorgeschwindelt, es finde eine Catering-Preisverleihung statt, und Nora hatte widerwillig zugesagt, sich schick zu machen und sie zu begleiten. Im letzten Augenblick würden sie noch im Café vorbeischauen, und dort würden alle auf sie warten. Will war abends nicht mehr aus gewesen, seit er New York verlassen hatte, und er merkte, dass er sich amüsierte, während er einen Mojito Punch trank und auf die beiden wartete.

Alle waren nett. Der Koch Adonis hatte ihm ein gutes Fitnessstudio in der Nähe empfohlen. Noras Testamentsvollstrecker, ein älterer Mann namens Loughlin, lud ihn ein, am nächsten Sonntag mit ihm in Sandycove schwimmen zu gehen. Als Will erwähnte, dass er vielleicht bald nach einem Haus suchen würde, erzählte ihm ein junger Typ namens Ed einiges über den irischen Immobilienmarkt.

Ein oder zwei Minuten lang vergaß Will, die Tür im Auge zu behalten, dann wurde es plötzlich lauter, und Nora trat ein in einem gelben Sonnenblumenkleid, mit offenen Haaren und geschocktem Gesichtsausdruck. Will verspürte den Drang, zu ihr hinüberzugehen und den Arm um sie zu legen, aber schon drängten sich andere um sie, und er stand daneben und musste warten, ehe er mit ihr sprechen konnte.

Endlich standen sie sich von Angesicht zu Angesicht gegenüber. Er wollte sie wie die anderen auf die Wange küssen, aber aus irgendeinem Grund wirkte das falsch.

»Hi«, sagte er hölzern.

»Hi.« Noras Blick flatterte, und sie steckte sich eine Locke hinters Ohr.

Unbehaglich standen sie sich gegenüber. Will plauderte bei ihren Spaziergängen sonst immer mühelos mit ihr, aber jetzt fand er keine Worte. Plötzlich bemerkte er den zitronigen Duft ihres Parfums, betrachtete ihre langen Wimpern und das kleine Grübchen in ihrer vollen Oberlippe. Vorher hatte er diese Dinge nie bemerkt.

Nora räusperte sich und zog an einer Locke. »Und wie war deine Woche so?«

»Oh«, sagte er nur und wippte auf seinen Absätzen wie ein Teenie, der keinen Ton herausbrachte. Er konnte ihr nicht in die Augen sehen. »Na ja, war ziemlich viel los.«

»Bei mir auch«, antwortete sie steif.

Wieder langes Schweigen. Will dachte schon, er würde die Spannung keine Sekunde länger aushalten, als Fiona ihn rettete.

»Das Geburtstagskind für sich allein beanspruchen«, grummelte sie. »Das geht gar nicht, sie muss doch mit allen plaudern.«

Sie zog Nora mit, um ihr ein Pärchen vorzustellen, das gerade erst eingetroffen war, und Will, der sich fühlte, als hätte er ungefähr eine Stunde lang die Luft angehalten, atmete auf. Lieber Himmel, dachte er, während er beobachtete, wie die Besitzerin des Blumenladens Nora einen Strauß überreichte. Was war das denn gerade? Hoffentlich passierte das nie wieder. Nora und er waren Freunde, und er wollte ihr Verhältnis keinesfalls verkomplizieren.

Am Montag nach der Party fing Will bei seinem neuen Job in Dublin an. Ein Berg von Arbeit erwartete ihn – Klienten, die er kennenlernen musste, er wurde dem Kreativteam vorgestellt, es gab Strategien auszuhandeln. Darin war er gut. Deshalb hatte er damals in New York so schnell Karriere gemacht, und deshalb hatten sie ihn auch nach Dublin versetzt. Aber dummerweise konnte er sich nicht konzentrieren. Wenn er in einem Meeting saß oder eine Präsentation beurteilte, dachte er an ihren Namen – Nora Malone – und musste den Drang unterdrücken, ihn laut auszusprechen, nur um seinen Klang zu hören.

Dienstagnachmittag fragte er sich, ob er gerade durchdrehte. Die einzige Möglichkeit, das zu ändern, war, ihr gegenüberzutreten und alles wieder in Ordnung zu bringen, damit es wieder so war wie vor der Party. Er fuhr nach Hause, holte Mac ab und ging zum Laden, als Nora gerade absperren wollte.

»Hey«, sagte sie strahlend. »Du bist Freitag ziemlich früh gegangen.«

Er ließ die Leine los, damit sich Mac zu Houdini legen konnte. »Am Montag ging's ja los.«

»Hab ich ganz vergessen, wie war's denn?«

»Gut! Super!«, sagte er. In Wirklichkeit war es die Hölle. Gut und super war aber tatsächlich, dass die Spannung zwischen ihnen offenbar völlig verpufft war. »Kommst du mit spazieren?«

»Sehr gern«, sagte sie leichthin. »Aber ich muss mir was Wärmeres anziehen.«

Nora ging die Treppe hoch in ihr Zimmer, schloss

die Tür und lehnte sich dagegen. Puh, kalt erwischt – aber es war okay gelaufen, oder? Sie prüfte ihr Gesicht im einzigen Spiegel, der noch übrig geblieben war. Sie war nicht rot geworden und hatte nicht komisch herumgestottert, sondern war locker und freundlich gewesen, genau wie er.

Letzte Woche hatte sie geglaubt, irgendwas stimme nicht, als er nicht in den Laden gekommen war. Dann hatte er bei der Party so gelangweilt gewirkt und war gegangen, ohne sich überhaupt zu verabschieden. Sie hatte ein fröhliches Gesicht aufsetzen und so tun müssen, als wäre sie nicht enttäuscht. Am Samstag war sie wegen der vielen Mojitos mit einem Kater aufgewacht und der Erkenntnis, dass sie in den letzten Wochen wohl Gefühle für ihn entwickelt hatte. Das ganze Wochenende hatte sie damit verbracht, sich zur Vernunft zu rufen. Will hatte nicht mehr im Sinn als eine Freundschaft, und das war auch gut so. Sie hatte sich einigermaßen wieder berappelt, verarbeitete aber immer noch Adams Affäre, und das Letzte, was sie gebrauchen konnte, war, dass ihr wieder jemand das Herz brach.

Nora schnappte sich einen hellgrauen Cardigan mit winzigen Perlknöpfen von der Garderobe und holte sich ihren Skizzenblock, weil sie Will ein paar Zeichnungen zeigen wollte, die sie von Laineys Brosche gemacht hatte. Dann eilte sie nach unten.

Am nächsten Samstag ließ Nora Alice wieder allein im Laden. Sie ging für eine Stunde nach oben und kümmerte sich endlich um Hughs Büro. Als sie wieder runterkam, funkelten Alice' Augen vor Aufregung.

»O mein Gott! Es war sooo wahnsinnig viel los, als du weg warst«, sagte sie. »Eine alte Frau hat den Hutständer aus Messing gekauft. Sie hat versucht zu handeln, aber sie hat echt reich ausgesehen, deswegen hab ich Nein gesagt. Und ein paar kleine Kinder sind mit ihrem Dad reingekommen, und er hat ihnen die türkisgoldene Halskette gekauft. Eine andere Frau wollte eine Anzahlung auf sechs von den rosa-weißen Tellern machen. Ich wusste nicht, wie viel ich verlangen sollte, also hab ich fünfzig gesagt. Sie kommt am Montag und bringt den Rest, wenn das okay ist.«

»Das ist nicht okay«, lachte Nora, »das ist fantastisch! Du bist großartig. Was würde ich nur ohne dich anfangen.«

Alice zuckte lässig mit den Schultern. »Echt keine große Sache.«

Als sie Feierabend machten und Alice gehen wollte, fragte Nora sie: »Hättest du Lust, mir bei der Gestaltung des nächsten Schaufensters zu helfen?«

»Ist das dein Ernst?« Alice' Augen wurden groß. »Liebend gern!«

Als sie weg war, verriegelte Nora alles und ging zum Café. Laura bediente, Fiona und Adonis standen hinter der Theke und machten irgendwas Kompliziertes mit einer Wassermelone und einem Käsedraht.

»Eben war Will da«, sagte Fiona. »Du hast ihn gerade verpasst.«

»Ehrlich?« Nora versuchte, sich ihre Enttäuschung

nicht anmerken zu lassen. An einem Samstagabend hatte Will wahrscheinlich was Besseres vor, als mit ihr herumzuhängen. »Was machst du heute Abend?«, fragte sie Fiona.

»Ich gehe shoppen. Ich habe nichts anzuziehen für die Hochzeit im Oktober.«

Fiona hatte mehr Kleider als jeder, den Nora kannte, außer vielleicht Lainey. »Brauchst du Hilfe?«

Fiona blickte überrascht auf. »Das ist lieb, danke, aber nein. Ich schalte immer auf Militäreinsatz um, wenn ich shoppe, da muss ich alleine ran.«

»Kein Problem.« Nora zuckte nicht besonders überzeugend mit den Schultern. »Ich muss sowieso mit dem Arbeitszimmer weitermachen.«

Sie nahm sich eine Aubergine mit Miso-Glasur und einen Vollkorndonut mit Chili-Schokolade zum Abendessen mit nach Hause und ging den langen Weg am Meer zurück zur Temple Terrace. Ein riesiger Mond hing am Himmel, und die Leute blieben bewundernd stehen. Alle schienen zu zweit unterwegs zu sein, und Nora wollte nicht stehen bleiben, um nicht einsam zu wirken, obwohl sie sich so fühlte. Sie hatte Wills Nummer, falls es ein Problem mit Alice geben sollte, aber bisher war alles sehr locker geblieben. Keine Anrufe, keine Nachrichten. Es würde gegen eine ungeschriebene Regel ihrer Freundschaft verstoßen, ihn jetzt zu bitten, sich mit ihr zu treffen. Sicher würde er dann denken, es hätte etwas zu bedeuten. Aber es hatte nichts zu bedeuten, sagte Nora sich, als sie die Haustür aufschloss. Sie hatte bloß keine Lust, Hughs Büro auszumisten.

Vor einer Woche hatte sie damit begonnen, das Büro durchzusehen, es aber aus Zeitgründen wieder sein lassen. Sie musste gründlich vorgehen und hoffte, die Seiten zu finden, die Lainey aus Hughs Büchern gerissen hatte. Stattdessen fand sie eine Sammlung von alten Belegen, Kontoauszügen, Steuererklärungen, Scheckbüchern, Aktennotizen der Handelskammer auf vergilbtem Papier, alte Faxe, deren Schrift fast vollständig verblasst war, Reisepläne, alte Flugtickets, Bücher mit seidigen Covern und vielfarbigen Durchschlägen. Es gab auch einen Stapel mit goldgeränderten Einladungen zu Empfängen bis zurück ins Jahr 1953. Hughs Karriere bestand jetzt nur noch aus diesen Papierstapeln, die sie würde wegwerfen müssen.

Sie war bei der letzten Schublade des Aktenschranks angelangt und stapelte gerade spiralgebundene Berichte, als sie auf eine Plastikmappe stieß. Sie erwartete, noch mehr Aktennotizen zu finden, aber stattdessen lag ein von einem Gummi zusammengehaltenes Bündel mit Reisepässen darin.

Nora öffnete einen nach dem anderen und lächelte über die Fotos von Hugh, die ihn mit zwanzig, dreißig, vierzig und fünfzig zeigten. Sie betrachtete die bunten Stempel: China, Türkei, Brasilien, Japan, Indonesien, USA.

Beim letzten Pass hielt sie inne. Er war anders. Die anderen Pässe mit dem ausgebleichten Leinen trugen die irische Harfe. Dieser hier bestand nur aus vier Seiten gelblichem Papier, das mit verrosteten Klammern zusammengehalten wurde. Die Schrift vorne drauf war

Nora fremd, Griechisch vielleicht, aber das Gesicht auf dem verblichenen Schwarz-Weiß-Foto erkannte sie sofort.

Das Café hatte schon geschlossen, aber das Licht brannte noch, und Fiona kam an die Tür, als Nora klopfte.

»Ich habe das Shoppen verschoben«, sagte sie. »Wir haben gerade ein unglaubliches Wassermelonen-Sorbet erfunden, mit gefrorenen Geranien-Tuilen. Das zieht dir wirklich den Stecker. Ich hol dir was aus dem Gefrierschrank.«

»Adonis«, Nora legte die geklammerten gelben Seiten auf die Theke, »ist das Griechisch?«

Er trocknete seine Hände sorgfältig an einem Stück Küchenpapier und beugte sich vor, um es sich anzusehen. »Ja.« Er nahm das Dokument zur Hand und besah es sich. »Das sind Reisedokumente von einer Frau namens Eleni Demetriou. Geboren in Kriti … Kreta«, korrigierte er sich, »im Jahr 1933.«

Das war Laineys Geburtsjahr, aber sie war doch in London geboren, nicht auf Kreta, oder?

Adonis zeigte auf das Foto. »Sie sieht dir sehr ähnlich, diese Eleni Demetriou.«

Nora nickte langsam. »Sie ist meine Großmutter.«

8

Silbergraues Schulter-Cape mit Marabufedern

Fiona

Carl war an einem unerwartet kühlen, feuchten Sommermorgen in Fionas Leben zurückgekehrt, wie ein Flaschengeist in sexy Jeans. Aber anstatt aus einer Flasche war er aus einem Stapel Rechnungen aufgestiegen. Sie stand an der Kasse, blätterte die Post durch, behielt Laura im Blick, die Bestellungen aufnahm, und Adonis, der hinter der Theke Blumenkohlknödel zu Pizzateig verarbeitete und das Trio liebestrunkener Geschäftsfrauen gar nicht bemerkte, die die Tagesordnung ihres Frühstücksmeetings vergessen zu haben schienen.

Das Café LoCal war voller Sommerfrischler, die Zuflucht vor dem Wetter suchten. Sie wischten sich mit Servietten den Regen von den Sonnenbrillen, schoben ihre Eimer und Schaufeln unter die Tische und bestellten Zimt-Soja-Latte, Eiweiß-Omelette und heiße Dinkel-Scones, als hätten sie sich durch das arktische Ödland hierher durchgekämpft.

Sie hatten schon fast das ganze Haselnussbutter-Shortbread verputzt, fiel Fiona auf, als sie einen schweren cremeweißen Umschlag öffnete. Adonis musste wirklich zusehen, dass er noch ein Blech davon in den Ofen schob, bevor die Elf-Uhr-Meute erschien.

Fiona nahm die geschmackvolle, goldgeränderte Einladung heraus und grinste. Andrea, eine ihrer Lieferantinnen, heiratete. Es war eine stürmische Beziehung, nur zwei Monate lagen zwischen dem Kennenlernen und dem Heiratsantrag. Der Beweis, dass solche Dinge tatsächlich passieren, dachte Fiona, wenn auch immer nur anderen Leuten. Ihre Augen wanderten zum Namen des Bräutigams, und ihr Lächeln gefror. Darren Cross. Es konnte nur einen geben. Vor fünfzehn Jahre war er der King of Cool des Abschlussjahrgangs gewesen, der Junge, der sie »Fette Fiona« oder kurz »Doppel-F« genannt hatte.

Alle würden da sein, dachte sie, Carl war vermutlich Trauzeuge. Sie zerknüllte die Karte zu einer Kugel. Als sie aufblickte, bemerkte sie, dass Adonis sie beobachtete, während seine großen Hände gekonnt einen Teigklops hochwarfen und in der Luft daraus ein eierndes, wirbelndes Rad machten, das den knusprigen Boden für eine von Fionas legendären Zweihundertkalorien-Pizzas abgeben würde.

»Was ist los?«, fragten seine dunklen Augen. Nach zwei Jahren gemeinsamer Arbeit in der winzigen Küche des Cafés konnte er ihre Gedanken lesen.

Fiona schob die zerknüllte Einladung in die Tasche ihrer Schürze und zeigte auf das fast leere Shortbread-Blech. »Fast nichts mehr da!«, formte sie mit den Lippen. Eine von Adonis' eindrucksvollen Augenbrauen hob sich ein wenig. Er wusste, dass sie ihn damit nur abwimmelte, ließ aber erst mal den Pizzaboden mit einem Plopp auf der Arbeitsfläche landen. Eine der Geschäftsfrauen stieß ein leises, flirtiges »Yeah« aus, das er ignorierte. Er wischte sich die mehligen Hände an seiner schwarzen Schürze ab und ging zum Vorratsraum, um Zutaten für eine frische Ladung zu holen.

Fiona warf die Einladung in die Recycling-Tonne. Sie würde absagen und ein hübsches Geschenk schicken. Aber die Einladung ging ihr den ganzen Tag lang nicht aus dem Kopf. Und nachdem sie das Café geschlossen hatte und Adonis und Laura gegangen waren, holte sie sie wieder aus der Tonne.

Sie starrte die Karte an und drehte sich zu ihrem Spiegelbild im Fenster um. Es war immer noch eine Überraschung, ihren eigenen Körper zu betrachten. Die schlanke, zierliche Frau mit Federschnitt und dem blauen Kleid mit Wespentaille. Fiona war mindestens drei Pfund über ihrem Idealgewicht, und ihre Haare brauchten frische Strähnchen. Sie hatte keine Begleitung, aber die Hochzeit war auch erst im Oktober. Sie hatte noch genug Zeit, das alles auf die Reihe zu kriegen, oder? Natürlich würde sie hingehen, allein schon um ihre Blicke zu sehen, wenn sie kapierten, wie sehr sie sich verändert hatte.

Ende September wog Fiona nur noch achtundvierzig Kilo. Sie hatte zwei Fruchtsäurepeelings und eine Mikrodermabrasion hinter sich und sich Hyaluron spritzen lassen. Sie hatte vier Kleider gekauft und sie wieder zurückgegeben und war immer noch auf der Suche.

Eine Begleitung war ebenso schwierig zu finden wie ein Kleid. Tinder war eine Katastrophe, also bezahlte sie fünfhundert Euro an ein exklusives Datingportal. Bisher hatte sie sechs Männer getroffen. Das waren sechs Dates mehr als in den letzten zwei Jahren.

Wäre sie auf der Suche nach jemandem gewesen, mit

dem sie tatsächlich länger zusammenbleiben und ihn nicht nur zur Hochzeit als Begleitung haben wollte, hätte es nur wenige Männer gegeben, mit denen sie sich überhaupt getroffen hätte. Der Grundschullehrer, der die Lieblingsaufsätze seiner Schüler abfotografiert auf dem Telefon dabeihatte. Der alleinerziehende Vater, der sie den ganzen Abend lang ansah, als hätte er im Lotto gewonnen. Die einzige wirkliche Option war der unglaublich durchtrainierte Personal Trainer, aber er sagte ihr, dass er am Tag der Hochzeit keine Zeit habe, also war sie wieder genauso weit wie zuvor.

Und jetzt schon der dritte Make-up-Versuch. Ihre Kellnerin Laura machte abends Schönheitsbehandlungen, um die Kinderbetreuung und den Unterhalt ihrer Chamäleons, Ricky und Martin, bezahlen zu können. Sie saßen in ihrem Terrarium und beobachteten Fiona, während Laura mit einem winzigen Schwamm Konturencreme auf Fionas Gesicht auftrug, und wechselten dabei selbst immer wieder die Farbe, als wollten sie mit ihr mithalten.

»Weißt du, du brauchst überhaupt keine Begleitung. Du würdest die Hochzeit sowieso überstrahlen, auch wenn du alleine hingehst.« Sie richtete sich auf, um ihre Arbeit zu betrachten, und seufzte. »Oh mein Gott. An dir zu arbeiten, ist echt ein Traum. Du bist so hübsch.«

Fiona fühlte, wie das Kompliment an ihr abglitt wie Kokosöl in einer Teflonpfanne.

»Auf einer Hochzeit kann alles Mögliche passieren.« Laura tupfte einen Klacks Kleber auf ihre Hand und begann, einzelne Wimpern an Fionas Augenwinkeln einzusetzen. »Vielleicht lernst du dort deine große Liebe kennen.«

Fiona würde ganz bestimmt ihre große Liebe treffen. Genau darum ging's ja. Die Trainingseinheiten um sechs Uhr morgens, die Dreihundert-Euro-Strähnchen, das Kleid, das sie schließlich gefunden und das fast so viel wie ein Gebrauchtwagen gekostet hatte. Ein Traum aus blassrosa Krepp, das ihren Körper umschmeichelte. Ein schmaler, grauer Ledergürtel, der ihre Taille betonte. Die Verkäuferin war ihr zur Umkleidekabine gefolgt und hatte dortgestanden, während sie sich bis auf die Unterwäsche auszog. Das löste bei Fiona wieder einen Tsunami an Schamgefühl aus, den sie hinter sinnlosem Geplapper zu verbergen versuchte. Die Verkäuferin half ihr, das Kleid anzuziehen, und machte den Reißverschluss zu.

»Es sieht unglaublich an Ihnen aus, aber wir werden es ändern lassen müssen. Wir haben keine Zeit mehr, es noch in Größe vierunddreißig zu bestellen.«

Sie hatte Größe vierunddreißig! Fiona starrte ungläubig auf ihr Spiegelbild. Sie hatte sechsundvierzig getragen, als sie Carl zuletzt gesehen hatte.

Zehn Tage vor der Hochzeit bekam sie wieder einen Vorschlag von ihrem Dating-Portal. Ein sehr gut aussehender Investmentbanker namens Andy, der gerade nach fünf Jahren in Asien nach Irland zurückgekehrt war.

Sie trafen sich beim Japaner, und noch bevor sie bestellt hatten, waren so oft die Worte »Dienstboten« und

»Swimmingpool« gefallen, dass sie nicht mehr mitzählen konnte.

»Meine Güte,« er schwenkte sein Glas Chablis, den er zuvor eine ganze Minute gekostet und im Mund behalten hatte, ehe der arme Kellner einschenken durfte, »ich klinge wohl ein wenig arrogant, oder?«

»Nein.« Sie lächelte. Er klang mega-arrogant. Wie eine Reihe von Facebook-Posts eines Portals namens »Erfolg«. Cocktails im Raffles Hotel in Singapur. Wochenenden in Hongkong. Tauchtrips auf Tioman Island in Malaysia, das »wenn man erst mal von den Flitterwöchlern weg ist, ein totales Paradies ist.«

Er ist perfekt, dachte sie. Er ist engagiert – falls er im Oktober Zeit hat.

Nachdem er fast die ganze Flasche Chablis geleert hatte, stellte er sein Glas ab, lehnte sich in seinem Stuhl zurück und seufzte zufrieden.

»Das ist auch mal eine Premiere«, sagte er und schüttelte den Kopf. »Ein Date mit einer Frau, die tatsächlich noch besser aussieht als auf dem Profilbild.«

»Danke. Wie nett«, sagte sie verlegen; wie immer, wenn sie einem Mann zu gefallen schien, verließ sie ihr Selbstbewusstsein.

»Das ist nicht nett, es ist die Wahrheit. Mindestens die Hälfte meiner Vorschläge hat sich als … sagen wir mal …«, er feixte und machte Gänsefüßchen in die Luft, »größer als angekündigt erwiesen.«

Sein höhnisches Grinsen verschwand, als Fiona ein zweites Date ablehnte.

Es heißt, dass in jedem dicken Menschen ein dünner nur darauf wartet, dass er herauskommen kann; aber bei Fiona war es genau andersrum. Das übergewichtige Teenie-Mädchen von früher war nicht einfach verschwunden, sie hatte sich nur in ihr Inneres zurückgezogen.

Restscham hatte ihre Therapeutin es genannt. Sandy war Spezialistin für Körperwahrnehmung. Sie war eine kleine, laute, fröhliche Frau Mitte vierzig, unter deren blond gefärbten Haaren dunkle nachwuchsen. Fiona hatte bei ihrem ersten Treffen ausgerechnet, dass sie einen BMI von mindestens dreißig hatte. Sie trug leuchtende Wickelkleider, die an jeder Delle und Kurve klebten wie Tesafilm, und ganz offensichtlich scherte sie sich darum einen feuchten Kehricht.

Mittlerweile war sie eine alte Freundin und gehörte zu den paar Menschen, denen Fiona am meisten vertraute. Aber als sie zum ersten Mal in einem der beiden cremefarbenen Ledersessel in dem winzigen Sprechzimmer saß, hatte sie sich gefühlt, als wäre es ihre Aufgabe, Sandy wieder auf die richtige Spur zu bringen, nicht andersrum. War es für eine Körperwahrnehmungsspezialistin richtig, übergewichtig zu sein? Sollte sie ihr nicht als Allererstes ein paar Flyer vom Café geben, die sie in der Handtasche hatte? Oder sollte sie damit bis zum Ende der Stunde warten?

»Also«, Sandy verschränkte die Arme vor ihrem üppigen Busen und blickte Fiona freundlich über ein niedriges Glastischchen hinweg an, »warum sind Sie hier?«

Und Fiona, die Adonis im Café über den Lärm hinweg eine Bestellung zurief und jedem Lieferanten, der ihr keine hundertprozentige Qualität lieferte, die Leviten las, wand sich in ihrem Ledersessel, und ihre Stimme klang mädchenhaft und kläglich, als sie zu sprechen begann und erklärte, dass sie von fünfzehn bis achtundzwanzig übergewichtig gewesen sei.

»Also eigentlich fettleibig. Nennen wir die Sache ruhig …« Sie spürte einen Kloß im Hals »… beim Namen. Jedenfalls habe ich gedacht, dass alles okay sein wird, wenn ich dünn bin. Und das ist es auch. Ich habe einen tollen Laden und super Freunde, aber ich habe ein Problem mit … Sie wissen schon …« Das Wort steckte fest wie ein Pfefferkorn. »… mit Intimität. Beziehungen. Diese Art von Dingen. Ich war drei Jahre lang verlobt. Mein Ex und ich haben ein Café zusammen aufgebaut, aber er sagte, ich würde ihn mehr wie einen Freund behandeln, und er hatte recht. Andere Leute heiraten und kriegen Kinder, und es fühlt sich an, als lebten sie auf einem anderen Planeten. Ich kapier's nicht. Ich kapiere nicht, wie man das macht …« Fiona gingen die Worte aus, und das passierte ihr sonst nie.

Sandy schob die lustige rosa-schwarze Zebra-Box mit den Taschentüchern über den Tisch. Fiona schob sie wieder zurück.

»Ich werde nicht weinen. Ich bin keine Heulsuse«, sagte sie und atmete tief durch. »Und ich bin nicht dumm. Ich weiß, dass ich nicht hässlich bin. Ich weiß es hier oben.« Sie tippte sich an die Stirn und legte ihre Hand dann auf ihr Herz. »Aber irgendwie kriege ich die Botschaft nicht bis hier runter.« Sie zog ein Tuch aus der Box und knüllte es zusammen.

Mit fünfzehn hatte sie immer Taschentücher gegessen. Sie hatte sich im Schulklo eingeschlossen und vor dem Schulmittagessen ein paar hinuntergeschluckt, in der Hoffnung damit das klaffende Loch zu stopfen, das keine noch so große Mahlzeit füllen konnte.

Diese und eine ganze Reihe anderer Erinnerungen kamen hoch. Die Schokoladenverpackungen, die sie ganz unten in ihrer Schultasche tat und auf dem Nachhauseweg auf verschiedene Mülleimer verteilte. Die Kekspackungen, die sie in einem Schuhkarton hinten in ihrem Schrank versteckt hatte.

Fiona hatte versucht, es mit Dreistigkeit zu überspielen. Sie stolzierte an der Gruppe älterer Schüler aus der Abschlussklasse vorbei, die vor der Aula herumhingen, und ließ einen fiesen Spruch vom Stapel, um sich vor dem Gekicher und Gejohle zu schützen. Wenn sie sich in der Sportumkleide umzog, tat sie so, als würde sie das Flüstern und Glucksen nicht hören.

Geräuschvoll putzte sie sich mit dem Taschentuch die Nase. »Warum kann ich diesen Mist nicht einfach hinter mir lassen?«, fragte sie Sandy. »Was stimmt nicht mit mir?«

»Mit Ihnen ist alles in Ordnung«, sagte Sandy entschieden. »Wenn man viel Gewicht verliert, verliert man nicht unbedingt auch das schlechte Selbstbild, das damit einhergeht.«

Sie zeigte auf die Taschentuchbox. »Wenn ich damit ein paar Mal nach Ihnen werfen würde, würden Sie früher oder später jedes Mal in Deckung gehen, wenn ich danach greife, oder? Sie wollen sich davor schützen, getroffen zu werden. Das Gleiche gilt auch für Zurückweisungen. Wenn die Leute in Ihrer Umgebung Sie permanent beurteilen, entwickeln Sie Wege, um damit umzugehen – Strategien. Eine ziemlich gute Strategie ist es, die Zurückweisungen vorauszuahnen. Jemanden abzuservieren, ehe er Sie abservieren kann.«

Fiona wurde rot. Genau das war mit ihrem Ex-Verlobten passiert. Nach dem ersten Rausch der Verliebtheit hatte sie es kaum glauben können, dass Bruce sie wirklich wollte. Weshalb auch? Also war sie in ihre alte Verteidigungshaltung zurückgefallen, hatte Witze über ihren Umfang gemacht, in der Hoffnung, er würde sie bestärken, aber er wirkte nur verwirrt. So hatte er sie noch nie gesehen. Sie hatte sich zurückgezogen, um sich zu schützen, und als er sich ebenfalls zurückzog, beschuldigte sie ihn, dass er nicht in sie verliebt sei.

Sandy beugte sich vor und tätschelte ihren Arm. »Ich saß auch schon auf diesem Stuhl. Ich weiß, wie es läuft. Aber …«, sie holte ein spiralgebundenes Notizbuch im gleichen Design wie die Taschentuchbox hervor, »… können Sie sich erinnern, wann diese negativen Gefühle über Ihre eigene Person begonnen haben?«

Fiona hatte nie besonders viel übers Essen nachgedacht, bis sie etwa vierzehn war und ihr Vater den Unfall hatte. Bei seiner Arbeit in der Fabrik war er von einem Gabelstapler gefasst worden und hatte sechs Monate im Krankenhaus bleiben müssen. Ihre Mutter war hektisch zwischen Krankenhaus und Zuhause hin und hergeeilt, und es gab keine vernünftigen Mahlzeiten mehr. Fiona musste sich selbst versorgen. Pommes, Schokolade und Kekse nahmen ihr die Angst um ihren Vater nicht, überdeckten sie aber unter einer Schicht aus Fett und Zucker. Als er wieder zur Arbeit zurückkehrte, hatte sie neunzehn Kilo zugelegt und wusste nicht, wie sie das Frustessen wieder in den Griff kriegen sollte.

Je dicker sie wurde, umso lauter und lustiger wurde sie, um es zu kompensieren. Sie zuckte beim Spott ihrer Klassenkameraden nur mit den Schultern und schoss mit wilden Klugscheißersprüchen um sich. Sie wollte sichergehen, dass niemand erfuhr, wie sehr sie sie verletzten, aber die Narben waren da – und sie waren tief. Und selbst als sie wieder Gewicht verloren und sich neu erfunden hatte, wollte die alte Unsicherheit nicht weichen.

Sie hatte Sandy nichts von der Hochzeit erzählt. Sandy redete immer von »sicheren Orten«. Womöglich würde sie Fiona überreden, nicht hinzugehen. Nora war auf derselben Schule gewesen und erinnerte sich vermutlich sogar an Dazzler und Carl.

»Ich habe ein Kleid gefunden«, verkündete Fiona, als sie mit Adonis und Laura nach dem Frühstücksrummel einen schnellen Kaffee an der Kasse trank.

»Jipiie!« Laura hob ihre Tasse zum Toast. »Was ist mit dem sexy Banker?«

»Totaler Vollidiot!« Fiona stellte geräuschvoll ihre Tasse ab. »Ich hasse Männer«, sagte sie düster. »Anwesende natürlich ausgenommen!«

»Du bist kein Mann, Adonis«, sagte Laura. »Du bist ein Gott.«

Seine Eltern mussten eine Vorahnung gehabt haben, als sie ihn so tauften, denn er sah aus, als sollte er in einem güldenen Pantheon im Himmel leben und nicht einen Espresso in einem Dubliner Vorstadtcafé hinunterstürzen. Fiona war immer noch allen Göttern dankbar, dass er vor drei Jahren durch diese Tür getreten war. Wenn er nicht wäre, würde es gar kein Café LoCal geben.

Zu Beginn hatte er sie eingeschüchtert, aber er war so glücklich gewesen, weil sie ihm eine Chance gegeben hatte, und er nahm seinen Job so ernst und trieb so eindeutig keine Spielchen, dass sie sich in seiner Gegenwart vollkommen entspannte. Die meiste Zeit über fiel ihr gar nicht auf, wie gut er aussah. Aber es gab immer wieder Augenblicke wie jetzt, als sie beobachtete, wie er die winzige Espressotasse sorgfältig mit seinen riesigen Händen ausspülte, in denen sie dachte: Unglaublich, er sieht so gut aus.

Plötzlich griff sie nach ihrer Sonnenbrille. »Ich laufe nur mal kurz rüber zu Nora«, sagte sie und verschwand durch die Tür.

Der Memory Shop hatte ein neues Schaufenster. Ein hellgraues Schulter-Cape mit Marabufedern schwebte in der Luft, die Federn flatterten, als wollte es gleich davonfliegen. An der Scheibe stand: »Mit den Schultern zucken – vernachlässigen, abweisen, ignorieren, sich lustig machen«.

»Bestes Fenster bisher!«, sagte Fiona.

Nora war im hinteren Teil des Ladens und stapelte gläserne Dessertschälchen zu einer Pyramide auf ein niedriges Tischchen. »Gefällt es dir?«

Fiona grinste. »Ich finde es toll!« Sie sah Nora zu, wie sie eine weitere Schale auf die Pyramide stellte. »Vorsicht, du machst es noch kaputt!«

»Du klingst wie meine Großmutter!«

Von oben war ein Knall zu hören, und die Kristallgläser vibrierten und sangen.

»Schon okay, Lainey!«, rief Nora. »Ich benutze Blu-Tack, um deine kostbaren Gläser zu stapeln. Aber im Moment geht es mir gerade aus. Fiona, kannst du mir noch ein Päckchen aus der Schreibtischschublade holen?«

Fiona stieg vorsichtig um den ausgestopften Neufundländer herum und kramte, bis sie ein Päckchen fand. »Acht Tage!«, stöhnte sie. »Ich habe noch acht Tage, um jemanden zu finden, den ich mit zu dieser verdammten Hochzeit nehmen kann. Du hast nicht irgendwelche gut aussehenden, männlichen Single-Kunden, oder?«

»Na ja, Will?«, sagte Nora. »Nicht, dass ich ihn so gut aussehend finden würde, aber … immerhin«, stammelte sie, »ist er Single.«

Fiona musste ein Lachen unterdrücken. Man sah doch vom Weltall aus, dass Nora und Will aufeinander standen. Das aufgeladene Knistern zwischen den beiden bei der Party hatte ja schon fast etwas Unanständiges gehabt. Aber aus irgendeinem Grund taten beide so, als wäre es gar nicht so. »Nein«, sagte sie. »Will ist toll, aber er ist überhaupt nicht mein Typ.«

»Okay. Klar.« Nora sah erleichtert aus. »Hast du schon mal überlegt, Adonis zu fragen?«

Fiona stöhnte. »Ich weiß nicht. Das ist verzwickt. Ich bin seine Chefin. Vielleicht denkt er, dass er Ja sagen muss.« Aber vielleicht tue ich ihm auch leid, dachte sie. Er hatte sie schon in ihren schlimmsten Zeiten erlebt. Sie war fast bei Größe achtundvierzig angelangt, als er bei ihr zu arbeiten anfing. Wahrscheinlich würde er sie immer so sehen. »Und normalerweise hat er am Wochenende immer viel vor. Er übernimmt noch extra Catering-Jobs, damit er seiner Familie in Griechenland Geld schicken kann.«

»Ich wünschte, er würde Geld von *mir* annehmen, aber er weigert sich immer. Ich werde was von Hugh raussuchen und ihm schenken.« Nora trat zurück, streckte sich und betätigte den Lichtschalter. Sie hatte eine dünne Lichterkette durch die Glasschalen gefädelt, die jetzt hinter dem geschliffenen Kristallglas glitzerte. Winzige Regenbogen tanzten durch die Luft wie Glühwürmchen. »Was denkst du, könnte ihm gefallen?«

Fiona und Adonis arbeiteten schon so lange zusammen. Sie hätte ein Buch schreiben können über all die Dinge, die er mochte – den Hof in der Nähe von Thessaloniki, wo er aufgewachsen war; seine vier älteren Schwestern, deren Namen er aussprach, als wären es Blumen; seinen kleinen Bruder, dessen Studiengebühren er bezahlte; sein Land.

Er mochte Essen, aber nicht auf die Art wie Fiona früher, sondern er genoss es und war experimentierfreudig. Er warf gern aufs Geratewohl sechs Zutaten auf die Theke, ohne zu wissen, was dabei herauskam. Er war der eigentliche Grund für den Erfolg des Cafés. Fiona bearbeitete ihn gerade, sich mit dreißig Prozent zu beteiligen, aber bisher weigerte er sich.

»Ach, ich weiß nicht«, sagte Fiona. »Adonis kann mit Dingen nicht so viel anfangen.« Sie zuckte mit den Schultern. »Was ihm wirklich gefallen würde, wäre, wenn Veganismus verpflichtend wäre, wenn der AEK Athen die Champions League gewinnen würde. Oh, und wenn Griechenland die Investoren verbrennen und die Austerität aufheben würde.«

»Okay.« Nora nickte. »Ich habe mir überlegt, ihm Hughs alte Kamera zu schenken, aber ich muss wohl erst mit Lainey reden.«, sie hob den Blick zum Himmel, »ob sie das mit ihren Mächten arrangieren kann.«

»Wenn sie schon dabei ist, dann frag sie doch, ob sie mir einen annehmbaren Mann für die Hochzeit am Samstag in einer Woche vorbeischicken kann? Er muss nicht sprechen. Eigentlich wäre es sogar von Vorteil, wenn er nicht redet, Hauptsache, er macht was her.«

»Fiona, ich will ja nicht neugierig sein.« Nora sah sie an. »Aber warum ist diese Hochzeit so wichtig? Ich meine, du kennst die Braut ja noch nicht mal besonders gut, oder?«

»Ich kenne den Bräutigam.« Fiona räusperte sich. »Und du auch.«

»Wer ist es?«

»Darren Cross, von der Westbrook? Erinnerst du dich?«

»Vage …«

»Die Hälfte der Typen aus seiner Klasse an der Westbrook werden vermutlich dort sein.«

»Gott, ich hab's dort gehasst!« Nora verzog das Gesicht. »Wer kommt noch?«

»Evie Vaughan. Heißt jetzt Evie Casey. Sie hat Carl geheiratet. Erinnerst du dich?«

»Der hübsche Carl Casey!« Nora schüttelte den Kopf. »Tja, war ja klar, dass er nie von ihr loskommt, oder? Weißt du noch, wie sie fünfzig Mal seinen Namen auf das Tischbein im Bio-Labor geschrieben hat?«

»Zweiundachtzig Mal.« Fiona schluckte schwer. Sie hatte es noch nie zugegeben. »Das war ich, nicht sie. Das ist so peinlich.« Könnte sie doch die Worte zurücknehmen, aber jetzt waren sie schon heraus. »Ich war so fürchterlich in ihn verknallt.«

»Ich auch«, sagte Nora, »aber ich glaube, er hat überhaupt nie mit mir gesprochen.«

Auch mit Fiona hatte er nicht gesprochen, bis zu dem Abend, an dem er sie auf der Zufahrt zur Schule eingeholt hatte.

»Und, wie geht's?«, hatte er beiläufig gefragt, als würden sie sich öfter unterhalten.

»Spirituell? Psychologisch? Sozioökonomisch?«, gab sie zurück. Wenn er sie auf den Arm nehmen wollte, konnte sie genauso gut in die Vollen gehen.

Er zuckte mit den Schultern. »Ganz generell.«

»Gut. Und dir?«

»Ich bin im Arsch«, seufzte er. »Wenn ich noch einen Mathetest in den Sand setze, kann ich das weiterführende Examen nicht machen, und mein Dad bringt mich um. Das ist kein Scherz.« Er ging rückwärts vor ihr her, sodass sie ihn ansehen musste. »Er wird mich so richtig …« Er legte die Hände an seinen Hals und tat so, als würde er sich selbst erwürgen, riss die Augen auf, ließ seine Zunge raushängen. »… killen. Deswegen habe ich mich gefragt, ob du mir helfen könntest. Also, ob du es mir erklären könntest.«

»Was hast du geantwortet?«, fragte Nora, als wäre das alles gestern gewesen und nicht vor siebzehn Jahren.

»Ich hab ihm gesagt, dass ich mir nicht vorstellen kann, dass Evie das gut findet, und er sagte, sie hätten sich getrennt. Ich war so ein Idiot. Für mich war es, als hätte ich im Lotto gewonnen.« Fiona verdrehte die Augen. »Ich hab mich in diese echt alte Jeans in Größe vierundvierzig gequetscht, als ich zum ersten Mal zu ihm gegangen bin. Ich musste mich auf den Boden legen und den Reißverschluss mit einem Kleiderbügel zuziehen. In irgendeinem fehlgeleiteten Teil meines Gehirns hab ich wirklich gedacht, es sei ein Vorwand, um sich mit mir zu treffen. Dass er tatsächlich … du weißt schon … auf mich steht.« Sie schnaubte verächtlich.

»Natürlich!« Nora lächelte. »Und was ist dann passiert?«

»Was passiert ist? Er hat sich in Mathe von einer Vier auf eine Zwei verbessert und mich wie eine Idiotin aussehen lassen.«

Fiona hatte sich an diesen Samstagnachmittagen nach

ihm verzehrt, während sie auf seinem schmalen Bett neben ihm saß. Jede Woche schienen sie näher zusammenzurücken, während sie sich gemeinsam über das Schulbuch beugten. Sie kaufte keine Schokolade mehr, sondern gab ihr Taschengeld für Wimperntusche, Abdeckstift und Pfefferminzkaugummi aus. Sie dachte sich geistreiche Einzeiler aus, um ihn zum Lachen zu bringen: »Es liegt nicht nur an dir, Carl. Drei von zwei Leuten haben Probleme mit Brüchen.« Und: »Die Parabel ist eine Mathevernichtungswaffe.«

Sie wusste nicht mehr, welcher Spruch ihn so zum Lachen brachte, dass er sich rückwärts aufs Bett fallen ließ und nach Atem rang, aber sie wusste noch, wie leicht sich ihr Herz anfühlte, als sie sich neben ihn legte. Wie sie gedacht hatte, jetzt ist es so weit, schnell ihren Kaugummi runtergeschluckt und sich zu ihm rübergebeugt und ihn geküsst hatte.

»Lieber Himmel!« Er war hochgesprungen, als hätte er einen Stromschlag bekommen, und hatte sich mit dem Handrücken über den Mund gewischt.

Fiona wurde immer noch heiß, wenn sie an Carls ungläubigen Blick dachte. Sie hatte sich so erniedrigt gefühlt. Wie hatte sie nur so dumm sein können? Wie hatte sie auch nur eine Sekunde lang glauben können, dass er *sie* wollte, wo er doch jede haben konnte?

»Du warst nicht dumm.« Nora war stinksauer. »Er hat dir was vorgemacht! Und er hätte sich glücklich schätzen können, wenn er dich bekommen hätte. Und das gilt übrigens für jeden. Das muss echt schlimm gewesen sein.«

Die Wochen nach dieser Erniedrigung waren noch schlimmer. Fiona lebte ständig in der Angst, er würde herumerzählen, was geschehen war. Die letzten sechs Monate in der Schule waren die reinste Qual und schienen niemals enden zu wollen. Jedes Mal, wenn sie Carl sah, durchlebte sie diese Demütigung wieder. Nachdem sie ihre Prüfungen abgelegt hatte, dachte sie, sie wäre frei.

»Gehen Sie Ihren Leidenschaften nach«, hatte ihr der Berufsberater gesagt, und genau das hatte sie getan. Sie war der Star auf der Catering- und Koch-Schule und hatte sofort einen Job in einem schicken Restaurant gefunden. Bruce arbeitete bereits dort, und sie legten sich einen Plan zurecht, wie sie ihre eigene Brasserie eröffnen könnten, und irgendwann landeten sie eines Nachts im Bett. Ein Jahr, ein Dreigänge-Menü und eine Flasche Rotwein später machte er ihr einen Antrag, und sie sagte Ja. Aber sie hatte nie daran geglaubt, dass er wirklich sie wollte. Jedes Mal, wenn ein hübsches Mädchen in die Brasserie reinspazierte, dachte sie, okay, das war's. Jetzt sieht er mich genauer an, und dann geht er. Doch als er tatsächlich ging, war es nicht wegen einer anderen, sondern weil sie ihm nicht vertrauen konnte. Es war nichts Persönliches. Sie traute sich ja selbst nicht. Vor Jahren hatte sie Signale falsch interpretiert, und nun hatte sie fürchterliche Angst, es könnte ihr noch einmal passieren.

»Meine Güte«, stöhnte Fiona. »Was ich hier alles rumlabere! Ich wollte dir eigentlich von meinem fantastischen Kleid erzählen und nicht diesen ganzen Müll bei dir abladen. Nächstes Mal sagst du mir früher, dass ich die Klappe halten soll.«

»Niemals«, erwiderte Nora. »Ich bin jederzeit für dich da. Und das meine ich ernst.« Und so war es. Liv hatte sich ihr nie so geöffnet, immer ihr Image der kühlen Blonden aufrechterhalten, selbst nachdem Paul sie verlassen hatte. Mittlerweile wirkte es für Nora fast seltsam, dass sie überhaupt Freundinnen gewesen waren.

Sie drückte Fionas schmale Schultern. »Goldrichtig, zu dieser Hochzeit zu gehen und Carl Casey zu zeigen, was ihm entgangen ist. Ich wäre am liebsten dabei, um sein Gesicht zu sehen, wenn du ihm gegenüberstehst.«

»Sei lieber vorsichtig mit deinen Wünschen.« Fiona stieß ein hohles Lachen aus. »Wenn ich bis Samstag nächste Woche niemanden gefunden habe, musst du mich am Ende noch begleiten.«

Als sie ins Café zurückkam, nahm Adonis gerade ein großes, rundes Backblech aus einer Schublade unter der Theke. Er hielt es hoch wie ein Ritterschild. Es wirkte, als wollte er in den Kampf ziehen und nicht eine Ladung zuckerfreier französischer Macarons machen.

In einem Smoking würde er unglaublich aussehen, dachte Fiona und zog sich ihre Schürze an. Diese schrecklichen Kühe von der Westbrook würden vor ihm auf die Knie fallen. Komm schon, sagte sie sich, frag ihn. Aber was, wenn er dachte, sie wolle mit ihm flirten? Sie erinnerte sich mit schrecklicher Deutlichkeit daran, wie sie ihn einmal um ein Haar geküsst hätte.

An Heiligabend war er noch geblieben, um die

Küche zu putzen und den Kühlschrank vor den Feiertagen zu sortieren. Fiona hatte den Soundtrack mit den Weihnachtsliedern ausgeschaltet, der sie alle seit November in den Wahnsinn getrieben hatte, und Abba aufgelegt. Fast hätten sie beim Aufräumen angefangen zu tanzen. Adonis trank Mineralwasser, Fiona den Rest eines starken, veganen Eierlikörs.

Als sie fertig waren, löschte sie alle Lichter, sperrte die Tür ab, und Adonis zog den schweren Metallrollo herunter, als wiege er nicht mehr als eine Feder. Dann half er ihr noch dabei, die Taschen zu ihrem Auto zu tragen.

Sie würde den Abend bei ihren Eltern verbringen. Ihrer Mutter hatte sie einen Hausmantel aus Kaschmir gekauft und ihrem Vater eine sündhaft teure Flasche dreißig Jahre alten Single Malt, weil sie ihnen nicht das schenken konnte, was sie sich wirklich wünschten – eine ganze Horde von Enkelkindern, die durch ihr ordentliches Haus tobten und ihren sorgfältig dekorierten Christbaum umstießen. Die Kinder ihres Bruders lebten weit weg in Melbourne. Sie würden am nächsten Morgen skypen, aber das war nicht dasselbe.

Ihre Eltern vertraten die Ansicht, dass ein Essen ohne Fleisch wie ein Tag ohne Sonne war. Aber morgen mussten sie Fionas veganen Nussbraten essen, und ihre Mutter würde höflicherweise mit einer Statistik über den Einfluss der fleischverarbeitenden Industrie auf die Ozonschicht kommen, die sie extra für diesen Tag recherchiert hatte.

Ihr Vater würde dafür sorgen, dass Fiona an jedem

einzelnen Knallfrosch ziehen musste und sie würde es so drehen, dass er jedes Mal den Krimskrams bekam, weil er sonst geknickt war. Später, wenn er die Spülmaschine belud, würde sich ihre Mutter ein Glas einschenken und dann auffällig unauffällig etwas fragen wie »Hast du es schon mal mit diesem Grinder-Ding probiert, Fiona?« Und sie würde sich zusammenreißen und ihr nicht den Unterschied zwischen Grinder und Tinder erklären, sondern sagen, dass sie mit dem Café viel zu viel um die Ohren habe, um sich mit jemandem zu treffen. Und ihre Mutter würde noch enttäuschter aussehen als beim Anblick des Nussbratens.

Dann setzten sie sich zu dritt vor den Fernseher und schauten sich den Weihnachtsfilm an. Ihr Vater würde einschlafen, und sie und ihre Mutter machten »Oooh« und »Aaah« bei den Stunts in *Jäger des verlorenen Schatzes* oder verkniffen sich schamhaft die Tränen bei *Toy Story 3*, und alles wäre schön. Wahrscheinlich war es immer noch so, wenn sie als kinderlose alte Jungfer Mitte sechzig ihre neunzigjährigen Eltern besuchte.

Adonis hatte einen Cousin und ein paar griechische Freunde in Dublin und außerdem seine AA-Kumpels. Wahrscheinlich hatte er ein halbes Dutzend Einladungen zu Weihnachten.

Vielleicht waren es die Abba-Lieder oder der Eierlikör, der einen warmen Strom durch ihren Körper schickte, aber plötzlich machte sie der Gedanke, dass sie Adonis erst wieder im neuen Jahr sehen würde, sentimental.

Nachdem er den Kofferraum ihres Autos zugemacht

hatte, streckte sie die Arme aus, legte ihre beiden Hände an sein wahnsinnig hübsches Gesicht und zog ihn zu sich herunter, was bedeutete, dass er sich ziemlich vorbeugen musste. Sie wollte ihn gerade küssen, als ihr aufging, was sie da tat.

»Oh Gott!«, sagte sie. »Der Eierlikör muss stärker gewesen sein, als ich dachte. Ich glaube, ich bin betrunken.« Sie löste sich von ihm und wedelte mit der Hand, als würde er allein wegen des leichten Alkoholgeruchs direkt in den nächsten Pub rennen.

Er sagte nichts, bestand aber darauf, alles wieder aus dem Kofferraum auszuladen und ihr ein Taxi zu rufen. Auf der gesamten Strecke zum Haus ihrer Eltern ärgerte sie sich über sich. Sie spielte mit dem Gedanken, ihm eine Nachricht zu schicken, um es ihm zu erklären und sich zu entschuldigen, aber dann ließ sie es doch sein. Was sollte sie auch sagen? Und bei der Öffnung des Cafés im neuen Jahr hatte es keiner von ihnen erwähnt.

Aber das hier war etwas anderes, sagte sich Fiona. Sie war nüchtern. Vielleicht konnte sie von Anfang an jede Verwirrung vermeiden, wenn sie es professionell anging. Das war's! Sie würde ihn nicht fragen, ob er als ihre Begleitung mitkommen würde, und es ihm einfach als Überstunden bezahlen.

Sie wartete, bis Laura einen Kunden bediente, und ging auf ihn zu.

»Adonis«, sagte sie beiläufig und hob den Deckel eines riesigen Topfs mit Zucchini-Spaghetti. »Ich brauche dich nächsten Samstag, falls das bei dir geht.«

Adonis erledigte alles immer langsam und sorgfältig

und nie zwei Dinge auf einmal. Er gab vorsichtig mit einem Löffel hellrosa Macaron-Masse auf das Blech, ehe er ihn in einen Becher mit heißem Wasser tauchte. Er wischte sich die Hände ab, die aussahen, als sollten sie Blitze schleudern und nicht Kleingebäck fabrizieren, das wie Wolken schmeckte. Dann sah er sie an. »Samstag?«, fragte er mit ernster, tiefer Stimme.

»Wie du weißt, ist da das Café geschlossen«, sagte sie leichthin, »weil ich auf diese Hochzeit muss. Aus verschiedenen Gründen will ich nicht alleine hingehen. Und deshalb will ich dich als Begleiter … äh … anstellen. Ich bezahle dich natürlich. Der Gottesdienst beginnt um eins, und das Abendessen ist um sechs, also hast du ab neun wieder deine Ruhe, spätestens um zehn, falls du an dem Abend noch was vorhast. Wäre das für dich okay?«

Adonis sah sie lange an, dann schüttelte er den Kopf. »Es tut mir sehr leid, aber das geht nicht …«

»Nein.« Fiona unterbrach ihn. »Nein. Verstehe. In Ordnung. Vergiss, dass ich gefragt habe.«

»Aber …«

»Im Ernst! Mein Fehler!« Sie drehte sich um und stürmte mit glühenden Wangen in den Vorratsraum. Sie brauchte Adonis nicht als Begleiter für die Hochzeit, sagte sie sich, während sie ihre wohlgeordneten Regale neu sortierte. Sie brauchte überhaupt niemanden. Sie kriegte das alles allein hin.

»Haben Sie schon mal über einen Hut oder einen Faszinator nachgedacht?«, fragte die Verkäuferin, während sie den Reißverschluss an Fionas geändertem Kleid zuzog.

»Nein danke.« Fiona hob die Arme, damit die junge Frau den schmalen grauen Ledergürtel schließen konnte. »Ich möchte es lieber schlicht halten. Elegant.«

Sie senkte die Arme und drehte sich, um sich in dem schimmernden Hauch von Rosa im Profil zu betrachten. Dann hielt sie ruckartig inne.

»Fuck!«, flüsterte sie. »Was ist das?«

Dicke kleine Halbmonde aus Haut traten unter ihren Achseln hervor. Sie zerrte an dem Kleid, aber es nützte nichts.

»Das ist nur ein wenig Achselhaut«, sagte die Verkäuferin schlicht. »Die sieht niemand.«

»Das ist keine Haut«, keuchte Fiona. »Das ist Fett.«

»Das hat jeder. Moment.« Die Verkäuferin steckte mit den Fingern eine der kleinen Wülste geschickt wieder unter den Stoff des Kleides. Fiona sah zu, wie sie sich wieder herauswölbte. Eine eklige kleine Schwabbelwulst.

Zwei Frauen sahen die Stange mit Laineys Abendkleidern durch. Ein Mann und eine Frau versuchten, sich zwischen dem Kaffeetischchen aus Kirschbaum und dem kleinen Kartentischchen mit Emaille-Inlay zu entscheiden. Zwei Studenten probierten Hughs Hüte auf, die Nora am Morgen auf dem schwebenden Regal ausgelegt hatte. Ausnahmsweise achtete sie mal nicht auf die Kunden, sondern googelte Kreta. Sie fuhr mit der Maus über die Karte und sprach im Kopf die Namen aus: Falassarna, Sitia, Rethymnon, Paleocastro. Aus welcher Provinz stammte ihre Großmutter wohl? Mittlerweile hatte sie sich alle Papiere zweimal angeschaut, aber keine weitere Verbindung von Lainey zu Griechenland gefunden. Sie hatte Loughlin gefragt, ob er etwas darüber wüsste, aber er fand es genauso verwirrend wie sie.

»Hugh hat es gewusst«, sagte er. »Er muss es gewusst haben.«

»Warum denkst du das?«

»Natürlich wegen des Namens, den er ihr gegeben hat.« Loughlin hatte gelächelt. »›Ein Mädchen wie auf einer Amphore‹.«

Die beiden Frauen gingen, und das Paar wählte das Kartentischchen. Nach langem Hin und Her und etlichen Selfies entschied sich einer der Jungs für einen grünen Filzhut mit Seidenband und der andere für einen weichen, austernfarbenen Fedora. Nora musste lächeln, als sie ihnen hinterhersah, wie sie mit tief ins Gesicht gezogenen Hüten davonstolzierten. Um ein Haar wären sie mit Fiona zusammengestoßen, die gerade hereingestürmt kam.

»Los komm, betrink dich mit mir.« Fiona ließ die mit einer Schleife gebundene Tasche mit dem nutzlosen Kleid auf den Boden fallen und sank auf den Stuhl hinter dem Schreibtisch. »Ich brauche eine intravenöse Ladung von Schokoladenmartinis.«

Nora markierte die zwei Hüte auf ihrer Tabelle als »verkauft«. »Richtige Schokolade? Ich dachte, dein Körper ist dein Tempel?«

»Heute Abend«, sagte Fiona düster, »ist er eine Tankstelle.«

Nora grinste und bemerkte Fionas Gesichtsausdruck. »Was?«

»Das Kleid. Es ist eine Katastrophe.« Fiona verpasste der Tüte einen trotzigen Tritt, und sie klappte auf, ein breites Gähnen aus rosa Seidenpapier.

»Aber du hast gesagt, es ist perfekt!«

»Es ist perfekt«, Fionas Stimme klang hell, »aber ich leider nicht.« Sie wedelte mit einem Arm über ihrem Kopf und rief mit irrem Lächeln »Full House!« Nora starrte sie verwirrt an. »Winkearme!«

»Du hast doch keine Winkearme.« Nora nahm das Kleid aus dem Seidenpapier und hielt den Atem an, als sie mit den Händen über den Stoff strich. Sie schob die protestierende Fiona hinter den Vorhang, der als Umkleidekabine diente. Dann half sie ihr aus Oberteil und Rock und in das Kleid und stellte sie vor den goldgerahmten Spiegel. Fiona kniff die Augen zusammen und wollte sich nicht ansehen.

»Fiona«, sagte Nora, »du siehst wunderschön aus.«

»Sag das nicht.« Fionas Stimme brach. »Und bitte spar dir den ganzen schwesterlichen ›Steh zu deiner Figur‹-Kram. Es geht nicht darum, wie ich mich selbst sehe, sondern darum, wie andere mich sehen.«

Nora sperrte die Tür ab und führte Fiona zu Laineys gelber Samtchaiselongue, die bereits ein »Verkauft«-Schildchen trug. »Mit ›andere‹ meinst du wohl Carl.«

»Und Evie. Und Darren. Die ganze Meute.« Fiona zog unglücklich am Saum ihres Kleides. »Ich weiß, es ist kleinlich und kindisch, aber ich wollte doch unbedingt, dass alle sehen, wie sehr ich mich verändert habe. Und dabei habe ich mich gar nicht wirklich verändert. Die fette Fiona ist immer noch hier drin.« Sie pochte mit dem Finger heftig auf die weiche Falte unter ihrer Achsel. »Und ganz egal, wie viel Kilo ich abnehme oder wie gut ich aussehe, sie geht nicht weg.« Sie legte die Hand über die Augen. »Lieber Gott! Was stimmt nur nicht mit mir? Warum hat das, was ein paar blöde Teenies früher über mich gedacht haben, immer noch die Macht, mich zu verletzen?«

Nora erinnerte sich, dass sie ihren Großvater irgendwann gefragt hatte, warum ihre Mutter und ihre Großmutter die Vergangenheit nicht hinter sich lassen können, und er hatte eine Zeile aus einem Gedicht zitiert. »Wenn es um den Schmerz geht, kennt das Herz keinen Kalender.« Damals hatte sie das rasend gemacht, sie hatte eine richtige Antwort erwartet, aber er hatte recht.

Man musste sich nur Fiona ansehen, die mit einer Zurückweisung zu kämpfen hatte, die lange zurücklag. Sie war siebzehn gewesen. Oder sie selbst, Nora, die die Risse in der perfekten Beziehung mit Adam lieber übersehen hatte, weil sie sich davor fürchtete, wieder so ein entwurzeltes, unsicheres Leben zu führen wie als Kind. Oder ihre eigene Mutter, die jetzt Mitte fünfzig war und immer noch vor zu Hause wegrannte.

Fiona stand plötzlich auf und wollte den Reißverschluss ihres Kleides aufmachen, aber Nora hob die Hand.

»Warte. Schließ die Augen«, sagte sie. »Und beweg dich nicht, bis ich zurück bin.«

Fiona wollte sich das Kleid vom Körper reißen, mit beiden Händen nach dem zarten Stoff greifen und die Nähte auseinanderreißen, aber sie wartete mit zusammengebissenen Zähnen, bis Nora zurückkam. Sie spürte, wie etwas über ihre Schultern gelegt wurde, etwas Seidiges, und etwas noch Weicheres kitzelte sie.

Nora rückte alles ein wenig zurecht. »Jetzt kannst du die Augen wieder aufmachen.«

Fiona blickte an sich hinab und sah, dass ihre Schultern von Federn bedeckt waren. Mindestens ein Dutzend Schichten, Silbergrau bis zum reinsten Weiß schimmerten perlmuttartig.

»Nora«, sagte sie gereizt, »das hättest du nicht tun sollen, dein schönes Schaufenster …«

Aber sie unterbrach sich, als sie ihr Spiegelbild erblickte. Das Schultercape bedeckte ihre Arme bis zum Ellbogen. Es war fast schon lächerlich üppig und hätte zu den meisten Kleidern nicht gepasst, aber zu dem hellrosa Kleid passte es perfekt. Sie hob die Schultern, und die zarten Federn strichen über ihre Haut, als trage jede einzelne die Erinnerung an Flügel in sich.

Darren stand schon vor dem Altar und wirkte sehr nervös, als Fiona die Kirche betrat. Sie hatte einen dürren, arroganten Siebzehnjährigen mit höhnischem Grinsen erwartet, nicht einen kahl werdenden Mann auf dem besten Weg ins mittlere Lebensalter. Die Knöpfe seines grauen Cuts spannten über seinem Bauch.

Hat sich Carl wohl verändert?, überlegte Fiona und setzte sich in eine Kirchenbank. Sie hatte sich nie erlaubt, ihn zu googeln oder ihn auf Facebook zu suchen. Sie hatte sich so sehr darauf konzentriert, wie er sie sah, dass sie gar nicht daran gedacht hatte, wie er auf sie wirken würde.

Nervös ließ sie den Blick über die Hochzeitsgäste schweifen. Einige kamen ihr bekannt vor. Ein paar drehten sich um. Anerkennende Blicke von Männern, giftige Blicke von Frauen, aber Fiona merkte, dass niemand sie erkannte. Ein Streichquartett begann, den Hochzeitsmarsch zu spielen, und die Braut schwebte durch den Mittelgang.

Fiona zwang sich, nicht an Carl zu denken, sondern sich auf den Gottesdienst zu konzentrieren. Und auf Andreas strahlendes Gesicht. Auf die Musik und die Reden, die lange Predigt darüber, was die Liebe war und was nicht. Fiona fühlte sich, wie sie sich immer auf Hochzeiten fühlte: Sie freute sich für das Paar, war aber auch verwirrt. Sie hatte keine Ahnung, wie die beiden das gemacht hatten, die weite Reise von »Hallo« bis »Ja, ich will«.

Darrens Stimme zitterte, als er das Gelübde sprach. Vielleicht hat er sich verändert, dachte Fiona. Vielleicht hatte ihm das Leben seine leichtfertige Grausamkeit ausgetrieben. Vielleicht würde er einen vorbildlichen Ehemann abgeben. Zugetan, liebevoll und sanft. Das hoffte sie zumindest.

Als Fiona danach den Gang hinabging, tippte ihr eine schwangere Frau mit langen roten Haaren und hellblauen Augen auf die Schulter. »Fiona?« Es war Dee Jacobs, Evies beste Freundin. »Ich dachte doch, dass du das bist. Das Kleid ist unglaublich. Und die Federn. Du siehst toll aus!«

»Danke«, sagte Fiona leichthin. »Du auch.«

»Schön wär's.« Dee fächelte sich mit dem Gesangsblatt Luft zu. »Hast du jemals versucht, anständige Klamotten zu finden, wenn du so dick wie ein Wal bist?«

Ein paar gespannte Sekunden vergingen, und Dees blasses Gesicht lief dunkelrot an.

»Ja, habe ich«, sagte Fiona.

Dee lachte nervös und blickte zur Seite. »Das ist doch wirklich verrückt, oder? Dass wir hier wieder alle zusammenkommen. Ich fühle mich wie bei der Schulversammlung.«

»Kommen Evie und Carl auch?«, fragte Fiona so beiläufig wie möglich.

»Sie haben ihren Flug verpasst. Sie kommen direkt vom Flughafen.«

Die Menge drängte nach draußen, und sie wurden getrennt. Fiona spürte eine Hand auf ihrem Rücken. Sie drehte sich um und erblickte einen großen, gut aussehenden Mann mit Sonnenbrille.

»Fiona? Ich bin Brian Cosgrove.« Er hob die Sonnenbrille, damit sie seine Augen sehen konnte. »Cozzie!«

»Sorry?« Sie schüttelte den Kopf, obwohl sie wusste, wer er war. Er hatte im Chemieunterricht mal einen Milchkarton auf ihren Platz geschoben und gesagt, es sei ein Experiment – mit Gewicht und Masse. Der Karton war explodiert, und sie hatte gute Miene zum bösen

Spiel gemacht, mitgelacht und den Rest des Tages in ihrem nassen, säuerlich riechenden Rock dasitzen müssen.

»Die dritte Hochzeit in diesem Sommer.« Brian zog eine Augenbraue hoch. »Wie eine ansteckende Krankheit. Hast du sie dir auch schon eingefangen?«

Sie zuckte mit den Schultern und spürte, wie sich die grauen Federn hoben und wieder senkten. »Ich glaube, ich bin dagegen immun.«

Er grinste. »Ich auch. Vielleicht können wir ja nachher noch plaudern?«

Die Menschenmenge schob sich Richtung Tür, und Fiona wurde sich der vielen neugierigen Blicke bewusst.

Sie gratulierte der Braut, sagte ihr, wie hübsch sie aussehe, und ging dann über den Friedhof zum Parkplatz. Wenn sie vor allen anderen aufbrach, war sie vielleicht als Erste im Hotel. Sie wollte Carl sehen, ehe er sie sah.

Sie war schon fast am Auto angelangt, als sie eine Stimme hörte – heiser, gereizt, vertraut.

»Dann hättest du mich fahren lassen sollen. Zumindest habe ich so was wie einen verdammten Orientierungssinn. Ich habe keine Ahnung, wo deine Krawatte ist. Sieh mal in der Reisetasche nach. Daisy, hör auf zu jammern und steig aus dem Auto, sonst ist es zu spät, und du kannst dein Konfetti gar nicht mehr werfen.«

Einen Augenblick später kam Evie auf sie zu, von der Siebzehnjährigen von damals war nicht mehr viel übrig. Das hübsche Gesicht wirkte unter der Solariumsbräune abgezehrt. Sie trug ein knallgelbes Neckholderkleid mit Spitzen und hielt ein kleines, weinendes Mädchen mit Tüllrock im gleichen Farbton an der Hand.

Sie stolzierte an ihr vorbei, und einen Augenblick später schälte sich ein Mann mit einer Krawatte in der Hand aus einem Auto. Er sah Fiona und erstarrte.

Sein Gesicht war hagerer geworden. Er hatte Falten um die Augen, aber sie hätte ihn überall wiedererkannt. Die blonden Haare und darunter die tintenblauen Augen, die langen Wimpern.

»Drei von zwei Leuten haben ein Problem mit Brüchen!« Seine Stimme war wie der Stift, den man von einer Granate zieht. »Darüber muss ich immer noch lachen!«

Er erinnerte sich an sie, was sie völlig unerwartet mit Stolz erfüllte. »Hallo, Carl.«

Er lehnte sich ans Auto und schüttelte den Kopf. »Ewig nicht gesehen. Wie geht's dir?« Er grinste. »Spirituell? Psychologisch? Sozioökonomisch?«

Fiona zuckte mit den Schultern, und die Federn hoben und senkten sich sanft. »Ganz generell, ganz gut.«

»Das sehe ich. Hast du ein Restaurant eröffnet?«

»Ja, hab ich. Es ist ein veganes Café. Und du?«

»Bin immer noch in London. Personalmanagement. Ich bin aber eigentlich nur für den »Human«-Teil qualifiziert. Bei den »Resources« rassle ich durch.«

Er blickte sie an, in der Hoffnung, sie würde lachen. Man merkte deutlich, dass er auf ihren Beifall wartete.

»Ich muss dich was fragen.« Er verschränkte die Arme. »Warst du das, die in der Vierten zweiundachtzig Mal meinen Namen auf die Bank geschrieben hat?«

»Welche Bank?«

»Im Chemielabor. Es ist auf Evies Kappe gegangen, aber ich dachte immer, dass du es vielleicht warst.«

Fiona lachte. »Wenn ich deinen Namen so oft geschrieben hätte, hätte ich eine Primzahl genommen.«

»Natürlich.« Er errötete. »Sorry, ich dachte nur …«

»Carl?« Evies Stimme schrillte über den Parkplatz. »Carl!«

»Die Pflicht ruft.« Carl sah sie bedauernd an. Ein durchschnittlich aussehender Mann mit dünner werdenden blonden Haaren und einem Fleck auf der gelben Krawatte, die zum Kleid seiner Frau passte.

Was hatte sie nur erwartet? Warum hatte sie in den vergangenen sechs Monaten jedes Häppchen kontrolliert, das sie zu sich genommen hatte? Warum hatte sie sich je darum geschert, was er über sie dachte?

»Vielleicht finden wir später noch ein ruhiges Plätzchen und bringen uns auf den neuesten Stand.« Er blickte ihr in die Augen. »Der alten Zeiten wegen.«

»Ja«, log Fiona. »Vielleicht.«

Fiona wurde an einem Tisch ganz am Rand des Ballsaals platziert, mit zwei anderen Kunden von Andrea, deren Lebenspartnern, einem Schwulen, der allein da war, und einer älteren Lady. Carl saß drei Tische weiter. Fiona hätte keinen Gedanken mehr an ihn verschwendet, aber jedes Mal, wenn sie aufblickte, starrte er sie vielsagend an.

»Ups!« Die ältere Dame stupste Fiona an. »Sie haben da einen kleinen Weinfleck auf ihrem hübschen Kleid.«

Fiona tauchte ein Papiertuch in Wasser und sperrte sich in einer Toilettenkabine ein. Sie nahm ihr Feder-Cape ab und rieb über den Fleck vorne auf dem Kleid. Auf einmal hörte sie, wie die Tür aufging und drei Paar High Heels hereintippelten.

»Mein Gott! Habt ihr die fette Fiona gesehen?«, sagte eine Frau. Fiona erstarrte.

»Sie gesehen?« Das war Evie. »Sie hätte mich auf dem Parkplatz fast umgerannt! Was für ein Tod – von einem Walfisch umgemäht.«

»Aber sie ist überhaupt kein Wal mehr.« Das war Dee. »Das rosa Kleid ist wirklich unglaublich.«

Fiona hörte das Klicken einer Puderdose. »Ich hätte mir wegen dem Federjäckchen fast in die Hosen gemacht«, erklang wieder Evies Stimme. »Wegen dem Spitznamen, den Carl ihr in der Schule gegeben hat.«

Fiona hielt den Atem an. Wusste Evie, dass Carl sie Miss Q genannt hatte? Hatte er ihr das erzählt?

»Er hat sie Big Bird genannt.« Das Geräusch von fließendem Wasser. »Sie war völlig verrückt nach ihm. In unserem Abschlussjahr ist sie am Wochenende immer bei ihm zu Hause aufgetaucht und hat ihm angeboten, ihm mit Mathe zu helfen. Einmal hat sie ihn aufs Bett gedrückt und ihn geküsst. Er musste sie abwehren …« Evie unterbrach sich, als die Kabinentür aufging.

Fiona glitt an den drei Frauen vorbei zum Waschbecken. Sie sah im Spiegel, dass sich Evies Mund zu einem schockierten »Oh« verzogen hatte und wie die anderen Frauen sie mit großen Augen anblickten. Sie wären am liebsten abgehauen, das spürte man deutlich, aber sie blieben völlig erstarrt stehen. Fiona wusch sich langsam die Hände und trocknete sie mit einem Papiertuch. Vor siebzehn Jahren hätte sie einen fiesen Spruch gebracht, wäre aber in ihrem Inneren vor Scham im Boden versunken. Jetzt konnte sie diese Szene durchaus genießen. Das Unbehagen und die Peinlichkeit waren wie ein köstliches Gericht, auf das sie siebzehn Jahre lang gewartet hatte, und sie würde es jetzt nicht mit einem Happs verschlingen.

»Sorry«, sagte sie. »Ich wollte eure Unterhaltung nicht stören. Bitte, redet ruhig weiter.« Sie prüfte ihr Gesicht im Spiegel, öffnete ihre Tasche und zog ganz langsam und sorgfältig ihren Lippenstift nach.

»Mensch«, zwitscherte Dee nervös, »das ist ja schräg. Es tut mir wirklich leid, Fiona. Ich hatte keine Ahnung, dass du da drin bist.«

Evie tat so, als würde sie den Träger ihres Kleides zurechtrücken. »Also mir tut es nicht leid«, sagte sie leichthin, obwohl ihr Gesicht knallrot angelaufen war. »Wenn du uns heimlich belauscht, verlangst du ja direkt danach, dass man dich verletzt.«

Fiona war überhaupt nicht verletzt, wurde ihr jetzt klar. Das Einzige, was sie in diesem Augenblick fühlte, war Mitleid mit dieser spröden, unsicheren Frau, die krampfhaft versuchte, sich zu rechtfertigen, indem sie jemand anderen niedermachte. Ihre Mitschüler waren immer noch so wie mit siebzehn, keine besonders netten Menschen. Aber das war deren Problem, nicht ihres.

Ein Dutzend schlagfertiger Antworten schossen ihr durch den Kopf, als sie sich umdrehte und den drei

Frauen ins Gesicht blickte. Aber wozu? Fiona musste niemandem mehr etwas beweisen. Sie erinnerte sich an die Definition in Noras Fenster: Mit den Schultern zucken – übergehen, abweisen, ignorieren, sich lustig machen.

Also hob sie die Schultern, ließ sie wieder fallen, und als die Federn wieder ihren Platz gefunden hatten, drehte sie sich um, ging hinaus und ließ die drei stehen. An der Tür zum Ballsaal ging sie vorbei, ohne einen Blick hineinzuwerfen. Als sie die große Treppe hinabging, begann gerade die Band zu spielen. Sie trat hinaus in die frische Oktoberluft.

Sie atmete tief ein und streifte die unbequemen Sandalen ab und nahm seitlich am Hotel vorbei die Abkürzung zum Parkplatz.

Als sie die offene Küchentür passierte, hörte sie, wie jemand ihren Namen rief. Sie wandte sich um, hoffentlich war es nicht Carl. Sie erkannte eine vertraute Gestalt. Seine dunklen Haare steckten unter einem Haarnetz. Seine weiße Jacke war zerknittert und seine Schachbrett-Hose voller Flecken von irgendeiner roten Soße, aber Adonis sah aus wie immer – als wäre er direkt vom Himmel gefallen.

»Du hast heute Abend hier gearbeitet?«

»Ja.« Er nickte. »Für meinen Freund, den Koch. Ich wollte es dir erzählen, aber du …« Aber sie war ihm ins Wort gefallen, erinnerte sich Fiona. »Ich kann jetzt mitkommen, wenn du möchtest. Ich habe meine Schicht beendet.«

Fiona konnte aus der Ferne die Musik hören. Die

Band spielte gerade Abba. »Dieses Lied erinnert mich immer an Weihnachten«, sagte sie.

»Ja.« Er lächelte sie an. »Mich erinnert es auch an Weihnachten.«

»Willst du tanzen?«

»Hier?«

»Nein.« Fiona machte eine Kopfbewegung in Richtung Hotel. »Da drin. Bei der Hochzeit.«

»Ja.« Er nickte. »Natürlich, aber …« Er deutete auf seine Koch-Uniform, »… ist das okay? Was ich anhabe?«

»Ja«, sagte Fiona entschieden. »Na ja, vielleicht nimmst du das Haarnetz ab.«

Er zog es ab, streckte seine Hand aus und sie nahm sie.

»Warte«, sagte sie, kurz bevor sie die Tanzfläche betraten.

Sie ließ seine Hand los, legte das Schulter-Cape ab und warf es auf einen Stuhl. Es war wunderschön, aber sie brauchte es nicht mehr, sie hatte nichts zu verbergen. Eine Feder löste sich und schwebte vor ihnen her, als sie ihm auf die volle Tanzfläche folgte.

9

Grüner Vintage-Seidenschal von Pierre Cardin

Michelle

Irgendjemand hatte Wunder vollbracht im Schaufenster des geschlossenen Rahmengeschäftes an der Temple Terrace. Michelle nahm im Vorbeifahren einen schwebenden grünen Blitz wahr. Sie wandte sich um und sah einen schillernden Schmetterling hinter dem Schaufenster auf- und absteigen.

Luke schlug mit der flachen Hand auf das Armaturenbrett, sie trat auf die Bremse und kam mit quietschenden Reifen zum Stehen, als die Ampel auf Rot umschaltete.

Er wandte sich zu ihr. »Was zur …« Ein lautes Hupen unterbrach hin. Beide drehten sich um. Hinter ihnen saß ein Mann in einem gelben Yaris und schüttelte mit übertriebenen Gesten ungläubig den Kopf.

»Was ist dein Problem?«, brüllte Luke. Sein Mund war so nah an Michelles Gesicht, dass sie die Vibration seiner Stimme auf ihrer Haut spürte.

»Schon okay«, sagte sie schnell. »War meine Schuld!« Aber der Mann in dem Yaris sagte ebenfalls etwas.

»Prima«, meinte Luke düster. »Wenn du es so haben willst.«

Die Angst stieß eine Falltür in Michelles Magen auf, und der sonnige Sonntag, der Brunch mit Freunden drohte hineinzustürzen. »Wir kommen zu spät.« Sie beugte sich vor und legte ihre Hand an den Türgriff. »Können wir das nicht einfach vergessen?«

Luke riss ihre Hand weg, machte die Tür auf und ging zu dem Yaris. Sie schaute in den Rückspiegel und beobachtete, wie ein entgeisterter Ausdruck in das Gesicht des Fahrers trat, als der große, breitschultrige Luke mit geballten Fäusten auf sein Auto zustapfte. Michelle wandte den Blick ab und starrte hinüber zu dem alten Rahmengeschäft.

Im Schaufenster war gar kein Schmetterling, erkannte sie. Es war ein Stück Stoff, ein Schal, der auf und ab schwebte. Sie blendete das Geschrei aus und sah zu, wie sich der Schal drehte, wand, stieg und tanzend auf einem unsichtbaren Luftstrom flatterte.

»Die Welt ist verrückt geworden.« Brian blinzelte finster zu der Kreidetafel mit den Angeboten und schüttelte den Kopf. »Was für ein Hornochse bedroht schon Frauen am helllichten Tag?«

»Er hat mich nicht wirklich bedroht«, setzte Michelle an.

»Du bist wohl die Einzige«, sagte Luke mit liebevollem Blick, »die sagen würde, dass ein Mann, der aus vollem Hals brüllt, nicht bedrohlich ist.«

»Na ja, ich habe ja wirklich abrupt gebremst … wahrscheinlich war es eine ganz normale Reaktion.«

»Das eigentlich Beunruhigende ist doch«, sagte Brian und putzte seine Brille mit einer Serviette, »wie normal ein Mensch sich verhält und dann plötzlich …«, er schnippte mit den Fingern, »… ausflippt. Du musst ganz schön Schiss gekriegt haben, Michelle.«

»Wieso? Luke war doch dabei«, spottete Liz. Sie

nahm ein Brötchen aus dem Korb und stupste ein Schälchen mit Butter mit dem Messer an. »Der Typ hat seinen Ton sicher geändert, als er gesehen hat, dass du ausgestiegen bist.«

»Sagen wir besser, er hat seine Ausdrucksweise ein wenig gemildert.« Luke grinste. »Und ich glaube nicht, dass er so schnell wieder auf einer Frau rumhackt.« Er klappte seine Speisekarte geräuschvoll zu. »Ich sehe bei jeder Schicht solche Schlägertypen wie den. Das Letzte, womit sie rechnen, ist jemand, der ihnen die Stirn bietet.«

Die Kellnerin erschien, um Wein einzuschenken. Schlägertyp, dachte Michelle. Das Wort passte überhaupt nicht zu dem kahl werdenden Mann mit dem Mondgesicht in dem Yaris.

Aber als der Hauptgang serviert wurde, hatte der Wein den Schock schon gemildert, und sie fragte sich, ob sie falschlag. Vielleicht war der andere Fahrer tatsächlich bedrohlich gewesen. Der Schein konnte trügen. Das wusste sie aus Erfahrung.

»Ein Sanitäter?« Liz hatte so getan, als geriete sie in Verzückung, als Michelle ihr von Luke erzählte. »Das ist ja quasi ein Feuerwehrmann. Wo hast du ihn kennengelernt? Du gehst doch nie aus. Bitte erzähl mir nicht, er ist einfach in den Laden reinspaziert. Das klingt total nach einem von deinen Büchern.«

Tatsächlich hatte der Zufall sie zusammengeführt, buchstäblich, nachdem Hugh, einer von Michelles Lieblingskunden, gestürzt war.

Hugh war Mitte achtzig, groß und hatte lange Beine

wie ein Reiher. Er war sehr liebenswürdig und hatte ein verschmitztes Grinsen und flaumige weiße Haare, die Michelle immer an eine Pusteblume erinnerten. Er war Stammgast im Moby Dickens. Kam ein, zwei Mal die Woche, stöberte bei den Gedichtbänden und Sachbüchern, kaufte aber ausschließlich Liebesromane.

An einem Samstag vor drei Jahren jedoch war alles anders gewesen. Im einen Augenblick stand er noch an der Theke und bezahlte bei Michelle drei Nora-Roberts-Bücher, im nächsten schwankte er wie ein fallender Baum und sauste mit der Schläfe nur Millimeter an der scharfen Kante des Tischs vorbei.

Michelle eilte zu ihm. Er lag flach auf dem Rücken zwischen den Regalen mit Selbsthilferatgebern und spirituellen Büchern. Verwirrt blinzelte er sie an. »Wie sind Sie da hochgekommen?«

»Sie sind gestürzt.« Sie kniete sich hin und zog ihre Strickjacke aus, rollte sie zusammen und legte sie unter seinen Kopf. »Sie müssen kurz hier liegen bleiben. Vielleicht haben Sie eine Gehirnerschütterung.«

Eine Kundin rief bereits einen Krankenwagen, und eine andere rannte raus auf die Straße, um Hilfe zu holen. Einen Augenblick später kam sie mit einem Mann in Sportkleidung zurück.

»Ich bin Rettungssanitäter«, sagte er leise und kniete sich neben Michelle hin. Er war gebaut wie ein Rugby-Spieler, aber sein Gesicht war erstaunlich sanft. Samtige graue Augen und jungenhafte Sommersprossen unter einem von grauen Strähnen durchzogenen braunen Haarschopf. »Wen haben wir denn hier?«

»Das ist Hugh.«

»Hallo Hugh, ich bin Luke.« Er legte zwei Finger an das Handgelenk des alten Mannes, und Michelles Augen wanderten automatisch zu seiner anderen Hand auf der Suche nach einem Ehering. O Gott, dachte sie. Dass ich überhaupt darüber nachdenke, ob er Single ist, während der arme alte Mann hier vielleicht stirbt.

»Hugh, sagen Sie mir«, sagte er, »ist Ihnen schwindlig, oder sind Sie verwirrt?«

»Wenn man erst mal achtzig geworden ist, ist einem meistens schwindlig, und man ist immer verwirrt«, sagte Hugh. »Mir geht's gut. Ich wäre schon längst wieder auf den Beinen, aber diese junge Dame hat mich nicht aufstehen lassen.«

»Ihre Tochter hat recht.« Luke knöpfte vorsichtig Hughs Mantel auf. »Sie müssen sich ein paar Minuten ausruhen.«

»Tochter? Nein, Michelle ist meine Frau.« Hugh grinste Michelle verschwörerisch an. »Sie hat mich wegen meines Geldes geheiratet, aber das ist mir egal. Warum auch nicht?«

Luke blickte zu Michelle, und sie wünschte, sie hätte sich heute Morgen die Mühe gemacht, Mascara aufzutragen und ihre Haare zu föhnen, anstatt sie nur irgendwie hochzuknoten. Er nickte und blickte dann wieder Hugh an. »Sie haben Glück. Können Sie die Arme über den Kopf heben? Beide? Gut. Und kriege ich vielleicht noch ein Lächeln?«

»Wen von uns beiden meinen Sie?« Hugh brachte ein unsicheres Grinsen zustande.

»Jedenfalls ist Ihr Sinn für Humor intakt. Wie ist es mit Ihrer Brust und Ihren Armen, haben Sie da Schmerzen oder ein Taubheitsgefühl?«

»Nur mein Stolz hat etwas abgekommen. Wie ist mein Puls?«

»Leicht erhöht«, sagte Luke ruhig. »Aber wahrscheinlich liegt das am Schock und an den Büchern.« Luke machte eine Kopfbewegung in Richtung der drei Romane, die aus der braunen Papiertasche gefallen waren. »Liebesgeschichten erhöhen bei jedem den Blutdruck.«

»Oh«, Hugh wirkte peinlich berührt, »die sind nicht für mich. Meine Frau, also meine echte Frau, nicht unsere Michelle hier, leidet unter Schlaflosigkeit. Ich lese ihr vor, damit sie einschlafen kann.«

Michelle stellte sich vor, wie Hugh mit einer weißhaarigen Frau im Bett saß, der die Augen zufielen, während sie auf seine Stimme lauschte. Ein Leben voller Zuneigung und Liebe war im Schein der Nachttischlampe zu erkennen.

»Lainey!« Ein panischer Ausdruck huschte über Hughs Gesicht. »Ich muss ihr sagen, was passiert ist.« Er versuchte, sich aufzusetzen, schaffte es aber noch nicht und ließ sich wieder auf den Boden sinken. Seine Mundwinkel begannen zu zittern. »Was ist denn passiert?« Er versuchte, ruhig zu bleiben. »Ist es was Schlimmes?«

»Ich glaube nicht.« Luke tätschelte seine Hand und hielt sie dann fest in seiner. »Ihre linke Seite ist etwas geschwächt, und meiner Einschätzung nach hatten Sie einen ganz leichten Schlaganfall. Das hört sich jetzt erst mal schlimm an, aber eigentlich ist das ein gutes Zeichen. Eine Warnung, dass Sie Ihre Ernährung umstellen und Medikamente nehmen müssen. Im Krankenhaus machen Sie ein paar Tests, aber ich glaube, in ein oder zwei Tagen können Sie Ihrer Frau wieder vorlesen.«

»Danke.« Hugh fasste seine Hand fester. »Ich danke Ihnen. Ich muss durchhalten, bis Lainey nicht mehr da ist. Sie würde mich umbringen, wenn ich vor ihr sterbe.«

Luke grinste Michelle an, und sie grinste zurück. Am liebsten hätte sie den ganzen Nachmittag lang in seine sanften grauen Augen geblickt, aber sie hörte eine Sirene, als der Krankenwagen in die Straße einbog. Das Blaulicht hüpfte wie ein Poltergeist über die Regale – und der Bann war gebrochen.

Im Rückblick hatte Michelle das Gefühl, dass sie ihr Leben zwischen zwanzig und dreißig wie eine Schlafwandlerin verbracht hatte. Sie hatte sich durch eine Reihe von Beziehungen treiben lassen, die sie überhaupt nicht weitergebracht hatten. Mit dreißig war sie dann schließlich in ihrem Freundeskreis der einzige Single.

Delia schickte ihr dauernd Links zu Salsa-Kursen für Singles und Speed-Dating-Veranstaltungen, die sie nie besuchte. David verwandte einen ganzen Abend darauf, ihr ein Tinder-Profil einzurichten, das sie dann nie online schaltete. Liz schleppte sie in Bars und Clubs, aber sie kam sich wie eine Heuchlerin vor, wenn sie mit geliehenen Stilettos auf einem Barhocker saß. Sie hatte vergessen, wie man das fröhliche Selbstvertrauen vortäuschte und sich mit Fremden unterhielt, wie man sich auf der Tanzfläche bewegte, als würde niemand zusehen, auch wenn es genau darum ging.

Also hatte sie sich in den letzten drei Jahren hinter Büchern und Aufstellern versteckt, ihre ganze Energie in ihren Job gesteckt und sich selbst und jedem, der es hören wollte, gesagt, wenn es da draußen jemanden für sie gebe, dann werde er sie schon finden.

Und jetzt stand er vor ihr, dieser große, sanfte Fremde, der sich gerade die Knie abklopfte und nach ihrer Telefonnummer fragte, damit er ihr berichten konnte, was mit Hugh im Krankenhaus geschah.

Luke rief am Montag an, um ihr zu erzählen, dass Hugh entlassen worden war. »Es handelt sich nur um einen sehr leichten Schlaganfall, vermutlich eine einmalige Sache. Wenn er sich ambulant behandeln lässt und seine Medikamente nimmt, geht's ihm prima.«

»Das sind gute Nachrichten.« Michelle strahlte bei dem Gedanken, dass Hugh nach Hause konnte. »Sie waren am Samstag ganz wunderbar. Wir hatten großes Glück, dass Sie zufällig vorbeigekommen sind.«

»Für mich war es auch ein Glück.« Schweigen folgte. »Ich meine, er ist schon ein toller Typ, und Sie haben da wirklich einen hübschen Laden. Beim Laufen komme ich immer mal wieder dran vorbei, aber ich bin vorher noch nie drin gewesen.«

»Dann schauen Sie doch nächstes Mal rein.« Sie zuckte zusammen. Man hörte ihrer Stimme viel zu deutlich an, wie sehr sie sich das wünschte.

Als sie zwei Tage später aus dem Lager trat, stand er in der Ratgeber-Abteilung und überflog die Buchrücken. Er hatte ihr den Rücken zugewandt, aber sie erkannte ihn an seinem muskulösen Nacken, den breiten Schultern und dem dichten Haar mit den grauen Strähnen.

Was für ein Glück, dass er um diese Zeit gekommen und niemand sonst im Laden war. »Kann ich Ihnen helfen?«

»Ich hoffe es«, sagt er und sah sie an. »Haben Sie irgendeine Anleitung, wie man sich mit hübschen, blonden Buchhändlerinnen verabreden kann? Es ist nämlich so, dass diese ganzen romantischen Dinge bei mir ein wenig eingerostet sind, und ich will sie nicht verschrecken.«

Bei Luke war gar nichts eingerostet, er war perfekt. Hätte sie sich eine Checkliste gemacht, hätte sie hinter jede Zeile einen Haken gesetzt. Romantisch. Sexy. Liebevoll. Und aus irgendeinem Grund verrückt nach ihr. Niemand hatte ihr je so aufmerksam zugehört wie er. Oder war erschienen, um sie nach Hause zu fahren, wenn sie länger arbeitete. Oder hatte ihren Freunden gesagt, sie sei etwas ganz Besonderes. Oder hatte sie hochgehoben, als wäre sie so leicht wie ein Taschenbuch, und sie die Treppe in ihre Wohnung hochgetragen, vorbei an ihren missbilligend dreinblickenden Katzen Tuxedo und Bowtie.

Zum ersten gemeinsamen Weihnachtsfest schenkte er ihr einen Diamanten an einer zarten Goldkette, und am Valentinstag wohnten sie schon zusammen.

»Er ist süß!«, schwärmten ihre Freundinnen, als sie ihn kennenlernten. »Hat er noch ein paar Freunde?«

Das Seltsame war, dass er keine hatte. Den Kontakt zu den meisten seiner Kumpels hatte er verloren, erzählte er Michelle, als er sich von seiner Frau getrennt hatte und von Sligo wieder nach Dublin gezogen war. Er musste wieder ganz von vorne anfangen.

»Das hört sich ziemlich einsam an«, sagte sie.

»Daran bin ich gewöhnt. Ich habe meine einzige Schwester verloren, Barbara, als ich noch ein Kind war, und danach ist es mir nie mehr leichtgefallen, mich anderen anzuvertrauen.«

Barbara war an ihrem siebzehnten Geburtstag ertrunken. Es wurde als Unfalltod eingestuft, aber ihre Eltern vermuteten einen Selbstmord. Die Eltern trennten sich, und Luke war hin und her gerissen zwischen einem Vater mit gebrochenem Herzen, der seinen Anblick kaum ertrug, und einer trauernden Mutter, die ihn am liebsten nicht aus den Augen gelassen hätte. Seit Jahren hatte er mit beiden nicht mehr gesprochen.

Der Gedanke daran, was er alles verloren hatte, brach Michelle fast das Herz. Am liebsten würde sie ihn so beschützen, wie er sie beschützte.

Als Michelle aufstand, um aufs Klo zu gehen, erhob sich Liz ebenfalls. Brian verdrehte die Augen. »So haben sie es schon als Teenager gemacht«, erzählte er Luke. »Als wären ihre Blasen synchronisiert.«

Luke ignorierte ihn. »Soll ich dir Nachtisch bestellen, Süße?«

»Nein danke.«

»Dann bitte eine Crème brulée«, sagte er und pochte auf die Karte, »mit zwei Löffeln, bitte.«

Liz nahm Michelle bei der Klotür am Arm und zog sie ans Ende des Flurs und durch den Notausgang raus auf eine kleine abgeschirmte Raucherterrasse. Sie holte ein Päckchen Marlboros aus ihrer Tasche.

Michelle hob die Augenbrauen. »Ist das denn erlaubt?«

»Nicht, was Brian angeht, aber er hat auch keinen grünblauen Hintern von den Hormonspritzen. Willst du auch eine?«

Michelle nickte und nahm eine Zigarette. Sie war immer noch Gesellschaftsraucherin, aber davon wusste Luke nichts.

Als sie zum ersten Mal mitbekam, wie er die Nerven verlor, war es um Zigaretten gegangen. Sie waren seit drei Monaten zusammen und tranken etwas vor einem Pub in Dalkey, als er plötzlich sein Pint wegschob.

»Hier kann ich nicht bleiben.«

»Warum nicht?« Michelle hatte ihr Glas Rotwein erst zur Hälfte leer getrunken.

»Siehst du diesen Typen da?« Luke deutete mit dem Kopf auf einen Mann, der neben der Tür eine Zigarette rauchte. »Wir haben ihn letztes Jahr nach einem Herzinfarkt bei einem Spiel in der Landsdowne Road aufgelesen. Wir sind in Donnybrook über eine rote Ampel gefahren, um ihn zu retten. Um ein Haar hätte uns ein Bus erwischt.« Er schlug mit der Faust auf den Tisch. »Ich hätte dabei draufgehen können. Und wofür?

Damit er zwanzig Kippen am Tag raucht und sich noch einen Herzinfarkt einhandelt.«

Er war aufgesprungen und so schnell die Straße runtergelaufen, dass sie rennen musste, um ihn einzuholen.

Am nächsten Tag erschien er mit einem Arm voller gelber Rosen im Buchladen.

»Es tut mir leid. Ich wollte dir den Abend nicht verderben. Es war ja nicht deine Schuld.«

Er konnte so lieb sein. Und wenn nicht, dachte Michelle an den kleinen fünfjährigen Jungen, der seine Schwester verloren hatte. Der kleine, verletzte Junge im Körper eines wütenden Mannes.

»Du hast so ein Glück.« Liz hielt schützend die Hand vor die Flamme des Feuerzeugs. »Wenn mir ein Typ auf dem Heimweg gedroht hätte, mich umzubringen, hätte Brian zu ihm gesagt ›Nur zu!‹ und seine Brille geputzt, damit er nichts verpasst.« Sie streifte die Asche ihrer Zigarette am Geländer ab. »Wir hatten wieder einen Riesenstreit auf dem Weg hierher. Du hättest mal hören sollen, wie er mich genannt hat.« Sie schüttelte traurig den Kopf und stieß mit einem Seufzer den Rauch aus. »Luke würde niemals so mit dir reden.«

Eine kleine, seltsame Pause entstand, wie so oft mit Liz, ein Schweigen, das Michelle früher gefüllt hatte. Aber jetzt ließ sie es einfach stehen.

»Fairerweise«, schnaubte Liz, »hab ich ihm auch ganz schön was um die Ohren gehauen. Ich kann dich nur warnen: IVF kann dazu führen, dass du deinem Mann sagst, dass er nicht nur ein Mistkerl ist, sondern ein ganzer Misthaufen. Diese Nebenwirkung wird in der Packungsbeilage unterschlagen.« Sie zog ein Päckchen mit Minzbonbons hervor. »Ich kann nur hoffen, dass es das auch wert ist.«

»Ganz sicher.« Michelle zog noch einmal an ihrer Zigarette und drückte sie dann an dem Metallaschenbecher aus, der am Geländer angebracht war. Sie öffnete ihre Tasche und holte ihre eigenen Minzbonbons hervor.

»Du bist vorbereitet«, sagte Liz.

Schweigend lutschten sie ihre Minzbonbons und betrachteten die im Hitzeschleier schimmernden Dächer, den Sonnenschein, der sich in den Autofenstern in dem mehrstöckigen Parkhaus spiegelte, den lilafarbenen Streifen der Berge in der Ferne vor dem matten, sengenden Himmel. Dublin sah so müde und ausgebrannt aus, wie Michelle sich fühlte.

»Und wie ist das bei euch, macht ihr auch so eins in absehbarer Zeit?« Liz tätschelte ihren kleinen Babybauch und warf Michelle einen vorsichtigen Seitenblick zu. Liz war immer die Königin der direkten Fragen gewesen, aber mittlerweile war sie viel vorsichtiger geworden, ein unausgesprochenes Zugeständnis, dass jetzt Luke Michelles bester Freund war, und auch ihr Lebenspartner.

Michelle schob das Bonbon im Mund von einer Seite auf die andere. »Wir denken darüber nach«, sagte sie vage. Sie hatte Liz nicht erzählt, dass sie seit Weihnachten aufgehört hatten zu verhüten.

»Na, dann wartet lieber nicht zu lang. Deine Eierstöcke werden in zwei Wochen achtunddreißig. Was hat der liebe Luke für deinen Geburtstag geplant?«

»Abendessen und eine Übernachtung in einem Hotel in Wicklow.«

Michelle erinnerte sich an die wilden Feten, die sie in der Zeit mit Rob gefeiert hatte. Die Party im Nebenraum von Doheny & Nesbitt's, als ihre Geburtstagstorte ein Pint Guinness war, bei dem die Kerze im Schaum versank. Die Salsa-Kneipentour. Die Achtzigerjahre-Disco-Party in Davids alter Wohnung, wo es so laut zuging, dass die Nachbarn aufhörten zu klopfen und einfach mitfeierten. Es lag Michelle auf der Zunge, Liz auch zu dem Dinner in Wicklow einzuladen. Und auch gleich Brian, Delia, Tom, David und Eamon mitzubringen, aber Luke hatte eher was Romantisches im Sinn.

Am Anfang hatte es so ausgesehen, als würde er gut zu ihren Freunden passen. Er kam zum Afterwork-Bier und zu den Mitbringpartys und Karaoke-Nächten. Aber nach ein paar Monaten gab er danach plötzlich Kommentare über ihre Freunde ab. »Liz wird ja ziemlich vulgär, wenn sie trinkt, oder?«, »Macht es Brian eigentlich was aus, dass bei ihnen die Frau die Hosen anhat?«, »Redet Delia auch noch von was anderem als ihren Katzen?«, »David hört sich schon wirklich gern selber reden, oder?« Michelle fühlte sich überhaupt nicht wohl dabei. Ihre Freunde waren immer so nett zu ihm, und er redete hinter ihrem Rücken schlecht über sie.

»Hätte ja nie gedacht, dass du eine von den Frauen bist, die ihre Freunde wegen einem Typen vergisst«, sagte David, als sie eine weitere Einladung zu einem

Wochenende in seinem Cottage bei Galway ausschlug. Er hatte es mit einem Lächeln gesagt, aber seither hatte er sie auch nicht mehr eingeladen.

Liz kehrte an den Tisch zurück, und Michelle ging aufs Klo. Sie drehte das kalte Wasser auf, rollte ihren Ärmel hoch und hielt ihr Handgelenk unter den kalten Strahl. Als Luke ihre Hand weggerissen hatte, hatte sie sich an der Kupplung angehauen. Die Haut über dem Knochen war sehr dünn, und es tat höllisch weh, aber es war nur eine leichte Rötung zu sehen. Mit ein wenig Glück bekam sie nicht mal einen blauen Fleck.

Luke nahm ihre andere Hand, als sie im Sonnenschein zurück zum Auto gingen. »Wir könnten es auch mal mit IVF probieren, wenn wir bis Weihnachten noch keinen Erfolg haben.«

»Ja, vielleicht ...«, sagte Michelle.

»Und mach dir keine Sorgen wegen des Geldes«, sagte er und interpretierte ihr Zögern falsch. »Das kriegen wir schon hin.«

Am Montag war die Rötung verschwunden, aber wenn sie ihre Strickjacke auszog, tippte oder Bücher einsortierte, tat es weh. Sie war unkonzentriert und vergaß ihre Lagerbestandstabelle zu sichern. Dann stürzte der Rechner ab, und sie war weg. Sie verlangte von einem Kunden zu wenig und gab einem anderen falsch raus. Sie schickte eine Kiste mit Rezensionsexemplaren zurück anstatt einer Remissionskiste.

Als es im Laden ruhig war, googelte sie IVF-Kliniken in Dublin. Sie scrollte sich durch die Seiten mit gefotoshoppten Paaren und anatomischen Zeichnungen von Eierstöcken, die wie Orchideen aussahen. Sie überflog die Q&A, aber die Antwort auf die Frage, die sie verfolgte, seit Luke seinen Kinderwunsch geäußert hatte, fand sie nicht. Sollten sie wirklich zusammen ein Kind kriegen?

Sie hängte das »Gleich-zurück«-Schild in die Tür und suchte das Päckchen Zigaretten, das sie im Schreibwarenregal versteckt hatte.

Es war ein sonniger Nachmittag, aber der kleine Hof hinter dem Laden lag im Schatten. Michelle blickte hoch zum wolkenlosen Himmel. Der Rauch ihrer Zigarette kringelte sich wie eine graue Schleife, und sie musste wieder an den Schal denken, der im Schaufenster geflattert hatte, an das Geräusch von Lukes Faust auf dem Dach des kleinen gelben Yaris. Einen Augenblick lang meinte sie es wieder zu hören, bis ihr klar wurde, dass jemand an die Tür des Ladens klopfte.

Sie rasierte sich gerade im Bad die Beine, als Luke nach Hause kam. Es war acht Uhr, er hätte jetzt mit seiner Schicht beginnen sollen. Sie hatte ein Bein auf die Wanne gestellt und hörte, wie er an der Tür vorbeiging. »Hi!« Nichts. Dann das Klappern eines Kronkorkens auf der Arbeitsfläche. Irgendetwas stimmte nicht, das spürte sie, und ihr wurde mulmig. »Luke?«

Die Tür ging auf, und sein Gesicht hob sich fast weiß von der Signaljacke ab. Michelles Mund wurde trocken. Einen Augenblick lang fragte sie sich dämlicherweise, ob er ihre Zigaretten im Laden gefunden hatte.

»Ich dachte, du bist bei der Arbeit …«

»Ich wurde heimgeschickt.«

Der Rasierschaum trocknete an ihrem Schienbein, und ihre Haut begann zu jucken. »Warum?«

Er wischte sich mit dem Handrücken über den Mund. »Offenbar war der Blödmann mit dem gelben verfickten Yaris bei der Polizei. Wenn er Anzeige erstattet, werde ich womöglich beurlaubt. Vielleicht sogar gefeuert.«

»Mach dir keine Sorgen«, sagte sie. »Das kriegen wir hin.«

»Wir müssten überhaupt nichts hinkriegen«, Luke trat gegen den Mülleimer, der unter dem Waschbecken stand, »wenn du den Blick auf der Straße behalten hättest.«

Michelle wurde innerlich kalt. Sie erstarrte und schaffte es nicht, ihr Bein von dem Rand der Wanne zu nehmen. Plötzlich wirkte das Bad winzig wie eine Zelle. Luke stand direkt vor ihr, blockierte die offene Tür.

»Nicht wahr? Eine einfache Ja/Nein-Frage, Michelle. Wäre ich nach Hause geschickt worden, wenn du auf den Weg geachtet hättest?«

Worte schossen ihr durch den Kopf, aber ihre Zunge war zu schwer, um sie auszusprechen. Sie blickte zu Boden. Die verputzten Rillen zwischen den Fliesen. Ein Schaumklecks auf dem Badvorleger. Lukes Bein zitterte. Seine Arbeitsstiefel mit den dicken Sohlen wirkten riesengroß.

»Antworte mir!«, rief er. »Verdammt noch mal, sag was!« Er packte sie plötzlich, und seine Finger umklammerten ihren Hals. Sie stieß ein würgendes Geräusch aus, kein richtiges Wort, aber genug, um seine Wut zu durchdringen.

Er ließ sie los, fuhr sich mit der Hand durch die Haare und starrte sie an. Ihre eigene Panik spiegelte sich in seinen Augen. »Oh Scheiße!« Luke nahm ein Handtuch, ließ kaltes Wasser darüberlaufen und drückte es auf ihren Hals.

Michelle wich zurück. Ihre Lunge brannte, als wäre sie gerannt.

»Shell, es tut mir leid, es tut mir leid, okay?« Er setzte sich auf den geschlossenen Toilettendeckel und vergrub den Kopf in den Händen. »Ich wollte nicht … ich war einfach … davor habe ich immer Angst. Mich schlecht zu fühlen, bis die Kacke wieder am Dampfen ist. Ich wusste, dass dieser Typ im Yaris Ärger machen würde. Ich hätte auf dich hören und nichts weiter tun sollen. Aber ich bin ausgeflippt. Und jetzt schon wieder. Ich werde meinen Job verlieren und dann auch noch dich. So läuft es immer. Ich liebe etwas, und dann verliere ich es.«

Tränen sickerten zwischen seinen Finger durch. Sie blieben an seinem Kinn hängen und fielen auf seine Oberschenkel. Er schlang die Arme um seine Knie und sah sie verstört an. »Das kommt nie wieder vor. Ich schwöre es.« Er streckte die Hand aus. »Ich schwöre es beim Grab meiner Schwester. Du musst mir glauben.«

Zum ersten Mal war es passiert, als während Lukes Schicht ein sechzehnjähriges Mädchen starb. Sie wollte ihre Prüfungsergebnisse feiern, hatte drei Ecstasy genommen und war auf der Toilette eines Clubs zusammengebrochen. Ihr Herz hatte zu schlagen aufgehört, als der Rettungswagen eintraf. Luke hatte die Tür aufgebrochen und sie wiederbeleben können, aber auf dem Weg zum Krankenhaus verlor er sie wieder.

Als Michelle von der Arbeit nach Hause kam, saß er auf dem Sofa und schaute ohne Ton Fußball. Mit mechanischer Stimme und ohne den Blick vom Fernseher zu nehmen, erzählte er ihr, was passiert war.

»Du hast getan, was du konntest.« Michelle setzte sich neben ihn und sah ihn an, aber er erwiderte ihren Blick nicht. »Luke, ich weiß, wie schwer das für dich ist …«

»Ach ja? Weißt du das?« Er sprang auf und ging im Wohnzimmer auf und ab.

»Du verhökerst den ganzen Tag Peppa Wutz und diese verdammte Jane Austen. Das Schlimmste, was du jemals verloren hast, ist dein Ausweis fürs Fitnessstudio. Wie könntest du das jemals verstehen?«

Selbst als sie bei seinen brutalen Worten zusammenzuckte, redete sie sich noch ein, dass er recht hatte. Er hatte seine Schwester verloren, seine Eltern und seine Kindheit. Sie stand auf, stellte sich neben ihn ans Fenster und legte ihre Arme um ihn.

»Nicht!« Er schob sie brutal weg. Sie warf die Arme hoch und stieß dabei eine Glasvase von einem Beistelltischchen, die ihr auf den Fuß knallte.

Er trug Michelle zum Sofa, legte ihren Fuß hoch, rannte in die Küche, holte die Erste-Hilfe-Ausrüstung und Eis. Zärtlich untersuchte er jeden einzelnen Zeh. Zwei waren ziemlich blau, aber nichts war gebrochen.

Danach war er von Reue erfüllt. Er flehte sie an, ihm zu vergeben, und das hatte sie natürlich getan. Er hatte sie ja nicht geschlagen. Sie war gestürzt. Es war ein Unfall. Weshalb es zu etwas Größerem aufbauschen?

Die blauen Flecken verblassten. Sie drehte die Vase so, dass die kaputte Stelle nicht zu sehen war. Ein paar Wochen später warf sie sie in den Müll und kaufte eine neue für die Blumen, die Luke ihr schenkte. Kapkörbchen, Papageientulpen, Rosen. Sie sprachen nicht mehr über den Vorfall, aber jede Blüte verkörperte eine kleine Entschuldigung. Ein duftendes Versprechen, dass es sich nicht wiederholen würde.

Sechs Monate lang war alles wunderbar. Dann trafen sie eines Abends David in der Stadt und gingen auf einen Drink in einen Pub, aus dem fünf wurden. David erzählte den ganzen Abend lang von der grauenhaften Wohnung, in der er im College mit Michelle zusammengelebt hatte. Der Nachbar, der nackt schlafwandelte. Die wilden Partys. Als einmal eine Maus unter den Dielenbrettern seines Zimmers gestorben war, hatte er bei Michelle schlafen müssen.

Luke sah sie auf dem Nachhauseweg im Taxi nicht an. Vor ihrer Wohnung stieg er aus und ließ die Tür weit offen. Der Fahrer warf ihr im Rückspiegel einen Blick zu, während sie das Geld herauskramte. »Alles in Ordnung?«

»Natürlich«, sagte sie, immer noch ein wenig euphorisch vom Wein und dem netten Abend.

Luke wartete mit verschränkten Armen in der Küche, hatte seine Jacke noch nicht ausgezogen. »Dann sind es also sieben«, sagte er.

»Sieben was?« Michelle lehnte sich an den Türrahmen. Sie war betrunkener, als sie gedacht hätte.

»Sieben Männer, mit denen du geschlafen hast. Du hast gesagt, es waren sechs.«

Sie lächelte, sie konnte nicht anders. »Ich habe nicht mit David geschlafen. Wir haben nur zusammen in einem Bett gelegen. Er ist schwul, das weißt du doch. Selbst wenn ich auf Händen und Knien darum betteln würde, würde er nein sagen.«

»Und, hast du?«, sagte Luke mit höhnisch verzogenem Mund. »Auf Händen und Knien gebettelt?«

Ihr Lächeln verblasste. »Ich gehe ins Bett. Ich glaube, du schläfst besser auf dem Sofa.« Als sie sich umwandte, packte er sie am Ärmel und wollte sie aufhalten. Sie schlüpfte aus ihrem Mantel und rannte den Flur hinab. Irgendwie wollte sie nicht glauben, was da gerade passierte. Sie drehte sich um, wollte vernünftig mit ihm reden, aber er kochte vor Wut und drückte sie gegen die Wand. Das hätte er nicht tun sollen. Doch sie hätte sich auch nicht wehren sollen, denn als sie sich befreite, zerrte sie sich die Schulter.

Michelle schloss sich im Schlafzimmer ein. Im Flur war alles still, während sie Kleider aus dem Schrank riss und sie aufs Bett warf. Sie holte Schuhe unter dem Bett hervor, warf sie obendrauf und starrte den Haufen hilflos durch einen Tränenschleier an. Ihr Koffer war auf dem Dachboden, ihre Sporttasche im Flurschrank.

Mit weichen Knien setzte sie sich aufs Bett. Was tat sie da? Wo sollte sie nur hin?

Sie holte ihr Telefon aus der Tasche und blätterte zu Liz' Nummer, dann zu der von David, dann wieder zu der von Liz, aber sie rief nicht an. Sie lag da und lauschte auf ihren langsamer werdenden Herzschlag und auf Lukes beklommene, leise Stimme. Er entschuldigte sich, versprach ihr, sich zu bessern, und flehte sie an, ihn reinzulassen. Als es hell wurde, machte sie die Tür auf. Er schlang seine Arme um sie, und sie kuschelten sich auf dem Kleiderhaufen aneinander und flüchteten sich vor der Realität in den Schlaf.

Danach waren sie zu schockiert und betäubt, um darüber zu sprechen. Die ganze Situation erinnerte an einen Elefanten in der Ecke des Zimmers, bei dem sich alle bemühen, ihn zu ignorieren. Manchmal war die kleine Wohnung viel zu voll für sie.

Monatelang war Luke, wie Michelle ihn kannte und liebte, der echte Luke, zärtlich, beschützend, liebevoll. Und dann sagte sie etwas Falsches, oder er hatte einen schlechten Tag gehabt, oder jemand verhielt sich in einem Laden unhöflich, und seine Wut brach hervor wie ein Flaschengeist. Nein, es war kein Flaschengeist, sondern ein Dämon.

In allen Artikeln, die sie dazu gelesen hatte, stand, dass man gehen musste, wenn man von seinem Partner geschlagen wurde. Gehen und nicht wiederkommen. Aber Luke hatte sie nie richtig geschlagen. Er hielt sie fest, packte sie am Arm oder verdrehte ihn. Es war nicht wie in den Geschichten über häusliche Gewalt. Er wollte ihr nicht wehtun. Wenn sie nur aufhören könnte, bei ihm auf die falschen Knöpfe zu drücken, wenn sie ihm nur beweisen könnte, dass sie nur ihn wollte, wenn sie ihn dazu bringen könnte, über seine Schwester zu sprechen, wenn sie mit irgendjemandem reden könnte, der ihr den richtigen Rat gab – dann könnte sie es verhindern.

Aber sie schämte sich zu sehr, um es jemandem zu erzählen. Ein einziges Wort zu einem ihrer Freunde wäre, wie den Zünder zu drücken. Alles ginge in die Luft.

Einen schmerzhaften blauen Fleck, brennende Schürfstellen, schmerzende Kopfhaut, weil er zu fest an ihren Haaren gezogen hatte, das konnte sie ertragen, aber nicht die Vorstellung, dass Luke nicht länger neben ihr aufwachen und ihr im Schein der kleinen Lampe vorlesen würde, wenn sie nachts wach lag.

Der Mann mit dem Yaris nahm Lukes Entschuldigung an und erhob keine Anklage. Luke kam mit einer offiziellen Verwarnung davon sowie einer Überweisung zu einem auf Aggressionsbewältigung spezialisierten Therapeuten.

»Vielleicht hilft es ja«, sagte Luke, als er ihr das am Telefon erzählte. »Vielleicht ist es an der Zeit, dass ich mit jemandem spreche.«

Ihr fiel eine riesige Last von den Schultern. Alles würde gut werden, sie konnte es spüren.

»Hast du dich etwa erkältet, meine Liebe?«, fragte der Lieferant, als er ihr den Lieferschein reichte.

»Nein.« Michelle nahm ihn und glich die Posten mit ihrer Liste ab. »Warum?«

»Weil's draußen fünfundzwanzig Grad hat und du einen Rollkragenpulli trägst.«

»Oh«, sie errötete. »Nur ein rauer Hals.«

Als sie nach Hause kam, war Luke bei der Arbeit, hatte aber ein vorgezogenes Geburtstagsgeschenk auf ihr Bett gelegt. Ein in rosa Seidenpapier verpacktes Päckchen mit einer dicken Satinschleife und einem Umschlag für das »Birthday-Girl«. Auf der Karte stand »Eigentlich ist das ein Geschenk für mich, weil ich dich am Freitag darin sehen werde.«

Es war ein wunderschönes graugrünes Chiffonkleid mit winzigen grauen Punkten. Als sie hineinschlüpfte, schmiegte es sich mit teurem Knistern um ihren Körper.

Sie ging zum Spiegel hinüber, und das Lächeln erstarb auf ihren Lippen. Ihre Hand wanderte an ihre Kehle, um die vier blauen Flecken zu überdecken, die Lukes Finger dort hinterlassen hatten, und den etwas größeren Daumenabdruck auf der anderen Seite, direkt unter dem Ohr. Sie waren ein wenig verblasst, lila und gelblich geworden, aber bis morgen Abend waren sie sicher noch nicht verschwunden.

Sie googelte, wie man mit Make-up blaue Flecken kaschieren konnte, und besorgte es am nächsten Tag auf dem Weg zur Arbeit. Es war viel los und schon fast sechs, bis sie schließen konnte – zu spät, um noch mal nach Hause zu fahren und ihre Tasche fürs Wochenende zu holen. Sie rief Luke an und bat ihn, sie mitzubringen.

»Du kommst doch nicht etwa zu spät, oder?« Er klang angespannt. »Der Tisch ist für 19.30 Uhr reserviert.«

»Ich ziehe mich hier um und lasse mir dann die Haare machen. Um Viertel nach sieben bin ich dort, versprochen.«

Sie ging ins Hinterzimmer, zog Strickjacke und Jeans aus und schlüpfte in das neue Kleid. Dann machte sie sich ans Schminken. Als sie das Make-up mit dem Finger auf die empfindliche Haut auftrug, zuckte sie zusammen. Drei Schichten waren nötig, um alles vollständig abzudecken, aber irgendwann sah man die Flecken nur noch verschwommen und dann gar nicht mehr.

Michelle zog ihre Converse aus und hautfarbene High Heels an, stopfte ihre Kreditkarte und ihr Parfum in ihr kleines Ausgehtäschchen und spurtete zum Auto.

Es zwar zwanzig vor sieben, als sie beim Friseur ankam.

Vor Nervosität verkrampfte sich ihr Magen, während ein vorsichtiger Lehrling ihr langsam die Haare wusch, aber als sie erklärte, sie sei in Eile, föhnten zwei Friseurinnen ihre Haare.

Mit ihren runden Bürsten standen sie jeweils auf einer Seite ihres Stuhls, und ihre Kopfhaut und ihre Ohren wurden ganz heiß.

Um zehn nach sieben hatten sie ihre dünnen blonden Haare in einen schimmernden Vorhang verwandelt. Sie gab ihnen Trinkgeld, hastete zum Auto und schickte ein Stoßgebet zum Himmel, dass sie es in zwanzig Minuten bis zum Hotel schaffte.

An der Ampel in Blackrock drehte sie den Rückspiegel, um ihren Lippenstift aufzufrischen. Durch die heiße Luft des Föns war die Foundation weggeschmolzen und die blauen Flecken leuchteten hell auf ihrer blassen Haut. Sie leerte ihr Täschchen auf den Beifahrersitz, aber die Foundation hatte sie im Laden gelassen. Wenn sie jetzt zurückfuhr, kam sie eine volle Stunde zu spät.

Verzweifelt blickte sie wieder auf die Straße und bemerkte erst jetzt, wo sie war. Genau vor dem Laden, den sie vor zwei Wochen gesehen hatte. Und da, im Fenster flatterte immer noch das seidige Quadrat auf und ab. Es war ein Schal – und wie durch ein Wunder genau in der Farbe ihres Kleides.

Nach einer unruhigen Nacht voller Träume war Nora verwirrt erwacht. Offenbar versuchte ihr Geist, den Schock zu verarbeiten, dass sie den Reisepass ihrer Großmutter gefunden hatte.

In Griechenland war sie bisher nur ein einziges Mal gewesen, vor sieben Jahre mit Liv. In einem exklusiven Hotelkomplex auf Santorin hatten sie eine Villa gemietet. Liv hatte am Pool gelegen, hatte sich massieren lassen, war zur Maniküre gegangen, aber Nora wollte aus ihrem stylischen kleinen Luxus-Kokon ausbrechen, wollte unbedingt herausfinden, was hinter den weiß gekalkten Wänden lag und die eigentliche Insel erkunden.

Also ging sie morgens meistens früh los. Fuhr mit dem Bus an silbergrauen Olivenhängen vorbei in entlegene Dörfer, wo alte, schwarz gekleidete Leute im tiefen Schatten uralter Platanen saßen. Sie mietete sich einen Roller und fuhr an schicken Stränden mit Bars und Sonnenliegen vorbei in winzige, verlassene Buchten, wo eine ausladende Tamariske den einzigen Schutz vor der Sonne bot.

Liv hatte sich in den vierzehn Tagen in ein Dutzend Abenteuer gestürzt, aber Nora hatte sich nur einmal verliebt – in ein ganzes Land. Denn auf eine seltsame Art, die sie sich nicht wirklich erklären konnte, hatte sich diese Insel wie ein Zuhause angefühlt.

Und jetzt verstand sie auch, warum. Jetzt ergab alles einen Sinn. Ihre dunklen Augen und Haare, ihre olivfarbene Haut. Sie hatte griechische Wurzeln.

Warum hatte Lainey das geheim gehalten? Warum hatte Hugh ihr geholfen, ihren Geburtsort zu verschleiern? Nora hatte das ganze Haus umgekrempelt, jede Kiste mit Papieren auf dem Dachboden mit forensischer Genauigkeit durchsucht, aber überhaupt nichts gefunden, das ein wenig Licht ins Dunkel brachte.

Der Pass war nur ein weiterer quälender Schnipsel aus dem Leben ihrer Großmutter, genau wie ihre Notizen. Ein weiterer flüchtiger Blick auf die Frau, die sie nie wirklich gekannt hatte.

Letzte Nacht hatte Nora wieder von Lainey geträumt. Sie saßen zusammen in einem Boot. Lainey trug ihr Hochzeitskleid und die zweireihige Kette mit Mondsteinen. Es war Nacht, und der Vollmond legte einen silbernen Pfad über das Meer. Am Horizont war eine Insel, von der Nora wusste, dass es Kreta war.

Nora versuchte, mit dem Boot dorthin zurückzurudern, aber die Ruder waren zu schwer. Je mehr sie sich bemühte, umso weiter trieben sie von der Insel weg, und das Boot leckte. Sie reichte ihrer Großmutter einen Eimer.

»Du musst mir helfen«, rief sie. »Wir müssen zusammenarbeiten.«

Lainey lächelte sie an, aber anstatt Wasser zu schöpfen, steckte sie ihre Hand in den Eimer und zog mehrere Schals hervor. Sie ließ sie los, und der Wind trieb sie davon. Dann förderte sie haufenweise zerrissenes Papier aus dem Eimer zutage.

Und Nora wusste irgendwoher, dass es die Seiten aus Hughs Gedichtbänden waren. Könnte sie sie fangen, ehe sie vom Wind davongeblasen wurden, würde sie alles verstehen. Aber gerade als sie danach greifen, sie aus der Luft fangen wollte, wachte sie auf.

Sie hatte sehr lange gebraucht, bis der Schal im Schaufenster endlich schwebte und flatterte. Zuerst hatte Nora den hellrosa Chanel-Schal gegen den mit dem Pfauenmuster von Zandra Rhodes und dann gegen den gelben von Hermès ausgetauscht. Sie hatte drei Ventilatoren millimeterweise verschoben, um einen Gegenzug zu erzeugen.

Sie wollte schon aufgeben, probierte es dann aber noch mit dem graugrünen Schal von Pierre Cardin, der von winzigen grauen Elefanten gesäumt war. Er war leichter als die anderen. Er flatterte kurz wie ein unwilliger Drache, dann schwebte er, blieb oben, schlug Wellen und glättete sich wieder langsam, als wäre er nur dafür gemacht, die Gesetze der Schwerkraft aufzuheben.

Jedes Mal, wenn jemand die Tür öffnete, segelte er herunter, also stellte sie ein Stück Sperrholz hinten ins Fenster. Er sollte mindestens eine Woche im Schaufenster bleiben.

Passanten waren von dem Anblick des sich in eleganten Kreisen bauschenden Schals so fasziniert, dass sie hereinkamen und fragten, wie sie ihn zum Schweben gebracht hatte, und blieben dann, um sich umzusehen. Allein heute hatte sie zwölf Schals von Lainey verkauft, sechs Paar Abendhandschuhe an eine Stylistin, zwei Spiegel an ein frisch vermähltes Paar und den polierten Eichentisch mit den geschnitzten Löwenfüßen an einen Architekten, der einen Schreibtisch brauchte.

Am Freitagabend verpasste sie dem Tisch gerade eine letzte, liebevolle Politur mit Bienenwachs, als eine blonde Frau in cremefarbenem Regenmantel ans Fenster des Ladens klopfte. Nora hatte schon vor einer Stunde geschlossen, aber sie öffnete trotzdem.

Die Frau wirkte völlig panisch. »Ich weiß, dass Sie schon geschlossen haben. Ich brauche nur eine Minute. Ich will den Schal aus dem Fenster kaufen.«

Nora schüttelte den Kopf. »Tut mir leid, den kann ich Ihnen nicht geben, aber ich habe noch viele andere.« Sie deutete auf die Wäscheleine, die sie an der Wand entlang gespannt hatte. Darunter hatte sie ebenfalls einen Ventilator gestellt, und die leuchtenden seidenen Quadrate wehten wie im Sommerwind.

»Nein«, beharrte die Frau im Regenmantel. »Es muss der aus dem Fenster sein. Er ist der einzige, der zu meinem Kleid passt.«

Was für eine Prinzessin, dachte Nora und verschränkte die Arme. »Haben Sie das Kleid dabei? Wenn Sie es mir zeigen, finden wir sicher noch einen anderen, der passt.«

Die Frau zögerte, klappte dann den hohen Kragen ihres Regenmantels herunter, knöpfte ihn schnell auf und legte die Hand an ihren Hals. Nora hatte dennoch die blauen Flecken gesehen und hielt den Atem an. Sie senkte den Blick und betrachtete das Kleid, grüner Chiffon mit winzigen grauen Punkten. »Oh, wie hübsch«, sagte sie ruhig. »Wirklich eine ungewöhnliche Farbe, und ich glaube, Sie haben recht. Der Pierre Cardin passt wunderbar dazu. Ich hole ihn, damit wir es ausprobieren können.«

Während sie zum Fenster hinüberging, rasten ihre Gedanken. Was sollte sie jetzt tun? Die Frau fragen, woher diese Flecken kamen? Ob sie Hilfe brauchte?

Sie öffnete das schmale Türchen an der Rückseite des Schaufensters. Es entstand ein Luftzug, und das grüne Seidenquadrat schwebte zu Boden, wo es zitternd liegen blieb wie ein sterbender Schmetterling. Nora beugte sich vor und hob ihn auf. Als sie sich umdrehte, stand die Frau im Regenmantel hinter ihr.

Sie nahm ihn schnell, band ihn um ihren Hals und schlüpfte aus ihrem Mantel. Sie trat vor den goldgerahmten Spiegel und starrte ihr Spiegelbild an, wobei sie den Kopf hin und her drehte.

»Ist er nicht unglaublich?«, fragte Nora sanft. »Genau

die gleiche Farbe wie Ihr Kleid. Und die grauen Elefanten passen zu den Punkten.«

»Elefanten?« Die Frau sah sie erschrocken an und senkte den Kopf.

»Sie sind auf dem Saum.« Nora ging hinüber und stellte sich hinter sie. »Wenn Sie ihn abnehmen, können Sie sie erkennen.« Vielleicht hatte sie sich die Flecken auch nur eingebildet, vielleicht waren sie nicht so schlimm wie auf den ersten Blick vermutet.

Die Frau rückte den Knoten zurecht und schlüpfte wieder in den Regenmantel. »Ich nehme ihn«, sagte sie.

»Okay«, erwiderte Nora und machte einen letzten Versuch, »dann packe ich ihn für Sie ein.«

Die Frau schüttelte schnell den Kopf. »Ich behalte ihn gleich an.«

»Ja, wirklich?«, fragte Nora. Einen Moment lang trafen sich ihre Blicke im Spiegel, und die Frau errötete. Nora legte ihr die Hand auf die Schulter.

»Kann ich Ihnen irgendwie helfen?«, fragte sie sanft. Einen Augenblick lang dachte sie, die Frau würde anfangen zu weinen, doch dann schüttelte sie den Kopf und zwang sich zu einem Lächeln.

»Nein, aber vielen Dank hierfür.« Sie berührte den Schal. »Ich kann gut verstehen, dass Sie ihr Schaufenster nicht sofort wieder umdekorieren wollen.« Sie öffnete ihr Ausgehtäschchen und nahm die Geldbörse heraus. »Sie haben mir wirklich sehr geholfen.«

Ich wünschte, das wäre wahr, dachte Nora und sah ihr hinterher. Ich hoffe, es gibt jemanden in deinem Leben, der dir zur Seite steht.

Sowie die Seide Michelles Haut berührte, löste sich der Kloß in ihrem Hals. Der Schal war wie eine sanfte Hand, die ihre Wunden linderte.

Sie startete den Wagen und schaltete das Radio ein, und Adeles Stimme schnurrte aus den Lautsprechern. Die weiche Sommerluft blies durch das geöffnete Fenster, und während sie die gewundene Straße hinabfuhr, die zum Strand von Killiney führte, machte sie sich klar, wie gut es ihr ging. Sie hatte ein gutes Leben. Einen guten Job. Gute Freunde. Einen guten Mann. In ein paar Stunden wurde sie achtunddreißig, aber sie war immer noch jung. Und morgen begann ein neues Lebensjahr, ein neues Jahr, in dem Luke Hilfe bekommen würde, und sie konnten wieder von vorne anfangen.

Als sie durch das Tor fuhr, fing es an zu regnen, aber sie lächelte, während sie die Steintreppe zum Hotel hinaufeilte und schützend die Hände über ihre Haare hielt.

Luke stand unter dem Leuchter des eleganten im Schachbrettmuster gefliesten Foyers. Dieser starke, solide, gut aussehende Mann gehörte zu ihr. Dann sah sie sein Gesicht. Die zusammengezogenen Augenbrauen, die angespannten Kiefer, der verkniffene Mund.

»Es tut mir so leid.« Sie hastete zu ihm und zog ihren Mantel aus. »Ich bin beim Friseur aufgehalten worden, und der Verkehr war fürchterlich.«

Ein Kellner erschien und nahm ihr den Mantel ab. »Ihre Freunde sind bereits da«, sagte er. »Ich führe Sie zum Tisch.«

»Freunde?« Verwirrt wandte sie sich zu dem Kellner um, aber der hängte gerade den Mantel auf. Sie drehte sich zu Luke.

»Überraschung!«, sagte er in sarkastischem Ton.

Sie blickte über seine Schulter in den hell erleuchteten Saal und entdeckte Liz' rote Locken, Brian, der mit Jackett und mit Krawatte festlich gekleidet war, Delia in einem gelben Kleid und den dunklen Kopf von David, der sich gerade zu seinem Freund Finn beugte.

»Ich hatte keine Ahnung, dass du alle eingeladen hast«, sagte sie zu Luke.

»Du bist nicht die Einzige, die ein Geheimnis bewahren kann.« Seine Augen sahen sie kalt an. »Als ich hier ankam, hatte ich Kopfweh. Deshalb habe ich nach einer Aspirin gesucht. Und schau mal, was ich gefunden habe.« Er schob seine Hand in seine Hosentasche und zog eine Blisterpackung hervor. Michelle hatte die Pille im Reißverschlussfach ihres Waschbeutels versteckt.

Erschrocken zuckte sie zusammen. Er dachte, sie hätte an Weihnachten die Pille abgesetzt. »Luke, ich kann es dir erklären.«

»Das bezweifle ich, Michelle.« Er zerdrückte die Packung in seiner Hand und steckte sie wieder ein.

Die Haut in ihrem Nacken begann zu prickeln. »Ich wollte dich nicht belügen …«

»Deine Ausflüchte kannst du dir für später aufsparen.« Er zog sie an sich. Jeder Beobachter hätte es für eine liebevolle Geste gehalten, aber seine Finger gruben sich viel zu fest in ihren Arm, und seine Stimme war eiskalt. »An dem Tisch warten all die Leute auf uns.

Also halt den Mund und lächle, und zeig ihnen, wie glücklich du bist. Klar?«

Sie starrte ihn an, dann nickte sie langsam.

Der Kellner war zurück. Sie folgten ihm zur Tür, aber auf einmal blieb Michelle stehen. »Ich muss zur Toilette«, sagte sie.

»Nein, musst du nicht.« Luke zog an ihrem Arm, doch der Kellner hatte sich schon umgedreht.

»Den Flur runter und dann nach links, Madam«, sagte er. »Ich bringe Sie zum Tisch, Sir.«

»Geh schon vor«, sagte Michelle zu Luke. »Ich komme gleich nach.«

Er kochte vor Wut, durfte es aber nicht zeigen. Er ließ sie los.

Am Ende des Flurs war eine Treppe. Michelle rannte sie hinauf, am ersten, zweiten und dritten Stock vorbei. Ihr Herz hämmerte in ihrer Brust, das Blut pulsierte in ihren Ohren. Sie wusste nicht, wohin sie ging, sie wusste nur, dass sie wegmusste. Die letzte Treppe führte zu einer Feuertür. Sie schob sie auf und stürmte auf das flache Dach des Hotels. Es regnete jetzt stärker, und eine Windböe fegte ihr die sorgfältig geföhnten Haare ins Gesicht und zerrte am Saum ihres Kleides.

Sie ging an den Rand des Dachs und blickte nach unten auf ihr Auto, das auf dem gekiesten Vorplatz parkte. Den Schlüssel hatte sie in der Tasche. Sie könnte runtergehen, einsteigen und wegfahren. Aber er würde ihr folgen.

Sie trat näher an die Brüstung und schloss die Augen, stellte sich vor, sich vorzubeugen, loszulassen.

Der Wind zog an ihrem Seidenschal, löste die Schleife. Sie öffnete die Augen und kriegte ihn gerade noch zu fassen.

Michelle betrachtete ihn. Im Schaufenster hatte es so gewirkt, als könnte er überall hinflattern, aber er war in einem Luftstrom gefangen gewesen, hob und senkte sich, kam nicht von der Stelle.

Auch sie war gefangen. Sie musste die Treppen wieder hinuntergehen und allen etwas vormachen, die Illusion aufrechterhalten, lächeln und lachen, Geschenke auspacken, anstoßen, die Kerzen auf der Torte ausblasen. Sie zitterte. Er wird mich umbringen, dachte sie. Und sie vernahm eine leise, furchtsame Stimme, die fragte, ob das wahr sei.

Sie hielt den Schal in die Höhe, und der Wind bauschte ihn wie ein Segel. Jetzt konnte sie die Elefanten am Saum erkennen. Rüssel an Schwanz, zu viele, um sie zu zählen. Sie atmete tief ein und hielt die Luft an, bis ihre Lunge zu brennen begann, dann öffnete sie die Hand und atmete aus.

Der Schal flog davon, eine Welle in Grün, die sich im Licht des Parkplatzes entfaltete. Er beschrieb einen eleganten Bogen und schwebte über die Spitzen einer Reihe von Kastanienbäumen, dann war er verschwunden.

Michelle drehte sich um und ging über das Dach zurück. Sie betrat das Restaurant in ihrem hübschen grünen Kleid und mit entblößtem Hals. Ihre Flecken und Wunden würde sie nicht mehr verstecken. Das war jetzt vorbei. Sie wollte frei sein.

10

Medaillon aus Gelbgold, neun Karat

Alanna

Der Pritschenwagen holperte über den unebenen Weg zwischen den Reisfeldern und schüttelte jeden einzelnen Knochen in Alannas Körper durch. Die anderen dagegen schien es gar nicht zu bemerken. Die zwei Französinnen Claire und Amelie hatten sich aneinandergelehnt und schliefen tief und fest. Dieter aus Österreich meditierte und schaffte es, irgendwie den Rücken kerzengerade zu halten. Auf seinem Gesicht lag ein angedeutetes heiteres Lächeln.

Die drei hitzigen englischen Gap-Year-Jungs baggerten zwei hübsche Amerikanerinnen an, die erst gestern angekommen waren. Die Mädchen schienen nur aus langen Gliedmaßen, schimmernden Haaren und Makeup zu bestehen und waren bestimmt schon um fünf Uhr morgens aufgestanden, um so auszusehen. Allein der Gedanke daran erschöpfte Alanna schon. Sie zählte all die Dinge auf, für die sie dankbar war. Ein weiterer wunderbarer Tag auf Bali. Die fedrigen Bäume, die sich so malerisch vom Morgenhimmel abhoben. Die drei Affen, die die Köpfe drehten und dem Pritschenwagen hinterherschauten. Das Essen und das kalte Wasser in ihrem Rucksack, ihre Gesundheit. Ihre schöne Tochter. Sie merkte, wie ihre Stimmung sich aufhellte und ihr Herz sich hob, als der Wagen vom Holperweg auf die geteerte Straße einbog. Dieter hatte die Augen geöffnet und drehte sich eine Zigarette, wobei ihm das dünner werdende blonde Haar in die Augen fiel. Er war älter als die anderen, vielleicht Mitte vierzig. Immerhin alt genug, damit sie sich nicht fühlte wie ein Dinosaurier. Er sah nicht übel aus, und er mochte sie. Und obwohl sie sich vorgenommen hatte, sich eine Zeit lang auf niemanden mehr einzulassen, spürte sie schon ihre Entschlossenheit schwinden. Manchmal fühlte sich ihr neues Leben eher wie ein Exil als wie ein Abenteuer an.

Dieter berührte sie am Arm und hielt ihr die fertig gedrehte Zigarette hin. Alanna lächelte ihn an. Noch etwas, wofür sie dankbar sein konnte. Sie beugte sich vor, als er ihr das Feuerzeug hinhielt, nahm einen Zug und ließ sich wieder zurücksinken. Sie betrachtete die kleinen Fertighäuser und Tempel, an denen sie vorbeifuhren. Jetzt war es fast hell, und Grüppchen von einheimischen Frauen kehrten in ihren leuchtenden Sarongs und langärmeligen Kebayas vom Markt zurück. Die heiße Sonne brach durch die Bäume und brannte auf ihren Nacken.

Alanna stellte sich vor, dass sie achttausend Meilen entfernt aufwachte, nicht in der Wohnung, in der sie mit Pete in Brixton gelebt hatte, sondern im Haus an der Temple Terrace in Dublin.

Sie schloss die Augen und sah, wie die Sonne durch die Oberlichter im Flur schien und Houdinis Fell wärmte. Sie nahm den frischen, saftigen, klaren Geruch von gemähtem Gras und die salzige Brise des Meeres wahr. Obwohl sie seit siebenunddreißig Jahren keinen Fuß mehr in das Haus gesetzt hatte, empfand ein Teil von ihr es immer noch als Zuhause.

In einem Monat würde es das Zuhause anderer Menschen werden. Die mit Dingen vollgestopften Räume waren jetzt wahrscheinlich leer, jede Spur vom Leben ihrer Eltern war verschwunden. Alannas Vater war jetzt fast seit einem Jahr tot, aber sie spürte stets seine tröstliche Gegenwart. Und in letzter Zeit hatte sie seltsamerweise auch die Gegenwart ihrer Mutter gespürt. Gestern beim Arbeiten hatte sie aufgeblickt und gedacht, Lainey stehe am Rand des Reisfelds beim Schrein und beobachte sie. Sie hatte den Atem angehalten, bis ihr klar wurde, dass es nur ein Lichtspiel war. Der Schatten eines Baumes, vom Weihrauch getrübt. Ihre überaktive Fantasie. Aber es reichte, um die alten Wutgefühle wieder zu entfachen. Wenn ihre Mutter zurückkommen wollte, um sich zu entschuldigen, war es zu spät. Ihr Vater dagegen durfte sie jederzeit heimsuchen.

Sie litt immer noch unter dem schmerzhaften Verlust. Er war so viel mehr als ein Vater für sie gewesen. Er war Freund und Verbündeter und später ein Ersatzvater für ihre Tochter gewesen. Alanna hatte sich vorgestellt, er würde immer für sie da sein, aber dann war er plötzlich nicht mehr da, und sie hatte das getan, was sie schon immer getan hatte, wenn alles zu viel wurde. Sie war weggelaufen.

Schockierend, wie einfach es wieder gewesen war. Eine weitere Beziehung beenden, eine Wohnung verlassen, sich mit zweiundfünfzig wieder in die Unsicherheit stürzen, ihr gesamtes Leben in zwei Koffer packen.

Und vielleicht lag es an der Trauer, aber als sie ihr

Oneway-Ticket nach Indien kaufte, spürte sie zum ersten Mal im Leben Unbehagen bei dem Gedanken, schon wieder neu anzufangen. Nach dieser Reise war es womöglich an der Zeit, sich niederzulassen. Einen Ort zu finden, an den sie immer zurückkehren konnte.

Nach drei Monaten Meditation und Yoga in einem Aschram in Kerala hatte Alanna endlich wieder begonnen, sich wie sie selbst zu fühlen. Dann war eine Nachricht von Nora gekommen. Ihre Mutter lag im Sterben. Alanna hatte nicht damit gerechnet, dass nach all den Jahren der Entfremdung ein winziger Funke Liebe zu ihrer Mutter überlebt hatte. Ein Teil von ihr wollte in ein Flugzeug steigen und nach Irland fliegen, damit sie miteinander Frieden schließen konnten. Aber sie wusste, dass es keinen Sinn hatte. Ihre Mutter hatte sie nie gewollt, und das würde sich auch nicht ändern, nur weil ihr Leben zu Ende ging.

In den letzten Tagen, in denen Lainey im Sterben lag, blieb Alanna auf ihrer Pritsche im leeren Schlafsaal des Aschrams liegen, das Gesicht an die Wand gedreht. Sie hatte mit dem Anruf bei ihrer Tochter gewartet, bis es zu spät war. Zur Beerdigung war sie nicht nach Hause geflogen; das hätte sie nicht ertragen. Jetzt schämte sie sich, dass sie Nora mit allem alleingelassen hatte. Laineys Tod, die Vorkehrungen, das Testament, das Haus. Sie hatte genau das getan, was sie ihrer Mutter immer vorgeworfen hatte. Sie war nicht da gewesen, als ihre Tochter sie am meisten brauchte.

Der Pritschenwagen kam zum Stehen, und sie stieg aus. Dieter sprang herunter und hielt ihr die Hand hin.

Vielleicht brauche ich auch nur eine kleine Affäre, dachte Alanna, während er vor ihr die Terrassenfelder hochstieg. Etwas, das ihre Aufmerksamkeit fesselte. Vielleicht würden Sex und Gesellschaft ja die Trauer und die Reue vertreiben.

Sie machte sich an die Arbeit und jätete in einem langen, schmalen Reisfeld Unkraut. Es war echte Knochenarbeit. Der Schlamm saugte sich an ihren Füßen fest, und ihre Fingerspitzen wurden runzlig vom Wasser. Ihre Arme schmerzten, und ihre Schultern begannen zu brennen, aber sie erlaubte sich keine Pause. Alter war nur eine Zahl. Sie musste sich und allen anderen beweisen, dass sie dazu imstande war; dass sie das auch noch die nächsten fünfzehn Jahre lang tun konnte, wenn es sein musste.

Das Luftschloss eines Zuhauses in Irland war geplatzt, als Alanna vom Testament erfahren hatte. Aber in Asien waren vierzigtausend Euro viel Geld. Mit der Hälfte konnte sie hier gut leben und die andere Hälfte für Nora zurücklegen, damit sie sich irgendwann eine Auszeit nehmen und ihre Karriere neu überdenken konnte. Sie war beim Design gelandet, und vielleicht konnte sie das gut, aber es war eine harte, kalte, oberflächliche Welt, und ihre Tochter war nicht tough genug und ließ sich schnell ausbeuten. Alanna wäre froh, wenn sie sich von Liv lösen, sich auf die eigenen Beine stellen und etwas Kreatives tun würde, bei dem sie mit dem Herzen dabei war.

Alanna zerrte störrisches Unkraut aus dem Wasser. Sie machte sich Sorgen um ihre Tochter. Adam war hübsch, charmant und wusste, was Frauen liebten, aber Alanna hatte das Gefühl, dass er sich selbst weit wichtiger nahm als ihre Tochter. Nora hatte in den letzten zwei Jahren das Haus in der Fountain Road gestaltet und das Hausmütterchen für einen Mann gespielt, der kaum je zu Hause war.

Alanna spürte die ersten kühlenden Regentropfen auf ihren Armen, und als sie sich aufrichtete, stand sie schon vor einer Wand aus Wasser. Sie schlang ihren patschnassen Sarong um ihre Knöchel und rannte schutzsuchend zu einer Palme. Die anderen machten Platz für sie, und Alanna reichte eine Tasche mit Mangostanen herum. Alle drängten sich zusammen, bis der Wolkenbruch vorbei war.

»Ich habe übrigens eine Flasche guten Arrak in meiner Hütte«, sagte Dieter ruhig in seinem vorsichtigen Englisch, als sie nach dem Regen wieder auf die Felder stiegen, »falls du vor dem Essen auf einen Drink vorbeikommen magst.«

»Oh«, sagte Alanna, »das wäre nett.« Und plötzlich wusste sie, dass es auch nichts weiter als nett wäre. Eine hübsche, kurze Ablenkung von den Dingen, um die sie sich nicht kümmern wollte. Die Wut auf ihre Mutter. Die Trauer um ihren Vater. Die Sorge um ihre Tochter. Sie lächelte Dieter an. »Aber ich lasse heute das Essen ausfallen, danke. Ich muss nach Ubud und meine Post abholen.«

Er war enttäuscht. Das sah sie bei der Arbeit am Nachmittag an seinen Schultern und an der etwas steifen Abschiedsgeste, als er mit den anderen wieder auf den Pritschenwagen zurück zum Hof stieg. Alanna fühlte sich plötzlich sehr einsam, aber sie wehrte das Gefühl ab, drehte sich um und machte sich auf den Weg über die Felder in die kleine Stadt.

Der schmale Pfad führte sie an einem selbst gebauten Zelt vorbei, das eine Familie von Wanderarbeitern sich neben den Regenkanälen gebaut hatte. Es war nicht viel, im Prinzip nur eine Plastikplane auf Stöcken, aber es war ein Zuhause für ein Pärchen Mitte zwanzig, ihr kleines Kind und eine alte Frau, die sich um das Kind kümmerte. Die Frau war altersgebeugt, ihr Gesicht von tiefen Falten zerfurcht. Vorne fehlten ihr ein paar Zähne. Aber wahrscheinlich ist sie jünger als ich, musste Alanna denken.

Durch Zeichen und Gesten hatte Alanna herausgefunden, dass sie Nyoman und ihre Enkelin Putu hieß.

Jedes Mal, wenn Alanna vorbeiging, rührte es sie, wie gut Nyoman sich um die kleine Tochter kümmerte. Sie zog an der Plane, damit sie im Schatten saß. Gab ihr feuchte Lappen, an denen sie saugen konnte, als sie Zähne bekam. Setzte sie auf ihren Schoß, kämmte ihre Haare und suchte sie nach Parasiten ab. Wenn sie spielte, hatte die alte Frau sie immer im Blick, obwohl ihre Finger unablässig in Bewegung waren, Perlen auf Draht auffädelten und ihn verbogen, um daraus Ohrringe und Armreifen zu machen, vermutlich für die Souvenirläden in Kuta.

Alanna hatte immer geglaubt, sie reise mit leichtem Gepäck, aber im Vergleich zu Nyoman war sie so sehr mit Dingen beladen wie ihre Mutter. Jeder konnte in das Zelt hineinsehen. Ein schweres Wolltuch unterteilte es in Schlafstätten. Als Bett und Kissen dienten gefaltete Sarongs, und in einem ausgeblichenen Wäschekorb waren aufgestapelte Töpfe und Plastikteller.

Alanna wollte Nyoman nicht beleidigen, indem sie ihr Geld anbot, aber sie hatte begonnen, kleine Geschenke vorbeizubringen. Ein Päckchen Baumwolllätzchen für das kleine Mädchen oder ein Bündel Bananen. Zu Beginn der Regenzeit hatte sie ein Moskitonetz gekauft.

Heute hatte sie nichts dabei, aber Nyoman freute sich trotzdem, sie zu sehen. Sie klopfte auf den Boden neben sich und gab Alanna ein Päckchen. Ein Blatt mit Reis, das mit einem Grashalm zusammengebunden war.

Alanna öffnete es und aß den Reis, während sie dem kleinen Mädchen beim Spielen zusahen, das fröhlich mit einem Stock auf einem geschwärzten Topf trommelte.

Nyoman deutete auf das Mädchen und dann auf Alanna. Alanna verstand. Sie hielt einen Finger hoch, um zu sagen, dass sie ein Kind hatte, und hob die Hand, weil es schon erwachsen war.

Nyoman nickte, zeigte wieder auf das kleine Mädchen und hob die Schultern.

»Nein.« Alanna schüttelte den Kopf. »Keine Enkelkinder.« Sie zeigte auf die Armbanduhr an ihrer Hand und drehte mit den Händen Kreise. »Vielleicht bald.«

Nyoman strahlte.

Sicher, dachte Alanna. Nora und Adam hatten ein

Haus gekauft. Sie könnte jederzeit Großmutter werden. Sie konnte es kaum erwarten. Doch schmerzlich wurde ihr bewusst, dass sie nicht viel von ihren Enkeln mitkriegen würde, wenn sie auf der anderen Seite der Welt lebte.

Sie schüttelte den Gedanken ab und aß den restlichen Reis, wischte sich die klebrigen Finger am Sarong ab und holte ihr altes Nokia aus dem Rucksack. Sie klickte sich durch, bis sie ein Foto von Nora fand.

Nyoman sah es sich genau an. Sie lächelte und strich über ihr Gesicht, dann berührte sie ihr Herz.

»Ja«, Alanna lächelte, »sie hat ein großes Herz. Ich habe großes Glück mit ihr.« Sie legte die Handflächen aneinander als Zeichen dafür, dass sie dankbar war.

Nyoman machte es genauso, um zu signalisieren, dass auch sie Glück hatte.

Alanna drehte sich zu Putu, die Steine in den Topf warf und bei dem Geräusch fröhlich lachte. Wo waren die letzten dreißig Jahre hin? Es schien erst gestern gewesen zu sein, dass ihre eigene Tochter so alt gewesen war. Alanna hatte immer geglaubt, dass sie Nora die Dinge geben konnte, die jedes Kind brauchte. Liebe und Wurzeln und Flügel. Die Liebe und die Flügel – das hatte sie hinbekommen; aber was die Wurzeln betraf, hatte sie versagt. Nora hatte mit den vielen Umzügen zu kämpfen gehabt, den unterschiedlichen Schulen, den verschiedenen Wohnorten. Vielleicht brauchte sie im Grunde ein festes Zuhause, eine normale Familie, Routine und Sicherheit.

Nyoman sah sie mitleidig an. Alanna schüttelte den

Kopf und blickte weg. »Ich wollte alles anders machen als meine Mutter, aber jetzt habe ich es vielleicht in die andere Richtung übertrieben.«

Nyoman nickte langsam, als könnte sie das Gefühl verstehen, wenn schon nicht die Worte. Sie tätschelte Alannas Hand und ergriff sie, und plötzlich strömten die Worte aus Alanna heraus. Sie erzählte dieser Fremden, die noch nicht mal Englisch sprach, alles über ihre Kindheit.

Von außen musste ihr ehemaliges Zuhause in der Temple Terrace, das vom Boden bis zur Decke mit wunderschönen Dingen vollgestopft gewesen war, verglichen mit dieser Behelfsunterkunft wie ein Paradies wirken. Aber diesem Paradies hatte das Wichtigste gefehlt. Eine Mutter.

Alanna konnte sich nicht daran erinnern, dass Lainey sie jemals auf dem Arm gehalten, gebadet oder auf sie aufgepasst hätte. Lainey war immer zu beschäftigt. Zu versunken im täglichen Ritual, sich um all die kostbaren Dinge zu kümmern: abstauben, Spiegel putzen, die Möbel mit Bienenwachs einreiben, das Silber polieren, die Kleider in den Schränken und Kommoden neu sortieren, jeden Teller und jedes Glas aus dem großen Porzellanschrank nehmen und abwaschen. Aufgaben, die nie endeten. Wenn sie damit fertig war, begann sie wieder von vorne.

Ihr Vater gab seinen anspruchsvollen Job auf und arbeitete Teilzeit, damit er sich um Alanna kümmern konnte. Er war derjenige, der ihr Geschichten vorlas, ihr etwas zu essen kochte und sie zur Schule brachte.

Wenn sie sich das Knie aufschlug, einen Preis gewann oder eine Umarmung brauchte, war er es, zu dem sie rannte. Sie hatte nicht eine einzige Erinnerung daran, wie ihre Mutter sie berührte, und dennoch hatte sich Alannas Kindheit um sie gedreht.

Sie durfte kein Fahrrad haben, weil Lainey Angst hatte, sie könne runterfallen. Sie durfte die Straße zur Bücherei nicht überqueren, weil sie von einem Auto überfahren werden könnte. Sie durfte nicht allein schwimmen, sie hätte ja ertrinken können. Sie durfte nicht mit den Kindern im Park spielen, weil sie grob waren und ihr womöglich wehtaten.

Ihr Vater behauptete immer, dass ihre Mutter sie liebte, aber es nicht gut zeigen könne. Mit ihrer eigenen Familie hatte sie im Krieg den Kontakt verloren.

»Wo? Wie?«, hatte Alanna wissen wollen.

»Diese Geschichte sollte nicht ich dir erzählen, Liebes«, sagte Hugh, »sondern deine Mutter. Vielleicht tut sie es eines Tages.«

Aber ihre Mutter sprach nicht über die Vergangenheit. Sie weigerte sich, über ihre Familie zu reden. Und als Alanna etwa zwölf war, fand sie heraus, warum. Lainey liebte Dinge mehr als Menschen. Familie war ihr schlicht und einfach nicht wichtig gewesen.

Putu kam zu ihnen gerannt und kletterte auf den Schoß ihrer Großmutter. Die alte Frau schlang die Arme um sie, zeigte auf das Telefon und dann auf sich und das Mädchen.

Ja, nickte Alanna und hoffte, dass ihr alter Akku durchhielt. Die alte Frau und das kleine Mädchen schmiegten sich aneinander, die faltige Wange an die glatte, weiche, und Alanna machte ein Foto.

Sie drehte ihr Handy und zeigte es ihnen.

Das kleine Mädchen krähte vor Freude und stieß einige unverständliche Worte aus, während sie mit ihrem molligen kleinen Finger den Bildschirm berührte.

»*Matur suksma*!« Nyoman strahlte Alanna an.

»Danke DIR!« Alanna berührte ihr Herz. »Es war gut, mit dir zu sprechen.«

Sie blieb auf dem Pfad, bis sie zu der Abzweigung der staubigen Straße kam, die nach Ubud führte. Die kleinen Häuschen wurden von Hotelkomplexen abgelöst, deren Einfahrten mit aufwendig geschnitzten Statuen geschmückt waren. Die Straße in die Stadt war von Restaurants, Internetcafés, Tourenanbietern und Läden voller Klamotten, Schnitzereien, Souvenirs, gefälschten Markenuhren und Sarongs gesäumt. Alanna passierte ein Tempelgelände, auf dem ein Gamelan-Orchester in rotgoldenen Kostümen probte. Die Luft war erfüllt vom Klang der Gongs und Glocken. Ein kleiner Affe hing kopfüber am Schwanz an einem Schild von einem Juwelier. Zwei Männer legten in einer Werkstatt letzte Hand an einen riesigen Pappmaché-Bullen für eine Begräbniszeremonie.

Mittlerweile war der Gehweg übervoll mit Ticketverkäufern, buhlenden Taxifahrern und frisch geduschten und parfümierten Touristengruppen, die nach einem Tag am Pool durch die Stadt schlenderten. Frauen mit hohen Absätzen hingen an ihren Männern, während sie sich auf den kaputten Gehwegen vorwärtsschoben.

Alanna zwang sich, langsamer zu gehen. In beide Richtungen zu schauen, bevor sie die schmalen Straßen überquerte, auf denen Roller mit ganzen Familien hintendrauf vorbeischossen. Auf der Sunset Road schlängelte sie sich durch die Menschenmenge bis zur Post. Dort herrschte das übliche Chaos. Als sie an der Reihe war, nahm eine winzige, elegante balinesische Frau mit einem Profil so perfekt wie das eines Filmstars ihren Pass entgegen, kopierte ihn und gab ihn ihr mit einer braunen gefütterten Versandtasche mit irischem Stempel zurück.

Ein Brief von Nora. Alanna lächelte erwartungsvoll, als sie draußen in die dunstige Dämmerung trat. Sie ging eine ruhige Seitenstraße hinauf, suchte sich einen Tisch vor einem kleinen Café und bestellte Ananassaft. Dann riss sie den Umschlag auf. Eine kleine Rolle Luftpolsterfolie und ein gefaltetes Blatt lagen darin und ein aus einem Buch herausgerissenes Vorsatzpapier, mit der Handschrift ihrer Mutter bedeckt. Alanna zuckte zusammen. Man konnte nie wissen, welchen Schmerz diese kleinen, gedrängten Worte enthielten.

Sie drehte sich eine Zigarette aus den letzten Tabakbröseln in ihrer Tasche, rauchte sie und trank ihren klebrigen Ananassaft, ehe sie den Mut aufbrachte, das Papier aufzuschlagen.

Alanna konnte es nicht glauben. Ihr schwirrte der Kopf, als sie die Nachricht zum zweiten Mal las:

Ich habe sie so sehr geliebt, dass ich schreckliche Angst davor hatte, ihr wehzutun …

… dass ich einfach nicht mehr auf sie aufpassen konnte …
Ich wusste, bei ihm war sie in Sicherheit. Ich war keine gute Mutter.

Einen Augenblick lang ließ Alanna den Gedanken zu, diese Version ihrer Kindheit könnte wahr sein. Vielleicht hatte ihre Mutter unter einer postnatalen Depression gelitten? Vielleicht hatte sie sich deshalb nicht um sie kümmern können? Aber das war nur Wunschdenken.

Wenn Lainey eine Depression gehabt hätte, hätte Hugh sicher dafür gesorgt, dass sie Hilfe bekommt. Sie hätte Medikamente nehmen oder eine Therapie machen können.

Nein. Das waren Lügen. Sie würde sich daran erinnern, wenn Lainey sie jemals im Arm gehalten oder sie getröstet hätte. Das war der Versuch einer alten Frau, ihre Kälte zu rechtfertigen, oder ihr völliges Desinteresse an ihrer Rolle als Mutter.

Alanna drehte den Zettel zusammen, holte ihr Feuerzeug und zündete ihn an. Sie sah zu, wie er verkohlte und in der warmen Luft davonflog. So viel zum Versuch ihrer Mutter, die Geschichte umzuschreiben.

Mit siebzehn hatte Alanna sich der Kontrolle durch ihre Mutter entzogen. Von ihrem Vater hatte sie gelernt, wie man mit Menschen offen und entspannt umging. Sie hatte einen Kreis guter Freunde und sprach mit deren Müttern über Dinge, über die sie mit Lainey nie gesprochen hätte. Sie war eine furchtlose Schwimmerin, nichts machte ihr Angst. Wenn sie vom höchsten Sprungbrett in Killiney sprang, musste sie grinsen, als sie sich das entsetzte Gesicht ihrer Mutter vorstellte, wenn sie gesehen hätte, wie sie wie ein Pfeil ins Meer schoss.

Jahrelang sparte sie ihr Geld vom Babysitten, und nach ihren Prüfungen verkündete sie, dass sie sich vor dem College ein Jahr Auszeit zum Reisen nehmen würde. Ihr Vater gab ihr seinen Segen, aber ihre Mutter schloss sich tagelang in ihrem Zimmer ein und weigerte sich zu essen. Es war ein Spiel. Sie wollte um jeden Preis ihr Mitleid erregen, aber Alanna gab nicht nach.

In der Nacht, bevor sie nach London fliegen sollte, wurde sie von einem schrecklichen Heulen geweckt. Ein Geräusch, das sie noch nie gehört hatte – ihre Mutter weinte. Ihr Vater sprach ruhig mit ihr, versuchte, sie zu trösten.

Und einen Augenblick lang kam ihr der Gedanke, dass ihre Mutter sie vielleicht doch liebte. Dass das alles womöglich keine Show war. Vielleicht wollte sie verhindern, dass sie ging, weil sie sie wirklich vermissen würde. Aber gerade als ihr Tränen des Mitleids in die Augen stiegen, vernahm sie auf einmal die heisere und wütende Stimme ihrer Mutter.

»Ich wollte nie ein Kind, Hugh. Das habe ich dir gesagt. Du hast mich dazu überredet. Ich wünschte, ich hätte nicht auf dich gehört. Ich wünschte, ich hätte sie nie bekommen.«

Alanna weinte in dieser Nacht nicht und auch nicht am nächsten Morgen, als sie ging. Sie weinte erst zehn

Monate später, als sie ihre neugeborene Tochter zum ersten Mal im Arm hielt und ihr das ganze Gewicht der Ablehnung durch ihre Mutter bewusst wurde.

Alanna hatte nicht geplant, nach einem One-Night-Stand bei einem Musikfestival schwanger zu werden. Deswegen konnte sie nicht ein Jahr lang reisen und dann zur Uni gehen. Sie war auf sich gestellt, musste stillen und Windeln wechseln, während alle ihre Freundinnen sich betranken und tanzen gingen. Aber Alanna zweifelte nie an ihrer Entscheidung. Vom ersten Augenblick an, als sie das Ergebnis des Schwangerschaftstest sah, wollte sie das Baby mit jeder Faser ihres Körpers.

Es gab keine Möglichkeit, den Vater zu finden. Facebook und Mobiltelefone existierten noch nicht, und Alanna kannte nur seinen Vornamen: Tim. Ein netter Name für einen netten Jungen, der niemals wissen würde, welche Rolle er gespielt hatte, bei dem Besten, was ihr je passiert war.

Ihr Vater war der Erste, dem sie erzählte, dass sie schwanger war. Sie zog wieder zurück nach Dublin, damit sie in seiner Nähe war, aber sie weigerte sich, in der Temple Terrace zu wohnen. Kein weiteres Kind sollte in diesem erstickenden Haus aufwachsen.

Sie war erst achtzehn und hatte keine Ahnung, was auf sie zukam, aber sie wurstelte sich durch. Sie kellnerte, bis Nora auf die Welt kam, und fand danach Arbeit, die sie erledigen konnte, ohne ihre Tochter allein zu lassen. Sie passte auf die Kinder anderer Leute auf, ging mit deren Hunden spazieren und putzte. Hugh half bei der Kinderbetreuung, aber sie ließ ihn für nichts aufkommen. Manchmal geriet sie mit der Miete in Verzug, und manchmal lebten sie in feuchten und düsteren Wohnungen. Aber das war alles egal, wichtig war nur, dass sie allein zurechtkam. Sie konnte für Nora das sein, was jedes Kind am meisten brauchte: eine liebevolle Mutter.

Doch als Nora fünf war, fing sich Alanna eine Lungenentzündung ein. Sie musste sechs Wochen im Krankenhaus auf der Isolierstation bleiben. Ihren Vater konnte sie nicht bitten, in ihre Wohnung einzuziehen, also musste Nora mit zu ihm nach Hause in die Temple Terrace.

Nora verliebte sich in das Haus, und Alanna brachte es nicht über sich, ihr das wieder komplett zu nehmen. Nora durfte hin und wieder dort zu Besuch kommen, manchmal sogar übernachten. Irgendwie hatte sich ihre kalte, distanzierte Mutter ins Herz ihrer Tochter gestohlen. Mehr noch, Nora hatte sie geliebt und nie verstanden, warum Alanna das nicht tat. Deswegen hatte Nora diese fürchterliche Nachricht geschickt. *Sie* mochte vielleicht an Laineys Lügen glauben, aber Alanna wusste es besser.

Ihr Blick fiel auf den Tisch, wo das kleine Luftpolsterfolie-Päckchen wie ein Blindgänger lag. Sie nahm es und riss es auf.

Sie hatte mit irgendeinem glitzernden Krimskrams von Lainey gerechnet, aber stattdessen fiel ein angelaufenes Medaillon an einer verfärbten Kette auf. In das Medaillon hatte sie angeblich als Kind hineingebissen. Sie versuchte, es zu öffnen, aber das Gelenk war kaputt, und es ging nicht mehr auf. Alanna ließ es angewidert auf den Tisch fallen.

Sie wollte es loswerden. Es unter ihrem Stiefel zermalmen oder es in den Champuan werfen. Aber das wäre Verschwendung. Es war aus Gold. Wahrscheinlich konnte sich davon eine Familie eine ganze Woche lang ernähren.

Sie starrte es finster an. Dann kam ihr eine Idee. Sie stopfte die Versandtasche in ihren Rucksack und nahm das Medaillon, warf ein paar Rupien neben ihr leeres Glas und ging.

Der schnellste Weg zu ihrer Gastfamilie führte über die gepflasterte Straße, aber Alanna nahm den Weg über die Felder wie vorhin. Mittlerweile war es dunkel. Der Mond war nicht zu sehen, nur ein paar Sterne und herumirrende Glühwürmchen, aber ein gelber Punkt in der Ferne wies ihr den Weg, und als sie näher kam, erkannte sie das kleine Feuer, um das drei Gestalten saßen.

Nyoman war über ihre Arbeit gebeugt und fädelte Perlen auf eine Kette. Ihre Tochter drehte einen Fleischspieß über dem Feuer, während der Mann mit einem Stück Karton wedelte, damit es nicht ausging.

Im flackernden Licht sah Alanna das kleine Mädchen hinter dem Moskitonetz eingerollt im Inneren des behelfsmäßigen Zeltes schlafen.

Das junge Paar blickte sie neugierig an, und Nyoman erhob sich und begrüßte sie. Alanna legte ihr das Medaillon in die Hand. »Bitte«, sagte sie auf Englisch, dann auf Indonesisch »*Tolong.*« Und ehe die alte Frau protestieren oder sie zu ihrem kargen Mahl einladen konnte, drehte sie sich um und ging schnell davon.

Mit der Zeit lagen die Reisterrassen, die sie jäteten, immer höher und wurden schmaler. Die Arbeit ging ihnen aus. Die Gap-Year-Jungs reisten nach Flores zum Tauchen. Dieter kehrte nach Österreich zurück. Die zwei Französinnen hatten von einem Biohof in Lombok gehört, wo Obstpflücker gebraucht wurden, und Alanna wollte sie fragen, ob sie sich ihnen anschließen könnte. Weihnachten wollte sie nicht allein verbringen. Sie machte gerade Pause und drehte sich eine Zigarette, als sie hörte, dass jemand drüben vom Hügel ihren Namen rief. Sie schirmte ihre Augen mit der Hand gegen die gleißende Nachmittagssonne ab und sah eine vertraute Gestalt, die die steile Terrasse herabeilte. Die Frau war flink und schnell und kaum außer Atem, als sie bei ihr ankam. Eindeutig jünger, dachte Alanna, und strahlte Nyoman an.

»*Om suastiastu!*« Alanna machte eine kleine Verbeugung.

Nyoman verbeugte sich ebenfalls und hielt ihr ein kleines, gefaltetes Päckchen aus Blättern, das mit Gras verknotet war. Es war zu klein für Reis. Alanna öffnete es und erwartete ein Stück Stinkfrucht oder eine geschälte Rambutan, aber stattdessen lag dort das Medaillon. Es war kaum wiederzuerkennen. Die Kette glitzerte, die tiefen Einkerbungen im Gold waren geglättet.

»Nein!« Sie schüttelte den Kopf. »Du verstehst nicht. Ich wollte nicht, dass du es reparierst. Es war ein Geschenk. Ich will, dass du es behältst.« Sie versuchte, es ihr zurückzugeben, aber Nyoman trat zurück, zeigte auf das Medaillon und öffnete ihre Hände wie ein Buch.

Die kaputte Schließe sprang mit einem Klick auf. In den ovalen Fassungen befanden sich zwei verblichene alte Schwarz-Weiß-Fotografien. Die Gesichter von zwei Männern. Einer war Mitte dreißig, er hatte das Kinn gehoben, über seinem ernsten Mund prangte ein buschiger Schnurrbart. Der andere war jünger. Seine Augen hatten denselben stolzen Ausdruck, aber er lächelte. Er glich Nora so sehr, dass er ihr Zwillingsbruder hätte sein können.

Alanna war sich vollkommen sicher, dass sie ihren Großvater und ihren Onkel vor sich sah. Die Familie, über die ihre Mutter nie gesprochen hatte.

Nyoman sagte leise etwas und wischte Alanna mit einem Zipfel ihres Sarongs über das Gesicht. Erst da merkte sie, dass eine Träne ihre Wange hinabrann und sie um ihre Mutter weinte. Zum ersten Mal in ihrem Leben bekam sie eine Vorstellung von dem, was sie verloren hatte.

Das Internetcafé an der Hanoman Road war voller Menschen, die auf Bänken vor Computermonitoren saßen. Der Deckenventilator drehte sich langsam über der Theke, verquirlte die feuchte, vom Rauch der Nelkenzigaretten erfüllte Luft. Der Mann hinter der Theke musste eine Weile in einer Kiste mit wirren Kabeln wühlen, bis er eines fand, mit dem er Alannas uraltes Nokia mit einem Computer verbinden konnte.

Er wirkte überrascht, als sie ihm sagte, was sie wollte, aber er stellte keine Fragen. Er bearbeitete das Foto der alten Frau und ihrer Enkelin am Bildschirm, druckte es aus und schnitt die Gesichter sorgfältig aus, ehe er sie in das silberne Medaillon einpasste, das Alanna bei einem Juwelier in der Jalan Ray gekauft hatte.

Heute wollte Alanna Richtung Norden zu einer anderen Reisplantage in Aceh, aber auf dem Weg zur Bushaltestelle würde sie bei den Regenkanälen haltmachen. Nyoman hatte wahrscheinlich keinen Platz, um Fotos aufzubewahren, aber ein Medaillon konnte sie um den Hals tragen. Es würde sie immer begleiten.

Der Mann kramte und zog eine große blaue Schachtel hervor, ursprünglich für eine Uhr gedacht. Sie war viel zu groß für das Medaillon, aber es war eine nette Geste, und Alanna dankte ihm. Er polierte das Medaillon, legte es in die Schachtel und reichte sie ihr.

Als Alanna die Schachtel in die Vordertasche ihres Rucksacks stopfen wollte, spürte sie einen Widerstand. Es war die Versandtasche.

Sie erinnerte sich an das ausgerissene, mit der winzigen Handschrift ihrer Mutter beschriebene Vorsatzpapier. Hätte sie die Notiz doch nicht verbrannt. Wäre Lainey doch noch am Leben, damit sie mit ihr sprechen könnte. Sie wusste immer noch nicht, ob sie Lainey vertrauen konnte, aber den beiden Männern auf dem Bild in dem Medaillon wollte sie unbedingt vertrauen. Sie wollte wissen, was mit ihnen geschehen war. Warum hatte Lainey nie von ihnen gesprochen? Sie musste sie schrecklich vermisst haben. Alanna spürte einen Riss in ihrem Panzer, und zum ersten Mal überkam sie das Gefühl, dass sie vielleicht zu hart über ihre Mutter geurteilt hatte. Dass die Kälte und Distanziertheit ihrer Mutter womöglich von einem Schmerz hergerührt hatten und sie gar nicht egoistisch gewesen war. Aber jetzt war es zu spät, um das herauszufinden.

Alanna wollte gerade die Versandtasche zusammenknüllen und wegwerfen, als sie bemerkte, dass noch etwas darinsteckte. Sie fuhr mit der Hand hinein und zog eine kleine weiße Karte mit Goldrand heraus.

Hi Mum,
danke für deine E-Mail, in der du von deinen Plänen erzählst, nach Aceh zu gehen. Ich hoffe, du hast Ubud noch nicht verlassen, sonst kriegst du das hier vielleicht erst im neuen Jahr.
Ich weiß, dass du eigentlich nichts aus dem Haus in der Temple Terrace haben möchtest, aber ich habe das Medaillon bei Laineys Sachen gefunden, zusammen mit der Notiz, und ich hatte das Gefühl, dass ich dir die beiden Dinge schicken musste. Ich weiß, du willst die Vergangenheit nicht wieder aufwühlen, und ich bin mir nicht sicher, ob die Notiz etwas für dich ändert.
Wahrscheinlich hätte ich dir schon in meiner letzten E-Mail davon erzählen sollen, aber ich wollte nicht, dass du dir um mich Sorgen machst … Zwischen Adam und Liv ist etwas gelaufen – eine Affäre, oder vielleicht war es auch nur ein Seitensprung. Ich will jetzt nicht ins Detail gehen, ich

erzähle dir mehr, wenn wir uns sprechen. Nachdem ich es herausgefunden hatte, ging es mir eine ganze Weile sehr schlecht, aber jetzt geht es mir besser. Eigentlich sogar ziemlich gut.

Ich habe beschlossen, sechs Monate in Dublin zu bleiben, bevor ich nach London zurückkehre.

Ich wohne in der Temple Terrace, was sehr schön ist, und bin sehr beschäftigt. Ich arbeite mich langsam durch die Sachen im Haus und finde viel Neues über Lainey und Hugh heraus. Und (Überraschung!), ich habe den Laden im Erdgeschoss eröffnet, um alles zu verkaufen. Finanziell ist das viel besser, und dadurch kann ich für jeden von Laineys Schätzen ein neues Zuhause finden.

Wahrscheinlich denkst du jetzt, ich bin übergeschnappt, aber ich versichere dir, so ist es nicht. Ich fühle mich trotz allem sehr wohl. Also bitte mach dir keine Sorgen um mich. Ich erzähle dir alles, wenn du mich an Weihnachten anrufst. Du rufst doch an, oder? Ich vermisse dich.

In Liebe
Nora

Alanna keuchte auf, konnte kaum glauben, was sie dort las. Die arme Nora. Die beiden wichtigsten Menschen in ihrem Leben hatten sie hintergangen. Wie konnte es ihr da gut gehen? Sie musste völlig am Ende sein. Wieso wohnte sie ganz allein in diesem schrecklichen Haus? Und was hatte das mit dem Laden zu bedeuten?

Das Internetcafé hatte ein Telefon in der Ecke, und Alanna stellte sich hinten an, aber als sie die Rupien für den Anruf abzählte, wurde ihr klar, dass Nora bei einem Telefonat dasselbe versuchen würde – nämlich sie zu überzeugen, dass es ihr gut ging.

Aber Alanna würde sich nicht überzeugen lassen. Nicht, ehe sie selbst vor Nora stand.

II

Viktorianischer Vogelkäfig in Form des Tadsch Mahal

Nora

In der Woche, in der Will einen Werbespot in Prag drehte, regnete es sieben Tage am Stück. Bitterkalte, herbstliche Regengüsse ließen die Blätter von den Bäumen rieseln. Graue Wolken drängten tief von der Irischen See herein, sodass es schon nachmittags um vier dunkel wurde. Nora hatte die ganze Woche keinen Fuß vor die Tür gesetzt. Sie war gereizt und unruhig. Nicht, weil sie Will vermisste, sagte sie sich, sondern die frische Luft und die Bewegung. Sie hätte sich ihren Mantel anziehen und allein am Pier spazieren gehen können, aber irgendwie kam es nie dazu.

Jetzt muss er in Dublin gelandet sein, dachte sie, als sie am Freitagabend den Laden abschloss. Aber er war die ganze Woche früh aufgestanden und hatte bis spät gedreht. Ihm war wohl kaum nach einem Spaziergang im peitschenden Regen zumute. Sie knipste das Licht aus und ging nach oben in die Küche. Der Tisch war bedeckt mit Sachen, die sie noch nicht sortiert hatte. Sie würde sich nach dem Abendessen darum kümmern. Sie starrte in den Kühlschrank und versuchte, die Energie zusammenzukratzen, etwas zu kochen, als sie plötzlich ein leises Klopfen an der Haustür hörte. Fiona, dachte Nora lächelnd. Und wahrscheinlich hatte sie sogar noch was zu essen vom Café mitgebracht. Aber als sie die Tür aufmachte, stand Will mit Mac vor ihr, einen zerfledderten alten Golfschirm in der Hand.

»Du bist es!«, sagte sie freudiger als beabsichtigt. Sie bückte sich zu dem klatschnassen Mac hinunter. »Geht ihr runter zum Pier?«

»Sieht so aus«, sagte Will mit bedauerndem Blick zu Mac. »Dieser Bursche hier hatte keinen vernünftigen Spaziergang, während ich weg war. Aber fühl dich bitte nicht verpflichtet, wir verstehen es sehr gut, wenn du ...«, er hielt die Hand in den strömenden Regen, »... den Spaziergang auf ein andermal verschieben willst.«

Aber Nora war schon dabei, ihren Regenmantel anzuziehen und ihre Haare unter einen von Hughs Hüten zu stecken.

Mac spurtete die Monkstown Road hinab, und sie drängten sich unter dem Schirm aneinander, hielten dabei aber ein paar Zentimeter Abstand, während sie dem Hund durch eine vertikale Wasserwand folgten. Will ging auf der linken Seite, damit Nora nicht das aufspritzende Wasser von den vorbeifahrenden Autos abbekam.

Er erzählte ihr von dem Dreh und brachte sie mit seinen Schilderungen der verfahrenen Situation zwischen dem Klienten, der einen stinknormalen dreißigsekündigen Spot wollte, und dem Regisseur, einem angehenden Quentin Tarantino, zum Lachen. Nora berichtete ihm von ihrer Woche im Laden und der Theaterausstatterin, die Laineys Kleiderschrank für eine Aufführung von *Der König von Narnia* gekauft hatte.

Sie waren die beiden Einzigen, die verrückt genug waren, um bei diesem Regen aus dem Haus zu gehen, und sie hatten den Pier für sich. Man hörte nur das Krachen der Wellen und das Trommeln der Regentropfen auf Wills Schirm. Als sie das Ende des Piers erreichten, setzte der Regenguss eine Minute lang aus, und die Wolken teilten sich, gerade weit genug, um ein Stück blauen Himmel und die silberne Mondsichel freizugeben. Abrupt blieben sie stehen.

»Das ist der nasseste Spaziergang meines Lebens«, sagte Will, »aber schon allein dafür hat es sich gelohnt.«

Ja, das stimmt, dachte Nora. Und als sich die Wolken wieder schlossen und der Regen wieder einsetzte, überkam sie das flüchtige Gefühl, dass sie genau am richtigen Ort war, hier mit Will und dem Hund bei diesem stürmischen, nassen Wetter, durchgefroren bis auf die Knochen.

»Lass uns umkehren, bevor wir untergehen«, sagte Will. Sie machten kehrt und gingen wieder in die Temple Terrace zurück.

Als Nora die Haustür aufschloss, schob sich Mac an ihr vorbei und trottete tropfend in den Flur.

»Fühl dich ganz wie zu Hause«, rief ihm Will hinterher.

»Willst du auf einen Kaffee reinkommen?«

»Wenn ich so spät Kaffee trinke, kann ich nicht schlafen …« Will machte seinen Schirm zu. »Aber wenn du ein Bier hast …?«

Er folgte ihr in den Flur.

»Ich fürchte, in der Küche herrscht Chaos.« Nora hatte die hölzernen Besteckbehälter aufgestapelt und das letzte Tafelgeschirr und die Glaswaren sorgfältig in

Kisten verpackt. Auf dem Tisch standen lauter Dinge, die nicht zusammenpassten – Teller, Terrinen, Eierbecher, Schüsseln und Vasen.

Will zog seinen Mantel aus und fuhr sich lachend mit der Hand durch seine dunklen, nassen Haare. »Wenn du mal ein echtes Chaos sehen willst, musst du bei mir vorbeikommen.«

Das Haus, das er mit Alice im Juni bezogen hatte, war nicht mehr wiederzuerkennen. Die Sachen der Kinder waren überall verstreut. Mäntel und Jacken hingen übereinander am Geländer im Flur. Schuhe lagen herum, da, wo Alice, Jake und Froggy sie hingeworfen hatten. Der Wohnzimmerboden war bedeckt mit Schultaschen und Büchern, Spielzeug und einem Gewirr von Xbox-Kabeln. Das Sofa, auf das sie sich bei ihren Videospielen quetschten, war mit Hundehaaren bedeckt. In dem verzweifelten Versuch, Gemma dazu zu bewegen, wieder zu ihm zurückzukommen, hatte Stephen die Unterhaltszahlungen ausgesetzt, und von Will wollte Gemma kein Geld nehmen. Deswegen verwandelte sie die Küche jeden Abend in einen Friseursalon und verdiente sich etwas dazu.

Als er vorhin vom Flughafen nach Hause gekommen war, hatten ihm zwei verschiedene Songs aus den Lautsprechern in Alice' und Jakes Zimmer entgegengeplärrt, dazu noch das leise Gedudel aus Froggys Nintendo. Nach seinem ruhigen, geordneten Leben in New York fühlte es sich für Will manchmal an, als lebte er jetzt in einem Irrenhaus.

Es war himmlisch in diesem friedlichen, eleganten,

leeren Haus. Nora ging zum Kühlschrank und nahm zwei Bier heraus. Ihre Wangen waren vom Spaziergang gerötet, und ihre dunklen, jetzt feuchten Locken wirkten doppelt so lang.

Sie öffnete eine Flasche und reichte sie ihm. »Wie ist Alice klargekommen, als du weg warst?«

»Ziemlich gut!« Will nahm einen Schluck und hoffte, dass sie nicht bemerkt hatte, wie er sie angestarrt hatte. »Gemma hat mir gesagt, dass sie bei einem Kunstprojekt eine Eins bekommen hat. Ich will's noch nicht verschreien, aber sie scheint sich in der Schule einzufinden.«

»Im Laden auch. Ich weiß nicht, was ich ohne sie täte.« Nora neigte ihren Kopf zur Seite und rieb ihre Haare mit einem Handtuch trocken. Will war beim Anblick ihres langen, nackten Nackens wie gebannt, drehte sich dann schnell weg und beschäftigte sich damit, das Zeug auf dem Küchentisch zu betrachten.

Er legte die Stirn in Falten, als er eine blau-weiße Schale mit Deckel entdeckte. Das konnte nicht sein, dachte er, oder doch? Er beugte sich vor, nahm sie in die Hand und sah sie sich genauer an. Die Schale war zerbrochen und wieder zusammengefügt worden. Aber anstatt mit Kleber waren die Teile mit Adern aus Gold verbunden. »Das ist Kintsukuroi-Porzellan!«

»Bitte was?« Nora blickte unter ihrem Handtuch hervor.

»Das ist die japanische Kunst, kaputte Dinge mit Goldstaub-Lack zu reparieren.« Will hielt die Schale von sich weg. Die vier Scherben des Deckels wurden von glitzernden Fäden zusammengehalten. »Ich habe in

New York mal eine Ausstellung dazu gesehen. Es war toll. Die Künstler vertreten die Philosophie, dass Schaden und Gebrochenheit Dinge tatsächlich schöner machen können.« Er hob den Deckel. »Hier ist was drin. Eine aus einem Buch gerissene Seite.«

Nora ließ das Handtuch fallen. »Steht etwas darauf?«

»Nein.« Will strich das Blatt vorsichtig glatt. »Es ist der Text von einem Leonard-Cohen-Song. *Anthem*. Es geht darum, dass in jedem einzelnen Ding ein Riss ist und dass auf diesem Weg das Licht eindringen kann.«

Will schaffte Platz und setzte sich Nora gegenüber, die ihm von der schockierenden Entdeckung erzählte, dass ihre Großmutter Griechin war, und von der dunklen Vergangenheit, die Lainey nur angedeutet hatte, die aber wohl für immer ein Geheimnis bleiben würde.

»Ich werde nie erfahren, was wirklich passiert ist«, sagte sie. »Vielleicht soll es auch nicht sein. Fiona sagt, wenn Menschen etwas verbergen wollen, dann meistens aus einem guten Grund.«

»Hast du deine Mutter mal danach gefragt? Sie weiß ja vielleicht was.«

Nora seufzte. »Sie weiß noch nicht mal, dass ich den Pass ihrer Mutter gefunden habe. Als meine Mutter siebzehn war, hatten sie einen Riesenstreit. Sie ist weggerannt, und die beiden haben nie wieder miteinander gesprochen. Was natürlich ziemlich traurig ist, wir sind ja ohnehin nur so eine kleine Familie. Meine Großeltern hatten beide keine Geschwister, also gibt es weder Onkel noch Tanten. Nur meine Großeltern, meine Mutter und mich.«

Will nickte. »Was ist mit deinem Vater?«

»Meine Mutter hat ihn auf einem Festival kennengelernt. Es war ein One-Night-Stand. Sie hat sich bemüht, ihn ausfindig zu machen, aber damals war alles noch anders. Kein Internet, keine sozialen Medien.«

»Hast du jemals versucht, ihn zu finden?«

Nora zuckte mit den Schultern. »Ich weiß, das klingt verrückt, aber das wollte ich nie wirklich. Mein Großvater war wie mein Ersatzvater. Mum hatte Freunde, aber sie rennt immer weg, wenn es ernst wird. Abhauen ist so ein Muster bei ihr.«

Will spielte mit dem Verschluss seiner Bierflasche. »Und was ist mit dir?«, fragte er, ohne aufzublicken. »Gehst du je aufs Ganze?«

Über Beziehungen hatten sie bisher noch nie gesprochen. Als gäbe es eine unausgesprochene Vereinbarung, das Thema zu meiden.

Nora nahm einen Schluck Bier und wischte sich über den Mund. »Nein«, sagte sie. »In London hat es jemanden gegeben, aber …« Aber er hatte sie belogen. Sie glauben gemacht, es sei die große Liebe, und als sie nicht hingesehen hatte, war er mit ihrer besten Freundin ins Bett gegangen. Es kostete sie viel Mühe, sich nichts anmerken zu lassen, und sie musste schlucken. »Aber es hat nicht funktioniert.«

»Tut mir leid«, sagte Will. »Ich wollte keinen wunden Punkt treffen.«

Sie schüttelte den Kopf. »Alles in Ordnung. Ich rede nur einfach nicht so gerne darüber.«

»Aber ich sollte mich sowieso auf den Weg machen.« Will stand auf. Dabei rutschte sein Mantel vom Stuhlrücken, und er bückte sich ungeschickt und hob ihn auf.

»Okay.« Nora stand auch auf. Sie hatte ihn fragen wollen, ob er zum Abendessen bleibt, ehe die Vergangenheit sie überfallen hatte. Verdammter Adam, verdammte Liv! Und sie selbst war auch dämlich, weil ihr die ganze Geschichte immer noch naheging. Sie folgte Will in den Flur. Mac döste am Fuß der Treppe, wo sonst Houdini immer gesessen hatte, und wachte auf, als er ihre Schritte auf dem Dielenboden hörte. Alle Teppiche waren mittlerweile verkauft, das Beistelltischchen auch. Die Wände waren leer.

Es hatte aufgehört zu regnen, stellte Nora fest, als sie die Tür öffnete. Die Wolken waren verschwunden, und am Himmel glitzerten die Sterne.

Will hatte seinen Schirm an der Tür stehen lassen. Er nahm ihn, trat nach draußen und schüttelte ihn. »Danke«, sagte er, »für den Spaziergang, das Gespräch und das Bier.«

»Danke für deine Gesellschaft«, sagte Nora. »Ich hab mich fast schon ein wenig einsam gefühlt.«

Wenn sie das früher gesagt hätte, dachte Will, wäre ich nicht gegangen. Aber jetzt konnte er nicht mehr zurück. »Na dann, gute Nacht.« Als er sich zu ihr beugte, um sie auf die Wange zu küssen, überkam ihn völlig unerwartet der mächtige Drang, seinen Mund auf ihren zu legen. Er musste sich sehr zurückhalten, damit seine Lippen nur ihre Wange streiften.

Himmelherrgott!, dachte er. Was war nur los mit ihm? Nora hatte ihm gerade mehr oder weniger gestanden, dass sie über ihre letzte Beziehung noch nicht hinweg war. Er hatte Mitgefühl gezeigt, und dann hätte er sie fast geküsst. Er konnte nur hoffen, dass sie es nicht bemerkt hatte. Plötzlich hörte er ihre Stimme.

»Will! Warte!«

Er spürte, wie sich ein dünner Hoffnungsfaden in seiner Brust spannte, doch als er sich umdrehte, sah er, dass Mac neben ihr stand und ihn vorwurfsvoll ansah.

»Du hast den Hund vergessen.« Nora hielt ihm die Leine hin. »Schon wieder.«

Die Ladentür war von drei prall gefüllten Plastikmüllsäcken blockiert. Einer war aufgeplatzt, und ein Berg von feuchten, zerknitterten Klamotten quoll heraus. Nora blickte die Straße auf und ab, aber sie war leer. Sie hatte ein Schild in die Tür gehängt: »Leider können wir keine Spenden annehmen«, aber das schien niemanden daran zu hindern.

Montag hatte es angefangen, mit einer Tüte. Ein gebrauchter Briefumschlag klebte daran. Eine Nachricht in krakeliger Schrift, wahrscheinlich die eines alten Menschen: »Das sind die Kleider meines verstorbenen Mannes. Ich konnte sie nicht einfach wegwerfen und dachte, Sie hätten in Ihrem Laden vielleicht Verwendung dafür.«

Die Kleider darin waren sorgfältig gefaltet, Hemden

mit abgenutzten Manschetten, ein schwarzer Anzug, der an den Nähten glänzte. Eine Strickjacke mit Reißverschluss und Lederflicken an den Ellbogen. Und jetzt standen fast jeden Tag Taschen oder Kisten vor der Tür. Ein Karton mit afrikanischen geschnitzten Tierfiguren und ein Foto, das ein Paar in Safari-Anzügen aus den Fünfzigern zeigte und auf dessen Rückseite stand: »Mein Onkel und meine Tante in Kenia, 1953«. Eine Tasche mit Plüschtieren und ein Monopoly-Spiel, bei dem das Papiergeld aus einem Schlitz des abgenutzten Kartons hervorlugte. Auf eine Karte hatte jemand geschrieben: »So viele schöne Erinnerungen ans Spielen, aber die Kinder sind jetzt vierzig und achtunddreißig. Vielleicht können andere Kinder damit spielen.« Ein elfenbeinfarbenes Hochzeitskleid aus Satin, an dem noch das Preisschild hing. Eine Notiz war nicht dabei, aber Nora dachte sich ihren Teil.

Ein anrührender Gedanke, dass der Memory Shop die Menschen dazu inspiriert hatte. Sie wusste zwar noch nicht, was sie mit all den Dingen machen würde, die bei ihr abgegeben wurden, aber sie würde schon noch einen Weg finden, ihnen ein neues Zuhause zu besorgen.

Sie schleppte gerade die Tüten in den Laden, die eine Wasserspur hinter sich herzogen, als Gemma vor dem Laden hielt und Alice absetzte. Halloween war erst in einer Woche, aber beide sahen aus, als wären sie auf dem Weg zu einer Kostümparty. Gemma trug weiße Hosen mit Schlag, ein gestreiftes Oberteil und eine breite Seemannsjacke. Alice hatte ein langes schwarzes

Spitzenkleid an und Bikerstiefel, ihre blonden Haare waren streng zurückgekämmt. Ihr Gesicht war weiß, der Mund dunkellila. Sie versucht so sehr, Furcht einflößend auszusehen, dachte Nora voller Zuneigung.

Es fühlte sich ein wenig seltsam an, rauszugehen und Gemma zu begrüßen. Alice hatte keine Ahnung, wie viel Zeit Nora mit Will verbrachte, aber seine Schwester wusste es bestimmt und zählte zwei und zwei zusammen. Nora machte ihr deshalb keinen Vorwurf. Sie hatte dasselbe getan. Sie hätte schwören können, dass er sie beim Abschied neulich küssen würde, aber als er weg war, dachte sie, dass bei ihr wohl der Wunsch der Vater des Gedankens war. Ein Überrest von dem magischen Augenblick am Ende des Piers.

Schnell schob sie den Gedanken beiseite und verwuschelte Alice die Haare. »Hi!«, rief sie Gemma zu. Sie kannte Wills Schwester eigentlich kaum, fühlte sich aber rgendwie mit ihr verbunden. Sie hatten dasselbe durchgemacht und waren dabei, den Trümmerhaufen der Untreue hinter sich zu lassen. Es spornte Nora an, dass sie bei jedem Treffen mit Gemma merkte, wie viel glücklicher und heiterer sie war.

»Es ist eine Qual, wenn man keine Zeit hat, um in deinem wunderbaren Laden zu stöbern«, sagte Gemma sehnsüchtig. »Aber ich muss weiter. Bis später, Ali.«

Alice verdrehte die Augen. »Ich bin zu alt für solche Spitznamen.« Aber sie ließ sich von Gemma kurz drücken und umarmte sie sogar. Dann ging sie mit Nora in den Laden. »Igitt!« Sie kräuselte die Nase und zeigte auf die zwei Taschen auf dem Boden. »Das ist so eklig!«

Die Taschen waren voll mit teuren Kleidern. Zerknautschte Damenmäntel und Pullis, Designerkleider mit Flecken unter den Achseln. Ein Smoking, ein paar Jacketts, ein paar Golfpullis.

Alles war ein wenig feucht vom Regen, aber das meiste musste sowieso zur Reinigung.

»Ich weiß gar nicht, wie du das Zeug überhaupt nur anfassen kannst«, sagte Alice angewidert, als Nora ein Cord-Jackett aus der Tasche nahm. »Das stinkt doch.«

»So ist das mit alten Dingen«, sagte Nora.

Das Jackett war weich und hatte Lederflicken an den Ellbogen. In einer Tasche steckte ein Blatt. Sie legte es so sorgfältig zusammen, als würde es von ihrem Großvater stammen.

Alice verzog den Mund, und Nora erhaschte einen Blick auf das Zungenpiercing, das sie nur am Wochenende tragen durfte. »Die Menschen, denen dieses Zeug gehört hat, sind wahrscheinlich alle tot.«

»Da hast du recht«, sagte Nora. »Deswegen müssen wir mit ihren Dingen besonders sorgfältig umgehen. Wenn du hier nicht mithelfen möchtest, warum gehst du dann nicht hoch und machst mit den Vögeln für unser Fenster weiter?«

Alice' Gesicht leuchtete auf. »Okay.«

Da Nora wahrscheinlich zum letzten Mal das Schaufenster gestalten würde, sollte die Dekoration mit dem Tadsch-Mahal-Vogelkäfig besonders schön werden. Seit fast einer Woche pausten sie Vögel in leuchtenden Farben auf postkartengroße Acetatblätter.

Alice hat wirklich Talent, dachte Nora, als sie durch den Stapel mit Zeichnungen blätterte, die das Mädchen auf dem Tisch hatte liegen lassen. Gerade bewunderte sie einen Eisvogel mit azurblauen Flügeln und einen winzigen hellroten Kardinal und merkte im ersten Moment gar nicht, wie sich die Tür öffnete. Als sie aufsah, stand eine Frau vor ihr. Nora erkannte sie sofort wieder. Sie hatte Laineys grünen Schal mit der Elefantenborte gekauft.

»Hi.« Die Frau rang nervös ihre Hände.

»Hallo.« Nora erhob sich. Sie hatte oft an sie gedacht. Vielleicht hätte sie sie doch auf die auffälligen Flecken an ihrem Hals ansprechen sollen.

»Ich wollte Sie um einen Gefallen bitten.«

»Natürlich«, sagte Nora ruhig.

»Könnten Sie das annehmen?« Die Frau ließ etwas auf den Tisch fallen. Es war ein Verlobungsring mit einem Diamanten.

»Oh«, sagte Nora. »Ich kaufe nichts an ...«

»Ich weiß.« Die Frau lächelte. »Und Sie nehmen auch keine Spenden. Ich habe das Schild an der Tür gelesen. Aber ich habe mich gefragt, ob Sie vielleicht eine Ausnahme machen könnten. Ich habe versucht, ihn zurückzugeben, aber derjenige, von dem ich ihn habe, wollte ihn nicht nehmen. Und ich möchte ihn auch nicht mehr. Ich will nichts mehr von ihm haben ...« Nora war erleichtert. Wer immer sie so verletzt hatte, war aus ihrem Leben verschwunden. »Ich fange von vorne an und will ...« Sie starrte auf die Zeichnung, die auf dem Tisch lag. »... einen Schlussstrich ziehen. Ich kann es nicht erklären, aber ich habe das Gefühl, dass ich Ihnen etwas schuldig bin. Deshalb möchte ich, dass Sie ihn nehmen. Sie müssen ihn nehmen. Bitte.«

Die Frau sah Nora so ernst an, dass sie nicht nein sagen konnte. Sie nickte. »Unter einer Bedingung.«

Nora verpackte die letzten drei Seidenschals von Lainey. Ein himmelblaues Quadrat mit dunkelrosa Rosen. Einer mit einem hellen kubistischen Muster und ein grellbunter Op-Art-Schal von Zandra Rhodes.

»Sie sind wunderbar«, sagte die Frau, »aber das ist wirklich nicht nötig.«

Aber für Nora fühlte es sich so an – nötig und richtig, als würde sich ein Kreis schließen.

Die erste Familienfeier nach Stephens und Gemmas Trennung konnte nur schwierig werden, und Will beschloss, zu Froggys achtem Geburtstag eine Hüpfburg zu mieten. Es war eine riesige, knallbunte Gummi-Monstrosität, die aufgeblasen in dem geschmackvoll gepflegten Garten völlig fehl am Platz wirkte. Will freute sich, wenn er seiner Schwester helfen konnte. Das Haus wirkte, als ob es von einer Familie bewohnt wurde, was im Augenblick ja auch so war. Gemma und ihre Jungs, er und Alice. Und auch darüber freute er sich.

Gemma hatte sich am Vorabend in der Küche eingesperrt und war irgendwann gegen Mitternacht mit schulterlangen Haar-Extensions erschienen. Als er am Morgen nach unten kam, sah sie aus, als käme sie gerade vom Dreh von *Mad Men*. Sie trug eine Jackie-O.-

Sonnenbrille, obwohl es den ganzen Tag immer wieder regnete.

Zwanzig kleine Jungs, völlig high von gegrillten Marshmellows und Pizza, tobten den ganzen Nachmittag lang brüllend und grölend durch den Garten, und als sie weg waren, packte Froggy einen kleinen Geschenkberg aus und übergab sich dann höchst spektakulär. Will machte ihn wieder sauber und zog ihm seinen Schlafanzug an, und Gemma trug ihn nach oben ins Bett.

Als sie ihn zudeckte, hatte er schon wieder vergessen, dass ihm gerade noch übel gewesen war. Sie streifte die Schuhe ab und legte sich zu ihm.

»Ich hatte dieses Jahr zwei Geburtstagspartys«, sagte er feierlich. Stephen hatte ihn am Vortag zum Pizzaessen eingeladen. Gemma hatte die Bilder auf Facebook gesehen.

»Hat es dir gefallen?«, fragte sie vorsichtig.

»Schätze schon«, sagte er ein wenig traurig. »Aber ich will keine zwei Weihnachten.«

»Okay«, sagte Gemma. »Dann feiern wir nur einmal.« Weihnachten war erst in ein paar Monaten. Es war zumindest entfernt vorstellbar, dass sie und Stephen es bis dahin schaffen würden, sich im selben Raum aufzuhalten.

»In Brittas Bay?«

Gemma hielt die Luft an. Sollten sie wirklich in dem Haus feiern, in dem er mit einer anderen geschlafen hatte? Sie sah Froggy in die Augen. Ja, für ihn und Jake, der immer noch wütend auf Stephen war, würden sie das hinkriegen. Vielleicht würde es ihnen sogar guttun, im selben Raum zu sein. »Ja, natürlich.«

Als Froggy eingeschlafen war, trat sie ans Fenster. Alice und Jake hatten sich aus ihren Zimmern gewagt, wo sie sich den Großteil des Tages versteckt hatten, und waren jetzt draußen im Garten. Sie sprangen auf der Hüpfburg herum und kreischten wie Fünfjährige und kabbelten sich, wer höher hüpfen konnte. Jake machte eine Bauchlandung, und Alice fiel auf ihn drauf. Er wird schon klarkommen, dachte sie, genau wie Alice. Teenager sind widerstandsfähig.

Sie zog ihr Kleid aus und warf sich den rosa Seidenkimono über, den sie entdeckt hatte, als sie zum ersten Mal in Noras Laden war. In diesen ersten schauderhaften Wochen nach der Trennung von Stephen wollte sie sich unbedingt etwas gönnen. Deshalb hatte Gemma Nora gebeten, den Kimono zurückzulegen, bis sie ihn bezahlen konnte. Aber als Gemma ihn schließlich abholte, fühlte sie sich schon besser. Und mit jeder Woche, die verging, wuchs das Gefühl, dass Stephen ihr einen Gefallen getan hatte.

Als sie nach unten kam, waren die Kinder wieder drin, und Will kochte sich in der Küche eine Kanne Tee.

»Mein Gott, ich fühle mich, als wäre ich hundert Jahre alt«, sagte sie und schenkte sich eine Tasse ein.

»Dagegen kenne ich ein Mittel.« Er nahm sie an der Hand, zog sie in den Garten und auf die Hüpfburg.

»Das ist furchteinflößender, als es aussieht.« Gemma lachte und legte sich auf den Rücken. Die Hüpfburg war rutschig vom Nieselregen, aber das war ihr egal. Einen Augenblick später legte Will sich neben sie.

»War es für dich heute seltsam, dass Stephen nicht da war?«

Gemma dachte einen Augenblick lang nach. »Ja und nein. Wenn wir noch zusammen wären, wäre er vielleicht auch nicht gekommen. In den letzten Jahren hat er sich nicht mehr so richtig bemüht.« Sie seufzte. »Ich habe immer gedacht, es sei meine Schuld, und habe versucht, es in Ordnung zu bringen. Irgendwie haben wir weitergemacht. Letztes Weihnachten«, sie stützte sich auf einen Ellbogen und sah Will an, »war ich so verzweifelt, dass ich die Pille abgesetzt habe. Ich dachte, noch ein Baby wäre eine Lösung. Mit meinem Mann, der eine Affäre hatte!« Bei dieser Vorstellung musste sie lachen. »Ich muss verrückt gewesen sein.«

»Du warst schon immer ziemlich verrückt«, sagte Will liebevoll.

»Vielleicht.« Sie legte sich wieder hin und federte leicht. »Das war in all den Jahren, die wir zusammen waren, immer mein größter Albtraum, mit fast vierzig allein zu sein, aber jetzt weiß ich gar nicht mehr, vor was ich mich so sehr gefürchtet habe. Eigentlich ist es so ganz okay. Für mich zumindest. Aber vielleicht ja nicht für dich. Du hast ja nicht gerade geplant, dass ich mich mit den Kindern bei dir einniste.«

»Ich freue mich, dass ihr hier seid.« Will lag auf der Seite und sah sie an. »Ich war lange mit Alice allein. Mir gefällt es, wenn ich Gesellschaft habe. Und Alice tut es auch gut. Ich glaube, ich habe ihr zu viel Aufmerksamkeit geschenkt. Ich versuche mich ein wenig zurückzuziehen, ihr Raum zu lassen, und ich glaube, es funktioniert. Sie kommt ganz gut klar.«

Gemma hielt die gekreuzten Finger hoch. »So weit, so gut. Sie scheint sich in der Schule einzufinden. Es hilft, dass Jake im selben Jahrgang ist. Und sie hat mit Froggy eine Gesellschaft zur gegenseitigen Bewunderung gegründet.«

»Ich weiß, deshalb fühle ich mich fast ein wenig schuldig.« Will seufzte. »Ich frage mich dann immer, ob ich wieder hätte heiraten und mehr Kinder in die Welt setzen sollen. Damit Alice eine richtige Familie hat.«

Gemma wusste nicht, ob sie ihn nach Nora fragen sollte. »Es ist noch nicht zu spät.«

»Ich weiß es nicht.«

»Ich aber.« Und plötzlich war sie sich sicher. Sie und Will hatten noch genug Zeit, um neu anzufangen. Denn sie hatten noch ihr halbes Leben vor sich. Und dieser Gedanke machte sie ganz kribbelig.

Sie sprang auf. Der Gummi war glitschig unter ihren Füßen. »Los komm! Wir probieren das jetzt auch mal!«

»Wir sind zu alt, Gems, am Ende machen wir noch was kaputt.«

Sie nahm seine Hand und zog ihn hoch. Sie begannen erst langsam zu hüpfen und dann immer schneller und höher, und Lachen erfüllte den kalten, dunklen Garten.

Alice war vor Will wach, saß am Tisch und aß Müsli. Sie trug die Schulbluse und die Krawatte, dazu ihre

Pyjamahosen. Mac hatte sich über ihre Füße gelegt wie eine Decke.

»Was hast du gestern Abend da draußen mit Gemma gemacht?«

»Wir hatten Spaß.«

»Ihr habt Froggy aufgeweckt«, sagte sie missbilligend. »Ich musste zu ihm rein und ihm eine Geschichte vorlesen.«

»Welche?«

»*Wo die Wilden Kerle wohnen*, das du ihm geschenkt hast. Ich glaube, es ist nicht das Richtige für ein siebenjähriges Kind. Die Monsterzeichnungen sind ziemlich gruslig.«

»Okay.« Will setzte sich ihr gegenüber und goss sich die letzten paar Tropfen Milch in den Kaffee.

Ein langes Schweigen folgte.

»Falls wir nach New York zurückgehen«, sagte Alice plötzlich, »müssen wir dann wieder in die alte Wohnung? Können wir nicht einfach in einem Haus wohnen? Damit wir einen Hund haben können?«

Noch vor einem Jahr hatte sich der Gedanke, die Worth Street zu verlassen, wie ein Verrat an Julia angefühlt. Aber jetzt merkte Will, dass das alles nur in seinem Kopf passiert war. Sie würde wollen, dass er sein Leben lebte und sich nicht an die Vergangenheit kettete.

»Klar«, sagte er. Alice hatte »falls« gesagt, wie ihm plötzlich klar wurde, nicht »wenn«. »Willst du denn zurück in die Staaten?«

Sie zuckte mit den Schultern. »Ich weiß es nicht.«

»Das müssen wir ja nicht jetzt entscheiden. Wir können nach Weihnachten darüber sprechen.«

»Ja. Gut«, sagte sie zynisch.

»Das meine ich ernst. Wo wir leben, ist unsere Entscheidung. Das hätte mir klar sein sollen, als ich dich mit hierhergebracht habe. Es tut mir leid, wenn du das Gefühl hattest, ich hätte dich übergangen.«

Alice betrachtete ihre Haarspitzen. Gemma hatte die rosa Spitzen vor Schulbeginn wieder blond gefärbt.

»Und noch was.« Will atmete tief ein. »Es tut mir leid, wenn ich dir das Gefühl gegeben habe, dass du irgendeiner Vorstellung von deiner Mutter gerecht werden musst. Das war falsch von mir. Du musst einfach nur du selbst sein.«

Sie sah unbehaglich aus. »Ist okay.«

»Ich bin stolz auf dich … das weißt du.«

»Dad!« Sie wand sich. »Es ist sieben Uhr morgens. Das ist schon ein bisschen heftig.«

Der Vogelkäfig sah aus wie ein Miniaturpalast aus goldenem Draht und Luft, aber er war erstaunlich schwer.

»Ich schätze mal, deine Großmutter hat sich keinen stinknormalen Wellensittich gehalten«, sagte Fiona, als sie ihn mit Nora vorsichtig den schmalen Flur zum Laden hinabtrug.

Nora wusste es nicht. Solange sie denken konnte, war der Käfig leer gewesen.

Fiona hielt den Käfig und Alice die Leiter. Nora stieg hinauf und hängte den Käfig ins Fenster. Die beiden Ventilatoren hatte sie schon jeweils seitlich vom Fenster platziert und die Vogelbilder aufgehängt. Etwa hundert Blätter hingen an sehr dünnen, unsichtbaren Angelschnüren.

Es waren Wellensittiche mit leuchtend roten und aquamarinfarbenen Federn, scharlach- und cremefarbene Kardinäle, blau und rot getupfte Kotingas, Finken mit purpurroter Brust und blau leuchtenden Köpfen. Aus Hughs Enzyklopädien hatte sie sich die exotischsten Exemplare ausgesucht. Es war viel Arbeit gewesen.

»Hoffen wir mal, dass es funktioniert«, sagte sie nervös, schob die Leiter zusammen und trat zurück.

»Darf ich die Ventilatoren anmachen?«, fragte Alice. »Bitte?« Fiona verdrehte die Augen, aber Nora nickte, und Alice drückte die Schalter.

Einen Augenblick lang passierte gar nichts, dann begannen die Blätter im Aufwind zu zittern, und es sah aus, als befände sich der Käfig inmitten einer schwebenden Vogelschar.

»Tah-dah!« Fiona grinste. Sie schaute auf ihre Uhr. »Und du hast noch fünfzehn Minuten bis Ladenöffnung. Alice, warum gehst du nicht schnell rüber zum Café und holst uns zur Feier des Tages drei Soja-Latte?«

»Geh du«, sagte Alice spitz und drehte sich um. »Wenn du in diesen dämlichen Schuhen laufen kannst«, flüsterte sie kaum hörbar.

»Ach komm schon, Alice!« Nora nahm einen Zehner aus der Tasche ihres Kleides. »Und hol auch noch ein paar von den Pekannuss-Plunderteilen, die du so gern magst.«

»Und das Wechselgeld darf sie behalten?«, sagte

Fiona, als sich die Tür schloss. »Das macht sie bestimmt sowieso.«

Nora zuckte mit den Schultern.

»Du solltest ihr in Gelddingen nicht vertrauen, Nora. Und du musst im Café eigentlich nichts bezahlen«, grummelte Fiona, aber es kam nicht von Herzen.

Seit Adonis und sie ein Paar waren, grinste sie die ganze Zeit wie ein Mandelsoja-Pferd, wie sie selbst sagte.

»Ich weiß, dieses rasende Verliebtsein verpufft wahrscheinlich bald, aber das ist mir egal!«, hatte sie zu Nora eine Woche nach der Hochzeit gesagt. »Es ist mir egal, ob er mich sitzen lässt und sich nach Athen aus dem Staub macht. Es ist mir egal, ob das Café den Bach runtergeht und ich noch zwanzig Kilo zunehme. Das ist es so was von wert, und das liegt nicht nur am Sex.« Fiona schüttelte den Kopf. »Na ja, es liegt am Sex, klar. Es ist der beste Sex, den ich je hatte, wahrscheinlich der beste Sex, den jemals jemand hatte. Aber ich muss ihn nicht erst kennenlernen. Ich kenne ihn schon. Wir arbeiten seit zwei Jahren in einer winzigen, überhitzten Küche zusammen. Wir haben Essen gekocht, Pfannen geschrubbt und uns wegen der Speisekarte gestritten. Wir mögen uns. Manchmal denke ich, dass wir uns vielleicht schon die ganze Zeit über geliebt haben.«

Nora verbarg ein Lächeln. Das hatte sie schon immer vermutet.

»Herrgott.« Fiona schlug sich mit der Hand an die Stirn. »Ich klinge wie ein liebeskranker Teenager.«

»Ist dir aufgefallen«, sagte Nora und streckte die

Arme über den Kopf, »dass jetzt fünfzehn Minuten vergangen sind und du nicht einmal ›Adonis‹ gesagt hast? Ich glaube, das könnte ein Rekord sein.«

»Du hast recht.« Fiona grinste. »Das hole ich besser mal nach!« Sie begann auf ihren ultrahohen Absätzen im Laden herumzutanzen und sang »Adonis! Adonis!« zur Melodie von Blondies *Denis, Denis.*

Nora räumte die Trittleiter weg und kehrte an ihren Schreibtisch zurück. »Alles gut da oben auf Wolke sieben?«, sagte sie und klappte den Laptop auf.

»Alles perfekt.« Fiona schlug auf ihr imaginäres Tamburin. »Außer, dass ich dir jetzt bis zum Ende deines Lebens den Kaffee umsonst ausgeben muss. Wenn du den Laden nicht eröffnet hättest, hätte ich das Schultercape nicht gefunden und wäre nicht zur Hochzeit gegangen.« Sie ließ sich auf einen vergoldeten Sessel fallen und streifte ihre Schuhe ab. »Aber genug von mir«, sagte Fiona. »Was ist mit dir und Will?«

Nora kräuselte die Oberlippe und scrollte die Tabelle herunter, um sich den Eintrag für den Vogelkäfig anzusehen. »Gar nichts.«

»Wirklich?«, fragte Fiona verschmitzt. »Warum sehe ich euch beide dann immer wieder mit diesem unglaublichen Hund an meinem Fenster vorbeigehen?«

»Das ist auch schon alles«, sagte Nora ruhig. »Spazieren gehen.«

Es stimmte nicht ganz. Mittlerweile machten sie auch Ausflüge mit dem Auto. Sie stiegen in Hughs alten Mercedes und fuhren ohne festes Ziel in die Wicklow Hills, hielten an, wenn ihnen danach war, und bewunderten einen Wasserfall, spazierten auf einem Hügel entlang oder tranken ein Glas Wein in einem Pub. Und letzten Sonntagnachmittag war Nora mit Will nach Hawk Rock zum Schwimmen gefahren. Na ja, Will war geschwommen. Loughlin hatte ihn darauf gebracht. Nora schwamm im November auf keinen Fall in der Irischen See. Sie hatte Laineys alte Foxford-Decke auf den Steinen ausgebreitet und ein Buch aufgeschlagen, damit ihre Augen etwas hatten, auf das sie sich richten konnten, während er sich auszog. Aber sie blickte auf, als er auf das Sprungbrett zuging. Er war gerade mal eins achtzig groß, Adam eins neunzig, und er war stämmiger. Sein Nacken und seine Brust waren breiter, seine Arme und Schenkel schwerer. Selbst mit dreißig hatte Adam noch etwas Jungenhaftes. Will dagegen ist eindeutig ein Mann, dachte sie, als er mit einem Kopfsprung eintauchte.

Und er war ein guter Schwimmer, schnell, gleichmäßig, mit festen Zügen. Er blieb so lange drin, dass Nora sich schon Sorgen machte, dass er sich womöglich eine Unterkühlung holte. Doch dann tauchte er prustend und lachend mit klappernden Zähnen auf und kam aus dem Wasser.

Adam wäre niemals mitten im Winter in der Irischen See geschwommen, dachte Nora und warf Will ein Handtuch zu. Und auch nicht im Hochsommer. Er brauchte einen beheizten Pool in einem teuren Spa oder exklusiven Hotel oder einen Mittelmeerstrand mit gepolsterten Sonnenliegen und weichem Handtuch. Und einen Cocktail, wenn er aus dem Wasser kam.

Auch zu einem langen Spaziergang am Pier hätte er sich wohl kaum aufgerafft. Vielleicht einmal. Aber nur, damit er ein Selfie posen konnte. Und dann wäre gleich die nächste Attraktion gekommen. Ein anderer Ort. Eine andere Neuheit. Alles musste bei Adam besonders sein, weil er ja so besonders war.

Sie hatte mit Will in den letzten paar Monaten mehr Zeit verbracht als mit Adam in zwei Jahren, und sie hatte es genossen. Sie genoss es, normale Sachen zu machen, abzuhängen, einfach kurz was essen zu gehen, ohne vorher das nächstgelegene Fünfsterne-Restaurant googeln und sich schick machen zu müssen.

Nora hatte sich von Adam so einnehmen, von seinen Plänen und seinem Drang, den nächsten Meilenstein zu erreichen, so mitreißen lassen, dass sie nie innegehalten und sich gefragt hatte, ob er der Richtige war. Vielleicht wäre sie mit einem ruhigeren, entspannteren Mann glücklicher gewesen. Einer, der nicht jeden, den sie trafen, in seinen Bann ziehen musste. Einer, der ein bisschen mehr war wie Will.

Fiona schüttelte ihr imaginäres Tamburin, und als Nora aufblickte, musterte sie sie mit ihren grünen Augen, die bis in ihre Seele sehen konnten. »Du magst ihn, oder?«, fragte sie leise.

Nora seufzte. »Ganz ehrlich? Ja, das tue ich. Und manchmal glaube ich, dass er mich auch mag, aber dann geht der Augenblick vorbei, und ich denke, ich habe es mir nur eingebildet. Und sogar wenn er mich mag, würde es nicht funktionieren. Es ist zu früh, Fiona, und ich kehre im Januar nach London zurück.

Ganz zu schweigen davon, dass ich keine Ahnung habe, was Alice dazu sagen würde.«

Nora wusste nicht, ob Alice mitbekommen hatte, dass Will und sie sich öfter trafen. Sie wollte sie auf keinen Fall gegen sich aufbringen.

Fiona schnaubte. »Ihr seid erwachsen, Nora, du musst dir dein Liebesleben nicht von einem widerspenstigen Goth-Mädchen absegnen lassen.«

»Ich weiß, dass sie pampig wirkt, aber im Grunde ist sie wirklich sehr lieb. Sie wächst mir richtig ans Herz.«

»Gut«, jubelte Fiona. »Das trifft sich sehr gut, falls du ihre Stiefmutter wirst.« Nora schüttelte hilflos den Kopf. »Sag niemals nie!«

»Komm nie wieder hierher«, sagte Nora, stand auf und verscheuchte Fiona vom Sofa, »wenn dein Liebeshormonspiegel auf diesem Level ist. Du bist völlig durchgedreht, während ich versuche, einen Laden zu führen.«

Nora hatte damit gerechnet, dass in der ersten Dezemberkälte die Leute zu Hause blieben, aber das Schaufenster mit dem Käfig und den fliegenden Vögeln wirkte Wunder, und im Laden war die ganze Woche viel los. Freitagabend gegen fünf Uhr versiegte der gleichbleibende Strom an Kunden schließlich, und aus dem Nieseln am frühen Nachmittag war eiskalter Regen geworden.

Eine Frau um die achtzig kam zitternd herein. »Ich kaufe nichts«, sagte sie zu Nora. »Aber ich habe mir so lange Ihr Schaufenster angesehen, dass ich mich aufwärmen muss.«

»Natürlich.« Nora blickte von einer Auslage mit Papierfächern auf, die sie gerade neu ordnete. »Bleiben Sie, so lange Sie mögen. Draußen ist es schauderhaft.«

Die Frau fegte ein paar Hagelkörner von den Schultern ihres Tweedmantels und ging umher, las die Notiz auf einem Porzellanservice und sah sich das Regal mit den Lederhandschuhen an.

Sie blieb beim Modeschmuck stehen und nahm eine Spinnenbrosche mit Strasssteinen in die Hand. »So eine hatte ich auch«, sagte sie. »Ich habe sie seit Jahren nicht mehr gesehen. Ich habe sie ganz vergessen.« Sie hielt die Brosche an das Revers ihres Mantels und betrachtete sie sehnsüchtig. »Mein verstorbener Mann hat sie mir als Scherz geschenkt. Er war eins neunzig groß und Unteroffizier. Aber er hatte Angst vor Spinnen. Er hat sich immer im Klo versteckt, während ich sie entfernen musste.«

Nora lächelte. So etwas passierte andauernd. Der Laden schien bei vielen Menschen Erinnerungen zu wecken. Neben der Schaufenstergestaltung war es das, was sie an ihrer Arbeit am liebsten mochte.

»Was kostet sie?«, fragte die Frau.

»Zehn Euro«, sagte Nora. Eigentlich wollte sie fünfzehn Euro haben. Die Frau zögerte. »Fünf ist auch in Ordnung«, fuhr sie fort. »Es ist die letzte, die muss ich sowieso loswerden.«

»Sie ist hübsch.« Die Frau lächelte. »Aber ich brauche sie im Grunde nicht. Es sind nicht die Dinge, auf die es ankommt, sondern die Erinnerungen. Und die habe ich.«

Das stimmt, dachte Nora und blickte ihr nach, als sie zur Tür hinausging.

Das Haus war jetzt fast leer. Nora hatte drei viertel der Sachen verkauft und damit gut fünfundvierzigtausend Euro für ihre Mutter eingenommen. Aber die Dinge waren nicht wirklich verschwunden, solange sie sich an sie erinnerte.

Nora wollte gerade das Licht ausdrehen, als ein lautes Klopfen an der Tür zu hören war. Eine auffällige blonde Frau Mitte zwanzig in einem cremefarbenen Mantel mit Gürtel und hohen schwarzen Stiefeln blickte mit gerunzelter Stirn durch die Glastür herein.

»Der beste Tag meines Lebens!«, verkündete sie, als sie an Nora vorbeifegte.

»Freut mich«, sagte Nora, bemerkte aber erst dann das Handy am Ohr des Mädchens und kapierte, dass sie telefonierte. »Ich habe ein absolut göttliches Monique-Lhuillier-Kleid in dem Brautmodenladen an der Drury Street gefunden. Sie schließen, deswegen war es auf zweitausend reduziert. Ich hab sie runtergehandelt auf tausendfünfhundert. Sie wollten es unbedingt verkaufen.«

Sie strich mit dem Finger an einem von Laineys Kleidern entlang. Beim Klappern der Drahtkleiderbügel zuckte Nora zusammen. Sie begann, den Tisch aufzuräumen, und wünschte, sie hätte die Tür nicht geöffnet.

Die junge Frau ging zu dem Tisch mit dem Schmuck und leerte ein Glas mit Ohrringen aus. »Ich hatte aber schon fünfhundert angezahlt für ein Kleid von Vera

Wang bei Bloom in Blackrock, und die wollte ich natürlich auch wiederhaben. Da hatte ich einen Geistesblitz! Gerade eben bin ich rein und habe denen erzählt, die Hochzeit sei abgesagt. Hab ein paar Tränen verdrückt. Und schon hat mir die Besitzerin die Anzahlung zurückgegeben – cash!«

Nora starrte sie ungläubig an. Ros hatte Bloom erst vor sechs Monaten eröffnet. Die fünfhundert Euro kamen wahrscheinlich direkt aus ihrer eigenen Tasche.

Die Frau spazierte hinüber und betrachtete sich in dem langen venezianischen Spiegel. »Und es wird noch besser.« Ihr Schmollmund verzog sich zu seinem arroganten Grinsen. »Auf dem Weg zum Auto habe ich einen seltsamen kleinen Laden entdeckt, gegenüber der Bücherei. Und rate, was da im Fenster ist? Ein superhübscher antiker Vogelkäfig! Du weißt doch, dass ich mir überlegt habe, nach der Zeremonie eine Taube in die Luft steigen zu lassen, aber bisher nicht den richtigen Käfig gefunden habe? Der hier ist perfekt! Der ist so dermaßen *Arabian Nights*, und außerdem passt er zu dem marokkanischen Motto … Ich weiß nicht. Ich habe noch nicht gefragt. Rufe dich gleich zurück.« Sie steckte das Telefon in ihre Tasche und drehte sich zu Nora. »Wie viel? Für den Käfig?«

»Vierhundert Euro«, sagte Nora und erhöhte diesmal den Preis um zweihundert.

»Sie machen Witze!« Sie stieß ein leises Schnauben aus. »Ist er aus vierzehnkarätigem Gold, oder was? Wissen Sie was, ich gebe Ihnen zweihundert, in bar.«

Nora schüttelte den Kopf.

»Ach kommen Sie. Vierhundert ist Halsabschneiderei!«

»Ja«, sagte Nora und sah sie fest an, um ihr klarzumachen, dass sie ihr Telefonat mit angehört hatte, »das stimmt.«

»Okay.« Die junge Frau verdrehte die Augen. »Vierhundert.« Sie zog ihre Geldbörse hervor. »Aber die Lieferung ist natürlich inklusive.«

Nora schluckte. Vierhundert Euro war viel Geld, aber sie konnte Laineys Käfig nicht dieser unausstehlichen Tussi verkaufen. »Tut mir leid«, sagte sie ruhig. »Ich habe es ganz vergessen. Eigentlich ist er für jemanden reserviert.«

Das war eine Lüge, aber die Frau war auch eine Lügnerin, also zählte es nicht.

Der ungläubige Ausdruck auf ihrem Gesicht war jeden Cent wert.

»Sie haben es vergessen? Im Ernst?« Sie runzelte die Stirn. Dann legte sie den Kopf zur Seite. »Okay, dann haben Sie offenbar kein so gutes Gedächtnis, also sage ich Ihnen was. Wenn Sie vergessen, dass Sie ihn für jemand anderen reserviert haben und ihn stattdessen mir verkaufen«, sie lächelte verschwörerisch, »lege ich noch mal hundert Euro drauf. Sie können ja auch vergessen, Ihrem Chef davon zu erzählen.«

»Ich bin mein eigener Chef«, sagte Nora. Und das stimmte, wurde ihr da klar. Sie war Gesellschafterin bei der Kulissenbauerdfirma gewesen, aber Liv hatte sie immer wie eine Angestellte behandelt. »Genau wie Ros, die Sie mit ihren Tränen dazu gekriegt haben, Ihnen die

Anzahlung für das Hochzeitskleid zurückzugeben. Sie hat ihr ganzes Herz in diesen Laden gesteckt. Sie sollten sich schämen, sie so über den Tisch zu ziehen.«

Die junge Frau warf die Tür so fest zu, dass die Kleiderbügel und die Gläser in der Vitrine klirrten und der Vogelschwarm im Fenster aufgescheucht wurde.

Will war wieder in Prag bei der Postproduktion seines Werbespots, und am Tag seiner Rückkehr war ein Streik der Taxifahrer angekündigt. Also rief Nora ihn an und sagte, dass sie ihn abholen würde.

»Das musst du nicht«, antwortete Will. »Du wärst eine Stunde unterwegs, mehr vielleicht, wenn es noch weiter schneit. Ich miete mir ein Auto.«

»Ich muss sowieso zu IKEA«, sagte Nora, »und ein paar äh …« Ja was denn nur? »… Verpackungskisten kaufen.«

»Okay, in dem Fall nehme ich dein Angebot gerne an«, sagte Will lächelnd, wie sie an seiner Stimme hören konnte. »Aber nur wenn ich dich auf dem Rückweg zum Abendessen einladen darf.«

»Oh«, sagte Nora, »das ist …« Es klang fast wie eine Verabredung, »… wunderbar.«

»Du tust mir damit einen Gefallen. Gemma nimmt die Kinder morgen Abend mit nach Funderland. Ich habe dann sicher noch nicht gegessen, und das Haus ist leer.«

Also doch keine Verabredung, dachte Nora.

»Ich stehe sowieso in deiner Schuld, weil du Alice aufgenommen hast. Und die Zeit wird knapp.«

Er würde Heiligabend in Brittas Bay mit seiner Schwester und deren Ex-Mann verbringen. Nora war bei Fiona und Adonis eingeladen. Ein Stachelbeere-drei-Gänge-Menü, aber besser, als allein zu sein.

»Außerdem …« Will zögerte. »Wie wäre es mit dem neuen französischen Restaurant in Donnybrook? Alle in meinem Büro schwärmen davon.«

»Schick!«, sagte Nora.

»Wir können auch mal schick!«

Flirtete er mit ihr? »Ja, wirklich?«

Nachdem sie aufgelegt hatte, trat sie an die halb leere Kleiderstange, auf der die letzten Kleider von Lainey hingen. Heute hatte sie noch drei weitere verkauft, aber das dunkelblaue Seidenkleid von Schiaparelli war immer noch da. Der Inbegriff eines Fünfzigerjahre-Kleids, mit weitem Rock, tiefem V-Ausschnitt und einem Gürtel. Sie hielt es an ihren Körper und ging zum Spiegel. Nein, dachte sie. Viel zu extravagant für ein Dinner mit Will. Und definitiv für IKEA.

Die Kisten brauchte sie tatsächlich. Alles, was sich nicht verkauft hatte, musste sie verpacken. Das Haus musste leer sein, wenn sie Loughlin am 3. Januar den Schlüssel übergab, also in genau drei Wochen.

»Probier's an! Oder traust du dich nicht?«

Die Stimme hinter ihr gehörte Wills Schwester. Sie trug Winterstiefel und Daunenjacke. Ihre blonden Haare schauten unter einer Wollmütze hervor.

»Das geht nicht!« Nora hängte den Bügel wieder hin. »Ich muss Kunden bedienen, nicht meine Waren anprobieren.«

»Ich glaube, heute kommen nicht mehr viele.« Gemma stampfte den Schnee von ihren Stiefeln. »Da draußen ist es wie am Nordpol. Aber falls jemand reinkommt, kümmere ich mich darum.« Sie setzte sich hinter den Tisch. »Na los!«

Als Nora aus der Umkleidekabine trat, grinste Gemma und zeigte zum Spiegel. Nora ging wieder hinüber, wobei der Rock leise um ihre nackten Beine flüsterte.

»Mit hochgesteckten Haaren sieht es sogar noch besser aus.« Gemma trat zu ihr. »Hast du Spangen?«

»Nein.«

»Lügnerin!« Gemma eilte zu einer Schüssel mit Laineys Strass-Haarklammern, die Nora auf einem Tischchen ausgelegt hatte. Sie schälte sich aus ihren Handschuhen, hielt Klammern in den Mund und machte sich an Noras Haaren zu schaffen. Drehte es, steckte es fest, eine Strähne nach der anderen, sparte aber ein paar Locken im Nacken aus.

Sie brauchte nicht lange, um Noras wilde Haare in einer eleganten Hochsteckfrisur zu bändigen. »Du kannst das richtig gut«, stellte Nora fest.

»Ja«, sagte Gemma stolz und nahm die letzte Klammer aus dem Mund. »Es ist wirklich lustig. Wenn du mich vor sechs Monaten gefragt hättest, was ich wirklich gut kann, hätte ich keine Antwort darauf gewusst. Aber das fällt mir leicht. Es fühlt sich nicht wie Arbeit an, wenn man liebt, was man tut, nicht wahr?«

»Stimmt wahrscheinlich.« Nora war eine gute Bühnenbildnerin gewesen, aber ihren Memory Shop liebte sie. Einen Weg zu finden, um Laineys wunderbare

Schätze ins rechte Licht zu rücken – und dabei gleichzeitig etwas für ihre Mutter zu tun. Ihr wurde klar, dass ihr die Kunden und all die anderen Menschen fehlen würden. Adonis, Ed, Loughlin und Alice. Fiona. Will. In ihrem Hals bildete sich ein Kloß.

»Voilà!« Gemma trat zurück. »Du siehst aus wie Audrey Hepburn. Wer er auch ist, er wird dir nicht widerstehen können.«

Nora wandte sich schnell vom Spiegel ab, aber Gemma legte ihr die Hand auf den Arm. »Darf ich dich was fragen?«

»Natürlich.« Da war sie, die bohrende Frage nach ihrem Bruder, und Nora war nicht in der Lage, sie abzuwehren.

»Ich weiß nicht, ob Alice davon erzählt hat«, sagte Gemma, »aber sie will sich mit einer Mappe an der Kunstschule bewerben.«

»Oh«, sagte Nora erleichtert. »Das ist ja großartig.«

»Ja, nicht wahr?« Gemma sah stolz aus. »Und alles nur wegen dir und deinem Laden. Was könnte ich ihr denn schenken? Etwas, womit ich sie ermutigen kann.«

»Wie wäre es mit einem Taststift?«, schlug Nora vor. »Damit kann sie auf ihrem Mobiltelefon Entwürfe machen. Oder richtig gute Stifte und dickes Papier. Sie hat immer eine Graphic Novel dabei. Sie könnte mit einer eigenen Geschichte anfangen.«

Als Gemma gegangen war, kam Nora nicht zur Ruhe. Zum Flughafen musste sie erst in ein paar Stunden aufbrechen. Sie zog sich um und legte das Kleid sorgfältig über den Rücken ihres Stuhls, setzte sich vorsichtig einen von Hughs Hüten auf ihre frisierten Haare und schloss die Ladentür ab.

Sie ging die schmale Straße hinab, die zum Wasser führte. Der Schnee hatte die Terrasse, die aufs Meer hinausblickte, in eine Hochzeitstorte verwandelt. Die Gehsteige waren mit eisigem Weiß überzogen, genauso wie jedes Geländer, jeder Vorsprung, jeder Baum und jede Laterne.

Die Ufermauer war mit Schnee gepudert. Nora lehnte sich dagegen, roch das Salz und das Ozon hinter dem Vorhang aus treibenden Schneeflocken. Sie erlaubte sich, davon zu träumen, dass Gemmas Worte wahr waren. Dass Will ihr nicht würde widerstehen können, nicht würde widerstehen wollen, aber dann ermahnte sie sich wieder, dass er ihr seit Monaten mehr oder weniger tagtäglich widerstand. Und das war okay. Sie würde immer dankbar dafür sein, dass sie ihn kennengelernt hatte.

Sie steckte ihre Hände in die Taschen ihres Mantels und ging wieder zurück. Als sie vor sechs Monaten nach Dublin gekommen war, war sie in hundert Teile zerschmettert gewesen, aber irgendwie hatte sie das überstanden. Mehr noch, sie war aufgeblüht. Und Will hatte dabei eine Rolle gespielt. Er zog sich wie eine Goldader durch ihr Leben und trug dazu bei, die zerbrochenen Teile wieder zusammenzufügen.

Als sie sich dem Memory Shop näherte, sah sie, wie eine Gestalt von der Tür zurückwich. Eine Frau in Strickjacke und Rock hielt eine vollgestopfte Plastiktüte an die Brust gedrückt und zog eine andere hinter sich her. Einen Augenblick lang dachte Nora, es sei eine der mysteriösen Spenderinnen, aber dann wurde ihr klar, dass die Tüte schon zuvor dortgestanden hatte. Die Frau trug leichte Schuhe und steckte bis zu den Fußknöcheln im Matsch.

»Alles in Ordnung?«

»Nein, nichts ist in Ordnung«, fuhr die Frau sie an und zerrte die Tasche im Schnee hinter sich her. Sie keuchte, als sie sich aufrichtete. Die Tasche in ihrem Arm umklammerte sie nur noch fester.

»Mir gehört der Wohltätigkeits-Secondhandladen neben dem Einkaufszentrum. Jeder Cent, den ich verdiene, trägt dazu bei, einen Selbstmord zu verhindern. Zumindest war das mal so, bis Sie dahergekommen sind und uns alles genommen haben! Zuerst die Kunden, dann meine Spender. Ich hatte *eine* Tasche« – sie hielt einen Finger hoch und blinzelte sich den Schnee aus den Augen –, »seit Anfang Dezember eine Tasche mit Spenden. Und jeden Tag muss ich zusehen, wie die Leute an meiner Tür vorbeigehen und ihre Spenden hier abladen.«

»Aber ich will keine Spenden«, rief Nora. »Sehen Sie! Ich habe ein Schild in die Tür gehängt.«

»Aber Sie nehmen sie ja trotzdem mit rein, oder? Sie erfinden Geschichten über die Dinge, die die Leute weggeben, und verkaufen sie. Ich habe Ihre marktschreierischen Schaufenster gesehen und ihre erfundenen Erinnerungen, und jetzt habe ich es satt. Wenn ich nicht genug verdiene, um die Miete zu bezahlen, muss ich den Laden nach Weihnachten schließen, also nehme ich die Tüten mit.«

Auf den schmalen Schultern ihrer Strickjacke hatte sich der Schnee gesammelt, und sie schüttelte ihn ab. Nora befürchtete, sie könnte es nicht bis zum Laden schaffen.

»Stellen Sie die Taschen kurz ab und kommen Sie einen Augenblick herein. Ich will Ihnen nur etwas zeigen. Dann helfe ich Ihnen, alles zu Ihrem Auto zu tragen.« Die Frau sah sie finster an. Nora hatte diesen Blick oft auf dem Gesicht ihrer Großmutter gesehen. Jetzt erkannte sie, was eigentlich dahintersteckte: ein Panzer, um sich vor Verletzungen zu schützen.

Sie nahm die kalte Hand der Frau und hakte sie unter. »Ich bin Nora.«

»Ich weiß, wer Sie sind.« Die Frau spannte sich an, zog ihre Hand aber nicht weg. Nach einem Augenblick sagte sie: »Ich bin Rosemary.«

Nora führte Rosemary am Laden vorbei zur Haustür, dann die Stufen hinauf. Sie öffnete die Tür zum ersten Schlafzimmer und zeigte ihr ein paar Taschen voller Kleider. Die Kisten mit Spielzeug, Brettspielen und Gläsern. Die Bücherstapel. Eine gut erhaltene Gitarre. Ein Buggy noch in der Plastikhülle.

»Alles, was gespendet wurde, ist hier«, sagte sie. »Ich wusste noch nicht, was ich damit tun sollte, aber Sie können die Sachen für Ihren Laden haben, zusammen mit allem anderen, was noch da ist, wenn ich schließe. Wir können die Sachen von mir aus jetzt sofort in Ihr Auto laden.«

Rosemarys Mund verzog sich zu einer schmalen Linie, und ihre Wangen röteten sich. Sie nickte.

Nora kochte Tee, bevor sie sich an die Arbeit machten, damit sie sich aufwärmen konnten, und während sie ihn tranken, erzählte Rosemary ihre Geschichte. Wie ihre Tochter Barbara mit siebzehn ertrunken war, ein mutmaßlicher Selbstmord, und wie dieser Verlust ihre kleine Familie zerstört hatte. Es hatte sie aus ihrem hoch dotierten Job bei der Bank befördert und in eine Spirale der Depression geschleudert. Ihr Mann hatte angefangen zu trinken und war früh verstorben. Ihr Sohn Luke war damals erst fünf gewesen. Als er mit der Schule fertig war, machte er eine Ausbildung zum Rettungssanitäter, und eine Zeit lang hatte Rosemary geglaubt, er habe es geschafft. Aber er hatte ein Aggressionsproblem. Seine Ehe in Sligo hatte übel geendet, und seit der Trennung hatte sie ihn nicht mehr gesehen. Sie wusste, dass er noch in der Stadt lebte, aber zu Weihnachten würde er nicht nach Hause kommen. Der Laden war das Einzige, was sie am Laufen hielt, denn er bot ihr eine Möglichkeit, etwas zu tun, damit eine andere Familie nicht ein ähnliches Schicksal erlitt.

Nora hatte vorgehabt, ein langes Bad zu nehmen, ihre Beine zu rasieren und sich die Fingernägel zu lackieren. Stattdessen nahm sie den Krimskrams aus dem Fenster von Rosemarys Secondhandladen, während Rosemary das Regal für die neuen Waren umräumte.

Als Hintergrund hängte sie zwei Leintücher auf und stellte die Ventilatoren auf, die sie aus ihrem eigenen

Fenster genommen hatte. Sie polierte die Scheibe, nahm Farbtopf und Pinsel und schrieb etwas auf das Fenster.

»Mann!«, sagte Rosemary nervös und betrachtete es. »Das ist so aufregend. Was tun Sie da rein?«

Nora hatte zwei von Laineys Gänsefederkissen mitgebracht. Sie schnitt eines mit einer Schere auf und zog eine Handvoll Federn heraus. »Nur die.«

Es schneite wieder, als Luke seine Schicht beendete. Ein paar der Jungs gingen noch auf ein Bier ins Merrion Inn auf der gegenüberliegenden Straßenseite, aber es war ein langer Tag gewesen, und sie hatten einen Patienten verloren. Eine Frau um die neunzig, die die Treppe hinuntergefallen war, starb, während er ihr die Hand hielt. Es war keine große Tragödie, aber es war Weihnachten, und sie war jemandes Mutter, jemandes Schwester.

Die Busse fuhren nicht mehr, und er ging zu Fuß nach Hause. Er trug den Brief jetzt seit einer Woche in der Tasche mit sich herum, hatte aber immer wieder gezögert, ihn bei Michelles Laden einzuwerfen. Er wusste nicht, wo sie jetzt wohnte. Sie hatte es ihm nicht gesagt, und er konnte es ihr nicht verübeln.

Selbst nach drei Monaten, in denen er immer wieder alles mit dem Therapeuten durchgekaut hatte, wurde ihm schlecht, wenn er daran dachte, wie er mit ihr umgegangen war. Er wollte sie finden und sich entschuldigen. Ihr erklären, was er gelernt hatte, dass die Trauer um den Verlust seiner Schwester ihm sehr zu schaffen machte, dass er eigentlich sich selbst wehtun wollte, nicht ihr.

Aber warum sollte sie ihm glauben? Warum sollte sie ihm zuhören? Warum sollte es sie kümmern, dass er sie noch immer liebte? Sie wollte nichts mehr mit ihm zu tun haben. Das musste er akzeptieren. Also hatte er den Brief kurz gehalten, wie der Therapeut es ihm empfohlen hatte. Er hatte geschrieben, dass er nicht erwartete, dass sie ihm verzeihe, aber er sie wissen lassen wolle, wie sehr es ihm leidtue. Dass er sich auf eine Reise begeben habe, um sich zu verändern, und er nicht versuchen würde, wieder mit ihr in Kontakt zu treten, aber dass er hoffe, dass es ihr gut gehe.

Er ging an Dun Laoghaire vorbei und war froh, dass der Pier, an dem Barbara ihr Leben verloren hatte, durch den fallenden Schnee kaum zu erkennen war. Luke dachte daran, wie sie neben seinem Vater unter einer Schneedecke im Friedhof in Dean's Grange lag, und das Gefühl der Machtlosigkeit entzündete eine Flamme der Wut in ihm. Er ballte die Hände in den Taschen seiner Jacke zu Fäusten und spürte, wie sein Gesicht heiß wurde. Er wollte dagegen ankämpfen, aber er versuchte, dagegen anzuatmen, wie man es ihm beigebracht hatte. Und nach einer Minute wurde sein Puls wieder langsamer, und die rasende Wut klang ab.

Das bedeutete aber nicht, dass ihm dieser Anblick jetzt weniger verhasst war. Er konnte nicht verstehen, wie seine Mutter immer noch so nah am Meer leben konnte.

Luke ging weiter an den Piers von Monkstown vorbei und war froh, als eine Häuserzeile den Blick aufs Wasser blockierte. Er bog in die Temple Terrace ein und erkannte die Ecke, an der Michelle auf die Bremse gestiegen, er aus dem Auto gesprungen war und den Mann im Yaris angebrüllt hatte. Danach war er beurlaubt worden. Plötzlich empfand er Scham. Auch die atmete er weg. Diesem Mann hatte er ebenfalls eine Entschuldigung schreiben müssen, ehe er seinen Job wiederbekam. Aber darüber war er froh gewesen.

Er ging an einer Reihe von geschlossenen Läden vorbei und wechselte die Straßenseite, weil er den Secondhandladen seiner Mutter meiden wollte. Zumindest hatte er ihr vor zwei Jahren gehört, als er sie zuletzt gesehen hatte. Im Vorbeigehen stach ihm etwas ins Auge. Einen Moment lang hatte er gedacht, im beleuchteten Fenster würde es schneien. Er hielt inne, drehte sich um, blinzelte und erkannte, dass er recht gehabt hatte. Fasziniert ging er über die Straße. Als er näher kam, erkannte er, dass es weiße Federn waren, keine Schneeflocken, die sanft hinter dem Fenster auf und ab schwebten. Er trat einen Schritt zurück, um die Worte auf dem Schaufenster zu lesen: »Wir sind alle so fragil wie Schneeflocken. Aber wenn wir zusammenhalten, können wir Unglaubliches erreichen.«

Dann in kleinerer Schrift: »Bitte unterstützen Sie die Familien all jener, die sich das Leben nehmen.«

Luke starrte das Fenster an. Seine Familie war nach Barbaras Tod zerbrochen. Sein Vater hatte sein Leben aufgegeben. Seine Mutter hatte den Verlust nie verwunden. Er hatte getan, was alle Kinder tun, wenn sie Angst haben, hatte versucht wegzurennen. Sie alle waren fragil auf ihre eigene Art. Vielleicht hätte es ein anderes Ende genommen, wenn sie zusammengehalten hätten.

Luke dachte an die alte Dame, die aus dem Leben geschieden war, während er ihre Hand gehalten hatte. Und er dachte an seine Mutter.

Er würde sie anrufen, beschloss er, als er weiterging, und sie fragen, ob sie zusammen Weihnachten feierten. Eine Schneeflocke landete auf seiner Wange und schmolz. Vielleicht war es auch keine Schneeflocke, sondern eine Träne.

Wills Flug aus Prag hatte Verspätung. Nora fand einen leeren Platz in den vollen Sitzreihen, die auf die Türen des Ankunftsbereichs blickten, und war froh, dass der Flug nicht gestrichen worden war. Sie fühlte sich wie in einer Szene von *Tatsächlich Liebe* …

Genau darum geht es doch an Weihnachten, dachte sie und beobachtete ein älteres Ehepaar, das ihr Enkelkind begrüßte. Zwei Männer Ende zwanzig drehten sich langsam im Kreis, während sie sich umarmten. Wiedervereinte Paare, die sich fest umschlungen hielten und nicht wussten, ob sie lachen oder weinen sollten. Auf einmal wünschte sich Nora, ihre Mutter würde zu Weihnachten nach Hause kommen.

Als Will endlich erschien, wollte Nora an der Absperrung vorbei zu ihm gehen und ihn drücken, aber sie verlor den Mut. Sie winkte, und er winkte zurück und bahnte sich einen Weg durch die Menge.

»Mein Gott! Es ist schön, nach Hause zu kommen«, sagte er lachend. Nach Hause?, dachte er. War es denn möglich, dass Dublin immer noch sein Zuhause war, obwohl er sein halbes Leben in New York verbracht hatte?

»Du bist noch nicht zu Hause«, erwiderte Nora. »Es wird eine Weile dauern, bis wir es durch die Stadt geschafft haben. Da draußen ist es ziemlich garstig.«

Zehn Zentimeter Schnee waren in New York oder Boston kaum der Rede wert – in Dublin dagegen war es eine Katastrophe. Die Stadt war zum Stillstand gekommen. Ins Restaurant würden sie es nicht mehr rechtzeitig schaffen.

Sie fuhren an verlassenen Bussen und liegen gebliebenen Wagen vorbei. Ein rutschendes Auto drehte vor ihnen eine elegante Pirouette wie ein Eistänzer, aber Nora war eine gute Fahrerin. Sie lenkte den alten Mercedes langsam, die Hände genau auf zehn und zwei Uhr und nahm den Blick nie von der Straße, was Will erlaubte, ihr lange Seitenblicke zuzuwerfen.

Sie war hübsch, aber heute Abend sah sie unglaublich aus. Sie trug mehr Make-up als gewöhnlich, ihre dunklen Haare waren hochgesteckt, und lange Goldohrringe glitzerten an ihrem bloßen Nacken, halb verdeckt von einer Locke, die sich gelöst hatte. Er wollte sich hinüberbeugen und sie ihr wieder hinters Ohr stecken. Eigentlich wollte er noch viel mehr. Er musste sich sehr zurückhalten, sonst stellte er noch eine Dummheit an.

Der Port-Tunnel war geschlossen. Will rief im Restaurant an, um Bescheid zu sagen, aber niemand nahm ab. Die Busse fuhren schon seit Stunden nicht mehr.

Wahrscheinlich hatte das Restaurant geschlossen, damit die Mitarbeiter es nach Hause schafften.

Jetzt schneite es so stark, dass die Scheibenwischer kaum hinterherkamen.

»Ich glaube, wir sollten anhalten und eine Weile warten«, sagte Nora. Sie steuerte den Wagen auf einen Parkstreifen vor einer Ladenzeile, deren erleuchtete Fenster angelaufen waren.

Sie wandte sich ihm zu, ihre dunklen geschminkten Augen funkelten. »Hast du was gegessen?«

»Erdnüsse im Flugzeug.«

Sie machte eine Kopfbewegung in Richtung des Chinesen in einer Seitenstraße und sagte: »Wir könnten dort zu Abend essen.«

Das Restaurant war winzig und überheizt. Abgesehen von zwei Männern in Signaljacken waren alle Tische leer.

»Das ist nicht gerade das, was ich im Sinn hatte, als ich dich zum Abendessen ausführen wollte.« Sein Blick wanderte zu den Drucken mit fetten Buddhas und dem Wandbild der Großen Mauer in China, das so ausgeblichen war, als wäre es eine Schwarz-Weiß-Aufnahme.

Eine Kellnerin löste sich vom Fernseher in der Ecke, führte sie an einen Tisch am Fenster und klatschte zwei plastikbeschichtete Speisekarten auf den Tisch.

Sie bestellten Suppe, Rippchen, knusprige Ente, Pfannkuchen und »halb-halb«, laut Kellnerin Reis und Pommes. Will wählte den teuersten Rotwein von der mit Soßenflecken übersäten Karte.

»Kann ich Ihre Mäntel aufhängen?«, fragte die Kellnerin.

Nora zögerte. »Ich glaube, ich bin ein wenig zu fein gekleidet.«

»Ich auch«, sagte Will. »Für das Treffen mit dem Kunden musste ich einen Anzug tragen. Auf drei?«

Nora schlüpfte aus ihrem Mantel. Sie sah so schön aus in dem dunkelblauen Kleid, dass Will vor Verlangen ganz schwindlig wurde, und er drehte sich weg, um sie nicht anzustarren.

Das Essen kam schnell und lenkte ihn ab. Es war scharf und überraschend köstlich.

»Ich habe ganz vergessen zu fragen – ist es gut gelaufen? Hat der Klient den letzten Schnitt abgenommen?« Nora tunkte ein Pommes in die Pflaumensoße, die man eigentlich zusammen mit den Pfannkuchen aß.

»Ja. Es ist geschafft, wir sind fertig, und jetzt geht's mit dem nächsten Spot weiter. Und bei dir? War es eine gute Woche im Laden?«

»Die beste Woche bisher«, sagte Nora. »Fiona hat mir gestern mit den Zahlen geholfen. Ich habe, warte mal, achtundsechzigtausend Euro verdient. Wenn ich meine Mum überreden kann, das Geld anzunehmen, hat sie ein bisschen über hunderttausend, um sich was zu kaufen. Aber mir gehen die Dinge zum Verkaufen aus. Das Haus ist fast leer.«

Sie wischte ihre Finger an einer Papierserviette ab, und er erhaschte einen Blick auf eine blaue Ader unter der olivfarbenen Haut ihres Handgelenks. Sie hat wunderschöne Hände, dachte er. Alles an ihr war wunderschön.

»Okay«, sagte er und blickte wieder auf seinen Teller. »Was machst du dann?«

Nora nahm einen Schluck Wein und seufzte. »Zurück nach London. Ich muss mir einen Job suchen und irgendwas zum Wohnen.« Sie hatte schon ein paar Bewerbungen verschickt und nach einer günstigen WG Ausschau gehalten. »Und was ist mit dir? Denkst du, ihr werdet in Dublin bleiben?«

Er lehnte sich auf seinem Stuhl zurück. »Weißt du, ich glaube schon. Alice gefällt es. Nicht die Stadt; sie hält Dublin«, er machte Anführungszeichen in die Luft, »für den ›Arsch am Ende der Welt‹. Ich bin mir nicht sicher, wie ich das finden soll. Aber sie hat gern ihre Cousins in der Nähe. Und Gemma. Es ist gut, dass wir hergekommen sind.« Ja, es ist die richtige Entscheidung gewesen, dachte er. Es war vielleicht das hässlichste Restaurant, in dem er je gegessen hatte, aber im Augenblick wäre er nirgendwo lieber.

Nora wollte die Rechnung teilen, aber Will schnappte sie ihr weg. »Zweiundzwanzig Euro«, sagte er. »Ich wollte mich bei dir bedanken, dass du so nett zu Alice warst. So hatte ich mir das nicht vorgestellt, aber das muss reichen.«

Draußen schneite es nicht mehr, und der Stau hatte sich aufgelöst. Die Straße war glatt, und auf dem Gehweg glitzerte der Frost. Will nahm ihren Ellbogen, und sie gingen langsam zu ihrem Auto. Beide schwiegen während der Fahrt. Will erlaubte ihr nicht, dass sie ihn bei sich zu Hause absetzte. Die Vorstadtstraßen seien zu vereist, sagte er. Er werde zu Fuß gehen.

An der Tempel Terrace stieg er aus und brachte sie zur Tür.

»Nora«, sagte er leise, als sie den Schlüssel ins Schloss steckte. »Was ist das bloß?«

Sie blickte auf, dachte eine Sekunde lang, er meinte den silbernen Delphin-Türklopfer, aber dann sah sie sein Gesicht.

»Ich meine uns.« Er schluckte. »Denn in ein paar Wochen werden wir in verschiedenen Ländern leben. Du kannst dich gut von Dingen lösen. Ich wollte wissen, ob das dieses Mal auch so ist.«

»Ich weiß es nicht.« Nora starrte ihn an, immer noch die Hand am Schlüssel. »Ich hätte nicht gedacht, dass du mich magst, also nicht auf diese Art.«

Will warf den Kopf zurück und lachte, sein Atem bildete kleine Eiswolken in der Luft. »Du machst Witze.« Er blickte in ihre dunklen, ernsten Augen. Oh Gott, dachte er. Sie macht keine Witze. »Du hast keine Ahnung, Nora, oder?«, sagte er. »Bei der Party, bei den Spaziergängen und den Ausflügen mit dem Auto. Der Tag, an dem ich schwimmen war, heute beim Chinesen – ich habe jedes Gramm meiner Selbstbeherrschung gebraucht, um nicht ...« Er schüttelte den Kopf.

Noch einen Augenblick zuvor war Nora eiskalt gewesen, aber jetzt spürte sie Hitze in sich aufwallen, die wie eine Flamme durch ihren ganzen Körper schoss und alle Hindernisse zum Schmelzen brachte. »Um nicht was?«

Wills Blick verschmolz mit ihrem. »Um nicht das zu tun.« Er legte seine Arme um sie, zog sie an sich, und sie wiegten sich, als würden sie langsam im Schnee tanzen. »Und das.« Er beugte sich hinab, legte seine kalten Lippen auf ihren warmen Mund und küsste sie.

Wenn ihr jemand vor sechs Monaten gesagt hätte, dass sie Weihnachten in Dublin verbringen wollte, hätte Alice ihn für einen Spinner gehalten. Aber jetzt freute sie sich darauf. Sie verbrachten die Feiertage im Ferienhaus in Brittas Bay, wo laut Jake ihr Onkel Stephen es mit einer Frau getrieben hatte, die ungefähr zwanzig oder so war. Jake wollte nicht mit seinem Vater Weihnachten feiern, aber Froggy zuliebe spielte er mit. Irgendwie tat man alles für Froggy, weil er unglaublich süß war. Er hatte seinen Spitznamen erfunden. Eigentlich hieß er Fergus, aber als er noch ganz klein war, konnte er ihn nicht aussprechen, also sagte er den Leuten, er sei Froggy.

Der erste Weihnachtsfeiertag würde total schräg werden. Aber das war in New York auch schon so gewesen. Für gewöhnlich kam in den Ferien immer ihre Oma, und sie gingen in irgendein schickes Hotel, lächelten, trugen Partyhüte und beschenkten sich, aber in ihrem Inneren litten sie, weil ihre Mutter nicht da war.

In Irland würde es anders sein, und anders war nicht so schlecht. Anders erwies sich als ziemlich okay.

Der Vorabend war lustig, dachte Alice, als sie durch die leeren, verschneiten Straßen zum Laden ging. Gemma hatte sie im Schnee auf einen Jahrmarkt mitgenommen. Froggy war zu klein und durfte nicht mit der Achterbahn fahren, und Alice hatte auf ihn aufgepasst, obwohl sie so gern Achterbahn fuhr. Sie hatte ihm als Entschädigung heiße Schokolade gekauft, und während sie warteten, nahm er ihre Hand, und sie dachte, so musste es sich wohl anfühlen, wenn man einen kleinen Bruder hatte.

Heute war sie zu einer Party mit Übernachtung bei einem der Mädchen aus der Schule eingeladen, zu der sie wahrscheinlich nicht gehen durfte, weil sie eigentlich Hausarrest hatte. Aber ihr Dad hatte aus Prag angerufen und gesagt, dass er erst spät nach Hause kommen würde, und er war so gut gelaunt, dass er es erlaubt hatte.

Wahrscheinlich war er froh, denn wenn sie nicht da war, konnte er abhauen und Nora treffen. Schon seit Monaten hingen sie zusammen ab. Es waren keine Dates oder so. Nora war nicht der Typ ihres Vaters. Alice hatte vier Freundinnen von ihm kennengelernt. Alle waren blond und im Grunde Klone von ihrer Mum.

Es war eine Schande, dass ihr Dad Nora nicht mochte, denn Alice mochte sie sehr. Sie hätte total pampig sein können, weil Nora die Bürste geklaut hatte, aber so war sie nicht. Sie hatte Alice erlaubt, ihr bei den Schaufenstern zu helfen, Kunden zu bedienen und sich um den Laden zu kümmern. Sie vertraute ihr so sehr, dass sie ihr sogar einen Schlüssel gegeben hatte.

Jetzt nahm Alice ihn aus ihrer Tasche und steckte ihn ins Schloss, trat dann wieder einen Schritt zurück und betrachtete das Schaufenster. Die Vögel, ihre Vögel, die sie für Nora gezeichnet und dann um den Käfig herum aufgehängt hatte, bewegten sich nicht. Vielleicht hatte Nora die Ventilatoren ausgestellt, dachte sie und öffnete die Tür. Aber als sie auf der Rückseite des Fensters nachsah, stellte sie fest, dass sie verschwunden waren.

»Ist da jemand?«, rief Nora oben aus der Küche.

»Ich bin's!«, rief Alice zurück. »Ich wollte früh da sein.«

Nora erschien an der Haustür und sah völlig verstrubbelt aus. Sie trug ein Hemd, ein Männerhemd, und ihre Haare waren völlig wirr.

»Wo sind die Ventilatoren?«, fragte Alice und zeigte auf den leeren Mehrfachstecker.

»Oh, die habe ich einer Frau geschenkt, Rosemary, von dem Wohltätigkeits-Secondhandladen.«

»Aber du brauchst sie doch vielleicht fürs nächste Fenster.«

Nora zog das Hemd enger um sich. Sie benahm sich seltsam, als wäre ihr was peinlich. »Wenn sich der Käfig nicht bis Weihnachten verkauft, ist es das letzte Fenster. Wir müssen es ausräumen, ehe das Haus an Neujahr verkauft wird.«

»Ich weiß«, sagte Alice. »Ich dachte nur, wir könnten vielleicht noch eins machen.«

»Weißt du was?« Nora wich zur Tür zurück. »Das können wir. Es könnte dein Fenster sein. Du kannst es komplett alleine gestalten.«

»Im Ernst? Das würdest du mir echt erlauben?«

Nora nickte. »Warum siehst du dir nicht mal an, was wir noch haben, und überlegst dir, was wir verwenden könnten? Ich gehe nur kurz hoch, um … um …« Sie ging zur Tür und verschwand, ohne ihren Satz zu Ende zu bringen.

Seltsam, dachte Alice. Dann zog sie ihren Mantel aus und machte sich im Laden auf die Suche nach Inspiration.

Will hörte, dass unten im Laden gesprochen wurde, als er sich die Treppe hinabschlich. Noras weiche, tiefe und Alice' höhere Stimme. Er öffnete die Haustür, schloss sie leise und eilte schnell die schneebedeckte Treppe hinab.

Er wollte nicht am Schaufenster vorbeigehen, damit Alice ihn nicht sah, also bog er nach rechts Richtung Stadt ab. Natürlich durfte Alice von ihm und Nora wissen, er hätte ihr schon vor Wochen erzählen sollen, wie nah sie sich gekommen waren. Aber so sollte sie es nicht herausfinden.

Er ging durch den schweren Schnee. Sein Hemd hatte er zurücklassen müssen. Nora hatte es angezogen, als sie nach unten ging, um Kaffee zu kochen, aber er hatte sich eins aus seinem Handgepäck geholt. Er begegnete einem Paar, das mit dem Hund Gassi ging, und sie sahen ihn seltsam an. Da fiel ihm auf, dass er grinste. Wahrscheinlich hielten sie ihn für einen Verrückten, aber das war ihm egal.

Er hatte die Nacht mit Nora Malone verbracht. Er konnte es kaum glauben. Sie hatte seine Hand genommen, ihn die Treppe hinaufgezogen, und sie waren auf das hölzerne Bett im ansonsten leeren Schlafzimmer gefallen. Und diesmal wurde nicht geredet. Sie hatten viel nachzuholen. Er hatte nicht geschlafen, aber er fühlte sich ganz leicht. Er hätte noch länger bei ihr bleiben können. Wenn Alice nicht gekommen wäre, hätte er kehrtgemacht und wäre zurückgegangen.

Er wollte noch nicht nach Hause zurück. Gemma und die Jungs waren dort, und er wollte den Zauber der letzten Nacht noch nicht ganz verklingen lassen. Die Wärme von Noras Mund und die Kühle ihrer Fingerspitzen. Die langen, weitschweifenden Gespräche zwischen den Küssen, das Gefühl, dass sie jedes Mal besser zusammenpassten, je öfter er sie in den Arm nahm.

Die Luft war glasklar, und die Welt sah aus wie neugeboren unter der weißen Decke aus Schnee. Will fühlte sich, als wäre er aus einem tiefen Schlaf erwacht. Als wäre jede einzelne alte Spinnwebe weggefegt worden. Er würde in Dun Laoghaire ein Weihnachtsgeschenk für Nora kaufen.

An der Hauptstraße gab es einen Buchladen, der Moby Dickens hieß. Eine blonde Frau mit Strickjacke blickte hinter der Theke von ihrem offenen Buch auf. »Wie schön, dass Sie dem Schnee trotzen.«

»Hi.« Er las ihr Namensschildchen. »Michelle.« Personen ständig beim Vornamen zu nennen, war sehr amerikanisch. Das konnte er sich jetzt wieder abgewöhnen. »Haben Sie etwas über Griechenland? Kreta im Speziellen?«

»Romane? Reisebücher?«

»Entweder oder. Oder beides.« Will grinste.

Selbstbewusst ging sie von Regal zu Regal und kam mit einem Stapel Bücher zurück. Er blätterte sie durch.

Die Insel von Victoria Hislop. *Alexis Sorbas* von Nikos Katzantzakis, ein Reiseführer über minoische Siedlungen und ein Fotobuch zur Landschaft Kretas. Bergzüge und hoch gelegene Dörfer. Strände mit weißem Sand. Aufragende rote Klippen. Staubige silbergraue Haine. Aus den schimmernden Seiten schien Hitze zu dringen.

»Ich nehme alle«, sagte er. »Und eine Karte von Kreta, falls Sie eine dahaben.« Nora hatte sich im Internet Fotos der Insel angesehen. Will stellte sich vor, wie sie sich beide über das Buch beugten. Vielleicht würden sie gemeinsam hinfahren. Vielleicht würden sie sogar Alice mitnehmen.

Jede Frau, der er seine Tochter bisher vorgestellt hatte, war von ihr eingeschüchtert gewesen, aber bei Nora war es anders. Ohne Alice getroffen zu haben, hatte sie sie bereits verstanden. Will erinnerte sich, dass sie ihm am ersten Tag gesagt hatte, es sei vielleicht hilfreich, den Hund zu behalten – und sie hatte recht gehabt.

Nach langer Überlegung hatte sich Alice dafür entschieden, den großen, dicken, kupfernen Gartenofen ins Schaufenster zu stellen, und googelte gerade, wie man ein realistisches Feuer darin nachbauen konnte, als der erste Kunde die Tür öffnete.

Ein Mann Mitte dreißig mit engen Jeans und einem pelzgefütterten Parka. Er hatte eine dunkle, wirre Mähne und sich zu viel Haargel hineingeschmiert. Als er seine Handschuhe auszog, bemerkte sie ein Tattoo auf seiner Hand.

»Sehen Sie sich ruhig um«, sagte sie mit ihrer Laden-Stimme, die sie sich von Nora abgeguckt hatte. »Und sagen Sie mir Bescheid, wenn ich Ihnen behilflich sein kann.«

»Hey«, sagte er. »Ich bin auf der Suche nach Nora Malone.«

Will war schon weg, als Nora wieder die Treppe hochkam. Er musste sich davongeschlichen haben, als er sie mit Alice hatte sprechen hören. Gott sei Dank, dachte sie und machte die Dusche an. Nora hatte nicht die leiseste Ahnung, wie Alice reagieren würde, wenn sie rauskriegte, dass Will die Nacht hier verbracht hatte.

Sie zog Wills Hemd aus und hielt es an ihr Gesicht. Es roch nach ihm. Sie schloss die Augen und vergrub ihr Gesicht in der Baumwolle, und die letzte Nacht überrollte sie wie eine Welle. So etwas hatte sie noch nie erlebt. Nach diesen Monaten der unerfüllten Sehnsucht konnten sie nicht genug voneinander kriegen. Ihr Körper prickelte immer noch, und ihr Kinn war wund vom vielen Küssen. Geschlafen hatte sie überhaupt nicht. Sie schüttelte den Kopf und trat in die Dusche. Wie sollte sie nach so einer Nacht arbeiten?

Sie zog sich gerade wieder an, als sie hörte, dass Alice nach ihr rief.

»Bin gleich da«, rief sie zurück. Als sie die Treppe hinabeilte, musste sie daran denken, wie Will sie auf jeder einzelnen Stufe geküsst hatte. Sie lächelte, als sie den Laden betrat, aber ihr Lächeln gefror.

»Adam! Was machst du denn hier?«

Adam!, dachte Alice. Der Ex-Freund! Sie hatte gehört, wie Nora mit Fiona über ihn gesprochen hatte.

»Dein Telefon funktioniert nicht«, sagte er. »Deine E-Mails beantwortest du nicht. Die einzige Möglichkeit, mit dir zu sprechen, war, herzufliegen und dich zu suchen.« Er warf einen Blick zu Alice. »Könnten wir kurz verschwinden? Einen Kaffee trinken oder spazieren gehen?«

Das Letzte, was Nora wollte, war, mit ihm rauszugehen, aber sie konnte vor Alice keine Szene machen. Sie nahm ihren Mantel vom Haken. »Ich bleibe nicht lange weg.«

»Ich dachte, ich hätte die falsche Adresse«, sagte Adam, als sie nach draußen traten. »Ich wusste nicht, dass es einen Laden im Haus gibt.«

»Tja, na ja«, Nora zog sich ihre Kapuze über. »Vielleicht liegt es daran, dass du dir nie die Mühe gemacht hast, herzukommen.« Sie waren zwei Jahre zusammen gewesen, aber Adam hatte weder Hugh noch Lainey kennengelernt oder war je in der Temple Terrace gewesen, um zu verstehen, was ihr das alles bedeutete.

»Das stimmt.« Adam vergrub seine Hände in seinen Taschen. »Ich hätte zumindest zum Begräbnis deiner Großeltern kommen müssen.«

Als sie am Café vorbeikamen, wandte Nora den Kopf ab. Will holte sich da drin vielleicht gerade einen Kaffee. Sie wollte dieses Gespräch so schnell wie möglich hinter sich bringen. Sie wandte sich um.

»Warum bist du gekommen, Adam?«

Er sah sie an, blickte dann hastig wieder weg. Wie immer sorgfältig gestylt, dachte sie. Die strubbeligen Haare, die Bartstoppeln, die engen Jeans, sein lässiger, teurer Parka.

»Weil es etwas gibt, das du wissen solltest, und ich wollte es dir von Angesicht zu Angesicht sagen.« Er schüttelte den Kopf und schluckte. »Das ist nicht so einfach.« Es hatte wieder begonnen zu schneien, ein Gestöber winzig kleiner Flocken. »Liv ist schwanger.«

Nora wäre um ein Haar im Schnee ausgerutscht. Sie legte die Hand um einen Laternenpfosten. »Und du bist der Vater?«, fragte sie.

Er nickte. »Ich wollte es dir selbst sagen. Ich wollte nicht, dass du es von ihr erfährst. Das war niemals so geplant. Überhaupt nicht!« Er verzog das Gesicht. Nora vermochte nicht, ihm in die Augen zu sehen. Sie blickte über seine Schulter auf das Fenster eines Pubs, in dem ein Neon-Weihnachtsmann auf einem Schlitten unaufhörlich winkte.

Am Laternenpfahl wurden ihre Finger allmählich taub, aber sie löste sie nicht, versuchte das alles zu verstehen. »Du kriegst mit Liv ein Kind.«

»Nein!«, sagte Adam. »Sie kriegt ein Kind. Ich habe versucht, ihr klarzumachen, dass es ein Fehler ist, aber sie wollte nicht auf mich hören. Langsam glaube ich, sie ist absichtlich schwanger geworden. Dass sie mich benutzt hat. Du weißt doch, wie sie ist, Nora. Und ja, ich werde das Richtige tun. Ich werde Alimente bezahlen, aber das ändert gar nichts. Nicht für mich. Und für dich muss sich auch nichts ändern.«

Sie sah ihn wieder an. »Was meinst du damit, für mich muss sich auch nichts ändern?«

»Ich meine, wenn du willst, können wir es noch mal versuchen. Du und ich.« Er räusperte sich. »Ich liebe dich noch immer, Nora. Ich habe dich so vermisst. Das Haus ist so leer ohne dich. Ich werde nicht mehr viel reisen, und diesmal werde ich für dich da sein, das schwöre ich.« Adams Stimme klang zuversichtlich, aber er sah sie mit flehenden Augen an. »Ich habe mich verändert. Ich bin jetzt ein besserer Mensch. Irgendwann blicken wir auf das hier zurück und werden erkennen, dass es uns stärker gemacht hat. Du musst nicht sofort Ja sagen. Du kannst dir überlegen, wann du zurück nach London kommst.«

»Ich komme nicht zurück nach London.« Die Worte waren schon aus ihrem Mund, bevor Nora wusste, dass sie sie aussprechen würde. »Ich bleibe hier.«

»Hier?« Adam blinzelte ungläubig. »Warum solltest du das tun?« Nora sah die Straße mit seinen Augen: eine kleine Vorstadt am Meer, eine Handvoll winterfester Weihnachtsshopper, die dem Schnee trotzten. Welten entfernt vom Getöse und Glamour Londons, aber es war ihr Zuhause. Und das war es eigentlich schon immer gewesen. Sie drehte sich um.

»Und was ist mit deinen ganzen Sachen?«, rief er ihr hinterher. »Das ganze Zeug, das du für das Haus gekauft hast? Deine Klamotten?«

»Verschenk sie!«, rief Nora über ihre Schulter. »Verschenk einfach alles!«

Als sie auf demselben Weg zurückging, auf dem sie

gekommen war, begann sie zu zittern, jedoch nicht wegen der Kälte. Fast wäre sie mit einem Mann zusammengestoßen, der ein großes in Luftpolsterfolie eingeschlagenes Paket zum Kofferraum seines Minis trug. Ein schickes Mädchen im kurzen cremefarbenen Mantel und mit hohen Stiefeln folgte ihm und bellte Anweisungen. Nora kam sie irgendwie bekannt vor.

»Ich habe den Käfig verkauft. Was ist das Problem?«, sagte Alice abwehrend. »Sie hat mir eine Handvoll Scheine hingestreckt und vierhundert Euro dafür bezahlt. Sie hat behauptet, du hättest ihr gesagt, dass das der Preis ist. Ich dachte, du würdest dich freuen.«

»Ich habe ihr gesagt … ich wollte nicht, dass sie ihn bekommt«, stammelte Nora. Bei der Vorstellung, dass diese Frau jetzt Laineys Käfig besaß, wurde ihr ganz schlecht. Warum kriegten die schlimmsten Menschen immer alles, was sie wollten?

»Es ist nur … sie ist eine Lügnerin, Alice. Sie hat Ros vom Brautmodenladen fünfhundert Euro abgenommen. Sie ist eine Diebin …«

»Ja, toll, ich bin auch eine Diebin!« Alice warf die Scheine auf den Tisch. »Dann zählst du wohl besser nach.«

Sie schob sich an Nora vorbei und blieb abrupt an der Tür stehen. Ihr Gesicht war rot angelaufen.

»Und sie ist nicht die Einzige, die lügt. Ich bin nicht dämlich. Ich weiß genau, dass du hinter meinem Rücken um meinen Dad herumschleichst. Und wahrscheinlich bildest du dir ein, dass er dich gernhat!« In ihren

Augen blitzten die Tränen. »Aber da irrst du dich. Er ist immer noch verrückt nach meiner Mum. Er hat immer noch ihr Hochzeitkleid. Es ist in seinem Schlafzimmer.«

»Was?« Nach dem Gespräch mit Adam schwirrte Nora immer noch der Kopf. Das alles war zu viel, um es auf einmal zu begreifen.

Alice fuhr herum und war weg. Die Tür fiel krachend ins Schloss.

Noras Telefon klingelte, und sie zog es aus ihrer Tasche. Will. So durcheinander, wie sie war, konnte sie nicht mit ihm sprechen. Sie ließ es auf dem Tisch liegen, sperrte den Laden zu und eilte zum Café.

Fiona trug gerade ein Tablett an einen Tisch, aber als sie Nora sah, stellte sie es ab und kam zu ihr.

»Lieber Himmel! Du bist ja weiß wie ein Gespenst. Was ist passiert?«

Das Café war rappelvoll. Ein paar neugierige Gesichter wandten sich ihnen zu, und Nora schüttelte den Kopf, konnte noch nicht sprechen.

»Na komm«, sagte Fiona sanft, »raus hier.« Sie legte den Arm um Nora. »Wir gehen in den Pub. Da ist es ruhig. Du kannst einen Brandy trinken und mir alles erzählen.«

Wann hatte er zuletzt eine ganze Stunde in einem Buchladen gestöbert? Will konnte es nicht mehr sagen. Aber es musste vor Julias Tod gewesen sein. Das hatten sie in der ersten Zeit immer gemeinsam gemacht, als sie andauernd kein Geld hatten. Sie hatten Bücher gelesen, die sie sich nicht leisten konnten, ein paar Kapitel in jedem Buchladen.

Er hatte die Bücher für Nora bezahlt und sie an der Theke gelassen, weil er sich noch ein wenig umschauen wollte. Den Fön von Dyson, den Gemma unbedingt haben wollte, hatte er bereits gekauft und ihr Geld für die Geschenke für Alice, Froggy und Jake gegeben. Nun war er noch auf der Suche nach ein paar Kleinigkeiten.

Ein Bestseller darüber, wie man seinen eigenen Laden eröffnet, für Gemma. Ein Buch von Roddy Doyle namens *Rover rettet Weihnachten* für Froggy. *In die Wildnis* für Jake. Eine Graphic Novel namens *Der Sheriff von Babylon* für Alice. Ein paar Thriller für Stephen, der sich an diesem Weihnachtsfest wahrscheinlich ziemlich übergangen fühlen würde.

Als er den Laden mit Taschen bepackt verließ, schneite es bereits wieder. Ein Taxi fuhr vorbei, und er hielt es an und stieg ein. Er wollte gerade seine Adresse nennen, als er merkte, wie hungrig er war. Er rief Nora an, ob sie vielleicht für eine halbe Stunde wegkonnte und mit ihm frühstücken wollte, aber sie ging nicht dran.

Das Café war ziemlich voll, aber Will fand noch einen Tisch und stellte seine Taschen ab. Dann ging er zur Theke und fragte Adonis: »Wo ist Fiona?«

»Sie ist mit Nora unterwegs. Sie war etwa vor einer Viertelstunde hier und war ziemlich aufgelöst.«

»Nora war aufgelöst?« Will wollte sie sofort beschützen. »Weshalb?«

»Ich weiß es nicht. Fiona ist mit ihr in den Pub. So gegen elf Uhr.« Er schüttelte den Kopf. »Seltsam.«

Will ließ seine Taschen und seinen Mantel zurück. Er versuchte es in zwei Pubs, ehe er den richtigen fand. Er sah sie durchs Fenster, sie waren die einzigen Gäste. Sie hatten ihm den Rücken zugekehrt und saßen an der Bar. Nora hatte den Kopf in die Hände gestützt und Fiona ihren Arm um sie gelegt. Alles, was er wollte, war, sich um Nora zu kümmern, sie zu trösten. Aber die Hand an der Tür, zögerte er.

Vielleicht war es keine besonders gute Idee, einfach so hineinzuplatzen. Sie hatten ihn noch nicht bemerkt. Im Radio liefen Weihnachtslieder, aber Noras Stimme drang zu ihm herüber.

»Sie ist schwanger, Fiona. Liv bekommt ein Kind. Er ist hergeflogen, um es mir zu erzählen. Das hätte ich sein sollen. Das war mein Leben, das *ich* hätte führen sollen. Und er sagte, wenn ich wollte, könnte ich es immer noch haben. Er will es wieder versuchen. Er will mich zurück.«

Will erstarrte. Er spürte, wie sein Herz wie ein Stein von seiner Brust in den Magen fiel. Er hatte gewusst, dass Nora in London mit jemandem zusammen war. Er hatte sich so in sie verliebt, dass er sich einredete, der Typ in London bedeute ihr nichts. Aber offenbar doch, denn obwohl dieser Kerl eine andere Frau geschwängert hatte, war Nora immer noch bereit, zu ihm zurückzukehren.

Angesichts dieses schweren Schlages zerbröselte sein Glücksgefühl unversehens. Um manche Dinge konnte man kämpfen, aber hier war es zwecklos. Er drehte sich um und ging wieder auf die Straße hinaus, während ihm die Tränen in die Augen schossen. Er musste sie gehen lassen. Er war vierzig Jahre alt. Nach Julias Tod hatte er sein gebrochenes Herz weggepackt und in ein Regal gestellt. Und endlich hatte er das Undenkbare getan – er hatte es heruntergeholt, abgestaubt und es einer Frau geschenkt, die ihn nicht liebte. Er war selbst schuld. Sie hatte ihn nicht darum gebeten. Er ging zurück zum Café, holte seine Taschen und seinen Mantel und ging zu Fuß nach Hause.

Von der Tür des Pubs drang ein kalter Luftzug herüber, als wäre sie geöffnet worden, aber als Nora sich umdrehte, war die Bar leer. Niemand war zu sehen.

»Der Punkt ist«, sie drehte sich wieder zu Fiona, »ich weiß, ich sollte wütend sein, aber das bin ich nicht. Ich bin erleichtert. Adam ist so verblendet, Fiona. Er denkt, Liv wäre absichtlich schwanger geworden. Er wollte, dass sie es nicht bekommt, obwohl es ihre letzte Chance ist. Sie hat es sich immer so sehr gewünscht. Und ich weiß nicht.« Sie nahm einen Schluck Brandy. »Vielleicht wünsche ich mir das auch.«

Fionas grüne Augen wurden groß. »Du wolltest, dass dein Ex-Freund deine schlimmste Freundfeindin schwängert?«

»Nein …«, sagte Nora, »natürlich nicht. Aber ich habe mir eine Botschaft vom Himmel gewünscht, die mir sagt, was ich als Nächstes tun soll, und nun habe ich sie. Ich kehre nicht nach London zurück. Obwohl ich keine Ahnung habe, was ich hier tun oder wo ich wohnen soll. Der Laden und das Haus werden am 3. Januar verkauft.«

»Du kannst in Adonis' Wohnung ziehen«, schlug Fiona vor. »Er zieht bei mir ein.«

»Jipiie!« Nora grinste.

»Ja.« Fionas Augen leuchteten. »Er hat nur eine Einzimmerwohnung, und da sieht's gerade ziemlich wild aus. Wir müssen erst mal richtig durchputzen und frisch streichen. Aber sie ist unglaublich günstig.«

»Klingt, als wäre es genau das Richtige für mich.« Nora nickte. »Es kann ja eine Weile dauern, ehe ich einen Job finde.«

»Du hast schon einen Job«, sagte Fiona mit fester Stimme. »Du gestaltest mein Schaufenster, und dann gestaltest du alle Schaufenster in Dun Laoghaire – und Rathdown – und kriegst Geld dafür. Okay?«

Nora atmete tief ein. »Okay!«

Vor einer Viertelstunde hatte sie sich noch keine Zukunft vorstellen können. Aber jetzt hatte sie schon den perfekten Plan. Und das Beste daran, das Beste, von dem sie noch nicht mal Fiona erzählt hatte, war, dass Will darin vorkam.

Als Nora in den Laden zurückkehrte, rief sie Will an, aber er ging nicht ran. Gegen Mittag versuchte sie es wieder, und dann am Nachmittag, aber sein Telefon war ausgeschaltet. Zuerst dachte sie, er habe sich ein paar Stunden hingelegt, aber als er abends um elf noch nicht zurückgerufen hatte, machte sie sich Sorgen.

Ihr fiel wieder der Vorfall mit Alice ein. Nora hatte es als Teenie-Trotz abgetan, aber jetzt fragte sie sich, ob vielleicht doch etwas dran war. Will bewahrte also immer noch das Hochzeitskleid seiner verstorbenen Frau auf. Was, wenn er sie wirklich noch liebte? Was, wenn er beschlossen hatte, dass die letzte Nacht ein Fehler gewesen war und er ihr das durch sein Schweigen mitteilen wollte?

Als sie am nächsten Morgen runter in den Laden ging, stand wieder eine Spende vor der Tür. Eine Tasche voller Bücher. Sie legte sie auf den Schreibtisch. Die Bücher waren neu und größtenteils über Kreta. Ganz unten in der Tasche war eine Nachricht.

Die letzte Nacht war wunderbar, Nora, aber wahrscheinlich war es ein Fehler.
Es tut mir leid. Ich wollte dir diese Bücher eigentlich persönlich geben, aber dem fühle ich mich nicht gewachsen. Ich hoffe, du kannst mir verzeihen.
Es war wunderbar, dich kennenzulernen, und ich hoffe, du wirst sehr glücklich.
Will

12

Betperlen aus Bernstein

Nora

Nora trug Laineys rotes Samtkleid und strahlte übers ganze Gesicht, als sie sich auf den Weg zum Weihnachtsessen bei Fiona und Adonis machte. Das Café war mit Lichterketten und Kerzen geschmückt. Vier Tische waren zusammengestellt, an denen zwanzig Leute Platz fanden. Fionas Eltern, Loughlin, Ed und seine Freundin Marian, Laura und ihre Tochter und ein paar Stammgäste, die niemanden hatten, mit dem sie feiern konnten. Nora ließ Knallbonbons platzen, stieß an und lobte Adonis' Essen. Fiona hatte eine »Keine-Geschenke«-Regel verhängt, aber Nora hatte kleine Dankesgeschenke für diejenigen mitgebracht, die in den vergangenen sechs Monaten für sie da gewesen waren.

Hughs Gehstock aus Schwarzdorn für Loughlin. Ein Kompass in einem mit Edelsteinen besetzten Ei für Ed, der ihm, als er ihr mit der Beurteilung geholfen hatte, so gefallen hatte. Zwei silberne Servierlöffel für Adonis. Fionas Geschenk, den lebensgroßen Messingengel-Kandelaber, hatte sie nicht tragen können. Also hatte sie ihn mit Goldtinte auf eine Karte gemalt.

»Aber das kann ich nicht annehmen. Er hat deiner Großmutter gehört«, protestierte Fiona. »Du musst ihn behalten.«

»Seit ich hier im Juni angekommen bin, warst du mein Schutzengel«, sagte Nora. »Ich will, dass du ihn bekommst.«

»Dann stelle ich ihn direkt hier vor die Kasse«, sagte Fiona. »Dann kannst du ihn jeden Tag sehen, wenn du ins Café kommst.« Sie drückte Nora fest. »Ich bin so froh, dass du nicht nach London zurückgehst. Und ich glaube, da bin ich nicht die Einzige. Wann kommt Will aus Brittas Bay zurück?«

»Hat er noch nicht entschieden«, sagte Nora ausweichend. Sie hatte Fiona nicht erzählt, dass sie die Nacht zusammen verbracht hatten, und jetzt war nicht der richtige Zeitpunkt dafür. Es würde nur allen den Abend verderben.

Jedes Mal, wenn ein Schatten am Fenster vorbeiging, hoffte sie, es wäre Will. Dass er in sein Auto gestiegen und durch den Schnee gefahren war, um ihr zu sagen, er habe es sich anders überlegt. Aber das würde nicht passieren. Er hatte seine Entscheidung getroffen, und sie musste damit leben.

Nora ging, als das Karaoke-Singen begann, und blieb noch eine Weile wach, weil sie hoffte, ihre Mutter würde anrufen, um ihr frohe Weihnachten zu wünschen, aber gegen Mitternacht gab sie auf und ging zu Bett. Seit sie ihr das Medaillon geschickt hatte, hatte sie kein Wort von Alanna gehört. Also hatte sie es entweder nicht bekommen oder sich darüber geärgert.

Drei Tage nach Weihnachten brachte Nora Fiona und Adonis zum Flughafen. Sie flogen nach Athen zur Hochzeit seines Cousins. Sie umarmte beide vor dem Abflugschalter und flüsterte Adonis »Viel Glück« ins Ohr. Er hatte den Diamantring gekauft, den sie ins

Fenster des Secondhandladens gelegt hatte, und wollte Fiona in Griechenland einen Antrag machen.

Während Nora zurück nach Blackrock fuhr, dachte sie an Will, erinnerte sich, wie sie erst ein paar Tage zuvor im Schneesturm hier unterwegs gewesen waren. Diese Nacht schien jetzt ein anderer Teil ihres Lebens zu sein. Und auf gewisse Weise stimmte das auch. Es machte sie traurig, wie alles gekommen war, aber sie bereute keinen Augenblick, den sie mit Will verbracht hatte. Sie war dankbar für die vielen Gespräche, das Lachen und für diese eine herrliche Nacht in ihrem Zimmer in der Temple Terrace. Jetzt wusste sie, dass das Gefühl der Heimat, das sie ihr ganzes Leben lang gesucht hatte, nichts mit Ziegeln, Mörtel und schönen Dingen zu tun hatte. Es war das Gefühl, hierher zu gehören, das sie gehabt hatte, als sie in seinen Armen lag, in den Armen eines Mannes, den sie nicht beeindrucken musste, der ihr wahres Wesen kannte und sie trotzdem wollte.

Dafür bin ich dankbar, dachte Nora, als sie über die leere Autobahn fuhr. Dankbar für die vergangenen sechs Monate in Dublin. Sie erinnerte sich, wie sie am Boden zerstört aus London hierhergekommen war. An das Gefühl, dass das Leben, das sie sich so sehr gewünscht hatte, vorbei war. Aber eigentlich hatte es gerade erst begonnen.

Hätte sie nicht herausgefunden, dass Adam sie betrog, würde sie immer noch für Liv arbeiten. Sie hätte nie gemerkt, dass sie das Zeug dazu hatte, ihren eigenen Laden zu führen.

Sie hätte den Memory Shop nicht eröffnet und nicht fast siebzigtausend Euro für ihre Mutter verdient. Sie hätte Fiona, Alice und Adonis nicht kennengelernt und auch nicht die vielen Kunden, die dafür sorgten, dass der Laden so gut lief. Sie hätte Laineys Notizen nicht gefunden, nicht diese verlockenden Einblicke in ihre Vergangenheit erhalten. Sie hätte nie die Gelegenheit dazu bekommen, ein Schaufenster zu gestalten. Sie dachte an die vielen schönen Stunden, in denen sie skizziert, gestaltet und alles aufgebaut hatte. Und daran, wie glücklich es sie machte, wenn Leute stehen blieben und das Schaufenster betrachteten.

Was hatte Wills Schwester mal zu ihr gesagt? »Es fühlt sich nicht wie Arbeit an, wenn man liebt, was man tut, nicht wahr?«

Nora hatte die Möbel, die sie nicht verkaufen konnte, zusammen mit Hughs Kleidern einem Obdachlosenheim gespendet und Laineys Romane in Kisten verpackt zu einem Frauenhaus gebracht. Hughs Lyrik-Sammlung war an die Bibliothek gegangen. Seit dem ersten Weihnachtsfeiertag hatte sie das Haus endgültig ausgeräumt und geputzt. Ihre eigenen Sachen für den Umzug in Adonis' alte Wohnung gepackt. War mit randvollem Auto hin und her gefahren, hatte Möbel transportiert und Kisten mit Kleinkram, der sich womöglich noch im Laden verkaufte. Sie würde ein oder zwei Tage lang aufsperren, obwohl sie während der Ferien nicht mit vielen Kunden rechnete.

Vom Flughafen zurückgekehrt, kochte Nora sich

eine Tasse Kaffee, ging in den Laden hinunter und machte Ordnung. Sie packte Kisten aus und arrangierte nicht zusammenpassendes Porzellan, Deko-Gegenstände und Vasen und kramte durch ein paar Kartons mit alten Magazinen aus Hughs Büro. Am Boden des letzten Kartons fand sie unter einem Stapel staubiger *National-Geographic*-Hefte ein Buch – *The Lyrics of Leonard Cohen*. Die Seite, die Will in der Kintsukuroi-Schale gefunden hatte, stammte daraus.

Vielleicht konnte sie sie wieder einkleben. Sie schlug das Buch auf und erblickte etwas, worauf sie nicht mehr gehofft hatte. Eine weitere von Laineys Notizen.

Japanische Keramikschale, mit Gold repariert

Hugh ist am letzten Tag im Dezember zusammengebrochen. Sein Herz muss aufgehört haben zu schlagen, als er den Flur zur Hälfte durchquert hatte. Als ich ihn fand, lag er auf dem Rücken, die Augen geöffnet, einen Arm in Richtung Treppe ausgestreckt, als hätte er versucht, mich zu erreichen.
Ich nahm seine Hand und habe versucht, seinen Puls zu spüren, konnte es aber nicht. Seine Hand war eiskalt. Ich rief die Notrufzentrale an. Ich schrie ihn an, dass er bei mir bleiben soll. Ich weinte und schrie, dann flehte ich ihn an. Ich hielt sein kaltes Gesicht in meinen Händen und versuchte, einen Funken in seinen Augen zu entdecken, aber er war verschwunden.

Ich nahm seine Hand und legte sie auf Houdinis Kopf und die andere unter meinem Nachthemd an mein Herz. Ich legte mich neben ihn, schlang meine Arme um ihn und versuchte, ihm die Wärme meines Körpers zu geben, so, wie er mir seine gegeben hatte. Er hat sich immer bemüht, mit seiner Liebe meine zerbrochenen Teile wieder zusammenzufügen, genau wie bei der japanischen Schale, die er mir zu Weihnachten geschenkt hat und die von Gold zusammengehalten wird. Und auch wenn es mir das Herz brach und ich das Gefühl hatte, mich aufzulösen, legte ich meinen Mund an sein Ohr und zählte all die schönen Dinge auf, die er mir geschenkt hatte, und dankte ihm dafür.

Es war fast, als würde Lainey sie bitten, noch ein letztes Schaufenster zu gestalten, dachte Nora. Eines über Dankbarkeit.

Alle waren noch zu Hause oder auf Schnäppchenjagd in den Einkaufszentren und in der Stadt. Heute herrschte kein Verkehr, keine Autos wurden abgeschleppt, keine Strafzettel verteilt, und der Verkehrspolizist mit seiner Signalkleidung war wohl ein halbes Dutzend Mal vorbeigegangen, während Nora das Fenster bemalte. Er sah verfroren aus, und Nora war froh, dass sie an diesem eiskalten Tag in ihrem warmen Laden war und nicht auf den matschigen Gehwegen unterwegs sein musste.

Er ging gerade wieder vorbei, als sie nach draußen

trat und sich ihr Werk ansah. Fiona wäre ihr wahrscheinlich an die Gurgel gesprungen, aber Fiona war Tausende von Meilen weit weg.

»Wollen Sie reinkommen und sich aufwärmen?«, fragte sie ihn.

»Im Ernst?« Er sah sie an, als hielte er es für eine List.

»Nur einen Augenblick. Ist ja ziemlich kalt hier draußen.«

»Ja. Wenn Sie meinen«, sagte er nervös. Er war für jeden Ladenbesitzer in Blackrock ein Unglücksbringer, und es hätte sie nicht gewundert, wenn er Hörner und einen Schwanz gehabt hätte. Aber von Nahem sah er jünger aus, als sie gedacht hatte. Er hatte dunkle Ringe unter den Augen. Nora stellte die Farbe beiseite und rieb sich die Hände an einem mit Alkohol getränkten Lappen ab. Er wanderte im Laden herum und hinterließ matschige Fußtritte auf dem polierten Holzboden.

»Was für eine Schönheit«, sagte er, und Nora blickte auf. Er hatte sich neben Houdini hingekniet und streichelte ihn. Seine Schultern unter der Signalweste begannen zu zittern, und sie dachte, er würde lachen, aber dann schniefte er, und sie merkte, dass er weinte.

»Alles in Ordnung?«, fragte sie.

Er schluckte schwer und wischte sich über die Augen. »Alles in Ordnung. Es ist nur so, dass meine siebenjährige Tochter im Krankenhaus ist. Sie war immer wieder dort, das ganze Jahr über. Krebs. Sie hat ihn besiegt, sie ist so tapfer. Am 15. Dezember wurde eine weitere Operation durchgeführt, und ich habe ihr versprochen, dass sie zu Weihnachten daheim ist und einen Hund bekommt. Aber sie haben beschlossen, sie bis Neujahr dazubehalten, und sie ist todtraurig. Wir haben einen Hund gekauft, und ich habe gefragt, ob ich ihn mitbringen dürfte, um sie aufzumuntern, aber Tiere sind nicht erlaubt. Wegen der Gesundheits- und Sicherheitsvorschriften. Sie haben mir gesagt, ich könnte ein Plüschtier mitbringen, aber das ist nicht dasselbe, oder?« Er wischte sich die Nase am Ärmel ab und erhob sich.

»Das tut mir so leid«, sagte Nora. Nachdenklich betrachtete sie Houdini. »Denken Sie, er geht als Plüschtier durch?«

Der Polizist brauchte ein paar Sekunden, um zu kapieren, worauf sie hinauswollte. Auf seinem erschöpften Gesicht breitete sich ein Lächeln aus. »Ich weiß nicht. Vielleicht. Einen Versuch wäre es wert. Was kostet er?«

»Ich verkaufe ihn nicht.« Nora hatte beschlossen, dass, wohin sie auch ging, Houdini mitkommen würde. »Aber Sie können ihn gern für ein paar Nächte ausleihen, damit sie Gesellschaft hat.«

Der Polizist räusperte sich und kam strahlend auf sie zu. Einen Augenblick lang dachte Nora, er würde sie in den Arm nehmen. Aber er überlegte es sich anders, nahm ihre Hand, drückte sie fest und sprach die Worte aus, die Nora gerade eben ins Schaufenster geschrieben hatte. »Vielen Dank.«

Alice durfte Mac über Weihnachten mit nach Brittas Bay nehmen. Er galoppierte am Strand, überfraß sich an den Resten vom Festessen und schlief auf ihrem Bett.

Sie hatte sich schon in dem Glauben gewähnt, er gehöre ihr. Aber als sie nach Dublin zurückkehrten, war das Paar von nebenan wieder da, und ihr Dad sagte, sie müsse ihn zurückgeben. Mac flippte völlig aus, als er Caroline und Liam sah, und Alice wurde klar, dass die beiden seine eigentliche Familie waren und er sie vermisst haben musste. Sie sagten, sie könne jederzeit vorbeikommen und mit ihm Gassi gehen, aber das war nicht dasselbe, und Gassi gehen war eh nicht Alice' Ding.

Das Haus fühlte sich seltsam und leer an ohne ihn, und niemand lenkte sie ab. Jake war unterwegs und spielte Gotcha, Froggy war bei einem Kindergeburtstag. Gemma und ihre Freundin Des saßen in der Küche und entwarfen einen Businessplan für ihren mobilen Friseursalon. Ihr Dad war bisher nicht aus seinem Zimmer gekommen. Alle ihre Freunde hingen wegen Weihnachten zu Hause fest.

Im Schlafanzug saß Alice auf dem Sofa, schaute vier Episoden von *Jessica Jones* auf Netflix und leerte ein Päckchen Coco Pops. Dann zog sie ihren neuen Mantel mit der pelzbesetzten Kapuze und ihre nigelnagelneuen Docs an und machte sich auf den Weg in die Stadt.

Es war erst vier Uhr nachmittags, aber schon fast dunkel. Vor Weihnachten war der Schnee noch so hübsch gewesen, aber jetzt hatte er sich in dreckigen Matsch verwandelt. Alles war geschlossen, sogar die Pommesbude. Als halte die Welt den Atem an und warte darauf, dass das alte Jahr zu Ende ging, damit das neue beginnen konnte.

Sie lief über die Fußgängerbrücke, dann die Treppen hinunter und betrat den riesigen halbmondförmigen Strand, hinter dem in weiter Ferne das Meer begann. Der wellige Sand war von kleinen Wasserrinnsalen durchzogen, schlierige Spiegel, die die dahinziehenden grauen Wolken spiegelten. Alice wurde schwindlig, wenn sie daraufblickte. Es fühlte sich an, als schwebe sie zwischen Strand und Himmel. Zwischen New York und Dublin, zwischen der, die sie war, und der, zu der sie werden würde.

Als sie die Stufen wieder hinaufging, traf sie auf einen Mann mit einem kleinen, etwa zweijährigen Mädchen in einem roten Mantel. Das Kind wedelte wild mit den Armen, und er hob es hoch, damit es das Meer sehen konnte, und Alice erinnerte sich, wie nah sie ihrem Vater als Kind gewesen war. Wie sie ihm in ihrem Tagebuch Nachrichten hinterlassen hatte. So nah würden sie sich nie wieder sein, denn jetzt war sie erwachsen, und er musste nicht mehr alles für sie erledigen. Aber sie machten bereits die ersten Schritte hin zu einer anderen Art von Nähe. Sie fanden wieder zueinander.

Alice ging die Temple Terrace entlang zurück. Sicher war der Memory Shop geschlossen, aber sie wollte einen letzten Blick auf die Vögel im Fenster werfen. Doch die Vögel waren verschwunden, und einen Augenblick lang dachte sie, das Glas wäre mit einem Hammer zerschlagen worden. Das Fenster war von Hunderten Rissen durchzogen, und dazwischen verliefen schimmernde Adern aus Gold. Es war eine unglaublich gute optische Täuschung, aufs Fensterglas gemalt. Nora musste dafür Stunden gebraucht haben. Alice eilte über die Straße, um es sich genauer anzusehen. Das Fenster war leer, es stand nur da: »Für alle, die mir mit dem Memory Shop geholfen haben. Vielen Dank.«

Alice sah, dass Nora im Laden war. Sie saß an ihrem Tisch, den offenen Laptop vor sich, die Schultern hochgezogen, die Hände um eine kleine Teetasse gelegt. Ich werde mich nicht entschuldigen, dachte sie. Aber sie musste ein paar Dinge richtigstellen, falls sie Nora nie wiedersah.

Nora blickte auf, als sich die Tür öffnete. Ihre braunen Augen waren rot geändert und ein wenig aufgequollen, aber ihr Gesicht hellte sich auf, als sie Alice sah. »Hi!«

»Hi.« Alice schaute sich im Laden um. Es war fast nichts mehr da. Das schwebende Regal war leer, abgesehen von einer kleinen blauen Uhr. An der Kleiderstange hingen nur noch ein paar Bügel. Zwei kleine Gemälde hingen an einer Wand, und ein niedriges Tischchen war bedeckt mit verschiedenen Tellern. Die Umkleidekabine, die sie mit Nora aufgebaut hatte, war auch verschwunden.

»Das Fenster gefällt mir«, sagte sie schroff.

»Danke«, sagte Nora. »Ich hätte es gern dir überlassen, aber ich dachte, dass du nach dem Vorfall neulich nicht mehr zurückkommst. Ich hätte dich nicht anschreien sollen. Das tut mir leid.«

Alice schluckte. »Mir auch.« Sie biss sich auf die Lippe, und ehe sie es sich anders überlegen konnte, zog sie den Reißverschluss ihres Mantels auf, griff an ihren Nacken und löste die schmale Kette mit dem winzigen Emaille-Eisvogel.

Die Kette lag warm auf ihrer ausgestreckten Hand. Sie ließ sie auf den Tisch fallen. »Ich habe sie geklaut, in der ersten Woche, in der ich hier gearbeitet habe.«

Nora nickte langsam. »Ich weiß. Ist schon in Ordnung. Du kannst sie behalten.«

»Und warum?«, fragte Alice mit gerunzelter Stirn. »Warum willst du sie mir schenken, obwohl ich sie gestohlen habe?«

»Weil ich weiß, dass du es nicht wolltest«, sagte Nora, »und weil ich dir etwas schenken möchte, zum Dank für deine Hilfe. Außerdem erinnert sie mich an die vielen schönen Vögel, die du für das Schaufenster gemalt hast. Bitte behalte sie.«

Alice zuckte mit den Schultern. »Okay«, sagte sie leise. Sie ließ sie in ihre Tasche gleiten und bückte sich, um Houdini zu streicheln. »Oh! Er ist weg! Hast du ihn verkauft?«

»Nein.« Nora lächelte. »Habe ihn nur jemandem ausgeliehen.«

»Mac ist weg«, seufzte Alice. »Aber wir kriegen vielleicht bald einen eigenen Hund. Ich habe Dad gefragt, und er fand es okay.«

Nora spürte, wie sich ihr Herz bei der Erwähnung von Will zusammenzog. Sie versuchte mit aller Macht, nicht an ihn zu denken. »Der Tee ist kalt«, sagte sie schnell. »Ich mache frischen. Könntest du kurz auf den Laden aufpassen?«

»Klar.« Alice hatte gerade ihren Mantel ausgezogen, als die Tür aufging und die blonde Frau, die den Käfig gekauft hatte, hereinstolzierte. Gefolgt von ihrem Freund, der den Käfig unbeholfen trug. Alice sprang auf und schob Noras Laptop und ihre Notizbücher beiseite, damit er ihn abstellen konnte. Der Käfig war zu groß, und sie mussten aufpassen, dass er nicht zu Boden fiel.

»Danke«, murmelte er.

»Wofür dankst du ihr?«, fuhr ihn die Blondine an. Sie drehte sich zu Alice um. »Wir haben vor Weihnachten vierhundert Euro für diesen Käfig bezahlt! Und als wir heimgekommen sind, haben wir genau den gleichen auf eBay für zweihundertfünfzig gefunden. Wir wollen unser Geld zurück.«

Der Mann sah nicht aus, als wollte er sein Geld zurück. Er sah aus, als wünschte er sich meilenweit fort.

Alice ging langsam um den Tisch herum zur Kasse. Nora sollte auf jeden Fall den Käfig zurückbekommen, aber dieser Frau wollte sie es nicht so leicht machen. Tante Gemma hätte die Frau eine nervige Tussi genannt, aber das konnte Alice auch.

Sie starrte in die Kasse. Mindestens sechshundert Euro waren darin. Sie erinnerte sich, dass Nora gesagt hatte, die Frau habe die Besitzerin vom Brautladen hintergangen. »Haben Sie vierhundert gesagt?« Sie machte ein trauriges Gesicht. »Tut mir leid, so viel haben wir nicht.«

»Dann komme ich noch mal«, erwiderte die Frau barsch.

»Dann gibt es den Laden wahrscheinlich nicht mehr«, sagte Alice. »Wir machen zu. Ich habe dreihundert. Die können Sie nehmen oder es lassen, das ist Ihre Entscheidung.«

Nora traute ihren Augen nicht, als sie den Käfig entdeckte.

»Oh mein Gott! Ich war doch nur fünf Minuten weg! Wie hast du das gemacht?« Sie stellte ihr Tablett auf den Boden und schlang die Arme um Alice. »Ich danke dir!«, sagte sie. »Das bedeutet mir so viel! Ich konnte es kaum ertragen, dass diese Frau ihn gekriegt hat.«

Alice wand sich aus der Umarmung. »Ich habe ihr nur dreihundert zurückgegeben. Ich dachte, du könntest die übrigen hundert vielleicht der Frau aus dem Brautmodenladen geben.«

»Du weißt, dass das Diebstahl ist«, sagte Nora. »Aber in dem Fall ist es eine gute Tat. Von den Reichen nehmen und es den Armen geben.«

Den Käfig zu bewegen, erwies sich schwieriger als vermutet, nicht nur weil er so schwer, sondern weil eine der Metallstützen beschädigt war. Als Nora an dem Käfig rüttelte, verlor Alice den Halt und fiel hin.

Sie schrie auf, weil sie sich den Arm an der Kante des Sockels gestoßen hatte. Der Käfig knallte auf den Boden.

Nora war sofort bei ihr und überlegte schon fieberhaft, wo sie einen Arzt auf Abruf erreichte. Sie rollte den Ärmel von Alice' Pulli hoch. Eine dünne weiße Linie zog sich vom Handgelenk bis zur Armbeuge, aber die Haut war nicht aufgerissen.

»Alles in Ordnung, tut kaum weh.« Alice zog den Arm weg.

»Bist du sicher?«

Alice nickte und beugte sich dann hinab, um den Käfig zu untersuchen. Der hatte eindeutig mehr abbekommen. Sie hoben ihn vorsichtig an und stellten ihn wieder auf den Tisch.

Auf einer Seite waren die Stäbe eingedellt. Die Kuppel war eingedrückt und das kleine gläserne Wassertöpfchen zerbrochen. Der schwere Sockel hatte sich gelöst und klaffte auf. Nora fuhr mit der Hand durch die Tür, um ihn wieder zuzudrücken.

Die Kante war scharf, und der Boden des Käfigs war mit kleinen Splittern übersät. Irgendetwas steckte im Sockel und verhinderte, dass er wieder einrastete. Sie zog sich ihren Ärmel über die Finger und bog den Metallboden weiter auf.

Es waren etwa sechs zusammengerollte ausgefranste Seiten, von einem Gummi zusammengehalten.

Noras Herz setzte einen Schlag lang aus, als sie das Bündel herauszog. Es waren die fehlenden Vorsatzpapiere, die Lainey aus Hughs Gedichtbänden gerissen hatte. Sie hatte aufgegeben, nach ihnen zu suchen. Ihre Hand zitterte, als sie den Gummi abstreifte. Sie drehte die erste Seite um und erkannte die kleine, gedrängte Handschrift ihrer Großmutter.

Komboloi, 1941

Jeden Morgen wache ich mit neuen Worten im

Mund auf – spiti – Haus; orea – schön; nekros – tot. Eine Sprache, die ich über siebzig Jahre nicht gesprochen habe. Fragmente der Erinnerung.
Ostern in der winzigen Kirche von Ayia Irini. Die langen, dünnen Kerzen flackern. Der Priester singt. Vom Weihrauch wird mir ganz schwummrig. Papa hebt mich hoch, damit ich größer bin als Nikos, obwohl er neun Jahre älter ist. Ich betrachte die schimmernden schwarzen Haare meiner Mutter, die strahlenden Wandleuchter und die goldenen Heiligenscheine der Heiligen am Altar …
An einem Tag im Frühsommer nimmt mich meine Mutter mit ins nächste Dorf, wo sie Mehl kaufen will. Die Luft vibriert vor Hitze, Zikaden zirpen. Der willkommene Schatten unter jedem Maulbeerbaum …
Ich folge Nikos den hohen Ziegenpfad hinauf zu der Schlucht, wo er seine Bienenstöcke hat. Er holt eine Orange aus seiner Tasche, und wir setzen uns auf einen heißen Stein und essen sie. Als wir fertig sind, legt er die Schale in meine Hände und befiehlt mir, ganz ruhig zu bleiben. Schweigen, der Wind, dann das Läuten von Glocken. Wie aus dem Nichts klettern ein paar Ziegen zu uns herauf und fressen die Schale aus meiner Hand …
Diese Erinnerungen schmerzen mich am meisten. Diese Augenblicke aus einer Zeit, bevor es passiert ist, als mein Vater und mein Bruder noch am Leben waren. Als wir noch eine Familie waren.

Nora nahm die nächste herausgerissene Seite, aber sie konnte die winzige, gedrängte Schrift auf dieser und auch auf den anderen Seiten nicht lesen. Lainey hatte ins Griechische gewechselt. Sie brauchte Adonis, damit er es für sie übersetzen konnte, aber der war in Athen.

»Wir könnten die Seiten fotografieren und sie per WhatsApp schicken«, schlug Alice vor.

Aber sie waren so eng beschrieben und die Tinte auf beiden Seiten durchgesickert.

»Ich muss sie wohl scannen.« Nora biss sich auf die Lippe. »Aber der Copyshop macht erst wieder im neuen Jahr auf, und Hughs Drucker ist zu alt, er hat keinen Scanner.«

»Dad hat bestimmt einen im Büro.« Alice zog ihr Telefon raus und begann, eine Nachricht zu schreiben.

Nora schüttelte den Kopf. »Ich glaube nicht, dass das eine gute Idee ist.«

Aber Alice' Telefon klingelte bereits mit Wills Antwort.

»Er kommt vorbei«, sagte Alice.

Zehn Minuten später hielt draußen Wills Auto.

Alice blieb im Laden. Nora setzte sich auf den Beifahrersitz neben Will. Er lächelte sie seltsam an.

»Hi!«

Sie verschränkte die Arme vor der Brust. »Hi.«

»Wie war Weihnachten?«

»Es war toll«, sagte Nora heiter. »Und bei dir?«

»Schön. Brittas Bay ist hübsch. Für Gemma war es etwas schwierig wegen Stephen, aber die Kinder haben sich gefreut, und Alice schien es zu gefallen. Und …« Will brachte den Satz nicht zu Ende.

Ein langes Schweigen folgte.

»Tut mir leid«, sagte Nora plötzlich, »das war nicht meine Idee. Alice hatte dir schon geschrieben, ehe ich es verhindern konnte.«

»Wirklich kein Problem«, sagte Will höflich. »Ich habe sowieso nichts Besseres zu tun.«

Wills Werbeagentur war in einem gregorianischen Gebäude am Merrion Square untergebracht. Es war umgebaut und im Inneren vergrößert worden und hatte jetzt ein riesiges weißes Atrium mit einem fluoreszierend blauen Kronleuchter so groß wie ein kleines Auto. Will schaltete das Licht an und führte Nora eine schwebende Treppe hinauf, einen Korridor mit Glaswänden entlang und an bunt bemalten Arbeitsnischen vorbei.

Sein Büro war erstaunlich klassisch. Ein Holzschreibtisch, ein Drehstuhl. Eine Wand voller Entwürfe auf Papier. Ein ordentliches Bücherregal. Ein Schwarz-Weiß-Foto in einem einfachen Silberrahmen. Nora wollte unbedingt wissen, wie die Frau aussah, von der er immer noch so besessen zu sein schien, und wollte es gleichzeitig nicht. Sie zwang sich, das Bild anzusehen. Will war darauf unglaublich jung und hatte ein Kleinkind im roten Mantel an der Hand. Das musste Alice sein.

»Okay«, sagte Will. »Wir können loslegen.« Nora reichte ihm die erste Seite in griechischer Schrift, und er strich sie sorgfältig glatt und legte sie auf den Drucker. Der Scanner surrte ein paar Sekunden lang und verarbeitete die Seite. Sie hatten noch sieben weitere. Es würde eine Zeit lang dauern, wurde Nora klar. Sie fröstelte in ihrer leichten Jacke. Die Agentur war wegen Weihnachten geschlossen, und es war hier drin sehr kalt.

»Willst du dir vielleicht einen Tee kochen?«, fragte Will und warf ihr einen kurzen Blick zu. »Am Ende des Flurs ist eine Küche.«

Nora war froh, dass sie fliehen konnte. Sie trödelte in der kleinen Küche herum und spülte zwei Tassen sorgfältig ab.

Will scannte immer noch, als sie mit dem Tee zurückkehrte. Sie reichte ihm eine Tasse und trat ans Fenster. Hinter ihrem eigenen Spiegelbild konnte sie das Gerümpel und Chaos erkennen, das sich in den Hinterhöfen der gregorianischen Häuser verbarg. Die rostigen Feuertreppen, altes Mauerwerk, zugemüllte Höfe mit großen metallenen Müllcontainern. Geheimnisse hinter eleganten Fassaden.

Sie wärmte ihre Finger an der Tasse. Würden die Seiten, die Will gerade scannte, Laineys Geheimnis preisgeben? Würde sie endlich herausfinden, was ihrer Großmutter passiert war?

Will räusperte sich hinter ihr. »So«, sagte er, »jetzt dauert's nicht mehr lang.«

Nora drehte sich erleichtert um. »Wie viele Seiten noch?«

»Äh, zwei. Aber ich meinte eigentlich, dass es nicht mehr lang dauert, bis du nach London zurückgehst. Du hast gesagt, dass du die Hausschlüssel am 3. Januar wieder abgeben musst.«

»Ja, stimmt«, sagte Nora, »aber ich kehre nicht nach London zurück. Ich ziehe in Adonis' Wohnung. Er zieht zu Fiona.«

»Aber …« Will sah verwirrt aus. »Was ist mit deinem Freund? Der Typ, der hergeflogen ist und dich wieder zurückholen wollte.«

Nora starrte ihn an. »Woher weißt du das?«

»Ich habe gehört, wie du mit Fiona im Pub darüber gesprochen hast, an dem Morgen, nachdem wir … die Nacht zusammen verbracht haben.« Will sah beschämt aus. »Adonis meinte, dass du völlig durch den Wind wärst, deswegen habe ich dich gesucht. Aber als ich gehört habe, wie du über ihn gesprochen hast, wurde mir klar …« Er schluckte. »… wurde mir klar, dass du immer noch gebunden bist. Deshalb habe ich … äh … habe ich mich zurückgezogen, weil ich dachte, du würdest das mit uns für einen Fehler halten.«

Nora stellte ihre Tasse mit einem lauten Knall auf den Schreibtisch. »Da hast du falsch gedacht, Will. Ich war mit Adam zusammen. Zwei Jahre lang, aber dann hat er mit meiner …« Das Wort »Freundin« blieb ihr im Hals stecken. Jetzt wusste sie, was Freunde waren. Fiona hatte es ihr gezeigt. »… mit meiner Geschäftspartnerin geschlafen. Er ist gekommen, um mir zu sagen, dass sie schwanger ist, was mir wirklich egal ist. Ich bin nur froh, dass aus dieser Affäre etwas Gutes hervorgegangen ist.«

Das stimmte tatsächlich. Nora wollte Liv nicht vergeben, was sie getan hatte. Aber sie gönnte ihr ihr Glück. Vielleicht war ein Baby genau das Richtige für sie.

Will stellte seine Tasse ab und ging zu ihr hinüber.

»Dann bereust du es also nicht?«, fragte er leise, »diese Nacht bei dir, unsere gemeinsame Nacht?«

»Bereuen?« Sie sah ihn an. »Natürlich nicht. Aber ich bin so verletzt worden. Und ich mag dich, ich mag dich wirklich, wirklich sehr, aber ich werde nicht zulassen, dass mir schon wieder jemand wehtut.«

»Du magst mich?« Er grinste.

»Ja, aber was macht es schon für einen Unterschied? Du bist immer noch in deine Frau verliebt. Dein Zimmer ist«, sie blickte weg, »voll mit ihren Sachen. Ich weiß, du trauerst immer noch um sie. Ich kann das verstehen.«

»Nein«, entgegnete Will, »es ist nicht so, wie du denkst. Ich habe Julias Sachen für Alice durchgesehen. Ich habe genau dasselbe getan wie du. Ich habe die Vergangenheit losgelassen, um wieder weiterleben zu können. Endlich. Aber können wir kurz noch mal zu der Stelle zurückspulen, an der du gesagt hast, dass du mich wirklich sehr, sehr magst? Hast du das ernst gemeint?« Er beugte sich näher zu ihr und sah ihr in die Augen.

Nora schüttelte den Kopf. »Ich weiß es nicht. Vielleicht.« Sie schluckte. »Doch ja, tatsächlich, ich mag dich sehr.«

»Gut«, sagt er und schlang seine Arme um sie. »Denn ich mag dich auch sehr.«

So blieben sie ganz still vor dem Fenster des leeren Hauses stehen, bewegten sich nicht, und Nora hatte das Gefühl, als würde sie langsam wie eine Schneeflocke zu Will schweben. Landen, bleiben und mit ihm verschmelzen.

Nora tastete nach ihrem Telefon auf ihrem Nachttisch, aber ihre Finger griffen in die Luft. Der Tisch war weg, letzte Woche mit dem dazugehörigen Gegenstück verkauft, wie ihr wieder einfiel. Sie beugte sich vor, angelte sich das Telefon vom Boden und hielt es an ihr Ohr.

»Ja?«, flüsterte sie.

»Ich bin's. Ich weiß, es ist erst sechs. Tut mir leid, dass ich dich so früh anrufe. Wir sind in Athen zwei Stunden voraus.« Fionas Stimme klang rau, als wäre sie sehr erkältet.

»Hast du dich verlobt?«, fragte Nora. »Hat dir Adonis einen Antrag gemacht?«

»Ja«, brachte Fiona mit einem Lachen hervor. »Ich bin verlobt und glücklich und kann kaum erwarten, dir alles zu erzählen, aber es gibt noch was anderes, das ich dir sagen muss. Bist du allein?«

Nora blickte neben sich. Will schlief auf dem Rücken liegend, die Arme hinter dem Kopf, als würde er auf dem Meer treiben. »Nein.«

»Gut«, sagte Fiona. Gut? War das alles? Wollte Fiona gar nicht wissen, wer bei ihr war und sie dann über Will ausfragen? Fiona atmete tief ein, und Nora hörte, wie sie zitternd ausatmete, und kapierte plötzlich, dass Fiona nicht erkältet war, sondern geweint hatte.

Nora stopfte sich das Kissen in den Rücken. »Was ist los? Was hast du?« Will drehte sich zu ihr um und stützte sich auf den Ellbogen. Sein Lächeln verblasste, als er ihren Gesichtsausdruck bemerkte.

Fiona räusperte sich. »Du hast uns gestern Abend eine Mail geschickt, wir haben sie bekommen, als wir gestern von der Hochzeit zurückgekommen sind. Adonis hat die Seiten übersetzt.«

Jetzt war Nora hellwach. Jedes Nervenende prickelte. »Und?«

»Er hat dir die Übersetzung geschickt. Aber bevor du sie liest, musst du etwas wissen. Es ist etwas sehr Trauriges, Nora. Es wird dich aus der Fassung bringen. Kannst du Will aufwecken?«

Sie wusste, dass Will da war. Sie hatte es die ganze Zeit gewusst. »Er ist schon wach. Ich stelle das Telefon auf Lautsprecher, damit er mithören kann.«

»Gut«, sagte Fiona. »Ich gebe dich an Adonis weiter.«

Seine Stimme klang am Telefon tiefer und langsamer als sonst, der Akzent war stärker.

»Nora, ich weiß nicht, was du über die Geschichte Griechenlands weißt.«

»Nicht besonders viel«, sagte Nora.«

»Im Zweiten Weltkrieg wurde Kreta 1941 von den Nazis eingenommen, aber die Menschen dieser Insel sind sehr stark und geben nicht klein bei. Sie schlossen sich schnell zum Kampf zusammen, und es gab viele deutsche Todesopfer. Aus Rache begingen die deutschen Soldaten … ich weiß das Wort nicht«, er sagte etwas zu Fiona, dann sprach er wieder in den Hörer, »Gräueltaten. Sie überfielen Dörfer und töteten jeden Mann darin. Als Strafe. Als Warnung.« Er seufzte schwer. »Das Dorf, in dem deine Großmutter geboren wurde, war eines dieser Dörfer.«

»Komboloi.« Nora erinnerte sich an das Wort auf der ersten Seite. »Hieß es so, dieses Dorf?«

»Nein«, sagte Adonis. »Ihr Dorf hieß Koutonari. Komboloi ist das Wort für die Betperlen, die alle griechischen Männer bei sich tragen, um sich die Zeit zu vertreiben.«

Nora erinnerte sich an die bernsteinfarbenen Perlen an der zerfledderten Schnur, die Lainey bei ihrem Tod in der Hand hielt.

»Aber diese Perlen«, sagte Adonis, »stehen im Zentrum der Geschichte deiner Großmutter. Ich werde jetzt nicht mehr sagen. Ich habe dir eine Mail mit meiner Übersetzung geschickt.«

»Ich danke dir, Adonis, und meinen herzlichen Glückwunsch. Ich freue mich so sehr für dich und Fiona.«

Nora und Will setzten sich im Bett auf und lasen die Mail auf Noras Laptop wieder und wieder.

Meine Mutter hat mich immer geneckt und mich raten lassen, was ich zu meinem sechsten Geburtstag im Juni bekommen würde. Ich wünschte mir ein goldenes Medaillon, so wie sie eines trug, falls genug Geld dafür da war. Aber vor meinem Geburtstag geriet das wieder in Vergessenheit. Am 20. Mai war die deutsche Armee auf Kreta gelandet. Und am 1. Juni erreichten sie unser Dorf mit einem Konvoi von Lastern, sodass der Staub aufgewirbelt wurde und Steine spritzten.

Zwei Soldaten in Uniform gingen in den engen Straßen auf und ab und brüllten einen Befehl, erst auf Deutsch, dann auf Griechisch.

Alle Männer sollten sich auf der Platia versammeln. Es sei nur eine Übung, sagten sie. Niemand werde verletzt. Mein Vater machte sich bereit, aber meine Mutter flehte ihn an, nicht zu gehen. Sie war schwanger, das Kind sollte schon sehr bald zur Welt kommen. Sie sagte, wenn er gehe, werde sie das Kind verlieren. Sie flehte ihn an, sich mit meinem Bruder Nikos in der Schlucht zu verstecken. Endlich stimmte er zu, aber da war es schon zu spät. Als mein Vater und Nikos sich davonschleichen wollten, standen bereits Wachen am Rand der Olivenhaine um unser Haus. Wenn mein Bruder und mein Vater den Bergpfad genommen hätten, wären sie meilenweit zu sehen gewesen. Also stiegen sie in die kleine Höhle im Fels hinter dem Feigenbaum hinten im Gemüsegarten.

Sie waren nicht die einzigen Männer, die flohen. Während es immer heißer wurde, fassten die deutschen Soldaten einen nach dem anderen. Sie zerrten alte Männer, die kaum mehr laufen konnten, vom Heuboden. Rissen Ehemänner aus den Armen ihrer Frauen. Da wussten die Frauen, dass es keine Übung war.

Meine Mutter drückte mich eng an sich. Sie sagte mir, dass die Soldaten in unser Haus kommen würden. Dass ich stillsitzen müsse und nichts sagen dürfe. Dass alles gut werden würde. Aber sie hatte Angst, das spürte ich. Als sie nicht hinsah, rannte ich hinaus und über die ordentlichen Beete mit Bohnen und Tomaten, die mein Vater und Nikos angepflanzt hatten. Ich schob mich durch die Zweige des Feigenbaums in die dunkle, niedrige Höhle.

Sie kauerten auf der trockenen Erde. Mein Vater hielt schweigend den Kopf in den Händen, mein Bruder weinte leise. Auch ich begann zu weinen. Mein Vater legte mir sanft die Hand über den Mund, aber ich konnte nicht aufhören. Nikos nahm sein Komboloi, die Betperlen aus Bernstein, aus seiner Tasche und gab sie mir. Noch nie hatte ich mit ihnen spielen dürfen, aber ich hatte ihn genau beobachtet. Ich wusste, was man damit machte. Ich zog die Perlen über die Schnur, zählte sie, mehrmals, und unterteilte sie in zwei Hälften. Hörte ich draußen Stimmen? Ich weiß es nicht mehr. Aber ich erinnere mich an das laute Klacken, als ich an der Schnur zog und die Perlen aneinanderstießen und wie mein Bruder und mein Vater leise keuchten. Dann erinnere ich mich an Licht, ganz plötzlich, als die Zweige zur Seite gebogen wurden. Ich werde das Gesicht des deutschen Soldaten niemals vergessen. Wie er nach den anderen rief. Meine Mutter kam schreiend aus dem Haus gerannt. Ich stand wie angewurzelt da, das Komboloi immer noch in meiner Hand, und sah zu, wie zwei Soldaten meinem Vater die Hände auf den Rücken drehten. Er sah mich an, als er wegging und sagte mir ohne Worte, ich solle nicht weinen. Aber mein Bruder kämpfte und wehrte sich. Seine schweren Stiefel schleiften über die Erde und zerpflügten das Gemüsebeet, als sie ihn wegzerrten.

Sie wurden zusammen mit neunzehn anderen in einem Olivenhain ein paar Hundert Meter von unserem Haus entfernt erschossen. Ich hörte die Schüsse, ich wollte mit den Frauen da hingehen, wo die Leichen lagen, aber ich durfte nicht.

Unser Haus wurde nicht niedergebrannt wie die meisten anderen, aber ich kehrte nicht dahin zurück. Meine Mutter konnte mich nach dem, was ich getan hatte, nicht mehr ansehen. Ich wurde in den Norden der Insel geschickt, wo ich bei einer Tante meines Vaters leben sollte. Alle meine Sachen waren bereits dort, zusammen mit dem Medaillon meiner Mutter.

Ich habe sie nie wieder gesehen. Sie konnte meinen Anblick nicht ertragen, und ich konnte es verstehen.

Es war meine Schuld, dass ihr Mann und ihr Sohn exekutiert wurden. Dass sie das Baby verlor, das meine jüngere Schwester hätte werden sollen. Meine Tante versuchte, gut zu mir zu sein, aber ich schämte mich so sehr, fühlte mich so schuldig, dass ich niemanden an mich heranlassen konnte.

Durch einen Brief habe ich erfahren, dass meine Mutter starb, direkt nachdem ich nach London aufgebrochen war, und ich zog weiter, als würde es einen Unterschied machen, wenn ich eine noch größere Entfernung zwischen mich und mein Land brachte.

Eine Zeit lang dachte ich wirklich, es würde helfen. Ich habe Hugh kennengelernt, wir haben geheiratet, und ich bekam meine Tochter, mein liebstes Kind, meine wunderschöne Alanna. Aber ich habe sie nicht verdient, nicht nach dem, was ich meiner Familie angetan hatte.

Und wenn ich es jemals vergaß, musste ich nur mein Medaillon öffnen und mir die Gesichter meines Vaters und von Nikos ansehen oder die Betperlen meines Bruders in der Hand halten. Dann wusste ich wieder, dass ich eine Gefahr bin für jeden, der mich liebt.

Will hielt Nora im Arm, bis ihre Tränen versiegten, dann lasen sie den Text noch einmal, langsamer diesmal. Das war es also, ihr Geheimnis, dachte Nora. Das dunkle Geheimnis, die Monstrosität, von der Lainey gesprochen hat, bevor sie starb. Ein als kleines Mädchen erlittenes Trauma, wegen etwas, das sie nicht hätte verhindern können. Etwas, für das sie immer und immer wieder gebüßt hat. Diese große Last, diese Scham hat sie ihr ganzes Leben lang mit sich herumgeschleppt. Sie hat ihre Mutter, ihre Schwester, ihren Vater, ihren Bruder und dann ihre eigene Tochter verloren.

Mit einem Ping traf eine weitere E-Mail mit Anhang von Adonis ein. Es war das pixelige Foto eines Denkmals auf einem kleinen, weiß getünchten Platz, auf dem ein Dutzend Namen in Griechisch eingraviert waren, ein Mahnmal für die Männer, die 1941 getötet wurden.

»Wie hieß deine Großmutter mit Nachnamen?«, fragte Will.

»Demetriou«, sagte Nora.

Will machte eine Übersetzungswebsite auf. Er zeigte auf die letzten beiden Namen auf der Liste. Und da waren sie, die Namen ihres Urgroßvaters und ihres Großonkels.

»Ich will dorthin«, sagte sie zu Will. »Ich will nach Kreta und dieses Dorf, ihre Gräber und das ihrer Mutter finden.«

Will nahm sie fester in den Arm. »Und ich werde dich begleiten.«

»Okay!«, sagte Nora. »Das machen wir.«

Abrupt setzte sie sich auf. »Meine Mum muss das sehen.« Sie nahm den Laptop und tippte Alannas E-Mail-Adresse ein. Sie hatte ihrer Mutter noch nicht einmal erzählt, dass Lainey Griechin war oder dass sie die anderen Notizen gefunden hatte. Sie hatte abwarten wollen, bis sie sich wieder trafen, aber es hatte siebzig Jahre gedauert, bis jemand Laineys Aufzeichnung gelesen hatte, und Nora wollte keine Zeit mehr verlieren.

Adonis' Wohnung war nur zwei Türen von Loughlins Büro entfernt. Eine winzige L-förmige Einzimmerwohnung über einer Apotheke mit einem Schiebefenster, durch das Nora einen Blick auf den Silberstreif des Meeres zwischen den gegenüberliegenden Häusern erhaschen konnte. Fiona hatte sie geputzt, und Adonis hatte die Wände weiß gestrichen. Frische Rosen standen in einer Vase auf dem Abtropfbrett, und der Kühlschrank war gut gefüllt.

Der Verkehrspolizist, der Joe hieß, brachte Houdini zurück, als Will und Nora gerade den Mercedes mit

Noras Sachen beluden, und er bestand darauf mitzuhelfen. Und so wurden alle größeren Dinge – vermutlich illegal – hinten im Polizeilieferwagen transportiert.

Nora hatte eine eher willkürliche Auswahl von Dingen, die sie brauchte, gepackt: die Reisetasche aus London, drei Taschen mit Laineys Kleidern, die sie in den letzten sechs Monaten getragen hatte. Das geschnitzte Holzbett, in dem sie als Kind geschlafen hatte. Der viktorianische Vogelkäfig. Der blaue Seidenvorhang aus dem Schlafzimmer ihrer Großeltern. Ein Set von antiken französischen Leinenbezügen. Ein paar Bücher und Kartons mit Gläsern, Silber und Porzellan, darunter auch die japanische Schale. Und natürlich Houdini.

»Das war's«, sagte Will, nachdem sie die letzte Kiste ausgepackt hatten.

Das Zimmer war kaum groß genug, um darin Walzer zu tanzen, aber irgendwie hatten sie alles untergebracht, obwohl Houdini unter den Esstisch stehen musste. Abgesehen von dem Käfig war keines der Dinge von ihrer London-Liste mit dabei. Der Gebetsteppich, die Tempeltüren und die Chaiselongue waren verkauft. Aber das ist okay, dachte Nora. Sie hatte alles, was sie brauchte. »Es gefällt mir«, sagte sie.

»Mir auch.« Will legte sich aufs Bett. »Wir können den Kühlschrank aufmachen, ohne aus dem Bett aufzustehen, das ist doch super. Aber um Tee zu kochen, wirst du dich schon erheben müssen.«

»Willst du einen Kaffee?«

»Nein.« Er streckte die Hand aus, sie nahm sie und legte sich neben ihn.

Will rutschte nach unten und sah ihr in die Augen. »Nora Malone«, er nahm eine ihrer Locken und drehte sie um seinen Finger.

»Was?«

»Nichts. In den letzten paar Monaten wollte ich so oft deinen Namen sagen und konnte es nicht. Außerdem kann ich sagen«, er verengte die Augen, »*Yassou! Ti kanis*. Ich habe Griechisch geübt, für unsere Reise.« Nora lächelte ihn erfreut an. »Es bedeutet: ›Hallo, wie geht's dir?‹«

»Kannst du sonst noch was sagen?«

»*Se agapo*«, sagte er und schrieb die Buchstaben auf ihren nackten Arm.

»*Se agapo*. Was bedeutet das?«

»Das sag ich dir irgendwann.« Er legte den Mund auf ihren, und sie spürte sein Lächeln an ihren Lippen. »Du hast mir gerade gesagt, dass du mich liebst.«

»Das ist nicht fair …«, setzte sie an, aber er unterbrach sie mit einem Kuss. Und das machte gar nichts, dachte sie, als sie den Kuss erwiderte. Es war sowieso nur eine Frage der Zeit, bis sie es ihm selbst gesagt hätte.

Der Laden war leer, der Boden gefegt, das Fenster sauber geputzt, das Schild, auf dem Memory Shop gestanden hatte, war übermalt. Nora machte noch einen letzten Kontrollgang durchs Haus, versprühte etwas von Laineys Zitronenduft und ließ eine Motte, die im Schlafzimmer ihrer Großeltern gegen das Fenster flog, in den Garten hinaus.

Es klopfte an der Tür, und sie eilte nach unten, weil sie dachte, es wäre Loughlin. Eigentlich sollte er den Schlüssel erst morgen abholen, aber vielleicht hatte er sich im Tag geirrt und war zu früh dran.

Aber nicht Loughlin stand auf der Schwelle. Es war ihre Mutter, tiefbraun, mit durchweichten Turnschuhen und nackten Armen, die sie mit einem ihrer Seidenpashmina-Schals bedeckt hatte.

»Mum!« Nora spürte, wie ihr Herz vor Freude einen Satz machte, als Alanna ihre Arme ausstreckte und sie sich hineinwarf. So standen sie im beißend kalten Januarwind, hielten sich fest, lachten, weinten, lösten sich voneinander, um sich dann wieder in die Arme zu fallen.

»Du hättest mir sagen sollen, dass du kommst!«, sagte Nora. »Ich hätte dich doch abgeholt. Wann bist du gelandet?«

»Vor einer Stunde. Mein Flug wurde wegen des Wetters zweimal umgeleitet. Ich habe sechsunddreißig Stunden gebraucht, aber ich wollte dich unbedingt sehen.« Alanna legte ihre Hand auf Noras Schultern. »Lass mich dich anschauen! Ich hab mir solche Sorgen um dich gemacht.«

»Mir geht's gut«, sagte Nora lachend. »Willst du …« Sie zögerte. Seit sie denken konnte, hatte ihre Mutter keinen Fuß in das Haus in der Tempel Terrace gesetzt. »Magst du vielleicht reinkommen?«

»Ja. Bitte!« Alanna zitterte. »Es ist eiskalt hier draußen.«

Und zu Nora völliger Verwunderung ging Alanna hinein und nahm ihren Rucksack von den Schultern.

Nora konnte es kaum glauben. Ihre Mutter war zu Hause, hier, in diesem Haus. Dann wurde ihr klar, was dieses Wunder bewirkt hatte. »Du hast meine E-Mail über Lainey bekommen, oder?«

Alanna stieß einen zitternden Seufzer aus und nickte. »Ich konnte es nicht glauben. Es hat mir das Herz gebrochen, Nora. Aber es auch geheilt. Ich habe immer geglaubt, dass sie *mich* ablehnt, und jetzt verstehe ich, dass sie sich immer selbst abgelehnt hat. Der Gedanke an den großen Schmerz, die Schuld und die Scham in ihrem Inneren ist kaum zu ertragen. Warum hat sie uns nie davon erzählt?«

»Ich glaube, sie konnte es uns einfach nicht sagen, solange sie lebte«, erwiderte Nora. »Aber sie wollte, dass wir davon erfahren.« Sie musste an all die anderen Notizen denken, die ihre Mutter nicht kannte. »Da bin ich mir sicher.«

»Ihre arme Mutter, ihr armer Vater und Bruder.« Ihre Mutter lockerte den Schal. »Ich muss dir etwas zeigen.« Nora sah etwas Goldenes an ihrem Hals glitzern. Es war das Medaillon, das sie nach Bali geschickt hatte. Alanna öffnete es vorsichtig, und Nora beugte sich vor und betrachtete die zwei winzigen Fotografien mit dem Mann und dem Jungen.

»Das sind sie, oder?«, fragte sie leise.

Alanna nickte.

»Er sieht aus wie ich«, sagte Alanna.

Es stimmte. Er hätte ihr jüngerer Bruder sein können.

»Es gibt ein Denkmal«, sagte sie, »auf dem ihre

Namen stehen, in dem Dorf, in dem sie aufgewachsen sind.«

Alanna legte die Hand auf ihr Herz. »Oh, das ist gut. Immerhin etwas.«

»Ich habe vor, im Februar hinzufahren.«

»Du und Adam?«, fragte Alanna vorsichtig.

»Nein. Das ist vorbei.« Nora schüttelte den Kopf. »Mein Gott! Es gibt so viel zu erzählen.« Sie wusste gar nicht, wo sie anfangen sollte. Mit Will? Mit Laineys Notizen? Mit dem Laden? Mit dem ganzen Geld, das sie damit verdient hatte? Aber plötzlich fiel ihr wieder ein, dass ihre Mutter anderthalb Tage unterwegs gewesen war.

»Du musst hundemüde sein.«

Alanna gähnte. »Erschöpft und unglaublich hungrig. Hast du was zu essen da?«

Im Haus war nicht mal mehr eine Tasse Tee.

»Warte kurz«, sagte Nora und griff nach ihrem Mantel, der am Haken an der Tür hing. »Da ist ein Café um die Ecke. Ich bin in zwei Minuten zurück.«

Alanna hatte erwartet, ihre Tochter in Liebeskummer und Trauer versunken vorzufinden, aber sie hatte sie noch nie so entspannt und glücklich gesehen. Was sie in den vergangenen sechs Monaten in Dublin auch getrieben hatte – es hatte ihr gutgetan. Ihre dunklen Augen glitzerten, und ihre Schritte waren leicht.

Sie sah sich im leeren Flur um. Siebenunddreißig Jahre – so lange war sie nicht mehr in diesem Haus gewesen. Aber sie meinte, immer noch einen Hauch vom Parfum ihrer Mutter in der Luft ausmachen zu können. Sie folgte diesem Duft von Raum zu Raum und lauschte auf ihre Schritte auf den kahlen Dielen. Sie sah die Geister all der Dinge, die hier gewesen waren. Die schweren vergoldeten Spiegel, die Samtsofas, die Regale voller Silber, Porzellan und Glas. Die Stoffe, Kleinigkeiten, Dekorationen und der Schmuck. All die Dinge, von denen sie geglaubt hatte, sie seien ihrer Mutter wichtiger als die Menschen.

Alanna hatte diese Dinge gehasst, und sie hatte ihre Mutter gehasst, aber jetzt verstand sie, dass diese Dinge zwischen Lainey und ihrem Schmerz, ihrer Schuld, ihrer Scham gestanden hatten.

Jetzt sah das Haus aus wie an dem Tag, als ihre Eltern eingezogen waren. Ihre Mutter war damals jünger als Nora, eigentlich noch ein Mädchen, hatte versucht, ihrer Vergangenheit zu entfliehen und über ihr Trauma hinwegzukommen. Wahrscheinlich hatte sie gehofft, dass sie trotz allem ein glückliches Leben führen könnte. Alanna empfand plötzlich eine übermächtige Liebe für Lainey, so stark, beschützend und mütterlich wie die Liebe, die sie für Nora empfand.

Es gab keine Stühle mehr, also setzten sich Nora und Alanna im Schneidersitz auf den Küchenboden, auf den die schwache Wintersonne fiel, und tranken Kaffee. Alanna verschlang Schoko-Florentiner, die, laut Fiona, Hugh am liebsten gemocht hatte.

»Wie lang wirst du bleiben?«, fragte Nora.

»Mindestens sechs Monate. Ich brauche eine Pause

vom Reisen. Und ich wäre gern eine Weile in deiner Nähe.« Ihre Mutter lächelte. »Im letzten Jahr habe ich dich ja kaum gesehen. Ich hoffe, du springst nicht gleich in den Flieger und kehrst nach London zurück.«

»Nein«, sagte Nora. »Ich habe beschlossen, hierzubleiben. Ich habe hier um die Ecke was gefunden, eine Einzimmerwohnung. Sie ist winzig, aber ich habe alles, was ich brauche.«

Ihre Mutter musterte sie, dann lächelte sie.

»Gut. Ich kann kaum erwarten, sie zu sehen!« Ihr Lächeln wurde zu einem herzhaften Gähnen, das sie vergebens versuchte zu unterdrücken.

»Oh Gott, Nora, entschuldige. Der Jetlag holt mich ein. Es gibt so viel, über das wir sprechen müssen, aber ich fürchte, ich muss vorher noch ein wenig schlafen.«

»Natürlich.« Nora stand auf. »Ich kann dich mit zu mir nehmen.«

»Nein.« Alanna legte ihr die Hand auf den Arm. »Ich will heute Abend hierbleiben. Ich habe dieses Haus in großer Eile verlassen, und morgen ist es für immer weg. Ich würde mich gern ordentlich verabschieden.«

»Aber es gibt kein Bett«, entgegnete Nora.

»Ich habe Bettzeug im Rucksack«, sagte Alanna. »Und ich habe schon an deutlich schlimmeren Orten geschlafen, das kannst du mir glauben, Nora. Es ist prima, wirklich. Du musst dir um mich keine Sorgen machen.«

Sie gingen Arm in Arm zur Haustür, standen dort lange und hielten sich fest umschlungen. Dann trat

Alanna einen Schritt zurück und blickte in den leeren Flur.

»Es fühlt sich an, als wären sie immer noch hier«, sagte sie leise. »Hugh und Lainey.«

Nora nickte. Sie spürte es auch. Sie spürte ihre Gegenwart, als wären sie ein letztes Mal zurückgekehrt, um ihr Haus und ihre Tochter zu sehen.

Und Nora lächelte, als ihr klar wurde, dass das tatsächlich passierte. So lange hatte sie diesen Wunsch gehegt und ihn bereits aufgegeben. Nun waren sie alle zusammen in diesem Haus. Ihre Großeltern und ihre Mutter. Ihre zerbrochene Familie war endlich wieder vereint.

Es wurde bereits dunkel, als Nora hinaus auf die Temple Terrace trat.

Sie hatte gedacht, es würde ihr das Herz brechen, die Tür ein letztes Mal zu schließen, wenn all die Dinge, die sie als Kind so geliebt hatte, nicht mehr im Haus waren. Aber es stieg ein Glücksgefühl in ihr auf, als sie sich jetzt umdrehte, um zurückzublicken.

Das übermalte Schild über dem dunklen Fenster. Die geschlossenen Fensterläden und die einzelne Glühbirne, die im alten Zimmer ihrer Mutter brannte.

Das Haus war nicht wirklich leer. Ihre Mutter war nach Hause zurückgekehrt, nach siebenunddreißig Jahren.

Und obwohl all die Schätze, die die Zimmer geschmückt hatten, in alle Winde verstreut waren, war nichts verloren.

Nora hatte über alles Buch geführt. Es gab Fotos von all den Schätzen, die Hugh Lainey geschenkt hatte. Es gab Laineys Notizen. Die Seiten, die sie vollgekritzelt hatte, waren sorgfältig gepresst und gesammelt worden, und eine neue Geschichte war entstanden. Es gab Skizzen und Bilder von jedem Schaufenster, das Nora entworfen hatte, und kleine Geschichten, die ihre Kunden ihr erzählt hatten.

All das bildete den Keim für etwas Neues. Nora spürte es. Etwas Lebendiges voller Möglichkeiten. Eine Art Kunstprojekt über Liebe und Erinnerung.

Aber Nora hatte jetzt keine Zeit, darüber nachzudenken. Sie drehte sich bereits um und ging schnell zu ihrer neuen Wohnung und zu Will und dachte dabei nicht an die Vergangenheit, sondern an die Zukunft. An ein neues Leben und eine neue Liebe und an all die Erinnerungen, die noch entstehen würden.

Dank

An meine wunderbaren Agenten Jonathan Lloyd und Lucia Walker, Melissa Pimentel, Alice Lutyens, Emma Bailey und alle bei Curtis Brown.

An meine hervorragende Lektorin Harriet Bourton und alle bei Orion, vor allem Bethan Jones, Juliet Ewers und Elaine Egan.

An das tolle Team bei Hachette Ireland. Breda Purdue, Jim Binchy, Ruth Shern und Joanna Smyth.

An meine hilfsbereiten Autorenfreundinnen Kate Kerrigan, Cathy Kelly, Marian Keyes und Helen Falconer.

An alle Menschen, die Zeit mit mir verbracht haben, während ich an diesem Buch geschrieben habe. Susan Lamb, Kate Mills, Frances Griffin, Mel Griffin, Bernard Griffin, Danielle Kerins, Doug Lee und Pat Burns.

An meinen Mann Neil für so viele Gefälligkeiten, dass ich ein weiteres Buch brauchen würde, um sie alle aufzuschreiben. Und dafür, dass er Teil ist von jeder einzelnen meiner Lieblingserinnerungen.